살인
리스트

재키 캐블러 지음
정미정 옮김

살인 리스트

THE MURDER LIST

글

등장인물 및 지역 소개

2월 1일

웨스트미들랜즈 에지바스턴 지역

버밍엄 중앙 경찰서

— 제인 홀랜드(피해자)
— 프리야 톰슨 경감
— 제이슨 부처 경위
— 프랭키 태너 경장

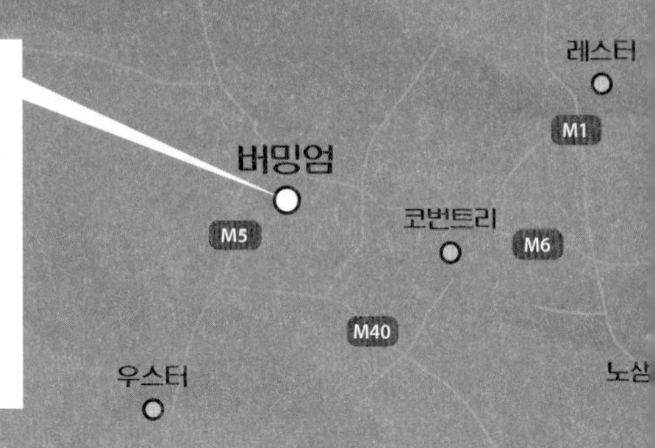

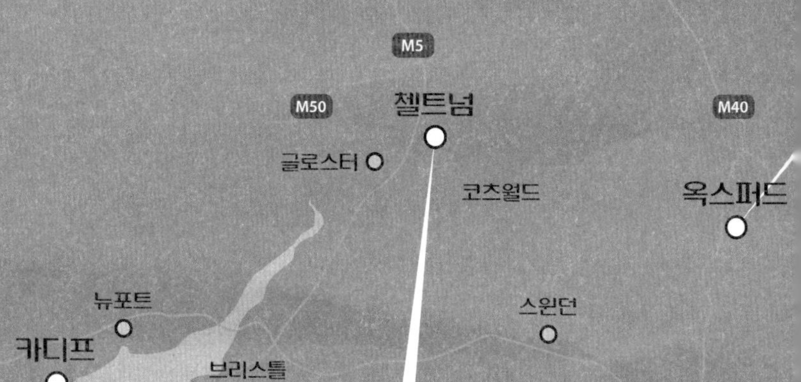

3월 1일

사우스웨일스 지역

카디프 중앙 경찰서

— 데이비드 하우얼스(피해자)
— 하리 휴스 경사
— 리스 윌리엄스 경위
— 브린 루이스 경감
— 숀 페이 경사
— 대니 로버츠 순경

4월 1일

글로스터셔 지역

첼트넘 중앙 경찰서

— 메리 엘리스(피해자)
— 개러스 리틀 경사
— 롭 존스 경위
— 스테프 워든 경감(책임 수사관)
— 마이크 스탠리 경위(전임 수사관)
— 제스 고든 경장(가족 연락 담당관FLO)

1월 1일

템즈밸리 지역

옥스퍼드 세인트 알데이츠 경찰서

— 리사 터너(피해자)

— 린다 레이크 경감

노리치

케임브리지

입스위치

루턴

콜체스터

런던

메리 엘리스의 주변 인물들

— 엘리너 로이드 : 스파클 스페셜리스트 에이전시 운영

— 에드워드 쿠퍼 : 홍보 전문 기자

— 사티시 파텔: 홍보 전문 기자

— 가이 해밀턴 : 웹 디자이너

— 스튜 포터 : 웹 디자이너

— 피터 정 : 메리의 하우스 메이트

— 메간 워커 : 피터 정의 여자친구

프롤로그

이제 점점 숨을 쉬기가 힘들어진다.

아까만 해도 연기가 덩굴손을 뻗어 문 아래로 스멀스멀 기어 들어 오는 정도였다. 천천히 방 안을 가로지르며 둥실둥실 떠다니던 그 모습을 나는 잠시 가만히 앉아 넋을 놓고 바라보았다. 지금 방 안은 매캐한 연기로 자욱하다. 순간, 불길이 벌떡 일어나 카펫을 따라 서로 질주하듯 내달렸다. 그러고는 침대 옆에 놓인 의자의 다리 하나를 순식간에 집어삼켰다. 뜨거운 열기가 피부는 물론 가슴 속까지 파고들었다. 몸을 잔뜩 웅크리고 앉아 고개를 바삐 움직이며 문과 창문을 번갈아 살폈다. 이 방, 이 집이 불타고 있었다.

바로 그때, 어딘가 가까운 곳에서 비명 소리가 희미하게 들려 왔다. 그 소리는 한 번 더 울려 퍼졌고 나는 웅크렸던 다리를 펴 침대에서 미끄러지듯 내려왔다. 어정쩡하게 걸음을 내딛다 그 자리에 바로 멈추어 섰다. 화염에 휩싸인 방문이 쩍, 나무 갈라지는 소리를 내질렀다. 그 순간 섬광 같은 불길이 번뜩 치솟았다. 뜨거운 열기가 커다란 벽처럼 나를 덮쳐왔다. 비틀대며 뒤로 물러나 손목을 부여잡았다. 오른쪽 손목에서 갑자기 날카로운 통증이 느껴졌다. 팔찌가 살갗을 파고들고 있었다. 한 시간 전 잠자리에 들 때 차고 있었는데 지금은 만지기 힘들 정도로 뜨거웠다. 손목을 움켜쥔 채 숨을 깊이 들이마셨다. 공포에 질려 창문을 향해 재빨리 달려갔다. 하지만 그곳에도 불길이 뱀처럼 솟아올라 커튼을 꿈틀꿈틀 기어 올라가고 있었다. 시야가 점점 흐려졌고 가슴은 타들어 가는 듯했다.

저 멀리 누군가가 울부짖었다. 유리 깨지는 소리가 연이어 울려 퍼졌다. 탁탁, 왼쪽 귓가에서 무언가 타는 소리가 났다. 내 머리카락이 불타고 있었다.

입에서 비명이 터져 나왔다.

차례

1

크리스마스이브

매년 크리스마스를 앞둔 이맘때쯤이면 이상한 기운이 감돌았다. 죽는 사람이 없어도 너무 없었다. 그래도 빈집 털이는 많았다. 사람들은 파티하느라 집을 비웠고, 크리스마스트리 밑에는 선물상자들이 보란 듯이 쌓여 있기 때문이었다. 게다가 친척 집에 가는 길이라고 광고하듯 소셜 미디어에 올려대니, 그야말로 12월은 도둑이 활개 치기 좋은 때였다. 반면, 살인은 대체로 여름에 많이 일어났다. 물론 어디에 살고 있느냐에 따라 다를 수는 있겠지만.

오늘은 시간도 때울 겸 인터넷 기사 통계수치를 살펴보았다. 수십 개를 훑어본 결과, 세계 곳곳마다 다르기는 해도 살인은 대개 따뜻한 날씨에 더 많이 일어나는 모양이었다. 폭동도 마찬가지였다. 기온이 올라갈수록 폭력 범죄 발생 확률이 올라갔다. 실제로 남아프리카공화국의 자료에는 기온이 1도 상승할 때마다 살인 건수도 1.5퍼센트씩 상승한다는 연구 결과가 적혀 있었다.

흥미롭지 않은가. 하지만 사실 흥미롭기는 해도 구미가 당길 만큼 재미가 있지는 않다. 땅이 꺼질 듯 한숨을 내쉬고 컴퓨터를 꺼버렸다.

그냥 집에 갈까?

혹시 같이 수다 떨 만한 사람이 있나 싶어 사무실 안을 둘러보니 오늘 아침에 출근한 두 사람 모두 통화 중이었다. 3주 전, 나는 엘리와 함께 창가 구석에 놓인 2미터 높이의 푸르고 우아한 가문비나무를 장식했었다. 조그맣고 하얀 전구 수백 개가 나뭇가지 모양대로 반짝거리고 있었다. 아마 오늘 아침, 저 둘 중 한 명이 켜둔 모양이었다.

어젯밤에는 일을 마치고 몇몇이 모여 크리스마스 기념 술자리를 가졌다. 그때 받은 선물을 가방에 바리바리 싸가고 싶지 않아 남겨두었다가 오늘 다시 챙기러 들른 참이었다. 어차피 저녁 전까지는 딱히 이렇다 할 계획도 없었다. 그래서 나가기 전에 잠깐 인터넷을 둘러본 것이기도 했다. 다음 주 업무를 시작할 때 쓸만한 정보가 있을지도 모른다는 생각이었다.

그래서 뭘 좀 찾았냐고? 없다. 정말 아무것도. 몇 주째 아무런 소득이 없다 보니 슬슬 따분해지려 했다. 나는 범죄 전문 프리랜서 기자다. 그것도 아주 뛰어난. 적어도 나는 그렇게 생각한다. 지난 10년 동안 열심히 일한 덕분에 이야기의 핵심을 파고드는 기자로서 명성을 쌓아왔다. 그중에서도 희생자의 친척들이나 형사들을 심도 있게 취재하는 일이 내 전문이었으며, 때로는 교도소 면회실에서 살인자와 강간범, 사기범을 직접 만나 인터뷰를 진행하기도 했다. 타블로이드나 잡지사들이 열광할 정도로 사건의 내막까지 샅샅이 파헤치고는 했는데, 그런 좋은 기사를 쓴 지가 꽤 오래되어 불안한 것도 사실이었다. 아, 돈이라면 부족하진 않아서 딱히 문제 될 건 없었다. 다만 바쁘게 지내는 걸 좋아하는 나로서는 최근 들어 너무 빈둥대고 있다는 점이 문제라면 문제였다.

또다시 한숨이 새어나왔다. 핸드폰을 툭툭 두드려 화면을 켰다. 아무런 메시지도 오지 않았다. 오후 2시가 다 되어가고 있었다. 오늘은 여기까지만 해야겠다. 오늘 저녁 파티를 위해, 집에 가서 열심히 꾸며야지.

"괜찮아요, 메리? 이건 뭐죠? 팬들이 보낸 선물인가요?"

깜짝 놀라 뒤돌았다. 에드워드 쿠퍼가 내 의자 바로 뒤에 서 있었다. 여느 때처럼 너무나도 가깝게 말이다. 아래층 주방에 갔다 오는 길인지 손에는 머그잔을 들고 있었다. 빨간색 크리스마스 스웨터 차림이었는데 크고 깡마른 그의 몸에도 조금 작아 보였다. 앞면에는 술에 취한 듯한 루돌프와 함께 '신나게 달려보자고'라는 문구가 박혀 있었다. 오늘따라 그에게서는 퀴퀴하고 땀에 전 냄새가 옅게 풍겨왔다. 의자를 돌려 에드워드에게서 살짝 거리를 둔 채 대답했다.

"안녕하세요, 에드워드! 선물은 맞는데 글쎄요. 팬인지는 잘 모르겠네요."

친근한 척 싱긋 웃어 보였다. 내가 에드워드를 어떻게 생각하는지는 나조차도 잘 모른다. 그는 공유 사무실인 '더 허브'에 들어온 지 그리 오래 되지 않았기 때문이었다. 나는 지난 2년간 이곳에서 책상 하나를 빌려 쓰고 있었다. 이곳 사람들 대부분은 '창작자'였다. 올해 10월에 들어온 에드워드는 나와 똑같이 기자이긴 하나, 마케팅 전문으로 스포츠 브랜드를 위한 홍보물을 주로 썼다. 에드워드처럼 홍보를 담당하는 프리랜서들은 더 있었다. 그중 완전 최근에 들어온 사티시는 아직 잘 아는 사이는 아니어도 괜찮은 사람인 듯했다. 웹 디자이너도 몇 명 있는데 괴짜 같아 보여도 밤에 같이 놀면 꽤 재미있는 사람들이었다. 그리고 또 엘리를 빼놓을 수는 없다. 그녀는 정말이지 끝내주는 사람이었다. 웨일스 출신으로 작은 체구에도 에너지가 넘치는 그녀는 방 끝 창가 쪽 자리에서 메이크업 전문가들을 위한 에이전시를 성공적으로 운영 중이다. 그녀의 직원은 대부분이 여자였는데, 화장품 샘플을 받거나 수다 떨려고 들를 때 보면 모두 편안한 검은색 운동복 차림으로 반짝거리는 입술, 세련된 머리를 하고 있었다. 나는 엘리가 정말 좋았다. 범죄 전문 기자인 직업의 특성상 웃을 일이 별로 없는데 날 웃게 해주기 때문이다.

그 외에도 이런저런 사람들이 이곳을 오갔다. 그래서 더 허브는 나에게 흥미로운 장소였다. 물론 작은 내 방 한편에도 완벽한 업무공간이 마련되어 있으니, 일이야 얼마든지 집에서도 할 수 있었다. 또한, 책상 하나와 의자 하나 달랑 빌리는데 한 달에 거의 3백 파운드(약 51만 원 – 옮긴이)라서 사치라고 생각되기도 했다. 하지만 전반적으로 더 허브는 그만한 가치가 있었다. 나는 집보다는 일에만 집중할 수 있는 업무 환경에서 일을 더 잘 해내는 편이었다. 또 이 넓고 밝은 공간에서 다른 사람들에 둘러싸인 느낌이 너무나도 좋았다.

더 허브는 첼트넘 중심부에 있는 5층 건물 중 두 개 층을 사용하고 있는데, 업무공간과 회의실, 아담하고 현대적인 주방, 푹신한 소파가 있는 휴식 공간 두어 개, 옥상 테라스까지 모두 구비되어 있었다. 날씨 좋은 여름날에는 노트북을 들고 옥상으로 올라가 일할 수도 있었다. 이 좋은 환경에 에드워드 쿠퍼가 있다는 사실은 안타까웠다. 그게… 사람은 참 괜찮은데 너무 가까이 다가오는 버릇이 있었다.

그에게서 조금 떨어진 채로 핸드백에 손을 뻗어 선물들을 넣기 시작했다. 매년 더 허브에서는 '비밀 산타' 이벤트가 진행되었다. 비밀 산타가 선물로 준 프로세코 와인 한 병, 에디터들이 한 해 동안 내가 원고를 써주어 고맙다며 보낸 초콜릿 몇 상자… 마지막으로 골판지로 포장한 책 모양의 물건을 집었다. 책은 아니고 아무래도 사무용 다이어리 비슷한 느낌이었는데, 누가 보낸 선물인지는 나중에 뜯어보면 알겠지. 그 물건을 가방 안에 쑤셔 넣다가 불현듯 여기서 탈출하고 싶다는 생각이 들었다.

"크리스마스에 뭐 신나는 계획 같은 거 있어요?"

에드워드가 불쑥 물었다. 그에게 정이 안 가는 이유로 저 목소리도 한몫하는 듯했다. 비음이 섞여 있어 징징대는 저 소리. 눈도 마음에 들지 않았다. 조그만 두 눈이 서로 몰려있는 데다가 눈동자마저 어둡다 못해 시커먼 검은색에 가까웠다. 문득 이런 내가 좀 못됐다는 생각이 스쳤다. 저 남자라고 뭐 저렇게 생기고 싶어서 저렇게 생겼겠어? 저 목소리도? 나는 또다시 억지웃음을 지으며 대답했다.

"친구들이랑 보내려고요. 이따가 저녁에 만나서 같이 밥 먹고 집에서 이삼일 정도 조용히 함께 지낼 계획이에요. 재미있을 것 같아요."

내 말에 에드워드가 고개를 천천히 끄덕였다. 동시에 그의 시선이 무릎에 놓인 핸드백으로 향했다가 이내 다시 내 얼굴로 돌아왔다. 그 시선을 의식한 나는 왼쪽 귀 뒤로 넘겼던 머리카락을 얼른 빼내어 뺨을 가렸다. 에드워드가 아니라 내 문제라는 걸 잘 알지만 어쨌든 지금 당장 여기서 나가고 싶었다. 가방의 지퍼를 잠그고 일어나 의자 등받이에 걸어두었던 코트를 빼서 입었다.

"그럼, 가족들은요?"

에드워드가 징징대는 목소리로 물었다.

"가족들은 안 만나요. 근데 저 이제 진짜 나가봐야겠네요, 에드워드. 그럼 좋은 하루 보내시고요."

그에게 다 말해줄 수도 있었다. 나는 외동딸이며, 세 살 때 어머니가 돌아가셨고 열여덟 살 때 아버지가 돌아가셨다고. 그래서 나에겐 아무런 가족이 없다고 말이다. 그런데 굳이 뭐 하러 털어놓겠는가. 어차피 그와는 상관없는 일이었다. 애당초 나한테 조금이라도 관심이 있었다면 직접 인터넷에서 내 이름만 검색해도 쉽게 알 수 있는 정보들이었다. 거기에 다 나와 있으니까. 아직도 검색해 보지 않았다니 되려 놀라울 따름이었다. 더군다나 그는 이미 내 크리스마스 계획을 너무 많이 알아버리지 않았는가. 과거가 속속들이 기록되어 있었으니, 내 '현재'만큼은 비밀에 부쳐두고 싶었다.

"그래요. 그럼 크리스마스 잘 보내요, 메리. 연휴 끝나고 봐요."

말은 그렇게 해놓고 꼼짝도 하지 않았다. 그의 옆으로 비켜 가다가 어깨가 부딪히는 바람에 속으로 움찔거렸다.

"크리스마스 잘 보내요, 에드워드."

말이 끝나기가 무섭게 걸음을 서둘러 옮기고는 뒤도 돌아보지 않았다.

2

1월 31일 일요일

"나 지금 중고품 가게에 기부할 물건들 가방에 넣는 중인데, 뭐 기부할 거 없어?"

피터를 쳐다보며 물었다. 막 달리기를 하고 돌아온 피터는 물을 벌컥벌컥 들이켜며 고개를 가로저었다.

"없을걸. 메리 엘리스, 너 마음에 안 드는 크리스마스 선물 내놓으려는 거지? 설마 내가 준 선물도 그 가방 안에 있는 거 아냐? 그럼 난 샤워하러 간다."

그는 나를 보고 씩 웃으며 문 쪽으로 걸어갔다. 그의 뒷모습을 바라보았다. 짧은 반바지 사이로 근육이 탄탄한 허벅지가 드러나 있었다. 피터는 달리러 나갈 때면 늘 몸에 딱 붙는 검은색 반바지를 입었다. 오늘 아침처럼 서리가 내리도록 추운 날에도 그는 한결같이 반바지 차림이었는데, 딱히 반대하지는 않는다. 그 모습을 바라보는 것만으로도 마냥 즐거웠으니까. 하지만 나는 피터를 이성적으로 좋아하지는 않는다. 그냥 같은 집에 사는 사이일 뿐이고, 오랫동안 친구로 지내왔다. 심지어 피터에게는 메간이라는 여자친구도 있었다.

"메간 워커예요. 그렇다고 워커 홀릭은 아니고요. 피터처럼 달리기를 더 좋아하죠."

그녀는 처음 만났을 때 농담과 함께 킥킥대며 말했다. 자기를 소개하는 방식이 다소 거슬리기는 했어도 좋은 사람인 것 같았다. 두 사람이 사귄 지는 오래 되지 않았으므로 그녀를 잘 알지는 못했지만 지금까지는 그런대로 괜찮았다. 그리고 무척 예뻤다. 금발에 파란 눈, 석고처럼 하얗고 부드러운 피부까지. 그런 그녀가 부러웠다. 매끄럽고 완벽한 피부를 가진 사람이라면 누가 됐든 모두 부러웠다. 두 사람이 함께 밤을 지새우고 싶을 때면 주로 피터가 프레스트버리에 있는 메간의 집으로 향했다.

"널 방해하고 싶지 않아서 그래. 그게 조금… 시끄러울 수 있으니까."

혼자 사는 메간의 집으로 가던 첫날밤 피터는 눈을 찡긋대며 말했다.

"으! 과하게 디테일한 얘기는 사절이야. 피터."

괴로운 듯 말하고는 그를 향해 마른행주를 집어 던졌다. 그러자 피터가 녹갈색 눈을 빛내며 눈가에 주름이 잡힐 정도로 깔깔대며 웃었다.

그의 얼굴은 잘빠진 다리만큼 멋있었다. 돌아가신 한국인 아버지와 아일랜드인 어머니로부터 제일 좋은 유전자만 물려받은 듯했다. 183센티미터의 키에 검고 숱이 많은 머리, 날렵한 턱선, 코에 흩뿌려진 주근깨까지. 피터 정, 그는 정말 훌륭했다. 그에게서 받은 크리스마스 선물은 절대로 기부하지 않을 생각이었다. 소매 끝 쪽에 금색과 은색으로 별이 그려져 있는 무척이나 사랑스럽고 부드러운 검은색 양모 스웨터는 나에게 너무나도 소중했다.

반면 옆집에 사는 디나가 준 시나몬 향초는 기부 가방에 넣을 참이었다. 디나는 사랑스러운 사람이었지만 나는 양초를 진심으로 싫어했다. 그것보다 조금 작은 양초 하나도 같이 가방에 넣었다. 작은 양초는 초콜릿, 핸드크림 등과 함께 멋진 바구니에 담겨 있었는데, 놀랍게도 메간이 준 선물이었다. 별 모양 쿠키 틀이 가득 찬 유리병도 가방으로 들어갔다. 이건 크리스마스 직전 신문을 사러 구멍가게에 잠깐 들렀을 때 가게 주인 버지니아가 내 손에 슬쩍 쥐여줬던 것이었다.

"혹시나 급하게 선물을 사려는 사람들이 있을까 해서 준비했어요."

버지니아는 군청색 타바드(소매와 깃이 없는 옷으로, 폰초 형식의 재킷을 의미함 – 옮긴이)를 입고 그 위에 반짝이는 눈사람 브로치를 달고 있었다.

"근데 별로 인기가 없네요. 메리 크리스마스."

그때는 미소를 지으며 이 땅딸막한 유리병을 받아 들고 왔지만 나는 원래 쿠키 같은 걸 잘 만들지 못했다.

다른 사람이 잘 사용해 줬으면 좋겠다. 이거 말고 또 뭐가 있을까? 아, 맞다. 사무용 다이어리. 1층에는 오픈 플랜식 주방 겸 식사 공간으로 쓰는 거실이 있었고, 나는 지금 1층 거실 텔레비전 앞 작은 소파에 앉아 있었다. 소파 앞 탁자 위에는 방금 전 집안을 돌아다니며 버리려고 모아온 물건들이 켜켜이 쌓여 있었다. 그 사이로 손을 뻗어 다이어리를 집어 들었다. 누군가가 사무실로 보낸 크리스마스 선물이었는데 양초나 쿠키 만들기와 매한가지로 나는 다이어리 쓰기도 좋아하지 않았다. 뭐, 쓴다고 해도 핸드폰 앱을 더 많이 사용하다 보니 쓸모가 없었다. 문득 제대로 뜯어보지도 않았다는 생각에 슬쩍 죄책감이 들었다. 지금쯤이면 선물을 보내준 사람에게 고맙다는 인사를 전하고도 남을 시기였으니 말이다. 하지만 크리스마스이브 날 다이어리만 쏙 빼낸 뒤 골판지 포장지를 위층 책상 위에 버렸을 때 카드나 쪽지를 본 기억이 없었다.

"대체 누가 이걸 보냈지?"

혼잣말로 얘기했다. 요리조리 다이어리를 살펴봤다. 꽤 좋아 보였다. 검은색 가죽으로 제본되어 상자에 고이 담겨있었는데 하루에 한 페이지씩 쓸 수 있도록 구성되어 있는 듯했다. 플라스틱 뚜껑을 열어 상자에서 다이어리를 꺼내 앞표지를 열어젖혔다. 혹시 보낸 사람에 대한 정보가 적혀 있지 않을까 하는 마음에서였다. 첫 장을 펼치자 놀랍게도 노란색 쪽지에 무언가 정자체로 적혀 있었다.

읽으시오.

뭐지? 이상한데. 잔뜩 찡그린 얼굴로 다이어리의 맨 앞부분을 훽훽 넘기며 살펴봤다. 신년 달력, 중요한 날짜들, 종교 행사들이 정리된 페이지가 나왔고 마침내 1월 1일 페이지로 넘어갔다. 무언가 적혀 있어 들여다보다가 온몸이 얼어붙었다. 이게 뭐야? 검은색 글씨로 세 단어가 적혀 있었다. 맨 앞장에 붙어있던 쪽지와 같이 정자체로.

옥스퍼드, 리사 죽이기

세 단어를 빤히 쳐다보다가 다시 날짜를 확인했다. 1월 1일 새해 첫날. 등골이 살짝 오싹해진 나는 시선을 천천히 돌려 앞에 켜져 있던 텔레비전 화면을 응시했다. 한창 BBC 정오 뉴스가 방송되는 중이었다. 절반은 듣는 둥 마는 둥 했지만 무슨 이야기 중인지는 알고 있었다. 바로 리사 터너에 대한 보도였다. 몇 주 전 처음 방송에 나왔을 때 숙취에 시달리던 전 국민을 일제히 충격과 슬픔에 빠트려 버린 사건. 스물여덟 살 여성인 리사 터너는 새해 첫날 아침 일찍 옥스퍼드에서 죽은 채로 발견됐었다. 새해 전야 파티를 마치고 집으로 돌아가던 길에 살해당한 것이었다. 리사 터너를 죽인 범인은 여전히 행방이 묘연했다.

순간 가슴이 조여왔다. 고개를 숙여 다이어리에 적힌 글자를 다시 한번 쳐다보았다. 페이지를 뒤로 몇 장 더 넘겨 보았다. 손이 덜덜 떨렸고 머릿속은 바쁘게 돌아갔다. 이걸 대체 누가 보낸 거지? 다이어리는 우편으로 도착했었다. 내 기억이 맞다면 크리스마스이브 전날인 12월 23일에 온 것이 분명하다. 리사 터너가 죽기 일주일도 더 전이잖아. 어떻게 알고…. 등골이 오싹했다. 어느덧 페이지는 2월로 넘어가 2월 1일 월요일을 가리키고 있었다. 내일. 거기에도 무언가가 적혀 있었다.

버밍엄, 제인 죽이기

이건 또 뭐야? 지금 장난치는 건가? 글자를 두 번 세 번 읽고 나자 욕지기가 치밀어 올랐다. 페이지를 미친 듯이 넘기기 시작했다. 공백, 공백, 공백… 그러다 3월 1일 월요일, 똑같은 검은색 글자가 또박또박 정자체로 적혀 있었다. 이름과 도시만 다르게.

카디프, 데이비드 죽이기

꿀꺽, 침을 삼켰다. 이제 슬슬 어지러워지려고 했다. 이게 대체 무슨 일이지? 이게 다 뭐냐고! 휙, 휙, 휙, 아무것도 적히지 않은 페이지들이 넘어갔다. 땀이 나서 손가락이 자꾸만 미끄러졌다. 4월 1일 목요일 페이지에서 멈칫, 단전에서 두려움이 스멀스멀 기어 올라왔다. 그렇다면 이번에도…. 하얀 종이 위에 까만 글씨가 선명하게 대비됐다.

첼트넘, 메리 죽이기

나였다.

3

1월 31일 일요일

"여기 보시면 옥스퍼드에 사는 리사 터너를 죽인다는 얘기가 적혀 있는데, 살인이 일어나기 전에 쓴 거라니까요."

경찰서 접수대 직원을 향해 다이어리를 흔들며 말했다. 당장 경찰관과 급하게 할 이야기가 있다고 지친 표정의 그녀를 열심히 설득하는 중이었다.

"여기에 사람들 이름이랑 지명이 적혀 있다니까요. 위협적인 내용이고 그중 하나는 내일 일어난다고 되어 있어요! 제발 누구 이야기할 사람 좀 불러주세요. 진짜 중요한 일이에요!"

다이어리에는 내 이름이 적힌 4월 1일 페이지 뒤로는 아무것도 쓰여있지 않았다. 나머지도 정신없이 넘겨봤지만 모두 비어 있었다. 다시 맨 앞 장으로 돌아가 메모가 적혀 있는 네 페이지를 골라 찾았다. 눈이 뿌예질 때까지 뚫어져라 글자들을 노려보았다. 그러다가 위층으로 올라가 피터에게 방금 알아낸 정보들을 설명하려고 다이어리를 들이밀다 말고 재빨리 내민 손을 거두었다. 아무래도 경찰이 다이어리에 묻은 지문과 DNA를 확인해야 할 텐데 이미 내가 지문을 너무 많이 묻혔다는 생각에서였다.

순간 범죄 전문 기자 모드가 발동한 나는 혹시나 나중에 필요할 수도 있겠다는 생각에 앞표지와 안에 적힌 메모들 사진을 몇 장 찍어 두었다. 그러고 나서 다이어리를 지퍼백 안에 집어넣고 윗부분을 밀봉해 닫았다. 불현듯 다이어리를 감싸고 있던 포장지가 떠올라 아까운 마음이 들었다. 재활용 박스에 이미 버려져 몇 주 전에 수거해 간 상태이니 지금쯤이면 크리스마스 쓰레기 더미 속으로 영원히 사라져 버렸을 것이다. 충격받은 표정으로 혼란스러워하고 있던 피터에게 두어 시간 뒤 돌아오겠다는 말을 남기고 차에 올라타 경찰서로 들어온 참이었다.

하염없이 접수대에서 기다리던 나는 마침내 창문이 하나도 없는 작은 방으로 안내를 받았다. 그곳에는 본인을 개러스 리틀 경사라고 소개하는 남자가 있었는데 나는 어쩐지 긴장이 되어서 말을 자꾸만 더듬었다. 경사는 기본적인 신상정보와 방문 목적을 물었고, 앞에 놓인 메모지에 무언가를 계속 적었다. 일전에 기사를 쓰면서 친분을 쌓게 된 첼트넘 중앙 경찰서 소속 경찰관이 몇 명 있었는데 이 사람은 오늘 처음 만났다. 다소 회의적인 표정을 짓고 있어서 안면이 있는 경찰과 이야기하는 게 더 낫겠다는 생각이 들었다. 경사는 기본적인 정보를 다 적고 나서 손에 쥐고 있는 물건을 보여달라고 요청했다.

"제가 지퍼백에 잘 넣어왔어요. 이 물건이 도착한 이후로 만진 사람은 저 하나뿐이거든요. 자, 여기요. 안에 메모가 네 개 적혀 있어요. 먼저 제가 찍어 둔 사진으로 확인해 보세요."

핸드폰을 꺼내 화면을 쓸어 넘기며 사진을 보여주었다. 그는 이마에 주름을 잔뜩 지으며 얼굴을 찌푸렸다.

"이걸 받은 게 언제입니까?"

경사가 물었다. 그의 외모는 이름과는 정반대였다. 리틀이라는 성씨가 무색하게 근육질에 어깨도 떡 벌어지고 키도 장대처럼 컸다. 박박 민 머리에 눈동자는 파란색이었다.

"크리스마스쯤이었어요. 너무 아깝게도 포장지는 제가 선물을 받자마자 바로 버려서 없어요. 오늘 아침에야 다이어리 안을 열어 봤거든요. 근데 여기요. 지금 당장 제일 걱정되는 메모가 바로 이거예요. 내일 버밍엄에 사는 여자 하나를 죽이겠다는 내용이요. 근데 이게 또 성은 없고 이름만 적혀 있어서… 그 정도 규모의 도시에 제인이라는 이름을 가진 여자라. 글쎄요, 수천은 못 돼도 아마 수백 명은 되지 않을까요. 고작 이름 하나로 어떻게 찾을 수 있을지는 잘 모르겠지만 그래도…"

경사는 이런 황당한 진술을 하는 나를 분명 의심 어린 눈초리로 바라보겠지.

"그렇군요. 그럼 혹시 여기 적힌 도시에 살면서 이런 이름을 가진 사람을 압니까? 친구라든지 친척 중에요."

경사의 갑작스러운 질문에 나는 고개를 가로저으며 대답했다.

"아뇨. 없는 것 같은데요. 딱히 생각나는 사람은 없어요."

그는 고개를 끄덕이며 사진을 조금 더 응시했다. 그다음 여느 사람들처럼 호기심이 가득한 눈으로 나를 바라보았다. 짐짓 불편해진 나는 괜히 자세를 고쳐 앉았다.

"여기서 잠시만 기다려 주시겠습니까? 오래 걸리지는 않을 겁니다."

나를 잠시 쳐다보다 자리에서 일어났다. 그러고는 다이어리가 든 지퍼백을 챙겨 방 밖으로 나갔다.

20분이 지나도 돌아오지 않아 나무 탁자를 탁탁 두드리며 그를 기다렸다. 속이 울렁거리고 머릿속은 여전히 바삐 움직였다. 정신을 다른 데 팔고 있는 와중에 벌컥 문이 열리는 소리에 화들짝 놀랐다. 경사가 들어오며 말했다.

"죄송합니다. 전화 통화를 좀 하느라고요. 다이어리는 과학 수사 연구소에 분석을 의뢰해 두었습니다. 엉뚱한 장난 같은 것일 수도 있겠으나 첫 메모가 옥스퍼드에 사는 리사 터너를 언급했다는 점이 저도 좀 걸리긴 합니다. 만약 리사가 살해되기 전에 작성된 메모라면 말이죠. 게다가 내일 일어날지도 모르는 범죄도, 메리 씨에 대한 위협도 적혀 있고요. 그러니까 여기서 말하는 메리가 그쪽이 맞다면 말입니다."

두툼한 손으로 매끈한 두피를 쓱 훑으며 말을 이었다.

"여기서부터는 저희가 맡도록 하겠습니다. 저희에게 가져와 주셔서 감사합니다. 마지막으로 새해 전날 밤에 어디에 계셨는지만 여쭤봐도 될까요?"

"저요?"

인상을 찌푸렸다. 왜 나한테 이런 질문을 하지? 설마 지금 이 사람이 나를…. 생각을 고치고는 어깨를 으쓱했다. 당연히 물어봐야지. 저 다이어리에 내가 직접 쓴 걸 수도 있으니까. 그냥 자기 할 일을 하는 것뿐이야.

"저는 밤새도록 첼트넘에 있었어요. 저랑 같이 사는 친구가 더블린에 갔거든요. 거기 살고 계시는 어머니를 뵈러 간다고 집을 비워서 더 허브에서 같이 일하는 친구들 몇 명이랑 같이 나가 놀았어요. 그 공유 사무실에 대해서는 아까 말씀드렸었죠?"

메모지를 가리키자 그가 고개를 끄떡였다.

"이름들은 어떻게 되죠? 그리고 어디를 가셨습니까?"

"처음엔 저랑 제 친구 엘리 이렇게 두 명뿐이었어요. 엘리너 로이드요. 스파클 스페셜리스트라고 메이크업 전문가들을 위한 에이전시를 운영 중이죠. 저녁 8시쯤 만나서, 세상에, 아마 새벽 2시쯤까지 놀았을 거예요. '브라세리 블랑'에서 저녁을 먹고 '진 앤 주스'에 쭉 있었어요. 그 집이 밴드 연주를 라이브로 하거든요. 거기에서 우리는 두 사람을 더 만났어요. 가이 해밀턴이랑 스튜 포터. 둘 다 웹사이트 디자이너예요. 아마 11시쯤 왔을 거예요. 그리고 새벽 2시쯤 저랑 가이는 함께 집까지 걸어갔어요. 가이가 배스 로드에 사니까 여기서 별로 멀지 않네요. 쉽게 확인하실 수 있으실 거예요."

"네. 감사합니다."

경사가 잠시 머뭇거리며 종이에 적어둔 메모를 훑어봤다. 이내 고개를 들고 물었다.

"범죄 전문 기자라고 하셨죠? 이 사건… 그냥 장난일 가능성도 있어 보입니다. 아니면 메리 씨 관심을 끌려는 걸 수도 있고, 어떤 문제를 일으키려는 걸 수도 있고요. 그러니까 '진짜 위협'은 아닐 수도 있다는 말씀입니다. 여기 적혀 있는 내용들이 다소 불명확하긴 하지만 그래도 저희가 최대한 주의를 기울이고 꾸준히 연락드리도록 할 테니 너무 걱정하지 않으셔도 됩니다. 아셨죠? 또 지금 저희가 조사를 진행하는 동안 이 다이어리 받으신 건 비밀로 해주실 수 있으실까요? 아, 혹시 이 일을 누구 다른 사람한테 말한 적이 있습니까?"

"저랑 같은 집에 사는 친구 피터한테만 말했어요. 피터 정이요. 이 일에 대해 누구에게든 입도 뻥끗하지 말라고 할게요. 말 그대로 정말 제 목숨도 맡길 수 있는 친구거든요. 그러면 아무 말도 하지 않을 거예요."

경사가 고개를 끄떡이며 또 무언가를 적었다.

"그리고 한 가지 더요. 혹시 가시기 전에 DNA와 지문을 좀 채취해도 괜찮으시겠습니까? 메리 씨가 다이어리를 만졌다고 하셨으니 지문 감정 시 제외해야 합니다. 피터 씨는 안 건드렸다고 하셨죠?"

"네. 만진 사람은 저 하나예요. 그리고 네, 물론 괜찮습니다. 감사합니다."

30분 후 집으로 돌아가는데 뭔가 그전보다 훨씬 더 불안해진 기분이 들었다. 이상하게 기운이 빠지는 것 같았다. 기대했던 게 뭐였는지는 나조차 잘 모르겠지만 리틀 경사의 반응이 뭔가 좀 미적지근하달까. 다이어리 속 협박 메시지가 불명확하다는 그의 말도 일리가 있긴 했다. 버밍엄에 사는 제인? 카디프에 사는 데이비드? 맙소사. 데이비드면 영국에서 제일 흔한 남자 이름 아니야? 아무리 경찰이라도 이런 위협에 대한 수사를 대체 어디서부터 시작해? 에이, 불가능해.

6시가 조금 넘어 집에 도착하니 피터가 초조하게 기다리고 있었다. 위층에 올라가 앉아 있으면 와인을 따서 가져오겠다고 해서 널찍한 2층 거실로 올라갔다. 사려 깊은 피터가 이미 중앙난방에다가 음악과 조명까지 켜 놓은 상태였다. 은은한 조명 속에서 잔잔한 재즈 음악이 흘러나왔다. 평상시 같았으면 긴 하루를 끝마치고서 마음이 편안해지는 느낌이 들 테지만 오늘 밤은 지난 몇 시간 사이 일어난 일을 생각하느라 정말이지 머리가 터져 버릴 것만 같았다. 정말 누가 장난친 걸까? 하지만 **옥스퍼드, 리사 죽이기** 이 메모가 리사 터너의 시체가 발견되기 전에 쓰였다는 사실이 마음에 걸렸다. 시체가 발견되었을 당시 다이어리는 내 책상 위에 놓여 펼쳐질 순간만을 기다리고 있었으니까. 내가 조금만 더 일찍 열어봤더라면 리사를 구할 수 있지 않았을까?

"첼트넘, 메리 죽이기?"

이 메모는 나를 뜻한 게 맞을까? 아니면 나 말고 다른 메리일까? 다이어리를 나한테 보냈는데. 도대체 왜일까? 왜 나를 죽이려고 하는 거지? 날짜가 4월 1일 만우절인데 무슨 특별한 이유가 있어서 그날을 고른 걸까?

"괜찮아? 경찰이 뭐래? 진짜 뭐 이런 어이없는 일이 다 있냐."

2층으로 올라온 피터가 유리잔을 건네며 말했다. 유리잔을 받고 차가운 화이트 와인을 입 안 가득 머금은 뒤 꿀꺽 삼켰다.

"고마워. 진짜 딱 마시고 싶었는데. 그리고 난 괜찮아. 그게, 시간이 너무 오래 걸리더라고. 이야기할 사람 알아본다면서 두 시간 가까이 기다리게 하더라니까. 그리고 그 경사라는 남자가 내 말을 진지하게 받아들였는지도 모르겠어. 다이어리에 그 메모들을 내가 직접 적었다고 의심하는 눈치였어. 아니, 이게 좀 이상한 일이라는 거 나도 알아. 지금 마음이 좀 진정되고 나서 생각해 보니까 당최 나도 이게 다 무슨 말인지 잘 모르겠어. 그래도 만에 하나 위험한 일이 진짜 일어날 수도 있는 거잖아. 특히 옥스퍼드에 사는 리사에 대한 그 괴상한 메시지, 우연이라고 하기엔 좀 이상하지 않아? 난 그냥 지금 버밍엄에 사는 제인이라는 여자가 너무 걱정돼. 그게 누군지는 몰라도. 이게 장난이 아니라 진짜라면 바로 내일이야, 피터. 2월 1일, 버밍엄, 제인 죽이기."

피터가 고개를 이리저리 흔들며 눈썹을 치켜올렸다.

"그리고 4월 1일엔 첼트넘, 메리 죽이기. 빌어먹을, 메리라니. 내가 메리 너라면 늦어도 3월 중순에는 비행기 타고 호주로 확 떠나버릴 거야."

"근데 내가 아닐 수도 있잖아. 메리라는 이름을 가진 사람이라면 누구든 될 수도 있는 거니까. 어쨌든 그 전에 범인이 잡히길 바라야지."

그러자 피터가 눈동자를 굴리며 말했다.

"넌 이 일에 어쩜 그렇게 태연해? 있어 봐, 와인은 좀 별로다. 가서 맥주 좀 가져올게."

그는 주방이 있는 아래층으로 내려갔다. 나는 한 손으로 술잔을 다시 집어 들고는 다른 손으로 소파 뒤에 걸쳐둔 부드러운 회색 담요를 끌어당겨 무릎 위로 덮었다. 사실 조금도 태연하지 않았다. 몸이 오슬오슬 떨려왔고 구역질도 살짝 나려고 했다. 숨을 깊고 길게 여러 번 내쉬며 진정시키려 애썼다.

"과학 수사팀에서 뭐 쓸만할 걸 찾아낼지도 몰라."

방 안으로 걸어들어오는 피터를 향해 말했다. 맥주병을 손에 든 피터가 소파의 반대편에 가 앉았다.

"만약 다이어리에서 DNA를 찾아내고, 경찰 데이터베이스에서 일치하는 게 나온다면…."

"만약이잖아."

피터가 침울하게 말했다.

"네가 걱정돼서 그래, 메리. 너는 태연할지 몰라도."

나는 억지로 미소를 지어 보였다.

"그런 말 하지 마. 다 괜찮을 거야. 아, 그리고 당분간은 우리끼리만 알고 있으래. 아무한테도 말하지 말아줘, 알겠지?"

"말 안 했어. 당연히 앞으로도 안 할거고."

"메간한테도?"

"메간한테도."

피터가 씩 웃길래 나도 덩달아 같이 웃었다.

"그럼 텔레비전이나 보자. 뭐 재미있는 거 좀 없나. 가볍게 기분 전환하게."

피터가 텔레비전을 틀 때 나는 다리를 쭉 뻗어 두 발을 그의 무릎 위에 얹었다. 그러자 그는 곧바로 내 다리 위에 맥주병을 올려놓았다. 우리는 싱긋 웃으며 편안하게 자리를 잡고 〈파더 테드〉라는 드라마의 재방송을 조용히 시청했다.

오늘 밤 피터가 메간의 집에 가지 않고 여기에 있어서 참 다행이라고 생각하며 잘생긴 그의 옆모습을 흘긋 훔쳐봤다. 두걸이라는 이름의 신부가 사고 치는 장면을 보고 하얀 이가 다 드러날 정도로 환하게 웃고 있었다. 앞서 얘기했듯 나는 피터를 이성적으로 좋아하지는 않는다. 그래도 친구로서 피터를 사랑했다.

피터는 회계사다. 나와는 8년 전 런던에서 열린 한 하우스 파티에서 처음 만났다. 그때 나는 미국에 있는 컬럼비아 대학교에서 언론학 공부를 마치고 영국으로 막 돌아온 참이었는데, 학교에 다니던 몇 년간 할머니와 함께 뉴욕에서 살았던지라 피터와는 뉴욕을 그리워하고 있다는 공통점 덕분에 금세 친해졌다.

"대학 입학 전에 1년 정도 유럽이랑 미국 곳곳으로 여행을 다녔어요. 뉴욕은 지금까지 전 세계를 통틀어 제가 제일 좋아하는 도시랍니다."

소년 같은 열정을 담아 두 눈을 반짝이며 말하던 피터. 나는 소리 내어 웃었다.

"저도 그래요."

우리 두 사람은 서로 술잔을 부딪치고는 그날 저녁 내내 깊은 대화를 나누었다. 우리가 왜 연인으로 발전하지 않았는지는 나도 잘 모르겠다. 주변 친구들이 천생연분이라고 해주었고 우리도 스스로 그렇게 말한 적이 한두 번 있을 정도로 모든 면에서 궁합이 참 잘 맞았지만 서로 이성적으로 끌린다거나 불꽃 같은 게 튀고 그러지 않았다. 오늘 저녁처럼 딱 달라붙어서 소파에 같이 앉아 있어도 서로의 옷을 당장 찢고 싶다는 생각은 전혀 하지 않았다. 서로 다른 사람들과 데이트를 한다 해도 질투한 적이 없었다. 그저 절친한 단짝 친구일 뿐이었다. 육체적인 사랑이 아닌 정신적인 사랑만을 나누는 관계. 우리 두 사람은 이런 플라토닉한 관계에 매우 만족했다.

3년 전, 상속받은 돈으로 런던 근교에 집을 샀을 때 피터는 우리 집의 방 하나를 빌려 같이 살게 되었다. 당시 스물아홉이었던 나는 시끄럽고 정신없이 빠르게 돌아가는 런던 생활에 슬슬 지쳐가고 있었다. 나보다 두 살 많은 피터 역시 몇 년째 좀 더 평화로운 곳에서 살고 싶다고 생각하던 와중이었다. 당시 둘 다 만나는 사람이 없었고, 피터는 글로스터셔의 한 회계법인에서 일하기 시작했다는 소식을 전해왔다. 이때다 싶었다. 이사하기에 더할 나위 없이 좋은 타이밍이었다.

10대 때 코츠월드에 살았기 때문에 글로스터셔가 아름다운 도시라는 사실은 이미 잘 알고 있었다. 몽펠리에는 첼트넘 지역 내에서도 고급스러운 지역에 속하는데, 나는 이곳의 현대적이고 사랑스러운 타운하우스를 처음 본 날 사랑에 빠지고 말았다. 가로수가 동그랗게 늘어선 더 그로브 거리 위에 솟아있는 3층짜리 건물이었다. 1층에는 큼지막한 개방형 주방이 예쁘게 마감

된 뒷마당으로 이어졌고, 그 뒤로는 고급 아파트 단지인 그로브 코트의 잘 조경된 정원 뷰가 펼쳐졌다. 2층으로 올라가면 부동산 중개인이 '응접실'이라고 표현한 거실이 나왔다. 천장부터 바닥까지 통유리창이 붙어 있었고 반지르르 윤기가 흐르는 단풍나무 바닥이 깔려 있어 우아한 분위기를 자아냈다. 마지막으로 3층에는 드레스룸과 욕실이 딸린 커다란 안방이 있었다. 문 하나만 열면 아침과 오후 햇살이 환히 비추는 옥상 테라스로 연결되었다. 물론 이 방은 내 차지였다.

이 집은 아무런 대출 없이 매입했다. 외할머니가 그러하셨듯 돌아가신 아버지도 나에게 상당한 돈을 유산으로 남겼다. 그럼에도 피터는 통풍이 잘되는 나머지 방 세 개 중 하나를 빌려 쓰면서 주변 시세에 맞춰 꾸준히 월세를 보내 주었다. 통장에 현금이 두둑하게 쌓여 있는데도 불구하고 돈 걱정이 원체 많은 나로서는 매달 일정 금액이 꼬박꼬박 들어오니 참 좋았다. 범죄 전문 프리랜서 기자가 안정적으로 수입을 얻는 직업이 아니다 보니 더욱 고마운 부분이었다.

피터도 작년 첼트넘에 방 하나가 딸린 작은 아파트를 하나 사들였다. 로열 크레센트 바로 옆 리젠시 빌딩에 있는 아파트였는데 직장 동료 하나에게 세를 놓고 있었다. 우리 모두에게 완벽한 상황인 셈이었다. 하지만 지금은 메간이 있으니 곧 상황이 달라질지도 모르겠다. 아니면 또 혹시 모르지. 내가 특별한 사람을 만나게 될지도. 하지만 지금 당장은 우리 둘 다 이대로 너무 행복했다.

사실, 나는 그다지 연애를 많이 하는 편이 아니었다. 남자 친구야 간간이 몇 번 사귄 적은 있었지만 남자와 친해지기까지 시간이 제법 오래 걸렸다. 나에게는 흉터가 있었다. 왼쪽 귀와 뺨 그리고 오른쪽 손목에도 흔적이 남았는데 수년 전 화재로 화상을 입은 것이다. 아버지를 앗아간 커다란 사고였다. 지금은 상처가 많이 회복되었는데도 사람들은 여전히 빤히 쳐다보고는 했다. 사무실의 에드워드 쿠퍼나 오늘 만난 그 경찰관처럼 말이다. 궁금증 어린 시선에 익숙해지긴 했어도 무례히 쳐다보는 사람들은 여전히 너무나 싫었다. 호기심이 가득한 표정과 이따금 마주치는 동정의 눈빛, 묻고 싶은 질문을 꾹 참고 있는 모습이라니. 하지만 피터는 날 그런 눈빛으로 쳐다보지 않았다. 아니, 눈치도 채지 못한 듯했다. 만난 지 몇 주가 지나서 먼저 이야기를 꺼내자 피터는 그제야 깜짝 놀랐다. 마치 흉터들을 처음 보는 듯했다.

"뭐야, 지금 나더러 이 반응을 믿으라는 거야? 왼쪽 귀 절반이 녹아내린 데다 그나마 남은 절반도 다 시들어 빠진 새싹처럼 쪼글쪼글한데 이걸 여태 눈치채지 못했다고?"

크게 웃어 보이자 피터도 따라 웃으며 내 얼굴 옆쪽으로 시선을 옮겼다.

"진짜야. 정말 몰랐다니까! 아니, 그럼 청력에는 전혀 이상이 없다는 거네?"

그의 말에 나는 고개를 끄덕였다. 한편으로는 운이 좋았던 셈이다.

"사실 네 얼굴 옆쪽 피부가 약간 거칠다고 생각하긴 했어. 그리고 손목에 있는 자국도…. 그래도 넌 예쁘잖아, 메리. 머릿결도 끝내주고 검은 눈동자도 이렇게나 아름다운데 그깟 작은 흉터 몇 개가 뭐가 그리 대수야. 내 이 멋진 복근이 어릴 때 받은 맹장 수술 흉터 하나 때문에 흉측하다고 생각해? 아니잖아."

피터는 대뜸 흰색 티셔츠를 끌어 올려 구릿빛 복근을 드러냈다. 그런 그에게 나는 지겹다는 듯 말했다.

"하여간 틈만 나면, 피터! 당장 그 옷 내려!"

서로의 흉터 이야기를 주고받으며 나는 기분이 좋아졌고 자신감 역시 솟아올랐다. 왼쪽 뺨을 제외한 나머지 흉터들은 쉽게 가릴 수 있었기에 세월이 흐르면서 점점 남의 시선을 덜 의식하게 되었고, 점차 내 외모를 받아들이게 되었다. 하지만 낯선 이들이 빤히 쳐다보는 그 시선은 너무나도 싫었다. 때로는 모르는 사람들과 이야기를 나누는 것도 꺼렸기에 직업적으로 보자면 큰 단점이기도 했다.

술잔을 향해 다시 손을 뻗으며 생각했다. 이제부터는 〈낯선 사람에게 선물 받기〉도 싫어하는 목록에 추가해야겠네. 이런 일이 다 생기다니. 대체 저 망할 다이어리는 누가 보낸 거야? 사람들이 진짜로 죽을까? 나도 죽고? 와인을 한 모금 크게 들이켜고 잔을 다시 내려놓았다. 그만해, 메리. 겁먹을 필요 없어.

피터의 말이 맞았다. 만약 다이어리에 적힌 위협들이 실제로 일어나고, 만약 다이어리에 적힌 그 메리가 진짜 내가 맞다면 그냥… 훌쩍 떠나버리면 되지 않을까? 어차피 외국에 친구들도 많고 돈도 많은데 뭐 문제 될 것도 없잖아. 그리고 이 얼마나 대단한 기삿감인가.

몇 주째 너무 조용하다고 불평해 오던 와중에 이 사건이 제 발로 굴러들어 온 것 아닌가. 범죄 전문 기자라면 누구든 꿈꾸는 일 아닐까? 소파 위에 앉은 채로 발가락을 꼼지락거리며 피터의 무릎 위에 놓인 발을 바로잡았다. 그런 나를 바라보며 피터가 씩 웃더니 다시 텔레비전 화면에 시선을 고정했다. 그래. 범죄 전문 기자에겐 꿈만 같은 일이야. 나한테 꼭 생겼으면 좋겠다고 바라던 일이 일어난 거라고.

머릿속에서 아스라이 들려 오는 목소리를 무시하려 애썼다. 거의 들리지 않을 정도로 아주 작게 속삭였지만, 무슨 말인지는 알 수 있었다.

소원은 신중하게 빌어야 하는 법이란다.

4

1월 31일 일요일

첼트넘 중앙 경찰서(글로스터셔)

"옥스퍼드, 버밍엄, 카디프 경찰서에 연락해 두었습니다."

개러스 리틀 경사가 메리 엘리스와 그녀가 받은 미심쩍은 크리스마스 선물, 아니 선물을 가장한 그 물건에 대해 롭 존스 당직 경위에게 전화로 보고하는 중이었다.

"버밍엄이나 카디프에서 수상한 다이어리나 협박 메시지를 받았다는 신고는 아직까지 없습니다. 옥스퍼드에서도 리사 터너가 살해당하기 전에 어떤 메시지나 협박을 받았다는 기록은 없었다네요. 다이어리는 메리 엘리스 씨에게 보낸 이거 하나뿐인 듯합니다."

"그렇군요. 흠, 과학 수사 연구소로 곧장 보낸 건 좋은 결정이었어요. 좀 께름칙하긴 하군요. 만에 하나 살인 협박들이 진짜라면, 제기랄. 생각하고 싶지도 않네요. 메리 엘리스라는 여자는 어떻던가요? 왠지 이름이 낯익은데요?"

"글로스터셔 지역 기자입니다."

리틀이 대답했다. 조금 전 메리와 이야기를 나누면서 기본적인 정보는 얻었지만 호기심이 발동한 그는 메리가 떠난 뒤 인터넷에서 정보를 조금 더 찾아보았다.

"일반 신문 기자는 아니고 범죄 전문 기자입니다. 범죄 피해자나 유족들, 심지어 잘 알려진 범죄를 저지른 범인들을 만나 심층 인터뷰를 진행한 다음 기사를 써서 대형 신문사나 잡지사로 보내는 일을 합니다. 런던에 살다가 몇 년 전에 첼트넘으로 이사했어요. 시내에 있는 공유 사무실을 빌려 쓰고 있고, 몽펠리에에 있는 고급 주택에서 친구랑 같이 살고 있는데 집 가격이 1백만 파운드(약 17억 원 – 옮긴이)가 넘더라고요. 미혼에 자녀는 없습니다."

"아, 누군지 알겠네요. 작년에 웨이크필드에서 스토니 리네한을 인터뷰했던 사람 맞죠? 그때 참 인상적이었어요. 아무에게도 말하지 않았던 정보들을 술술 털어놓게 만들더라니까요. 기사 내용이 굉장히 침울했던 걸로 기억하는데."

"네, 그 사람 맞습니다. 저도 그 기사 읽었어요. 진짜 소름 끼치더라고요."

리틀은 잠시 말없이 스토니 사건을 떠올렸다. 파인애플 메틸이라는 인디 밴드의 기타리스트로 활동하며 음악 순위 정상을 달리던 그가 장장 10년에 걸쳐 여러 아동을 성추행해 온 사실이 밝혀져 유죄 판결을 받은 사건이었다.

"역겹기도 하죠."

존스가 동의하듯 말했다.

"아, 메리 씨의 아버지가 그레고르 엘리스예요. 굉장히 유명했던 미국 범죄 소설가였는데 기억나세요? 90년대에 엄청 잘 나갔었어요. 베스트셀러도 여러 권 썼고, 그중 두어 개는 영화로도 만들어졌고요."

"와, 그래요? 흥미롭군요. 약간 은둔자 같은 사람 아니었나요? 지금은 죽었고. 맞죠?"

"네. 안 그래도 아까 인터넷을 좀 뒤져봤는데 딸을 혼자서 키웠더라고요. 그레고르 씨의 아내, 그러니까 메리 씨의 어머니가 암으로 죽었거든요. 그 이후로 세상과 담을 쌓고 살면서 정처 없이 떠돌아다녔더라고요. 위키피디아 보셨어요? 소설을 쓸 영감을 찾아서 새로운 도시나 나라로 옮겨 다니다가, 사망할 당시에는 영국에 정착한 모양인데… 여기서 꽤 가까운 코츠월드에 있는 시골 저택에 살았다고 하더군요. 그러다가 한밤중에 집에 불이 났는데 메리 씨만 화상을 입은 채로 빠져나오고 그레고리 씨는 사망했어요. 겨우 열여덟 살인 딸만 남겨두고요."

리틀은 잠시 말을 멈추고 메리 엘리스를 만났던 순간을 떠올렸다. 테이블 맞은편에 앉아 있던 그녀가 손목에 있는 흉터를 가리려고 스웨터 소매를 연신 잡아당기며 남의 시선을 의식하던 모습이 생각났다. 얼굴 옆쪽에도 뭔가 있었던 것 같았는데 초콜릿처럼 짙은 갈색 눈동자에 더 관심이 쏠려 있어 기억이 나지 않았다. 독특한 억양도 굉장히 흥미로웠다. 미국식 억양과 영국식 억양이 부드럽게 섞인 말투였다. 미국 동부 연안 말투라고들

부르던가?

"그럼 메리 씨도 아버지처럼 범죄 관련 글을 쓰는 거군요. 같은 소설은 아니지만. 신기하군요. 그건 그렇고 다이어리 얘기나 다시 합시다. 어때요. 진짜 같던가요?"

존스의 질문에 리틀이 어깨를 으쓱했다.

"혹시나 해서 옥스퍼드 살인 사건이 일어났던 밤 메리 씨의 행방은 알아두었으니 나중에 확인해 보면 될 듯합니다. 그런데 제 직감으론 거짓말을 하는 것 같지는 않았습니다. 다이어리 때문에 굉장히 불안해하는 눈치였어요."

존스가 고개를 끄덕이며 대꾸했다.

"그럼 메리 씨를 특정해서 다이어리를 보낸 이유가 범죄 전문 기자라는 직업 때문일까요? 자기 얘기를 기사로 써주길 원하는 어떤 미친놈이요? 유명한 범죄 전문 기자의 관심을 끌기에 살인 협박만큼 확실한 방법도 없죠."

"그럴 가능성도 있지만, 다이어리에 적힌 메리가 이 여자가 맞다면 위험에 처한 사람이 메리 씨 하나가 아닙니다. 그전에 두 사람을 더 죽이겠다고 적혀 있어요. 그 두 사람은 누구일까요? 지금 저희가 할 수 있는 게 뭘까요? 일단 감식 결과가 나오길 기다려야 하고, 그동안엔 뭘 하면 될까요?"

잠시간의 침묵을 깨고 존스가 천천히 입을 열었다.

"진짜 이런 말까지 하고 싶진 않지만, 내일이 2월 1일 아닙니까? 그러니까 우리가 할 수 있는 일은… 그냥 기다리는 겁니다. 일단 버밍엄이랑 카디프에서 무슨 일이 벌어지는지 한번 지켜보는 거죠. 그런 다음 우리 차례가 되면 그때 가서 한번 진지하게 걱정해 봅시다."

카디프 중앙 경찰서(사우스웨일스)

"자, 다들 진정하고 버밍엄에서 무슨 일이 벌어지는지 일단 지켜보자고. 알겠나? 다이어리에 따르면 우리 차례는 3월이나 돼야 온다잖아. 그것도 어차피 헛소리일 가능성이 크다고. 난 커피나 한잔해야겠네. 자네도 마실 텐가?"

리스 윌리엄스 경위가 상당히 육중한 몸을 의자에서 일으키며 궁금한 표정으로 동료를 바라보았다.

"아, 고마워요, 경위님. 블랙으로 한잔 부탁드려요. 경위님 말씀이 옳습니다. 저 위쪽 미들랜즈에 있는 동료들만 안됐죠, 뭐. 별로 신경 쓸 만한 내용은 아니죠? 그런데 살인이 진짜 일어나기라도 하면 엄청 골치 아프겠는걸요."

하리 휴스 경사와 리스 윌리엄스 당직 경위는 지난 10분간 첼트넘 중앙 경찰서로 신고된 다이어리에 관해 논했다. 그런 다음 옥스퍼드 리사 사건이 언급된 게 다소 당황스럽긴 해도 인력을 투입해 살펴볼 가치가 없다는 결론에 도달했다. 적어도 지금 당장은 아니라고 판단한 것이다.

"카디프에 사는 데이비드? 데이비드라는 이름을 가진 사람만 찾아도 수두룩할 텐데… 다피드, 다이, 데위라고 불리는 사람들까지 다 합치면 끔찍하구먼…."

윌리엄스는 절망적이라는 듯 두 손을 허공에 들어 보였고, 휴스는 고개를 끄덕이며 그의 말에 동의했다. 카디프에서 데이비드라고 불리는 사람이 몇 명이나 될지는 정확히 몰라도 데이비드라는 이름의 웨일스식 철자에 약칭까지 포함하면 그 수는 두 배로 불어날 터였다. 휴스는 구글에서 데이비드라는 이름을 신속하게 검색해 보았다.

"1930년대부터 쭉 영국에서 제일 흔한 이름이 데이비드였다네요. 게다가 여기 웨일스 수호성인이 데이비드 아니에요? 정말 최악인데요. 모래사장에서 바늘 찾기 아닙니까?"

휴스는 커피 머신을 향해 느릿느릿 걸어가는 윌리엄스를 불안한 눈빛으로 바라보았다.

"진짜 버밍엄에서 살인이 일어나기라도 하면 어떡하지? 다음은 우리 차례인데."

혼잣말로 중얼거리다 자기보다 직급이 높은 사람이 걱정할 일이라는 생각에 어깨를 으쓱했다. 무슨 일이 일어나는지 한번 지켜보자.

옥스퍼드 세인트 알데이츠 경찰서(템즈밸리)

"법의학 보고서 결과가 필요해. 지금 당장."

리사 터너 사건의 책임 수사관인 린다 레이크 경감이 수사본부를 이리저리 서성거리며 말했다. 살인 사건이 터진 지 한 달이 지나도록 찾은 단서라고는 고작 몇 개에 불과했고, 그마저도 죄다 막다른 골목에 부딪혀 버렸다. 슬슬 좌절하려던 참에 오늘 점심 무렵 글로스터셔에서 전화 한 통이 걸려 왔다. 행운이 제 발로 굴러들어 온 느낌이었다.

"지문이나 뭐라도 나온 게 있는지…. 그리고 메리 엘리스라는 사람이랑도 얘기를 좀 해봐야겠어요."

레이크는 방 끝 쪽 벽까지 걸어갔다가 홱 뒤돌아 책상들 사이를 이리저리 비집으며 얼룩진 파란 카펫을 가로질러 다시 걸어왔다.

"만약에 이 다이어리에 적힌 살인 협박이 진짜라면 우리에겐 돌파구가 될지도 몰라요. 메리와 리사 두 사람 사이에 어떤 연관성이라도 있나요? 리사의 가족이랑 친구들도 다시 만나봐야겠어요. 카디프랑 버밍엄에 아는 사람이 있는지 물어보고…."

그러다 우뚝 걸음을 멈춰 섰다. 지나치게 흥분한 상태인 자신을 경계하듯 바라보는 동료들의 시선이 느껴졌다. 바로 앞에 있는 경사 하나가 조심스레 입을 열었다.

"경감님, 거짓말일 가능성을 배제할 순 없습니다. 하지만 다이어리가 리사 터너 살해 이전에 우체국에 도착한 거라면 정말 엄청난 우연이 아니고서야…."

그녀가 말끝을 흐렸다. 레이크가 맞장구를 치며 말을 이어받았다.

"내 말이요. 지금 우리가 가진 단서가 달랑 이거 하나 아닙니까? 다들 오늘 밤이랑 내일 버밍엄에서 무슨 일이 일어나는지 주시하세요. 그리고 법의학 보고서에서 쓸만한 게 나오길 기도해 봅시다. 이번엔 뭔가 나올지도 몰라요, 여러분. 행운을 빌어봅시다, 알겠죠?"

버밍엄 중앙 경찰서(웨스트미들랜즈 에지바스턴)

"제인? 버밍엄에 사는 제인이라고? 꼴랑 이게 다야? 그리고 뭐 내일? 지금 장난쳐?"

버밍엄 중앙 경찰서의 프리야 톰슨 경감이 이마로 흘러내린 검은 머리카락 한 가닥을 뒤로 쓸어 넘기며 인상을 찌푸린 채 동료를 바라보았다. 제이슨 부처 경위가 어깨를 으쓱대며 대꾸했다.

"그러게요. 다이어리에 적혀 있는 게 그게 다래요. 날짜 세 개와 이름 세 개. 아, 이미 벌어진 사건까지 합치면 네 개네요. 사실 리사 터너 때문에 좀 우려스럽긴 합니다. 어쨌든 버밍엄에 관해 적힌 내용은 제인과 내일뿐입니다."

"그러니까 꼴랑 이름이랑 날짜만 가지고 뭘 어쩌란 거야? 애초에 다이어리를 메리라는 여자한테 보낸 이유가 뭐래?"

톰슨은 지금 자기가 기분 내키는 대로 말을 막 뱉어내고 있다는 걸 잘 알아차리고는 숨을 깊게 들이켰다. 하필이면 오늘 이런 사건이 들어와서 골치 아프네.

어젯밤 잠을 잘 자지 못해서인지 두통이 올 조짐이 느껴졌다. 손목시계를 힐끗 쳐다보자 벌써 6시가 다 되어가고 있었다. '내일'이 시작될 때까지 불과 여섯 시간 남짓밖에 남지 않았다.

"확실치는 않습니다. 첼트넘 중앙 경찰서에서 그 여자에 대해 자세히 조사 중인데 거짓말을 하는 것 같지는 않다네요. 다이어리는 과학 수사 연구소로 보내 긴급으로 처리해달라고 부탁해 두었답니다."

부처가 대답했다. 작은 키에 말랐지만 탄탄한 체격인 그는 붉은 턱수염을 깔끔하게 기르고 있었는데, 뭔가를 골똘히 생각할 때면 손으로 수염을 쓰다듬는 버릇이 있었다. 바로 지금처럼 말이다.

"그럼 뭐합니까. 오늘이 일요일 밤이니까…. 화요일은 돼야 결과가 나올 텐데요. 살인 협박이 진짜라면 그땐 너무 늦는다고요. 그렇다고 제인이라는 이름을 가진 여성은 다음 서른 시간 동안 집에서 나오지 말라고 지역 뉴스에다 방송할 수도 없는 노릇 아닙니까? 그랬다간 집단 패닉 사태가 발생할 텐데요?"

톰슨이 눈을 희번덕거리며 말했다.

"안돼. 그렇게 둘 순 없지. 제인이라는 사람이, 거참, 몇 명이나 될지 진짜 감도 안 오네. 나이가 많은 사람 중 아무나 골라 죽이겠다는 거야 아니면 이미 특정해 둔 사람이 있다는 거야? 아니면 어린애든 할머니든 그 사이에 있는 누구든 아무나 죽이겠다는 거야? 아니, 이미 정해둔 대상이 있는데 그 여자가 내일 휴가나 출장으로 다른 데로 가버리면 뭐 어떻게 되는 건데?"

하던 말을 멈추고 머리를 굴렸다.

"그럼 가운데 이름이 제인인 사람은? 아니면 세례명이 제인이었다가 나중에 바꾼 사람은 어쩌고? 이건 뭐, 가능성이 끝도 없네. 선거인 명부를 뒤져봤자 유권자 등록을 한 사람밖에 안 나올 텐데…."

자신도 모르게 큰 소리로 불평을 쏟아내고 있다는 걸 의식한 그녀가 말을 멈추고 숨을 골랐다. 머리가 지끈거리기 시작했다.

손가락으로 관자놀이를 문지르며 말을 이었다.

"버밍엄은 또 뭐야? 도시 하나를 말하는 거야 아니면 도시권 전체를 말하는 거야? 이건 불가능한 일이야, 부처 경위."

톰슨의 말에 부처가 고개를 끄덕였다.

"맞아요. 다 맞는 말씀입니다. 빌어먹을 농담 따먹기도 아니고."

부처가 고개를 절레절레 흔들더니 어깨 너머로 누군가를 불렀다.

"태너 경장? 몇 명쯤 되는지 나왔어?"

책상 두 개 건너에서 프랭키 태너 경장이 고개를 휙 돌렸다. 픽시 컷으로 짧게 자른 백금색 머리가 손으로 마구 헝클어뜨린 것처럼 삐쭉삐쭉 뻗쳐 나왔다.

"이게 상당히 까다로운 작업이라서요."

태너는 한숨을 작게 내쉬었다.

"대략적인 수치가 나오긴 했는데 정확하지가 않아요. 음, 최신 인구조사 데이터를 요청해 볼 수는 있지만 다 익명으로 처리해 백 년 동안 보관하는 게 원칙이라서요."

눈동자를 굴리며 말을 이었다.

"국립 통계청에 연락하면 도와줄지도 모르겠지만, 무슨 수를 써도 오늘 밤 내로 도움을 얻기란 불가능해요. 어쨌든 인터넷에서 찾은 정보들을 바탕으로 몇 가지 계산을 좀 해봤는데요. 여성 인구 추정치랑 국립 통계청에 나와 있는 과거 아기 이름 순위를 참고해서…."

책상 위로 손을 뻗어 가느다란 손가락으로 종이 한 장을 톡톡 두드렸다.

"음, 아까도 말씀드렸듯이 진짜 대략적인 수치입니다. 제인이 되게 흔한 이름이거든요. 지금은 예전처럼 많지는 않지만요. 1950년대부터 1970년대까지 굉장히 인기 있었다가 이후엔 조금 사그라들었어요. 여하튼 대강 추측해 본 결과로는 버밍엄에서만 적어도…."

태너가 인상을 찌푸리며 잠시 머뭇거리다 입을 열었다.

"…2천 명에서 2천5백 명 정도의 여성이 제인이라는 이름으로 불리고 있어요. 대다수가 50대 이거나 그 이상일 가능성이 큽니다. 50대부터 80대까지요. 그런데 참 애매한 게 제 친구 하나가 여섯 달 전에 낳은 애 이름을 제인으로 지었거든요. 제인 아멜리아로요. 그러니까…."

그런 다음 태너가 두 손을 허공에 들어 보였는데, 톰슨의 눈에는 '난들 알겠냐'라는 뜻으로 보였다.

"그래. 수고 많았어, 태너 경장."

톰슨은 잠시 생각에 잠겼다. 옥스퍼드에서 살해된 리사 터너는 스물여덟 살이었다. 가능성이 매우 희박하다고 생각했지만, 정말 만약에 미친 연쇄 살인마가 각기 다른 도시에 사는 여러 사람을 노리는 게 사실이라면 일정한 살인 패턴이 있어야 했다. 예를 들면 밤늦게 혼자 걸어서 귀가하는 젊은 여성이라든지. 그런데 희생자로 지목된 카디프에 사는 데이비드라는 남자 하나가 맞아들어가지 않았다. 남성과 여성을 같이 죽인다? 그렇다고 해도 조치는 취해야겠지….

"자, 부처 경위, 이렇게 하자고. 협박 자체가 모호한 데다가 피해자로 예상되는 인원도 너무 많고 지역도 너무 광범위해. 그렇다 보니 우리가 할 수 있는 게 많지는 않네. 협박 메시지가 장난이길 바라지만 그래도 우리가 할 수 있는 데까지 한번 해보자고. 일단 내일 밤 자정까지 추가 인력을 요청하지. 오늘 밤, 특히 퇴근 시간 이후부터 순찰을 더 강화하고, 혼자 귀가하는 여성들을 더 신경 써서 잘 살피라고 당부해. 필요하면 경찰차로 집 앞까지 태워주라고 하고. 또 119로 여성이 곤경에 처했다는 신고가 들어오면 가정 폭력이든 집밖에 이상한 소리가 들린다고 하든 상관 말고 최우선으로 처리하도록. 어떤가?"

부처가 고개를 끄덕였다.

"좋습니다, 경감님. 할 수 있는 건 뭐라도 해야죠. 경감님 말씀대로 누가 장난친 걸 거예요. 옥스퍼드 리사 사건은 우연의 일치일 가능성이 크고요. 아니 죽일 사람한테 미리 경고하고 죽이는 살인마가 어디 있답니까?"

두 사람은 잠시 서로를 빤히 바라보았다. 톰슨은 부처가 자신과 똑같은 생각을 하고 있으리라 확신했다.

제발, 장난이기를. 아니면 우리 모두 다 끝장이야.

5

2월 1일 월요일

밤사이에 사건이 일어나고 말았다. 오전 10시, 더 허브의 내 책상 앞에 앉아 불안감에 휩싸인 채 온라인 뉴스 페이지를 실시간으로 새로고침을 하던 와중에 뉴스 보도가 떴다.

> 웨스트미들랜즈 에지바스턴에서 여성 시신 한 구가 발견되어 경찰이 수사에 착수했다. 피해자는 50대로 추정되며 오늘 아침 일찍 이웃에 의해 자신의 뒤뜰에서 발견되었으나 현장에서 바로 사망 판정을 받았다. 자세한 내용은 추후 업데이트될 예정이다.

자세한 내용은 나와 있지 않았다. 이름도 적혀 있지 않았지만 분명 제인일 것이다. 직감으로 알 수 있었다.

버밍엄, 제인 죽이기

오늘은 2월 1일이었다. 이제 시작인 건가? 다이어리에 적힌 대로 정말 살인이 일어나고 있잖아. 아니면 끔찍한 우연의 일치인 걸까?

마음을 진정시키려 심호흡을 했다. 난 이제 어떡하지? 당황하지 않는 게 제일 중요해. 일단 그 불쌍한 여자가 누군지 밝혀질 때까지 기다려 보자….

"메리, 괜찮아? 비스킷 먹을래?"

뒤에서 엘리가 불쑥 나타나는 바람에 소스라치게 놀랐다. 한 손으로 휠체어를 능숙하게 조종해 멈춰 세운 뒤, 다른 한 손으로는 무화과 롤이 든 상자를 열어 나에게 내밀었다. 나는 놀란 표정으로 비스킷을 쳐다보며 옅은 미소를 지었다.

"무화과 롤? 요즘에도 무화과 롤을 만들어 파는 곳이 있구나. 고맙지만 난 괜찮아. 너만큼 옛날 과자 좋아하는 사람도 없을 거야, 엘리."

엘리가 고개를 뒤로 휙 젖혀 긴 빨간 머리를 넘기며 생긋 웃었다. 늘 그렇듯 오늘도 화장이 완벽 그 자체였다. 아이라인은 고양이 눈매처럼 정교하게 위로 올려 그렸고 입술은 짙은 와인색으로 꽉 채워 발랐다.

"에너지 충전하려면 먹어야 해. 밸런타인데이까지 2주 남았는데 전화가 진짜 쉴 새 없이 온다니까. 그래서 말인데…."

순간, 사무실 끝 엘리의 책상 위에서 전화기가 울려댔다. 엘리가 비스킷 통을 무릎 위에 내려놓고 어깨 너머로 "이따가 얘기해!"라는 말을 남긴 채 황급히 자리를 떴다. 잠시 후 수화기를 들고 웨일스 억양으로 사랑스럽게 노래하듯 인사를 건넸다.

"좋은 아침입니다. 스파클 스페셜리스트입니다. 무엇을 도와 드릴까요?"

우리가 엘리라고 부르는 엘리너의 회사는 눈코 뜰 새 없이 바빴다. 엘리와 그녀의 직원들은 영국 전역을 돌아다니며 레드카펫 행사와 패션쇼에 참석하고 잡지 촬영을 했다. 하지만 그들의 주된 고객은 평범한 여성들이었다. 특별한 약속이 있는 날 전문가에게 화장을 받고 머리를 하려는 사람들이 많았다. 커버력이 좋은 컨실러에 마스카라, 립글로스, 블러셔만 살짝 바르는 걸로 만족하는 나로서는 한 번도 생각해 본 적 없는 일이었지만, 최근 들어 전문가에게 화장 받기가 유행인지 엘리는 매년 크리스마스와 졸업, 결혼 철과 같은 특정 시기만 되면 정신없이 바빴다. 물론 밸런타인데이는 두말할 것도 없고.

다시 컴퓨터 화면으로 시선을 돌렸다. 버밍엄 중앙 경찰서 웹사이트를 클릭한 다음 '최신 뉴스' 섹션을 살펴보았다. 이미 알고 있는 정보들뿐이었는데 당분간 새로운 소식은 올라오지 않을 모양이었다. 너무 답답한 마음에 어제 이야기를 나눴었던 지역 경찰관인 리틀 경사에게 연락해 볼까, 하는 생각이 잠시 스쳤다. 분명 그도 나처럼 밤새 버밍엄을 주시하고 있었을 터였다. 하지만 이내 생각을 접었다. 어차피 시간만 낭비할 게 뻔했다. 피해자의 이름을 알고 있을 리가 없을뿐더러 설사 안다고 해도 나한테는 말해줄 리가 없었다. 결국 잠자코 기다릴 수밖에 없었다. 몸을 바쁘게 움직여 보려 했지만, 어젯밤에 잠을 제대로 못

잔 탓에 너무 피곤했다. 어제저녁 9시쯤 〈미란다〉라는 옛날 드라마의 재방송을 보던 중 피터에게 전화 한 통이 걸려 왔다. 잠시 후 통화를 마친 피터는 멋쩍어하면서도 짐짓 기대하는 표정으로 나를 쳐다보며 말했다.

"메간이 보고 싶어 죽겠다고 자기 집으로 자러 오라는데. 음, 가고 싶긴 하지만 네가 혼자 있기 불안하다고 하면 안 가도 괜찮고…."

"아유, 멍청한 소리 하지 말고 얼른 가! 난 괜찮아. 가서 불타는 밤을 즐기라고."

"정말이야? 혼자 괜찮겠어?"

"물론이지! 빨리 가."

하지만 집에 덩그러니 홀로 남겨지고 나자 다시 불안이 밀려왔고 결국 잠을 설쳤다. 밤새 작은 소리에도 깜짝 놀라 잠에서 깨길 반복했고 악몽에 시달렸다. 지난 몇 년 동안 이따금 악몽을 꾸긴 했지만, 어젯밤에는 지금껏 꿨던 꿈들보다 더 어둡고 무서웠다. 잠옷이 땀으로 흠뻑 젖은 채로 가쁜 숨을 내쉬며 침대에서 벌떡 일어나 앉은 것만도 두 번이었다.

몸을 일으켜 긴장해서 뻣뻣해진 목과 어깨를 풀었다. 주방으로 가서 커피를 진하게 한 잔 탄 다음 머그잔을 손에 들고 내 책상으로 돌아왔다. 오늘 아침 일찍부터 작업하기 시작한 문서를 다시 열어 페이지 상단에 붙여둔 사진 한 장을 멀뚱히 쳐다보았다. 새해 첫날 옥스퍼드에서 사망한 젊은 여성 리사 터너였다.

사진 속 그녀가 날 마주 보았다. 갑자기 울컥하는 느낌이 들어 침을 꿀꺽 삼켰다. 스물여덟 살 리사는 윤기 나는 짙은 갈색 단발머리에 앞머리를 한쪽 옆으로 쓸어 넘겼고, 호랑이처럼 황갈색인 눈이 제법 인상적이었다. 얼마 전 법정 변호사가 되어 옥스퍼드 시내 중심가에 있는 대형 법률 사무소에서 파산 및 회사법 전문가로 일했었다. 안타까운 죽음이네.

세상에 안타깝지 않은 죽음이란 없다. 하지만 이토록 젊고 앞날이 창창한 사람이 죽다니…. 커피를 집어 들어 한 모금 홀짝였다. 순간, 뒤에서 들려 오는 목소리에 또다시 화들짝 놀랐다.

"참 섬뜩한 직업이다. 그죠? 또 죽은 사람 사진 쳐다보고 있어요?"

오늘따라 이 인간들이 왜 자꾸 뒤에서 인기척도 없이 나타나서 놀라게 하는 거야? 잔뜩 짜증을 내며 뒤돌아보자, 에드워드 쿠퍼가 우두커니 서서 내 어깨 너머로 리사의 사진을 들여다보고 있었다. 재빨리 문서를 닫은 뒤 의자를 굴려 그에게서 멀찍이 떨어졌다.

"내 직업이 범죄 전문 기자잖아요, 에드워드. 이게 내 일이라고요."

짜증스러운 티를 팍팍 내며 톡 쏘아대듯 말했다. 에드워드가 두 손을 공중에 들고 뒤로 물러났다.

"미안, 미안해요. 그냥 지나가던 길에 보이길래. 근데 그 여자, 새해에 옥스퍼드에서 살해당한 변호사 맞죠? 참 안됐던데."

대꾸도 하지 않은 채 시선을 돌려 다시 컴퓨터 화면을 응시했다. 에드워드는 몇 초 정도 가만히 서 있다가 발걸음을 뗐다. 잠시 후 고개를 들어 살펴보니 자기 자리로 가다 말고 멈춰 서서 사티시와 이야기를 나누고 있었다. 두 사람이 뭐라고 하는지 내 자리에선 잘 들리지 않았다. 그런데 사티시가 갑자기 고개를 돌려 나를 힐끗 쳐다보다가 나와 눈이 마주치자 재빨리 다시 고개를 돌렸다. 그의 옆에서 나를 쳐다보던 에드워드도 살짝 민망한 듯 실실 웃더니 자기 자리를 향해 걸음을 옮겼다. 에드워드의 뒷모습을 잠시 빤히 쳐다보다가 신경 쓰지 말자고 마음을 다잡고 리사 터너의 파일을 다시 열었다.

사실 이미 알고 있던 사건이었다. 한 달 전 수사가 시작되었을 때부터 쭉 지켜봤지만 깊이 파헤쳐 볼 만한 사건은 아니라고 판단했었다. 하지만 지금은 상황이 완전히 달라져 버렸지 않은가. 지금부턴 내 능력을 총동원해 속속들이 파헤치고 말 것이다. 실제로 일어날 확률은 미미하다고 스스로 되뇌지만 만에 하나 리사가 연쇄 살인 사건의 첫 번째 피해자고 만약 다음 피해자로 내가 지목된 거라면 가장 중요한 열쇠를 쥐고 있는 사람은 리사 아닐까? 아무래도 그럴 가능성이 컸다. 살인은… 때론 무작위로 일어나기도 한다. 하지만 죽일 사람의 이름부터 먼저 무작위로 정해놓고 그에 맞는 사람을 찾아 죽이는 살인마가 과연 있기나 할까? 있을 리가 만무했다. 그러니까 제인, 데이비드, 메리는 마구잡이로 뽑은 이름일 리가 없었다. 범인이 미리 점찍어 둔 사람들의 이름일 가능성이 컸다.

"모르겠어. 지금은 정말 아무것도 모르겠다고. 일단 리사 터너, 너에 대한 모든 것을 다 알고 싶어."

리사 터너의 사진을 바라보며 혼잣말로 중얼거렸다.

오늘 아침 한 시간 동안 최대한 많은 정보를 수집했고 지금은 내가 정리해 둔 자료들을 살펴보는 중이었다. 살해 당시 리사 터너에게 남자 친구는 없었고, 가족은 옥스퍼드에서 지역 보건의로 일하는 앨러스테어라는 이름의 오빠 하나가 전부였다. 부모님 두 분은 이미 돌아가셨는데 15년 전에 돌아가신 아버지 앨런에 대한 정보는 별로 없는 반면에 어머니에 대해서는 흥미로운 정보들이 많았다. 2년 전에 심장마비로 돌아가신 어머니의 이름은 앨리스 터너였다. 사람들에겐 터너 대법관으로 잘 알려진 인물로, 대법원 소속 판사로 임명된 몇 안 되는 여성 중 한 명이었다. 어머니에 대해 캐보다가 재미있는 기사 하나도 발견했다. 어머니가 돌아가시고 얼마 지나지 않아 《더 타임스》와 나눈 인터뷰에서 리사는 영국 사법부가 인종 및 성별 다양성에 있어 얼마나 '뒤처져 있는지'에 관해 성토했다.

"이 법원은 우리나라 최상위 법원입니다. 영국 전역의 민사 소송뿐만 아니라 잉글랜드와 웨일스, 북아일랜드에서 일어나는 형사 소송에 대한 최종 판결이 이루어지는 곳이죠. 그런데 대체 여성 판사는 다 어디로 간 걸까요?"

그러면서 통계 수치를 인용했다.

"영국 판사 중 여성이 차지하는 비율은 3분의 1도 채 되지 않습니다. 저희 어머니도 이 점에 대해 깊은 우려를 표하셨고 저 역시 마찬가지입니다. 반드시 바뀌어야 합니다."

아주 거침없네. 그렇담, 이 발언이 리사를 죽인 범인의 관심을 끈 걸까?

경찰은 여태 용의자가 누군지도 특징짓지 못한 듯했다. 리사는 새해 전날 파티를 마치고 혼자 집으로 걸어가던 중 옥스퍼드 운하를 따라 옆쪽에 난 샛길로 향했다. 그리고 다음 날 울버코트록 수문 근처에서 심각한 머리 손상을 입은 채 시신으로 발견되었다. 도심부에서 북쪽으로 1.6킬로미터 남짓 떨어져 있는 곳으로 갓스토 로드에 있는 그녀의 집과는 고작 몇 분 거리밖에 되지 않았다. 살인이 발생하고 며칠 동안 목격자를 찾는다는 호소문이 연달아 발표됐고, 한 뉴스 기사는 하필이면 살인 사건이 일어난 구간에만 감시카메라가 설치되어 있지 않다고 보도했다. 살인자가 감시카메라가 없다는 걸 알고 의도적으로 그 장소를 택한 걸까? 하지만 어차피 겨울에는 사람 얼굴을 식별하기가 쉽지 않다. 심지어 추운 1월의 겨울밤이라면 더더욱 힘들다. 두꺼운 외투에다 모자와 목도리까지 두른 채 전신을 꽁꽁 싸매고 다니니, 감시카메라가 설치된 곳이었다 한들 얼굴을 알아보기란 매우 까다로웠을 테지….

살인자가 감시카메라를 피할 정도로 영리하고 법의학에 정통하다면 아마도 과학 수사팀이 찾을만한 증거도 일절 남기지 않았을 것이다. 만약 증거를 남겼다면 지금쯤 수사가 더 진척되지 않았을까? 내가 알아본 바로는 수사는 막다른 벽에 부딪힌 듯했다.

옥스퍼드 사건에 대해 좀 더 살펴보고 싶었지만, 도무지 집중할 수가 없었다. 버밍엄에서 무슨 일이 일어났는지 너무나도 궁금했다. 무엇보다 피해자가 누구인지 알고 싶었다. 또다시 뉴스 페이지를 클릭했다. 아무런 업데이트도 없었다.

빨리. 빨리 이름을 말해달란 말이야. 제발. 소리죽여 재촉했다.

만에 하나 내가 굳게 믿고 있는 대로 피해자의 이름이 정말 제인이면 어쩌지? 그럼 난 어떡해야 하지?

6

2월 1일 월요일

버밍엄, 에지바스턴

"제인 홀랜드예요. 피해자 이름이 제인 홀랜드라고요, 경감님. 젠장."

제이슨 부처 경위가 짧게 자른 빨간 머리를 한 손으로 쓸어 넘기며 눈을 크게 뜨고 말했다. 프리야 톰슨 경감이 잠자코 부처를 쳐다보았다. 욕지기가 솟았다. 순간, 곁눈으로 누군가가 다가오는 모습이 보여서 고개를 돌렸다. 범죄 현장 관리자인 미아 화이트하우스가 마스크를 벗으며 집 모퉁이를 돌아 걸어오고 있었다.

톰슨은 부처와 함께 널찍하게 포장된 진입로에 서서 에지바스턴의 오크 로드 6번가에 자리한 집 한 채를 바라보고 있었다. 그녀가 알기론 오크 로드는 버밍엄에서 부촌으로 손꼽히는 지역이었다. 평균 집값이 140만 파운드(약 24억 원－옮긴이)에 달했는데, 6번가에 있는 이 집은 단독주택에다가 침실이 일곱 개, 집 뒤편으로는 2천 제곱미터 정도 되는 정원이 남쪽을 향해 나 있어서 아마 훨씬 더 비쌀 터였다.

집 안 조사는 조금 전에 이미 마친 참이었다. 넓은 테라스를 지나 계단을 내려가면 가장자리가 아름답게 가꾸어진 잔디밭이 나왔고, 참나무 두 그루가 양쪽 끝에 웅장하게 솟아 있었다. 하늘이 몇 주 만에 옅은 녹청색을 밝게 뽐내던 2월의 아침, 뒤뜰 참나무 한 그루 아래 여성으로 보이는 시체 하나가 누워 있었다. 그리고 방금 신원 확인이 끝나 이름이 제인 홀랜드로 밝혀진 것이다. 버밍엄에 사는 제인이라더니. 결국 장난친 게 아니었던 셈이었다. 톰슨은 또다시 속이 메스꺼워 와서 침을 꿀꺽 삼켰다.

내가 할 수 있었던 일이 더 있었을까? 밤새도록 길거리 순찰을 강화했고 경찰관들 역시 경계 태세를 늦추지 않았는데도 불구하고 이런 일이 벌어지다니…. 하지만 가여운 여성의 집 안 정원에서 일어난 일을 내가 무슨 수로 막는단 말인가? 아니지, 막아 낼 수 있었을까? 정말 최선을 다한 게 맞는 걸까? 다른 조치들을 더 취해야 했던 걸까? 내가….

"안녕하세요."

미아가 침울한 표정으로 인사를 건넸다.

"안녕, 미아. 어때? 뭐 좀 찾아냈어?"

톰슨이 숨을 깊게 들이마시며 인사를 건넸다. 라텍스 장갑을 벗으며 미아는 자기 어깨 너머를 힐끗 바라보았다. 시신을 시체 안치소로 운반할 사설 구급차가 진입로로 미끄러지듯 들어와 멈춰 섰다.

"방금 마쳤는데요. 이런 말씀 드려 죄송하지만 건진 게 별로 없어요. 사인은 둔기로 뒷머리를 세게 한 번 맞은 걸로 추정되는데 범행 도구는 발견되지 않았고 침입 흔적 역시 없어요. 그러니 범인이 어떻게든 피해자를 뒤뜰까지 유인했을 가능성이 크겠죠? 그렇지 않고서야 이 추운 겨울밤 잠옷 바람에 달랑 가운 하나만 걸친 채로 혼자 집 밖으로 나온 이유가 설명이 안 돼요. 아니면 일면식이 있던 사람이라 문을 열어준 걸까요? 여기 집들 모두 사설 감시카메라가 설치되어 있으니 일단 그것부터 확보하고, 집집이 찾아다니며 물어보면 뭐라도 좀 나오겠죠."

"좋아. 처음 시신을 발견한 사람은 누구지?"

"피해자가 혼자 살고 있었는지 옆집에 사는 이웃이 처음 발견했어요. 어젯밤에는 수상한 장면을 목격하거나 이상한 소리를 듣지는 못했대요. 오늘 아침 7시 반 경, 정원에 개를 풀어주고 나서… 개가 싼 뒤처리를 하려고 이리저리 돌아다니다가 본인 집 정원과 피해자의 집 정원 사이에 세워진 벽 너머를 힐끔 쳐다봤대요. 나무 아래에 그 여자가 말하기를 '이상한 형체'가 놓여 있길래 좀 더 가까이 가서 살펴봤더니 사람처럼 보이더랍니다. 얼른 옆집으로 달려가 현관문을 몇 분이나 두드렸는데 대답이 없어서 전화를 걸었는데도 안 받길래 119에 신고했다네요. 지금 조금 놀란 상태이기는 한데, 시신이 이웃인 제인 홀랜드가 확실하다고 합니다. 지난 6년간 옆집에 살면서 서로 친구로 지내왔대요."

톰슨은 고개를 끄덕이며 생각에 잠겼다. 지금 당장은 다이어리에 대해 아무에게도 말하지 않기로 결정이 내려졌지만, 이 여자가 다이어리에서 지목된 사람이 맞는지 확인해야 했다. 2월 1일에 제인이라니.

"사망 시각은? 사망 후 얼마나 지났지?"

톰슨의 질문에 미아가 미간을 찌푸리며 대답했다.

"자세한 건 부검이 끝나봐야 알겠지만, 대략 발견되기 일곱 시간에서 여덟 시간 정도 전에 사망한 걸로 추정됩니다. 그러니까 경감님이 궁금하신 사망 시각은 자정 무렵인데, 자정 직후일 가능성이 큽니다. 그때부터 새벽 1시 사이요. 아, 잠시만요."

그 말을 끝으로 미아는 구급차 쪽으로 걸어갔다. 톰슨과 부처는 서로 눈빛을 교환했다. 자정 이전이라면 아직 1월 31일이었을 테지만 그 이후라면….

"와, 정말 빈틈없는 놈이네요? 정확하게 2월 1일이 되자마자."

부처가 먼저 입을 열었다. 톰슨은 고개를 끄덕이며 생각했다. 시간만 조금 더 있었더라면 좋았을 텐데. 최선의 조치가 뭔지 고민해 볼 시간만 충분히 있었더라면 경고문이라도 발표할 수 있었을 텐데. 고작 몇 시간밖에 주어지지 않았으니 애당초 불가능한 일이었어. 말도 안 되는 일이었다고. 하지만… 그만. 프리야. 그만해.

그녀는 집중하려고 노력했다. 계속 자책만 하고 있어선 안 되었다. 자신의 뒤뜰에서 살해되어 싸늘하게 누워있는 제인을 지키지 못했다는 죄책감이 그녀를 무겁게 짓눌러 왔지만, 오늘은 수사에 집중해야 했다. 범인을 찾아내서 다시는 이런 짓을 저지르지 못하도록 막는 데 총력을 기울여야 했다. 톰슨이 빠른 속도로 말했다.

"감시카메라 영상에서 뭐라도 나오길 기대해 봐야겠어. 참, 다이어리 감식 결과 말이야. 지금 당장 필요하니까 글로스터셔에 연락해서 어떻게 되고 있는지 확인해 봐. 제인 홀랜드에 대해서도 샅샅이 조사하고. 왜 이 여자일까, 부처 경위? 왜 이 제인을 죽인 걸까? 세상에. 아무래도 연쇄 살인마일 가능성이 크겠어. 우연일 리가 없잖아. 안 그래? 희생자들을 무작위로 골랐을 리가 없어. 어떤 연관성이나 연결 고리 같은 게 분명히 있을 거야. 일단 옥스퍼드 살인 사건부터 면밀히 조사해 보자고. 그리고 작가인가 기자인가 하는 그 여자랑도 이야기를 나눠봐야겠어. 다이어리 받았다는 여자 말이야. 메리 엘리스랬나? 피해자들 사이에 틀림없이 공통점이 있을 거라고."

"이미 다 예상하고 계셨죠? 알겠습니다. 바로 처리하겠습니다. 카디프 중앙 경찰서도 수사를 진행해야 하지 않을까요? 거기가 다음 차례 아닙니까?"

카디프 중앙 경찰서

"진짜 일어났어요. 버밍엄에 사는 제인 말입니다. 자, 여기요. 아직 신원은 공식적으로 공개되지 않은 상태고 가족들을 찾는 중인데, 저희 쪽에는 미리 알려주는 게 좋겠다고 판단했대요. 이름은 제인 홀랜드고 나이는 55세 여성입니다. 오늘 아침 일찍 자신의 뒤뜰에서 사망한 채 발견됐답니다. 이런 젠장."

하리 휴스 경사가 손에 든 종이를 흔들며 말했다. 리스 윌리엄스 경위가 그를 잠시 쳐다보다가 휘파람을 낮게 불었다.

"아휴. 이제 할 일이 산더미겠는데."

휴스는 고개를 끄덕였다. 어젯밤 다이어리에 적힌 협박 메시지에 대한 보고를 받고 난 이후 카디프 중앙 경찰서의 경관 하나가 사건을 조사한 뒤 대략적인 수치를 계산했는데, 두 사람이 예상했던 대로 결과가 썩 좋지는 않았다. 데이비드라는 이름을 가진 사람이 시내에만 적어도 2천 명이 넘었고 다피드나 다이, 데위라고 불리는 사람이 수백 명은 더 될 테니… 최소한으로 잡아도 잠재적인 피해자가 족히 3천에서 4천 명에 달하는 셈이었다.

"이 사건은 진짜 이해가 안 가요. 보통 세 명 이상을 죽이면 연쇄 살인마라고 하잖아요. 근데 이놈은 네 명을 죽이겠다고 으름장을 놓았잖아요? 게다가 남성과 여성을 동시에 노리는 경우가 흔치 않잖아요. 보통 여성 아니면 남성, 하나만 노리지. 범행 장소도 도시 한 군데가 아니라 이곳저곳을 돌아다니고요. 어떻게 생각하세요?"

윌리엄스는 어깨를 으쓱했다.

"난들 아나. 우린 이제 이 사건에서 손 떼도 되니 천만다행이지. 과연 이 사건을 누가 맡게 될까? 나만 아니면 장땡이지 뭐."

"저는 제가 직접 해결하고 싶기도 한데."

휴스가 살짝 아쉬움이 묻어나는 목소리로 말했다. 빨리 형사가 되어 범죄 수사과에 합류하고 싶었다. 과연 수사과에서 누가

이 사건을 맡게 될는지 궁금증이 일었다. 헬렌 앤드루스가 맡지 않을까? 젊긴 해도 유능하니까. 아니면 브린 루이스? 누가 맡든 잘 보고 배워야겠다고 다짐했다. 지금부터 이 사건은 매우 흥미로워질 테니까.

7

2월 1일 월요일

아직도 더 허브의 내 자리에 앉아 쓸만한 이야기가 있는지 인터넷을 찾아보는 중인데 집중이 잘 되지 않았다. 순간, 핸드폰에서 드디어 새 뉴스가 떴다는 알림이 울렸다.

> 오늘 아침 버밍엄 에지바스턴에서 사망한 채 발견된 여성이 55세 제인 홀랜드로 밝혀졌다. 아침 일찍 자신의 뒤뜰에서 죽어있는 제인을 발견한 이웃의 신고를 받고 출동한 경찰은 살인 사건 수사를 시작…

뒤이어 사건의 목격자나 제인 홀랜드가 살해되기 하루 전날 동선을 알고 있는 사람을 찾고 있다는 뻔한 호소문이 적혀 있었는데 글씨가 자꾸만 내 눈앞에서 흐릿해져 갔다. 핸드폰을 내려놓는 손이 부들부들 떨렸다. 제인이야. 제인 홀랜드라고.

사실 그리 놀라지는 않았다. 피해자의 이름이 제인일 거라고 내 직감이 온종일 말해왔으니까. 제인일 줄 다 알고 있었는데도 내 눈으로 직접 확인하고 나자 심장이 떨렸다. 진짜로 일어나다니. 그럼 이제 어떻게 되는 거지? 카디프에 사는 데이비드 그리고 그다음엔… 내 차례인가? 아니면 내가 아니라 첼트넘에 사는 다른 메리일까? 바로 그때 핸드폰에서 전화벨이 요란하게 울려대는 바람에 까무러치게 놀랐다. 모르는 번호로 걸려 온 전화였다. 받지 말까 잠시 고민하다가 그런 나 스스로가 어이없어서 바로 전화를 받았다.

"여보세요?"

건조한 목에서 높고 가느다란 소리가 새어 나왔다. 꼴깍, 침을 한번 삼키고는 했던 말을 반복했다.

"여보세요? 누구시죠?"

"메리 엘리스 씨 맞나요? 리틀 경사입니다. 어제 뵀었는데 기억나시나요?"

온몸에 안도감이 밀려왔다.

"네. 경사님, 안녕하세요. 메리입니다."

"네. 음… 혹시 뉴스 보셨습니까? 버밍엄 관련해서요?"

꿀꺽, 다시 침을 삼켰다. 목이 너무 말랐지만 책상 위에 마실 물이 없었다.

"네. 방금 봤어요. 그 여자 이름이 제인이던데. 좀… 섬뜩하네요…."

잠시 말을 멈추고 사무실 둘러봤다. 근처 책상들이 모두 비어 있었는데도 여전히 목소리를 낮춰 물었다.

"그럼, 이제 어떡하죠?"

"글쎄요. 아직 이르긴 하지만 우연일 가능성은 배제된 상황입니다. 현재 여러 지역에서 동시에 수사가 진행되고 있다 보니 한 시간가량 동안 굉장히 빠른 진척을 보이고 있습니다. 앞으로 IT 시스템을 통해서 계속 서로 진행 상황을 공유할 예정입니다. 수사팀마다 핵심 인원만 추려서 화상으로 정기 브리핑도 하고요. 음, 솔직히 말씀드리면 메리 씨에 대한 수사가 완전히 끝난 건 아닙니다만, 혹시 저희 첫 팀 미팅이 내일인데 참석할 수 있으실까요? 첼트넘 중앙 경찰서에서 오전 10시에요?"

"네, 알겠습니다. 참석하도록 할게요."

"질문에 답변만 해주시면 됩니다. 잠재적 희생자들 사이에 어떤 패턴이나 연결 고리 같은 게 있는지 알아보고 있거든요. 참, 메리 씨. 지금 이 사건에 대한 언론 접근을 엄격하게 통제하고 있어요. 물론 살인 사건 자체야 보도가 나가고 있지만 다이어리의 존재와 각각의 사건들 사이에 존재할지 모르는 연관성 등은 보도 제한이 걸려있습니다. 피터 정 씨 이외에 자세한 내용을 공유하신 분은 없으시죠?"

"아무한테도 말 안 했어요. 그래서 이렇게 작은 목소리로 말하는 거예요. 지금 사무실에 있거든요. 통화 소리가 들릴 정도의 거리엔 아무도 없어요."

"잘하셨어요. 글로스터셔 쪽 사건 담당 형사가 아직 정해지지는 않았는데 곧 배정될 테니 아마 내일 오시게 되면 만나게 되실 겁니다. FLO라고 가족 연락 담당관도 배정될 거예요. 아, 설명 안 해도 이미 다 알고 계시죠?"

리틀 경사는 가볍게 웃었다. 웃음소리를 듣자 왠지 모르게 기분이 조금 나아졌다.

"네, 그 용어는 익히 잘 알고 있습니다. 감사합니다."

"아닙니다. 어쨌건 메리 씨 전담 FLO가 앞으로 조사 진행 상황을 계속 업데이트해 줄 겁니다. 이미 다 아시는 내용일 테니 이만 끊겠습니다. 그럼 내일 10시에 뵙겠습니다. 지난번이랑 같은 장소로 오시면 누가 기다리고 있을 겁니다."

전화를 끊자마자 엘리가 내 책상 옆을 빠르게 지나쳐 갔다. 그러다 휠체어를 홱 뒤집어 내 바로 옆에 딱 멈춰 섰다.

"아이고, 괜찮아, 메리? 얼굴이 허옇게 질렸네. 귀신이라도 봤어?"

"괜찮아. 그냥 좀 피곤해서 그래. 어젯밤에 잠을 좀 설쳤거든."

엘리를 향해 억지웃음을 지으며 대답했다.

"그 고통은 나도 잘 알지. 나도 똑같아. 이놈의 밸런타인데이를 앞두고서는 통 잠을 잘 수가 없다니까. 진짜 발바닥에 땀 나게 뛰어다녀야 한다고. 물론 휠체어를 타고 다니니까 진짜로 발바닥에 땀이 날 일은 없지만 말이야!"

엘리는 눈을 찡긋하고는 다시 빠른 속도로 내달렸다. 휠체어를 능숙하게 조종하며 누군가가 바닥에 놓아둔 서류 가방을 가볍게 피했다. 그런 다음 자기 쪽으로 걸어오고 있는 사티시를 아슬아슬하게 지나쳐 갔다. 사티시는 핸드폰에 시선을 고정한 채 고개를 푹 숙이고 있다가 깜짝 놀라 조그맣게 소리를 내질렀다.

"이런, 미안해요, 엘리!"

그 모습을 지켜보며 이번에는 내 입에서 진짜 웃음이 터져 나왔다. 엘리는 정말이지 대단한 사람이다. 선천성 척수 손상을 갖고 태어나서 지금껏 두 발로 걸어본 적이 없는데도 절망하는 모습이라고는 눈곱만치도 없었다. 우리 집에서 그리 멀지 않은 비토리아 워크 거리에 있는 멋진 루프탑 아파트에 사는 데다가 사업을 성공적으로 운영하고 있고 사교성도 놀라울 정도로 뛰어나고…. 오늘만 대체 몇 번째인지 또다시 엘리의 책상에서 전화가 울려대기 시작했다. 엘리의 휠체어가 쌩하고 달려가 한 치의 오차도 없이 책상 앞에 딱 멈춰 서는 모습을 바라보았다. 고개를 돌리자 사티시가 내 책상 옆을 지나다 말고 멈춰 서서 얼굴을 찡그린 채 나를 쳐다보고 있었다.

"엄청 피곤해 보이네요, 메리. 괜찮아요?"

사티시는 내게 대답할 틈도 주지 않고 다음 말을 내뱉었다.

"엘리는 진짜 스피드광인가 봐요."

"그러게요. 저는 괜찮아요. 바빠서 그래요. 고마워요. 사티시는 안 바빠요?"

앞서 말했듯 사티시는 그리 거슬리지 않았다. 외려 꽤 괜찮은 사람 같았다. 다른 사람들처럼 나와 내 흉터를 빤히 쳐다보지 않았다. 아니, 흉터가 있는지조차도 모르는 듯했다. 누구에게나 친절한 사티시가 요즘 들어 에드워드와 유난히 친하게 지냈다. 너무 가까이 들이대는 버릇만 없었더라도 나 역시 에드워드가 근본은 괜찮은 사람이라 생각했을 것이다. 뭐, 그래도 썩 내키지는 않았겠지만 말이다.

"아뇨, 저도 바빠요 바빠."

사티시가 핸드폰을 흔들어 보이며 대답했다.

"핸드폰으로 뉴스 보면서 커피 가지러 가던 길이었어요. 그럼 하던 일 마저 하세요. 근데 진짜 피곤해 보이니까 쉬엄쉬엄해요. 알았죠?"

'피곤함'의 레벨을 가늠하듯 걱정 어린 표정으로 내 얼굴을 가만히 쳐다보았다. 그런 다음 다시 고개를 푹 숙인 채 핸드폰 화면을 스크롤하며 멀어져 갔다. 책상 앞에 앉아서 무엇을 할지 잠시 고민하다가 시간을 확인했다. 4시가 넘은 시각이었다.

젠장, 집에나 가야겠다.

오늘 밤에는 무조건 술이 필요할 것 같아서 테스코에 들러 파스타 면과 와인 두 병을 샀다. 집에 도착하자 피터가 이미 집에 와 있었다. 주방에서 토마토를 자르고 있는 그를 보자 갑자기 기분이 조금 상했다. 상황이 상황이니만큼 오늘 피터에게서 전화가 올 줄 알았는데 웬걸 온종일 한 통도 오지 않았다. 회사 일이 바빠서 그랬을 거라며 스스로를 위안했다. 그런데 피터 혼자가 아닌 것 같았다. 메간이 조식용 바 테이블의 높은 의자에 앉아 피터와 이야기를 나누고 있었다. 딱 달라붙는 레깅스 덕분에 늘씬한 몸매와 탄탄한 근육이 도드라져 보였다. 그녀가 유리잔에 담긴 물을 홀짝대다가 인사를 건넸다.

"어머, 안녕하세요, 메리. 저 금방 갈 거예요. 조금 이따가 수업이 있거든요. 우리 몸 좋은 미남 얼굴 보러 잠깐 들렀어요."

메간이 나를 향해 눈을 찡긋했다. 해맑게 마주 웃는 메간과 나를 보며 피터는 눈동자를 크게 굴렸다. 나는 메간 옆으로 가 앉아서 날씨나 이맘때쯤 메간의 일이 바빠진다는 등 대체로 별것도 아닌 이야기들을 몇 분 동안 주고받았다. 그녀는 달리기에 진심일 뿐 아니라 요가도 가르쳤다. 그러니 '수업이 있다'라는 말은 동네 대형 체육관으로 요가를 가르치러 간다는 뜻이었다. 메간은 자기 수업을 들으러 오라고 날 또 꼬시려고 했다. 이번이 처음이 아니었는데, 오늘은 "메리, 요가하면 몸이 진짜 좋아져요. 이런 말 해서 미안한데 얼굴이 창백한 데다 스트레스도 많이 받은 것처럼 보이거든요. 도움이 많이 될 텐데…"라는 말을 늘어놓았다. 오늘 하루 동안 내 외모 지적을 하는 사람이 대체 몇 명이나 될는지, 속으로 한숨을 푹 내쉬고 매번 그랬듯 정중하게 거절했다. 수영이나 오래 걷는 운동은 괜찮았다. 하지만 사방이 커다란 거울로 뒤덮인 채 창문 하나 없이 덥고 푹푹 찌는 방에서 온갖 이상한 자세로 몸을 구부려 대는 짓은 죽어도 하고 싶지 않았다. 아무리 내 피부가 창백하고 스트레스를 받아 피곤하다 한들 요가는 내 스타일이 아니었다. 잠시 후 메간이 화장실을 다녀오겠다고 자리를 비웠고, 나는 곧바로 주방 문을 닫고 몸을 돌려 피터를 쳐다보았다. 뭘 만드는지는 몰라도 맛있는 냄새를 풍기며 가스레인지 위에 놓인 냄비 안을 휘젓고 있었다.

"메간한테 아무 말도 안 했지? 다이어리에 대해서?"

이를 앙다물고 속삭이듯 물었다. 피터는 고개를 들어 분개한 표정으로 나를 쳐다봤다.

"당연히 안 했지. 말 안 한다고 했잖아. 왜? 참, 오늘 연락 못 해서 미안해. 회의가 줄줄이 잡혀 있어서 바빴는데, 일 마치고 나오니까 메간이 안내데스크 앞에서 기다리고 있더라고. 온종일 나 혼자 있을 수 있는 시간이 1초도 없었어…."

"지금 그게 문제가 아냐. 조용하고 잘 들어봐. 오늘 경찰한테 다시 전화가 왔었는데, 지금 이 사건에 대한 언론 보도가 금지되어 있대. 그러니까 진짜 우리 말고는 그 누구도 알아선 안 돼. 알겠지? 왜냐하면… 이미 두 번째 사람이 죽었거든. 버밍엄에 사는 제인 말이야. 오늘 아침 일찍 사망한 채 발견됐대."

피터가 눈을 커다랗게 떴다.

"세상에, 메리! 진짜야? 이건…."

순간, 주방 문이 열리며 메간이 들어오는 바람에 피터가 갑자기 하던 말을 멈추었다. 메간이 머뭇거리며 우리 둘을 빤히 쳐다보았다. 자기가 들어오자마자 대화가 뚝 끊긴 이유가 궁금할 테지.

"뭐… 문제 있어요?"

메간의 예쁘장한 얼굴에 의심이 서렸다.

"아니야. 괜찮아. 서로 의견 차이가 좀 있어서…. 집안일 때문에 말이야. 이번 주 쓰레기 당번이 누군지 얘기하던 중이었어."

"맞아. 분명히 네 차례야."

피터의 말에 얼른 맞장구를 치며 손가락을 들어 피터를 향해 흔들어 댔다. 그가 어깨를 으쓱하며 말했다.

"알았어. 운동하는 셈 치지 뭐. 네가 마신 빈 와인 병들 질질 끌고 가서 밖에다 내놓으면 되잖아."

"요 건방진 놈!"

메간은 여전히 머뭇거리며 우리 둘을 쳐다보고 있었지만 의심이 서렸던 얼굴에는 미소가 어려 있었다.

"두 사람 말이에요. 결혼한 지 오래된 부부 같아요. 어쨌든 난 이만 갈게요."

성큼성큼 주방을 가로질러 가더니 피터의 입술에 진하게 입을 맞췄다.

"우리 이번 주에 또 볼까?"

"무슨 일이 있어도 봐야지."

두 사람은 서로 마주 보며 헤벌쭉 웃었다.

"잘 있어요, 메리! 안녕, 자기!"

메간이 방을 나서며 외쳤다. 잠시 후 현관문이 쾅 닫히고 그녀가 눈앞에서 사라졌다. 그러자마자 피터는 냄비를 젓던 주걱을 내려놓고 냉장고로 걸어갔다. 반쯤 비어있는 화이트 와인 병을 꺼내 유리잔에 들이부은 다음 술잔을 내 앞에 착 내려놓으며 말했다.

"술이 필요할 것 같아서. 자, 말해 봐!"

한숨을 푹 내쉬고 운을 뗐다.

"솔직히 나도 아는 게 별로 없어. 일어난 지 얼마 안 된 일이라서."

제인 홀랜드의 안타까운 죽음에 대해 지금까지 내가 알아낸 정보들과 내일 아침에 또 경찰서에 가야 한다는 사실까지 싹 털어놓았다. 내 말이 끝나자 피터가 천천히 고개를 가로저으며 말했다.

"메리, 지금 위험을 감수할 때가 아냐. 제인 홀랜드 사건이 진짜 일어났잖아. '첼트넘, 메리 죽이기'라는 협박 메시지가 적힌 날짜까지 아직 시간이 있다는 거 알아. 그래, 네 말대로 범인이 노리는 사람이 정확히 너인지도 아직 확실치 않지. 그런데 이쯤 되면 어떻게 할지 계획 정도는 세워둬야 하는 거 아냐? 전에도 말했다시피 만약 내가 너라면 3월 말경에 어디 따뜻하고 멋진 데로 비행기를 타고 떠나버릴 거야. 어디로 가는지는 아무한테도 말하지 않고 말이야. 내가 같이 가줄게. 휴가 쓰고 같이 가면 돼."

와인잔을 집어 들고 한 모금 마신 뒤 다시 한 모금을 더 들이켰다.

"모르겠어, 피터. 아직 잘 모르겠다고. 다른 데로 도망칠 생각이야 물론 해봤지. 네 말대로 해외로 떠나버릴 수도 있고, 아니면 경찰이 4월 1일에 신변 보호 같은 걸 제공해 줄지도 몰라. 24시간 동안 아무도 찾지 못하도록 안전 가옥 같은 데로 데려갈 수도 있지 않을까?"

피터가 이맛살을 찌푸리며 천천히 말했다.

"그럴 수도 있지. 네가 원한다면 어디든 따라갈게. 난 정말 네가 무사했으면 좋겠어. 너보다 내가 더 긴장하고 있는 거 같다니까."

팔을 뻗어 그의 손을 어루만지며 다독였다.

"다정하기도 하지. 다 괜찮을 거야. 내가 위험해지면 경찰이 보호해 줄 테니 걱정하지 마. 그전에 신뢰부터 얻어야겠지만 말이야. 내가 이 모든 일과 연관이 있을 수도 있다고 여전히 살짝 의심하는 눈치야. 새해 전날 내 알리바이만 확인되면 의심을 거두겠지. 누가 알아? 범인이 금방 잡힐지도 모르잖아. 아직 내 차례까지 한참 남았어. 누군지는 몰라도 카디프에 사는 불쌍한 데이비드 차례까지 한 달 남았으니 첼트넘까지는 두 달 남았다고. 그러니까 너무 호들갑 떨지 말자. 나도 당연히 긴장되지 왜 안 되겠어? 제인에 대한 뉴스가 떴을 때 완전 무서웠다고. 하지만 난 적어도 무슨 일이 일어날지 이미 알고 있잖아. 제인은 몰랐던 사실을 난 알고 있는 거니까 엄청 유리한 셈이지. 너무 걱정하지 마. 알았지? 그리고 잊지 마. 아무한테도 말하지 않기다."

피터는 입을 굳게 다물고 고개를 끄덕였다.

"안 할게. 몇 번을 말해. 메리 엘리스, 넌 가장 친한 내 친구야. 내가 사랑하는 친구니까 걱정되는 게 당연하지. 예전에 힘든 시기를 겪었을 때도 넌 꿋꿋하게 견뎌냈잖아? 이번에도 잘 견뎌낼 거라고 믿으니까 나 실망시키면 안돼. 알겠지?"

"실망시키지 않을게. 나도 사랑해."

속삭이듯 말하다 순간 울컥해져서 눈시울이 붉어졌다. 피터는 성큼성큼 다가와 날 꼭 끌어안아 주었다.

"뭐든 필요한 게 있으면 말만 해."

머리카락 사이로 피터가 작게 소곤거렸다.

"그럼 와인 한 잔만 더 따라 줄래?"

나도 똑같이 작은 목소리로 대답하자 피터는 크게 웃으며 날 안았던 팔을 풀어 주었다. 엉덩이를 까불까불 흔들며 냉장고로 다시 걸어가는 뒷모습에 웃음이 빵 터졌다. 하지만 피터가 요리한 아라비아타 소스 닭요리를 저녁으로 먹고 나니 또다시 불안해지기 시작했다. 맨 꼭대기 층에 있는 내 방으로 돌아가 루신다에게 전화를 걸었다. 그녀는 10대 때부터 꾸준히 연락하는 몇 안 되는 친구 중 한 명이었지만 지금은 동물학자 일을 하며 아프리카에 살고 있어서 자주 만나지 못했다. 그녀는 지난 몇 년간 짐바브웨 사자 보호 프로젝트, 우간다 고릴라 보호구역 일에 참여했었다. 그러다가 현재는 보츠와나 야생 동물 센터에서 1년간 근무하며 오카방고 삼각주에 서식하는 야생 동물 개체 수 변화를 관찰하는 중이다. 정말 대단한 일을 하고 있었고 자기 일을 무척이나 사랑했다. 다만 핸드폰 신호가 불안정해서 내가 원하는 만큼 자주 전화 통화를 할 수가 없었다. 오늘은 90초 정도 간신히 연결됐지만, 대화라고는 고작 "거기는 좀 어때?"와 "보고 싶어!"라는 말을 나눈 게 전부였다. 짧게나마 루신다의 명랑한 목소리를 들으니 기분이 한결 나아졌다. 신호가 약해지고 전화가 끊기던 찰나, 문득 4월에 비행기를 타고 가서 2주 정도 같이 있다 올까라는 생각이 스쳤다. 루신다는 자원봉사자가 더 필요하다고 입이 닳도록 말했었다. 게다가 보츠와나에 있는 나를 미래의 살인마가 무슨 수로 찾겠어? 오카방고 삼각주가 어디에 붙어있는지는 나조차도 몰랐다.

"틀림없이 다 잘될 거야."

큰소리로 단호하게 외쳤다. 피터와 함께 한 시간쯤 텔레비전이나 보다 자려고 다시 아래층 거실로 향했다. 얼마나 기가 막힌 기사가 될 건지만 생각하자. 넝쿨째 굴러들어 온 기회잖아. 일생에 한 번 나올까 말까 한 기삿감이야. 그리고 피터 말이 맞아. 난 이미 힘든 시기를 겪었고 무사히 살아남았잖아? 이런 일쯤이야 아무것도 아니지.

나도 모르게 왼손을 오른쪽 손목 위로 가져갔다. 손가락 아래 거칠고 울퉁불퉁한 피부가 느껴졌다. 숨을 깊게 들이마시고 거실문을 활짝 열고 들어가 피터와 함께했다.

8

2월 2일 화요일

첼트넘 중앙 경찰서

"자, 그럼 자기소개부터 하고 시작하죠. 시간이 그리 많지 않으니 짧고 간결하게 했으면 합니다."

스테프 워든 경감이 말했다. 지금 시각은 화요일 아침 10시 15분이었고, 나는 작고 다소 답답한 회의실에 앉아 골판지 컵에 담긴 커피를 천천히 음미하고 있었다. 놀라울 정도로 맛있었다.

"옛날 커피는 정말 맛대가리가 하나도 없었다니까요. 저희 집에 커피 머신을 새로 사면서 쓰던 걸 여기에 갖다 놨어요."

워든 경감이 카페라테 한잔을 건네며 말했다. 그녀는 어젯밤 글로스터셔 사건 담당으로 배정된 담당 책임 수사관이었다. 나보다 키는 작았고, 늘씬한 몸에 반해 하얀 면 셔츠 소매 아래로 다부진 팔근육이 드러나 있었다. 그녀는 안내데스크에서 나를 기다리고 있다가 지금 우리가 앉아 있는 방으로 안내했다. 빠르게 걸음을 옮기며 영국 내 다른 지역에서 발생한 연쇄 살인 사건을 두 번 맡았었다고 말했는데, 모두 성공적으로 기소되었고 나도 이미 알고 있는 사건이었다. 어려 보이는 얼굴에 비해 꽤 인상적인 이력이었다. 눈가에 잔주름이 옅게 잡혀있는 걸 보니 40대 초반 정도인 듯했고 검은색 단발머리가 단정하게 정돈되어 있었다. 글로스터셔로 발령 난지는 두 달밖에 되지 않았다고 했다. 시런세스터(글로스터셔의 남동쪽에 위치한 도시 – 옮긴이)의 요양원에 계시는 나이 든 어머니와 더 가까이 있고 싶어서 글로스터셔로 오게 됐다고 털어놓았다. 오늘 아침 경찰서로 오면서 불안해 죽을 것만 같았던 마음이 벌써 진정되는 느낌이 들었다. 다행히 믿을 만한 사람이 사건을 맡았네.

"메리 씨, 조금만 더 가까이 와 줄래요? 저희 둘 다 화면에 나와야 해서요. 잠시만요…."

워든 경감이 앞쪽 책상 위에 놓인 큼지막한 모니터를 내 쪽으로 살짝 돌리는 사이 나는 왼쪽에 앉아 있는 그녀 가까이 의자를 당겨 앉았다.

"딱 좋습니다. 고마워요."

나와 워든의 모습이 화면에 떴다. 우리 얼굴 아래쪽으로 여자 둘과 남자 하나가 더 보였다. 이 사건에 관련된 다른 지역의 책임 수사관들이라고 했다. 화면에는 세 명뿐일지라도 각각의 회의실에는 전임 수사관을 포함해 사건을 담당하는 선임 법의학 연구원들과 형사들도 함께 있다고 워든은 귀띔해 주었다.

"대형 사건이군요."

워든이 목청을 가다듬고 운을 띄웠다.

"자, 그럼 시작해 볼까요?"

목소리에 조르디 억양(영국 북동부 지역의 억양 – 옮긴이)이 살짝 묻어났다.

"저는 스테퍼니 워든 경감입니다. 글로스터셔 담당 책임 수사관입니다. 그냥 스테프라고 불러주세요. 절 스테퍼니라고 부르는 사람은 저희 어머니와 옛날 프랑스어 선생님 둘뿐이거든요."

화면 속 네모 세 개에서 웃음이 번졌다.

"메리 엘리스 씨도 제 옆에 함께 있습니다. 아시다시피 범죄 전문 기자이고 네 건의 살인이 적혀 있는 다이어리를 받은 장본인입니다."

워든이 나를 가리키며 말했다. 다른 사람들이 모두 고개를 까딱하며 인사를 건넸고 나도 고개를 까딱했다. 문득 나에게로 집중된 시선이 느껴졌다. 회의실을 환히 비추는 강렬한 조명에 내 흉터가 너무 도드라져 보이지 않기를 바랐다.

"직업이 직업이니만큼 메리 씨 역시 언론 통제의 필요성을 인지하고 계십니다. 오늘 논의할 내용들 또한 비밀에 부치기로 동의하였으니 걱정하지 않으셔도 됩니다. 여러분들의 질문에 성실히 답변해 주실 겁니다. 그런 다음 메리 씨는 보내드리고 저희끼리 사건 관련 사항들에 대해 논하도록 하겠습니다. 아, 참고로 제 전임 수사관은 마이크 스탠리 경위입니다. 오늘은 참석하지 못했지만, 나중에 회의 녹화본을 시청할 겁니다. FLO인 제스 고든 경장은 이 방에 함께 있습니다."

방에 있는 사람들과 내 시선이 일제히 워든의 왼편으로 향했다. 제스 고든 경장은 민트 차를 홀짝이며 앉아 있었다. 그녀와는 회의가 시작되기 전 잠깐 이야기를 나누었는데 조용하고 진지했지만 심하게 말하면 조금 둔해 보이는 인상을 받았다. 20대 후반인 듯한 그녀는 조그마한 체구에 광대뼈가 도드라진 얼굴이었다. 붉은빛이 감도는 금발 머리를 뒤로 당겨 낮게 묶고 있었다. 자기 이름이 호명되자 무표정한 얼굴로 워든 경감을 힐끔 바라보았다. '생각했던 대로… 아주 재미있는 친구네.'라고 생각하며 다시 내 앞에 놓인 화면으로 시선을 돌렸다.

"웨스트미들랜즈요?"

워든의 부름에 가운데 상자 속 여자가 대답했다.

"안녕하세요. 프리야 톰슨 경감입니다. 이렇게 빨리 회의를 열어주셔서 감사합니다. 제인 홀랜드 사건은 초기 단계부터 왠지 쉽지 않네요."

그녀는 기다란 검은 머리카락을 하나로 질끈 묶고 있었고 아이라이너를 그린 덕분에 커다랗고 까만 눈이 더욱 도드라져 보였다. 눈 아래에는 눈그늘이 드리워져 있었는데 그 모습을 보니 왠지 모르게 조금 더 안심되었다. 이 일로 잠을 못 잔 사람이 나 혼자만이 아니라는 의미였으니까.

"고맙습니다. 다음은 사우스웨일스요?"

워든의 말에 톰슨 경감의 오른쪽에 있는 남자가 손을 번쩍 들었다.

"좋은 아침입니다."

한마디밖에 하지 않았는데도 단번에 알아챌 수 있을 만큼 웨일스 억양이 강하게 배어 있었다.

"브린 루이스 경감입니다. 다들 만나서 반갑습니다. 정말 대단한 사건 아닙니까?"

목소리가 깊고 우렁찼다. 웨일스 럭비 선수하면 떠오르는 정형화된 이미지대로 큰 덩치에 떡 벌어진 어깨가 화면을 가득 채우고 있었다.

"그렇죠. 좋은 아침입니다, 루이스 경감. 그럼 마지막으로 템즈밸리는요?"

워든이 물었다.

"린다 레이크 경감입니다. 옥스퍼드에서 발생한 리사 터너 사건 수사가 지금 벽에 부딪힌 상황입니다. 정말로 이 사건들이 다 연결되어 있다면 여러분들의 도움이 절실합니다. 현재로서는 아무런 단서가 없는 상태라 정말 골치가 아픕니다."

"얼마나 고통스러울지 저도 잘 이해합니다."

버밍엄의 톰슨 경감이 맞장구를 쳤다. 린다 레이크 경감은 얼굴을 찡그린 채 고개를 끄덕였다. 머리는 잿빛 금발에 단발이었고, 화질이 좋지 않은데도 화면에서 그녀의 눈이 유독 돋보였다. 매력적인 녹색 눈동자에 고양이 같은 눈매가 인상적이었다.

"좋아요. 모두 인사를 나눴으니 그럼 시작해 봅시다. 다들 이미 알고 계시겠지만 지금부터 이 사건은 시어워터 작전이라고 부르겠습니다."

워든이 말했다. 시어워터. 아, 수첩이 없었다. 이 회의에는 기자가 아니라 참고인 자격으로 참석했기 때문에 메모를 해도 되는지를 사전에 물어보지 않았었다. 대신 암호명을 머릿속에 잘 넣어 두었다.

"옥스퍼드에서 발생한 리사 터너 살인 사건에 이어 오늘 버밍엄에서 제인 홀랜드 살인 사건이 발생했습니다. 따라서 메리 씨가 받은 다이어리에 적힌 협박 메시지들을 심각하게 받아들일 수밖에 없게 되었습니다. 두 살인이 우연히 발생한 사건이 아니라는 데는 다들 동의하시리라 생각합니다."

화면에 보이는 얼굴들 모두가 고개를 끄덕이며 워든의 말에 동의한다고 웅얼웅얼 말했다.

"다이어리 관련해서 새로운 소식이 하나 있는데요. 오늘 아침 일찍 법의학 보고서를 받았는데 유감스럽게도 좋은 소식은 아닙니다. 아무것도 나온 게 없어요. 메리 씨 것 이외에 다른 지문이나 DNA는 하나도 발견되지 않았습니다."

"젠장."

레이크 경감이 툭 내뱉었다가 곧바로 사과했다.

"죄송합니다. 계속하시죠."

'정말 젠장할 노릇이네'라고 나는 생각했다. 워든 경감이 말을 계속했다.

"저도 참 안타깝게 생각합니다. 다이어리를 구매할 수 있는 장소들을 조사해 보았는데 번화가에 있는 상점 어디에서든 쉽게 구할 수 있는 제품이었습니다. 다수의 상점들과 대부분의 WH스미스(영국의 대표적인 소매 상점 브랜드이며, 기차역이나 병원 등에 위치해 있음—옮긴이) 매장에서 크리마스마스 이전까지 판매했었습니다. 즉 영국 전역에서 구할 수 있었다는 말이죠. 잉글랜드뿐만 아니라 스코틀랜드, 웨일스, 북아일랜드 모든 곳에서요. 게다가 작년에만 수천 권이 넘게 팔렸습니다. 그러니까 그 남자가, 아, 제가 남자라고 말했지만 여자일 가능성도 있습니다. 제 직감으론 남자인 것 같습니다. 어쨌든 그 남자가 그야말로 영국 어디에서든 다이어리를 살 수 있었다는 말이니, 저희에겐 전혀 도움이 되지 않는 정보죠. 그래서 메리 씨에게 묻고 싶습니다. 비슷한 질문을 이미 받으셨다면 미안합니다만, 정확하게 짚고 넘어가야 할 문제라서요. 제 첫 번째 질문은 이겁니다. 이 다이어리를 보낸 게 누군지 혹시 짐작 가는 사람이 있습니까? 익명으로 도착했고, 안타깝게도 봉투인가 포장지는 버렸다고 말씀하셨지만…. 어떤 단서 같은 거라도 없을까요?"

워든의 질문에 고개를 가로저었다.

"없습니다. 죄송해요. 12월 23일에 다이어리가 우편으로 도착했는데 제가 너무 바빠서 크리스마스이브가 돼서야 뜯어봤어요. 포장지는 그날 바로 버렸고요. 작년에 글을 써서 보낸 편집자가 보낸 선물인 줄 알았어요. 크리스마스에 다이어리 같은 물건들을 보내 주고는 하거든요. 그런 다음 상자를 열어 보지도 않고 내버려 뒀다가 지난 일요일에야 열어 본 거예요. 받은 지 한 달 가까이 지나서야 말이죠. 종이 다이어리는 쓸 일이 없어서 자선 가게에 기부하려고 했는데, 문득 보낸 사람한테 고맙다는 인사도 안 했다는 생각에 조금 죄책감이 들더라고요. 그래서 혹시 카드 같은 거라도 들어 있을까 싶어서 다이어리 안을 펼쳐봤어요. 그때 협박 메시지를 처음 발견하게 된 거예요."

"흠. 메리 씨 사무실 주소는 쉽게 알아낼 수 있습니까?"

워든 경감이 인상을 쓰며 물었다. 나는 고개를 끄떡이며 대답했다.

"엄청 쉽죠. 지난 2년 동안 같은 사무실에서 책상 하나를 빌려 쓰고 있거든요. 에디터들, 다른 기자들, 재무팀 사람들까지 다 합치면 주소를 아는 사람이 셀 수 없이 많죠. 게다가 인터넷 프로필에도 연락처가 올라가 있으니, 마음만 먹으면 어렵지 않게 알아낼 수 있어요. 개인 핸드폰 번호와 집 주소는 절대 공개하지 않지만 사무실 주소는 그렇지 않거든요."

잠시 침묵이 흘렀다. 그러다 레이크 경감이 운을 뗐다.

"그렇다면 범인이 어느 정도 모험을 한 셈 아닙니까? 메리 씨가 다이어리를 받고도 아예 펼쳐보지 않았다면 메모를 못 봤을 수도 있었잖아요. 근데 메리 씨한테 살인들이 일어날 거라고 사전에 알려주는 이유가 뭘까요? 또 살인 명단에 메리 씨는 왜 포함되어 있는지, 왜 하필 첼트넘에 사는 메리라는 사람을 지명한 건지 도통 모르겠어요. 저희가 조사한 바에 의하면 리사와 제인은 죽기 전에 미리 경고를 받은 적이 없거든요. 참 이상하단 말이죠."

"저도 잘 모르겠어요. 경감님 말씀대로 메모를 못 봤을 수도 있었어요. 하지만 지금 제가 메모를 봤다는 사실도 범인은 모르지 않나요? 다이어리가 존재한다는 사실이 아직 공개되지 않았잖아요."

내 말에 레이크 경감이 대답했다.

"맞습니다. 만약 다이어리를 펼쳐보지도 않고 자선 가게에 기부했다면 저희도 전혀 몰랐을 테죠. 순전히 운이었어요. 확실히 범인으로서는 어느 정도 도박을 했던 셈이네요."

또다시 짧게 침묵이 흐른 후, 워든 경감이 입을 열었다.

"현시점에선 다 추측일 뿐이죠. 다른 분들은 메리 씨에게 다이어리를 보낸 이유가 뭐라고 생각하십니까? 누군지는 몰라도 범인 말입니다. 그냥 간단하게 남자라고 가정합시다. 메리 씨한테 경고성 협박 메시지를 보낸 이유가 혹시 범죄 전문 기자라는 직업 때문이었을까요? 메리 씨가 자신에 관한 이야기를 써주길 원할 걸까요? 아니면 자신을 추적해서 살인을 막아보라는 의도일까요? 메리 씨 같은 사람한테 단서를 흘리면서 어떤 희열 같은 거라도 느끼는 걸까요? 메리 씨가 경찰서에 신고할 줄 알고 있었을 테니 우리도 갖고 노는 걸까요? 살인 계획에 대한 사소하고 모호한 힌트들만 넌지시 던져주면서 정작 경찰이 잠재적 희생자를 보호하는 조치는 아무것도 할 수 없게 만들려고요?"

"메리 씨는 아니죠. 메리 씨라고 콕 짚어서 대놓고 경고 메시지를 보냈으니 보호할 수 있잖아죠. 적어도 범인이 위협하는 메리가 누구인지는 이미 알고 있는 거죠. 어쩌면 그마저도 범인이 다 계획한 것일지 몰라요. 메리 씨가 경찰 보호를 받아 살아남아야 자기 이야기를 쓸 수 있을 테니까요. 뭔가 그럴싸하지 않습니까? 뭐 이 모든 상황이 말이 안 되기는 하지만. 어쨌든 메리 씨, 이 사건을 글로 쓰실 계획입니까?"

루이스의 질문에 어깨를 으쓱하며 솔직하게 말했다.

"음, 쓰고 싶긴 하죠. 기사로는 대박감인걸요. 물론 지금 당장은 안 쓸 거예요. 언제가 될지는 몰라도 이 모든 상황이 끝나고 나서 써야겠죠. 여러분께 미리 말씀드리고 쓸 생각입니다."

"그래 주시면 감사하겠습니다."

워든이 말했다.

"그래요. 하지만 반대로 범인이 자기 이야기를 쓰든 말든 전혀 신경 쓰지 않을 수도 있습니다. 다이어리를 보낸 동기가 무엇인지 전혀 모르지 않습니까? 지금 당장 시급한 문제는 우리 모두 추측만 할 뿐이라는 점입니다."

톰슨이 말을 계속했다.

"여러 추측만 난무하는 지금 이 순간에도 레이크 경감과 저는 두 여성의 살인 사건을 해결해야 합니다. 그런데 정말 단서가 하나도 없습니다. 지금 우리 수사팀이 해야 할 일은 피해자들에게 집중하는 거예요. 범인이 피해자들을 무작위로 골랐을 리가 없어요. 말도 안 되죠. 분명 이 사람들을 고른 이유가 있을 겁니다. 우리가 아직 찾지 못했을 뿐이지 피해자들 사이에 틀림없이 연관성이 있을 거예요. 메리 씨도 마찬가지고요. 그러니까 이 부분을 잠깐 논의해 보면 어떻습니까?"

"물론이죠. 메리 씨, 두 사람에 대해 그리 많이 알지는 못하시겠지만, 혹시 메리 씨와 리사 터너, 제인 홀랜드 사이에 어떤 공통점 같은 게 있을까요?”

워든의 질문에 고개를 절레절레 흔들었다.

“아무것도 없습니다. 죄송해요. 둘 다 모르는 사람이고 이름도 들어본 적도 없어요. 제인에 대해서는 아는 게 아무것도 없지만, 리사에 대해서는 인터넷에서 최대한 많이 찾아 읽어 봤는데 딱히 인상적인 점은 없었어요. 저랑 공통점이 하나도 없더라고요. 학교나 직장, 관심사… 전부 다 달랐어요. 심지어 저는 옥스퍼드에 가본 적도 없는걸요.”

“그럼 카디프에 사는 데이비드는 어떻습니까? 혹시 아는 사람 중에 데이비드라는 이름을 가진 남자가 있습니까? 딱 봐도 흔치 않은 이름인데 말이죠.”

루이스가 눈썹을 치켜올리며 농담하듯 말하자 모두 피식 웃었다.

“없어요. 죄송합니다. 물론 데이비드라는 이름을 가진 사람을 몇 명 알긴 하는데요. 카디프 출신이거나 카디프에 사는 사람은 없어요. 이름 하나로 사람을 찾아내기란 정말 힘들겠네요.”

“내 말이 그 말입니다.”

루이스 경감이 사뭇 진지하게 말했다.

“마지막으로 메리 씨에게 더 질문하실 분 있으신가요?”

워든 경감이 물었다. 몇 초간 침묵이 흐른 후 화면 속 세 사람은 설레설레 고개를 내저었다.

“좋습니다. 오늘 와 주셔서 감사합니다, 메리 씨. 앞으로도 계속 긴밀히 연락드리도록 하겠습니다. 고든 경장이 가능한 빠른 시일 내로 미팅을 잡을 겁니다. 그렇죠, 고든 경장?"

고개를 돌리자 가족 담당 연락관이 무표정하게 고개를 끄떡였다.

"네. 가시기 전에 여쭤볼 사항이 몇 가지 더 있습니다. 죄송하지만 버밍엄 살인 사건이 있던 날 알리바이를 확인해야 해서요."

제스 고든 경장이 말했다.

"네. 괜찮습니다."

"이해해 주셔서 감사합니다, 메리 씨. 그럼 제발 부탁드리건대 옥스퍼드와 버밍엄 피해자들과 메리 씨 사이에 뭐라도 관련 있는 게 생각나시거든 말씀해 주세요. 정말 작고 사소해 보이는 것이라도 괜찮으니까 꼭이요. 아셨죠? 앞으로 며칠간 이상한 일이 생겨도 연락 주시고요. 아무런 단서도 남기지 않은 범인이 무슨 이유에선지 메리 씨에게만 경고를 보낸 것 같으니 저희로서는 메리 씨의 도움이 절실합니다. 뭐든지요, 아셨죠?"

"알겠습니다. 최선을 다해 볼게요."

"감사합니다. 그럼 다들 작별 인사하시죠. 고든 경장이 잠깐 이야기 나누고 난 뒤에 배웅해 드릴 겁니다."

화면 속에서 "잘 가요, 메리 씨.", "고마워요." 같은 말들이 합창하듯 흘러나왔다. 나는 화면을 향해 어색하게 손을 흔들어 보였다. 레이크 경감이 마지막 말을 건넸다.

"워든 경감이 말했듯이 정말 뭐든지요, 메리 씨. 피해자들 사이에 연관성이 있다는 톰슨 경감의 말에 저도 동의하는 바입니다. 연관성이 뭔지만 찾아낼 수 있다면 범행 동기도 찾아낼 수 있어요. 피해자들을 죽인 이유 말입니다. 그 이유를 찾아낸다면 범인의 정체도 밝혀낼 수 있습니다."

9

2월 2일 화요일

첼트넘 중앙 경찰서

"자, 모두 자리에 돌아왔나요? 그럼 계속 진행하겠습니다. 톰슨 경감, 제인 홀랜드 사건에 대해 업데이트 먼저 해주시겠습니까?"

스테프 워든 경감이 모니터에서 시선을 떼 제스 고든 경장을 바라보았다. 방금 회의실로 돌아온 그녀에게 고개를 까딱이며 비어있는 자기 옆자리에 앉으라고 손짓했다. 그런 다음 다시 화면을 쳐다보며 모든 인원이 잠깐의 휴식을 마치고 제자리에 돌아왔는지 확인했다.

"알겠습니다. 그전에 할 말이 있습니다. 지금은 가고 없으니 하는 말인데 메리 엘리스라는 여자가 하는 말이 진짜라고 얼마나 확신하십니까?"

프리야 톰슨 경감이 말했다.

"네. 저도 그 부분부터 빠르게 짚고 넘어가고 싶은데요. 음, 제 직감 상 메리 엘리스 씨가 살인을 저지를 사람 같아 보이진 않습니다. 사실 오늘 한 얘기 모두 진실하게 느껴졌어요. 물론 의문점이 남아있긴 하죠. 공범일 수도 있지 않습니까? 범인과 어떻게든 내통하고 있는 건 아닐까요? 또한 다이어리에 이름들을 직접 썼을 가능성 역시 아직 배제할 순 없습니다. 이 사건에 관한 기사를 쓰고 싶다고 자기 입으로 직접 말하지 않았습니까? 따지고 보면 진짜 대박 기삿감이잖아요. 냉소적이라고 하겠지만 저는 기자들을 믿지 않아요. 우리가 쫓고 있는 범인이 연쇄살인마라고 칩시다. 그런데 피해자한테 이런 식으로 미리 경고하는 연쇄 살인마라, 저는 상당히 이상하다고 생각하는데요. 안 그래요?"

린다 레이크 경감의 말에 워든이 고개를 끄덕이며 대답했다.

"맞습니다. 저 역시 범인이 미리 정보를 흘릴 사람으로 메리 씨를 고른 이유가 분명히 있을 거라고 봅니다. 일단 메리 씨는 저희 쪽에서 계속 예의주시하겠습니다. 안 그래도 사건이 일어났던 이틀 밤 모두 어디에 있었는지 현재 조사하고 있습니다. 확실하게 해 두는 편이 좋으니까요. 새해 전날에 대한 알리바이는 이미 확인이 끝났을 텐데 어째서인지 아직 보고가 올라오지 않고 있네요. 보고 받는 즉시 알려드리도록 하겠습니다."

"좋습니다. 그럼 제인 홀랜드 사건에 대해 말씀드리겠습니다. 음, 감시카메라에 아무것도 찍히지 않았었던 옥스퍼드와 달리 저희 쪽에서는 용의자에 대한 영상을 몇 개 확보했습니다. 그런데 솔직히 건질 게 별로 없습니다."

톰슨은 한숨을 푹 내쉬었다.

"피해자의 집에 감시카메라가 설치된 곳은 현관 딱 한군데뿐입니다. 집의 측면 쪽에 뒤뜰로 통하는 유일한 출입구인 문이 하나 있는데, 비밀번호를 입력해야만 들어갈 수 있어서 안전하다고 생각했는지 집 측면과 후면을 비추는 감시카메라는 설치하지 않았어요. 뭐, 도둑질하려고 마음만 먹으면 이웃집 뒷마당에서 쉽사리 벽을 타 넘고 오면 되기는 합니다. 하지만 오크 로드에 있는 집들 상당수가 건물 앞뒤로 감시카메라를 설치해 놨으니 그런 모험을 하진 않겠죠…. 아, 얘기가 옆으로 좀 샜네요. 이 사건과는 관련 없는 얘기입니다. 범인은 벽을 타 넘은 게 아니라 집 앞 진입로로 유유히 걸어가 초인종을 눌렀거든요."

"뭐라고요? 근데 왜 영상에서 건질 게 없다고 하는 거죠? 뭐 때문에요?"

레이크의 질문에 톰슨은 또다시 한숨을 내쉬었다.

"현관 쪽에 설치된 카메라는 두 대입니다. 한 대는 집 앞 진입로 전체를 비추고 있고, 나머지 한 대는 아래쪽으로 향해 현관문만 비추고 있습니다. 밤 12시 10분에 진입로 쪽으로 뛰어오는 누군가의 모습이 찍혔습니다. 제가 누군가라고 말하는 이유는 남자인지 여자인지 특정하는 것조차 불가능한 영상이었기 때문입니다. 시커먼 옷에 커다란 패딩 재킷을 걸쳐 입은 데다 손에는 검은 장갑까지 꼈습니다. 모자를 눈 밑까지 푹 눌러쓰고 고개를 아래로 숙인 채 재빠르게 걸어가 초인종을 눌렀어요. 여러 번 연달아 누른 다음 카메라에 잡히지 않도록 어디 벽 같은 데 납작하게 달라붙어 있었던 걸로 보입니다. 90초 후에 제인이 문을 열고 나와 범인과 현관에서 짧게 이야기를 나눴는데 대화 내용은 들리지 않습니다. 영상만 촬영되고 음성 녹음 기능은 없어서요. 그런 다음 제인이 범인을 집안으로 순순히 들여보내 주더라고요."

어깨를 으쓱해 보이고 말을 이어 갔다.

"제인이 아는 사람이었을까요? 아니면 일면식 정도만 있던 사람이었을까요? 아니면 낯선 사람이 그럴싸한 이유를 둘러대며 제인에게 들여보내 달라고 했을까요? 뭐가 됐든 알 도리가 없습니다. 피해자의 집에서 찍힌 영상이 그걸로 끝이거든요. 실내나 뒤뜰엔 카메라가 없고, 이웃집 카메라에도 찍힌 게 아무것도 없어요. 옆집 뒤편에 카메라가 하나 설치되어 있기는 한데 당연하게도 자기 집 뒤뜰만 찍히게 해놨거든요. 어쨌든 제인과 살인자는 무슨 이유에선지 함께 뒤뜰로 나갔고, 그 후 살인자가 무언가로 제인의 뒷머리를 세게 가격했습니다. 사망 원인이 둔기에 의한 머리뼈 손상으로 나왔거든요. 이후 금방 사망했을 걸로 추정됩니다."

몇 초간 아무도 말이 없었다. 이윽고 고든 경장이 입을 뗐다.

"피해자를 밖으로 데리고 나간 이유가 뭘까요? 머리를 때릴 거면 그냥 집 안에서 해도 됐을 텐데요? 혼자 산다고 하지 않았나요? 그렇담 목격자도 없을 텐데 왜 굳이 뒤뜰로 데려간 걸까요? 이웃들이 보거나 들을 수도 있는 위험을 감수하면서까지요?"

"저도 모르겠습니다. 그 부분 역시 이 사건과 관련된 수많은 의문점 중 하나입니다. 정말 말이 안 된다니까요. 아, 오크 로드에 있는 다른 집들에서도 감시카메라 영상 몇 개를 확보해서 확인했는데요. 범인이 피해자의 집에 도착하기 1분쯤 전에 오크 로드 쪽으로 달려오는 모습이 찍혔는데 그냥 밤늦게 운동 삼아 조깅하는 사람으로 보였을 거예요. 어떤 사람들에게는 이상하게 들릴지 몰라도 여기 버밍엄에서는 꽤 흔한 일이거든요."

"첼트넘에서도 그래요. 이상한 시간대에 나와서 조깅하는 사람들 본 적이 있습니다. 새벽 4시에도 나와서 뛰더라고요. 정신 나간 사람들이라고 생각하시겠지만 사실 저도 새벽 교대 근무 전이나 잠이 오지 않을 때 가끔 달리러 나갑니다. 조용해서 달리기엔 꽤 좋은 시간대거든요."

워든의 말에 고든이 맞장구를 치듯 덧붙였다.

"사실 저도 그 시간에 조깅하러 나간 적 있어요. 특히 여름에요."

"그렇군요. 뭐, 그럴 수도 있겠네요. 저라면 절대 운동하러 나가지 않을 시간대이긴 하지만. 어쨌든 12시 20분경, 제인의 집에서 초인종을 누르고 10분밖에 지나지 않은 시각에 다시 나타나서 오크 로드를 따라 달려갔습니다. 범행 도구는 발견되지 않았지만, 앞서 말했듯이 재킷이 상당히 펑퍼짐하다 보니 그 안에 흉기를 숨겼을 가능성도 있습니다. 나갈 때도 들어올 때와 마찬가지로 얼굴을 자세히 비춘 영상은 없습니다. 얼굴이 모자의 챙에 가려져 있는 데다 고개를 계속 푹 숙인 채 빠른 속도로 달려가거든요. 그러니까 우리가 얻은 거라곤 범인이 건강하다는 것 하나뿐입니다. 심지어 키가 몇인지도 가늠하기가 힘들어요. 167에서 182센티미터 사이쯤이라고 가늠하고 있습니다."

톰슨이 말했다.

"결국 성별도 불확실하고 키도 불확실한데 건강한 사람이 범인이다, 이거네요. 멋지군요. 그것만 가지고 찾긴 힘들겠는걸요? 현장에서 족적이나 다른 흔적은 발견됐습니까?"

루이스가 톰슨에게 물었다.

"네, 선명하지는 않지만 발자국 몇 개를 발견했습니다. 매년 1월이면 버밍엄에 비가 자주 오는데 올해는 희한하게 며칠째 비가 내리지 않았어요. 게다가 사건 당일은 날이 추워서 잔디밭에 서리가 내려앉아서 다행히 발자국이 찍혀 있더라고요. 제인과 범인의 것으로 보이는 발자국 두 쌍이 정원 쪽을 향해 나 있었지만, 정원을 떠나는 발자국은 한 쌍뿐이었고 집 측면에 있는 문을 통해 빠져나간 듯합니다. 뒤뜰에서 밖으로 나갈 때는 비밀번호를 입력하지 않아도 되거든요. 즉, 살인 후에는 집 안으로 다시 들어가지 않았다는 말이죠. 근데 범인이 영리하긴 합니다. 뒤뜰에 난 자기 발자국을 다 찾아내서 고의로 뭉개놓은 듯해요. 뭐랄까, 흔적을 지우려고 잔디밭에 발을 대고 마구 문댄 것 같달까요? 그래도 꽤 쓸 만한 발자국을 찾아내서 신발 브랜드를 알아냈습니다. 아디다스 운동화인데 하필이면 굉장히 흔한 모델입니다. 저도 하나 가지고 있거든요. 결국 범인을 찾는 데 별 도움이 되진 않습니다."

"그래도 하나 건졌네요. 저희 쪽에서는 발자국 하나도 못 찾았는걸요. 신발 사이즈가 어떻게 됩니까?"

레이크의 질문에 톰슨이 답했다.

"범인이 다 뭉개놔서 확실치는 않은데 발이 작지는 않습니다. 250에서 280 사이일 걸로 추정됩니다. 290은 안 넘고요."

"아, 젠장. 그럼 진짜 도움이 안 되네요. 영국 남성 평균 발 사이즈가 280이고 여자는 250으로 알고 있습니다. 제길. 톰슨 경감, 그럼 범인이 오크 로드에서 빠져나온 이후엔 어디로 향했습니까?"

레이크가 재차 물었다.

"인근 거리에 설치된 감시카메라 두어 개에서 범인의 모습이 포착되긴 했는데 10분쯤 후 감시카메라 사각지대 쪽으로 뛰어가는 모습을 마지막으로 온데간데없이 사라졌습니다. 모습을 드러내서 사라지기까지 줄곧 모자를 푹 눌러쓰고 고개를 숙인 채 매우 신속하게 움직였어요. 그러면서도 현장에는 뭉개진 발자국 외에는 아무런 흔적도 남기지 않은 걸 보면… 굉장히 영리하고 준비가 철저한 놈인 게 분명해요. 감시카메라가 없는 곳에다 차량을 세워 뒀을지도 모르죠. 정말 좌절감이 이만저만이 아닙니다."

톰슨의 한탄에 레이크가 동조했다.

"그렇다마다요. 그래도 덕분에 저희 쪽에서는 수사를 계속할 수 있는 단서가 생겼습니다. 아시다시피 리사 터너가 살해된 장소 주변에는 카메라가 하나도 없었습니다. 다시 가서 현장 인근 길거리에 설치된 카메라 영상들을 죄다 뒤져봐야겠어요. 검은 옷을 입고 조깅하는 사람이 있는지 살펴봐야겠어요. 혹시 모르는 일 아닙니까?"

톰슨이 맞장구를 쳤다.

"맞습니다. 그럼 좋은 소식 기다릴게요. 진행 상황을 계속 알려주세요."

또다시 몇 초간 침묵이 흘렀고 이내 워든이 입을 열었다.

"지금으로선 범인이 누군지는 전혀 모르는 상황이군요. 그럼 범행을 저지른 이유는 뭘까요? 제인 홀랜드에 대해 아는 게 뭐가 있죠?"

톰슨이 서류를 뒤적거리며 보고를 시작했다.

"네. 제인 홀랜드, 55세 미혼으로 결혼한 이력도 없고 아이도 없습니다. 사건이 발생한 집에 혼자 살고 있었는데, 주소지가 에지바스턴 오크 로드 6번가입니다. 해당 지역이 생소한 분들을 위해 설명을 보태자면 에지바스턴은 버밍엄 교외 지역에 있는 부촌입니다. 주거환경도 좋고 녹지조성도 잘 되어 있어요. 식물원은 물론이고 크리켓 경기장도 있습니다. 여담이지만 네빌 체임벌린 전 총리의 고향이기도 하죠. 어쨌든 오크 로드는 엄청난 부자 동네입니다. 제인의 집 가격이 거의 2백만 파운드(약 34억 원 – 옮긴이)에 달합니다."

"휘이익."

루이스가 낮게 휘파람 소리를 냈다.

"생계는 어떻게 유지한 거죠?"

루이스가 물었다.

"도박이요. 토파즈 그룹 카지노 두 개를 소유하고 있었습니다. 버밍엄에 하나, 코번트리에 하나요. 칵테일 바와 솜씨 좋은 주방장들이 있는 고급스러운 곳들입니다. 수익이 어마어마하다고들 하더군요."

"끝내주네요. 상속은 누가 받습니까? 돈 때문에 죽였을 가능성은요?"

워든이 물었다.

"저희가 제일 먼저 확인한 범행 동기가 돈이었습니다. 한데 큰 재산을 물려받는 사람이 하나도 없어요. 제인의 부모님은 모두 사망한 상태이고 외동딸이라 형제자매도 없습니다. 카지노 역시 이사회에 의해 당분간 계속 운영될 예정입니다. 제인이 얼마 전에 작성한 유언장에 앞으로 10년간 가능한 한 수익성 있게 운영한 후 매각하라고 적혀 있습니다. 10년 후엔 이사진들 모두 상속금을 두둑하게 받긴 하는데, 다들 부자들이라 인생을 바꿀 만한 큰 액수는 아닙니다. 친한 친구 몇 명과 사촌 세 명에게 돈을 좀 남겼고 조카들 대학 등록금으로 쓸 돈도 마련해 뒀습니다. 하지만 카지노가 매각되면 제인이 소유한 자산 대부분을 자선단체 몇 곳에 골고루 기부하기로 되어 있어요. 현재 소외 계층이나 학대받는 아이들을 위한 단체 열두 곳과 무료 급식소 두 곳, 암 자선 단체 두 곳에 기부하고 있는데, 10년 후에는 그 금액이 더 커지는 거죠. 제인의 죽음으로 다들 재정적으로 상당한 이득을 보기는 하지만, 당분간은 아닙니다. 당장 큰 혜택을 얻는 사람은 아무도 없어요. 10년 후에나 받을 수 있는 거액의 돈을 노리고 제인을 죽인다? 뭐 그럴 수도 있겠지만, 저로선 확신이 서지를 않습니다. 유산을 상속받기로 한 친구들과 사촌 세 명, 자선 단체에서 제인과 접촉했던 사람들을 계속 인터뷰하고 있는데 지금까지는 다들 살인 당일 밤에 대한 확실한 알리바이가 있습니다. 무엇보다도 뭔가 느낌이 오지를 않아요. 무슨 말인지 아시겠습니까? 제 직감이 틀렸을 수도 있지만 돈 때문은 아닌 것 같습니다. 피해자의 집 역시 도난당한 물건이 하나도 없었어요. 실내에 있는 물건을 건드린 흔적도 전혀 없습니다."

톰슨이 보고를 하는 내내 열심히 메모하던 경관들은 일제히 고개를 끄떡였다. 뒤이어 레이크가 말했다.

"리사의 소지품도 모두 그대로였어요. 핸드폰과 지갑 등 모든 물건이 시신과 함께 발견된 가방 안에 다 들어 있었습니다. 톰슨 경감의 말을 들어보니 제인은 굉장히 좋은 사람이었던 것 같은데, 리사 터너도 마찬가지였습니다. 선량한 사람들이 죽었다니까 훨씬 더 끔찍하네요. 그런데 두 피해자 사이에 뚜렷한 연관성이 전혀 없네요. 미혼에 자녀도 없는 데다 돈 걱정 없이 살았다는 공통점이 있긴 한데. 아, 리사가 좋은 직업을 가지고 있어서 장래가 촉망되긴 했지만, 제인만큼 부자는 아니었군요. 본인 명의로 된 집도 없었고, 월세를 살았으니 사실상 누구한테 남길 정도로 돈이 많은 건 아니었죠. 그렇다면 미혼에 그럴듯한 직업, 이 두 가지를 제외하곤 아무런 연관성이 없군요. 제 생각엔 리사와 제인은 서로를 알지 못했던 것 같습니다. 리사의 친구들과 가족들에게 이유는 자세히 설명하지 않고 혹시 리사가 버밍엄이나 카디프, 첼트넘에 친구나 지인이 있는지 물어봤는데 다들 없다고 대답했거든요. 하, 정말 답답하군요."

"그럼 대체 두 사람을 노린 이유가 뭡니까? 상식적으로 말이 안 되잖아요. 둘 사이에 틀림없이 어떤 연관성이 있을 겁니다, 여러분. 아직 발견하지 못한 것뿐이에요. 카디프에서 데이비드를 살해하는 걸 막으려면 앞으로 몇 주 안에 범인을 찾아내야 하지 않겠습니까? 톰슨 경감님. 카디프와 옥스퍼드, 첼트넘에 거주하는 사람 중에 혹시 제인을 아는 사람이 있는지 보도 자료를 내면 어떻습니까? 사용하는 단어만 조금 조심하면 도움이 되지 않을까요? 연쇄 살인마가 날뛰고 있다는 사실을 알리지 않은 채 피해자들 사이에 연관성을 찾을 수 있을지도 모르잖아요?"

루이스가 물었다.

"네, 좋습니다. 시도해 볼 만하네요."

"저도 톰슨 경감의 말에 동의합니다. 그런데 솔직히 말씀드리면 이 사건의 열쇠를 쥐고 있는 사람은 메리 엘리스라고 생각합니다. 일단 메리 씨가 결백하다는 가정하에 메리 역시 미혼이면서 상당히 부유한 측에 속하기 때문에 메리와 리사, 제인 사이에 작은 공통점이 존재하죠. 하지만 분명 뭔가 더 있을 거라고 생각합니다. 범인이 메리 씨를 특정해서 다이어리를 보낸 이유가 있을 거예요. 직업 때문일 수도 있고 유명세를 이용하고 싶었던 걸 수도 있죠. 다이어리에서 말하는 메리가 다른 사람일 가능성도 있지만, 어쨌든 메리 씨 역시 살인 리스트에 같이 적혀 있잖아요. 그러니까 다른 두 피해자와 '카디프에 사는 데이비드'라는 사람 그리고 메리 씨 사이에 직접적인 연관성이 있는 게 틀림없어요. 메리 씨가 알든 모르든 말입니다. 피해자들을 무작위로 선택했을 리가 없습니다. 그렇다기에는 너무 치밀해요. 그건 그렇고, 범인이 어디에 근거지를 두고 있다고 생각하십니까? 지금까지의 범행과 향후 범행 장소들을 고려해 보면요?"

워든의 질문에 루이스가 손을 번쩍 들었다.

"제가 생각을 좀 해봤는데요. 일단 북쪽 지역 사람은 아닌 것 같습니다. 범행 장소가 다 미들랜즈 남쪽에 국한되어 있거든요. 그 이상은 알 길이 있겠습니까?"

"루이스 경감 말이 맞습니다. 저, 궁금한 점이 하나 더 있는데요. 네 명을 죽이겠다고 경고했는데 그게 끝이라고 장담할 수 있습니까? 이 사람들을 죽이자마자 또 다른 다이어리가 나타나면 어쩌죠? 두 명의 여자를 죽이고도 빠져나간 놈이에요. 우리가 죽기 살기로 애써 봤자 건진 게 개뿔도 없지 않습니까? 지금쯤이면 자신감이 하늘을 찌르고도 남을 텐데 저로서는 이 점이 가장 두렵습니다. 범인이 앞으로 얼마 동안 몇 명이나 죽일지 도통 알 방법이 없잖아요. 더군다나 4월 1일에 살인 협박이라니요? 고의성이 다분해요. 만우절 아닙니까. 우리가 다 멍청이들인 줄 아는 거라고요."

톰슨의 말이 끝나자 화면에 있는 모든 네모 상자 안 사람들 모두 고개를 끄떡였다. 루이스가 낮게 앓는 소리를 내며 말했다.

"으, 다음 차례는 저희라고요. 어휴, 아주 좋아 죽겠습니다. 저 역시 워든 경감 말씀에 동의합니다. 이 사건의 열쇠를 쥐고 있는 사람은 메리 엘리스입니다. 그 여자를 잘 지켜보셔야 해요. 아셨죠?

워든이 고개를 돌려 고든을 쳐다보며 말했다.

"그럴 겁니다. 안 그래요, 고든 경장? 메리 엘리스 씨와 긴밀하게 연락을 유지하도록 해요. 그런데 어디 안 좋아요? 오늘따라 말이 없네요."

고든이 고개를 끄떡이며 대답했다.

"생각 좀 하느라고요. 네, 분부대로 하겠습니다."

10

2월 3일 수요일

"지난 월요일 아침 일찍 사망한 채로 발견된 55세 제인 홀랜드 사건을 수사 중인 버밍엄 중앙 경찰서는 에지바스턴 지역에서 밤늦게 조깅하는 사람을 본 목격자를 찾고 있으며…"

커피잔을 손에 든 채로 주방에 앉아 BBC 라디오4에서 흘러나오는 9시 뉴스를 듣고 있었다. 오늘은 사무실에 나가지 않기로 했다. 제인 사건에 온갖 집중이 쏠려 있는 데다가 11시쯤 가족 연락 담당관인 제스 고든 경장이 집으로 오기로 되어 있었다. 또다른 전임 수사관과 함께 와서 우리 집의 보안 상태가 괜찮은지 확인도 하고 일상적인 대화도 나눌 겸 방문하는 거라고 어제 경찰서를 나서기 전 고든이 말했다. 살인 사건이 일어났던 이틀 밤에 대한 내 알리바이가 확인되어 마침내 모든 혐의에서 벗어났다는 소식도 함께 전해줬으면 좋겠다. 어제 경찰서에서 일요일 밤에 집에 혼자 있었다고 진술하면서 내심 한숨이 나왔다.

"제 하우스 메이트인 피터가 저랑 같이 집에 있다가 9시에서 10시 사이에 여자친구인 메간네 집으로 자러 간다고 프레스트버리(글로스터셔 첼트넘에 위치한 시민도시 – 옮긴이)로 갔어요. 그 후로는 쭉 집에 혼자 있었어요. 별 도움이 안 돼서 죄송합니다."

고든은 눈썹 한쪽을 추켜올리더니 고맙다고 말하며 그만 가 보라고 했다.

경찰이 왜 나를 의심하는지 충분히 이해할 수 있었다. 살인 날짜와 피해자의 이름이 적힌 다이어리를 가지고 있던 장본인 아닌가. 더욱이 범행이 일어나기 전에 적힌 메시지였으니 날 잠재적 용의자로 간주하는 것도 어찌 보면 당연했다. 날 의심하지 않는 게 되레 멍청한 짓일 것이다. 그렇다고 해도 기분이 썩 좋지만은 않았다. 하긴, 살인 사건인데 기분이 좋을 리 만무하지.

손을 뻗어 조리대 위에 놓인 디지털 라디오의 소리를 크게 키웠다.

"…경찰은 자정과 새벽 1시 사이 오크 로드 지역에서 검은 옷을 입고 조깅을 하던 사람을 찾고 있습니다. 또한 옥스퍼드나 카디프, 첼트넘 거주자 중 피해자를 알았던 사람들의 연락을 기다리고 있습니다. 지역 내 유명 카지노 소유주였던 제인 홀랜드는 자신의 집 뒤뜰에서 사망한 채 발견되었으며…"

흥미롭네. 위험을 감수하고 다이어리에 언급된 살인 장소

세 곳을 모두 다 공개하다니. 뉴스 단신을 끝까지 다 들었는데도 새로운 소식은 나오지 않았다. 라디오를 끄고 커피를 홀짝이며 생각에 잠겼다. 범인이 조깅 복장을 하고 있었다는 건가? 감시카메라에 찍혔나? 어제 보니 범인에 대해 별로 아는 게 없는 모양이던데? 제인 홀랜드를 피해자로 선택한 이유를 조금이라도 밝혀냈을까?

물론 나도 나름대로 조사를 해보았다. 인터넷에서 제인에 대한 정보를 찾는 데는 그리 오래 걸리지 않았다. 제인은 버밍엄과 코번트리에 있는 토파즈 카지노를 소유하고 있는 갑부였지만 나로서는 그녀의 자선 활동이 더욱더 인상 깊었다. 제인이 지역 자선 단체에 거금을 기부한 내용은 수많은 신문 기사에 보도되었고 그녀의 사진도 함께 실렸다. 작고 늘씬한 체구에 갈색머리를 하고서 활짝 웃고 있는 제인의 얼굴을 보면서 그녀가 살아있는 동안 행한 선행에 대해 읽고 나니 이 일이 더욱더 끔찍하고 무섭게 다가왔다. 왜 제인을 선택한 걸까? 죽인 이유가 대체 뭐지?

어젯밤 피터가 일을 마치고 돌아와서 또 메간의 집으로 자러 가기 전, 집에서 같이 차를 마시며 이 사건에 관해 잠깐 이야기를 나누었다.

"시어워터 작전이라고 부르기로 했대."

"시어워터? 그거 슴새라고 무슨 바닷새 이름 아냐? 내 기억이 맞다면 롱리트 에스테이트에 있는 연못 이름도 시어워터일 텐데? 이름을 왜 시어워터라고 지었을까? 범인이 윌트셔 주에 연고가 있다고 생각하는 건가?"

"정반대야. 작전명은 무작위로 선정해. 실제 사건과는 전혀 무관한 이름을 갖다 붙이지. 누군가 경찰들 대화를 엿들을 경우를 대비해서 말이야. 아, 너한테 얘기하지 말랬는데. 근데 뭐 어때? 넌 이미 다이어리에 대해서도 다 알고 있고…. 극비인 내용들까지 다 알고 있잖아."

피터는 나에게 눈을 찡긋하며 해맑게 웃었다.

"걱정하지 마. 입도 벙긋 안 할 테니까. 그런데 버밍엄 사건이 실제로 일어난 지금 네 기분은 어때? 괜찮아?"

고개를 끄덕였다.

"그냥 그래. 근데 진짜 끔찍하지 않아? 뭔가 섬뜩하기도 하고. 제인이라는 사람 말이야. 굉장히 좋은 사람 같았어."

"그렇더라. 나도 점심시간 때 BBC 웹사이트 들어가서 좀 둘러봤거든. 내가 말했었나? 나 버밍엄에 있는 토파즈 카지노에 간 적 있어. 기억나? 그날 밤 제인 홀랜드도 카지노에 있었을까? 인터넷에 올라온 사진만 봤을 땐 누군지 모르겠던데. 근데 그날 내가 좀 많이 취했었으니 만났어도 못 알아볼 거야. 으, 실제로 만났던 사람일 수도 있다니 왠지 더 섬뜩한걸."

말이 끝나자마자 피터를 빤히 쳐다보며 물었다.

"너… 그 카지노에 간 적이 있었어? 언제?"

"몇 주 전 1월에 롭 생일 파티하러 갔었을 때?"

"그래, 그 말은 들은 기억이 나는데 카지노에 갔다는 얘기는 기억이 안 나서…."

"아. 근데, 그게 중요해?"

"아니, 아니. 중요한 건 아니지."

미간에 주름을 잡고 생각에 잠겼다. 그때면 새해 전날 다음 주였다. 피터는 서른다섯 번째 생일을 맞은 롭과 런던에 사는 오랜 친구들을 만나러 버밍엄에 가서 하룻밤 자고 온다고 했었다. 저녁을 먹고 술을 마신 뒤 카지노와 클럽에 간다고 말했던 게 어렴풋이 기억나긴 했는데 그때는 딱히 관심 있게 듣지 않았었다. 남자들끼리 만나 평범하게 논 것처럼 들렸기 때문이다. 하지만 지금 다시 생각해 보니 '우연히'라는 점이 조금 걸렸다. 그런데 토파즈 카지노는 생일 파티나 총각 파티 등 온갖 축하 파티로 인기 있는 장소였으니 방문하는 사람들이 매주 수천 명은 되지 않을까. 우연의 일치라기엔 조금 께름칙했지만, 피터가 그날 밤 제인 홀랜드를 만난 건 아니었으니 별일 아닌 것 같기도 했다. 아니면 만나 놓고도 술에 너무 취해서 기억을 못 하는 거면 어쩌지.

피터가 토파즈 카지노를 갔었다는 사실이 오늘 아침까지도 머리에서 떠나질 않았다. 어떤 의미가 있는 건지 궁금해하며 인터넷에서 제인에 관한 기사들을 또다시 살펴보고 있는 도중에 초인종이 울렸다. 얼른 노트북을 닫고 현관문을 열자 제스 고든 경장이 문 앞에 서 있었다. 머리를 어제보다 더 빠짝 당겨 쪽을 진 채로 가는 세로줄 무늬가 들어간 남색 치마와 옅은 파란색 블라우스를 입고 있었다. 그녀의 옆에는 회색 정장을 입은 남자 하나가 서 있었는데, 짧게 자른 검은 머리와 동그랗고 귀여운 얼굴이 열여섯 소년처럼 보였다.

"메리 씨, 좋은 아침입니다."

고든이 미소를 띠며 말했다. 굳은 얼굴로 옅게 지은 미소였지만 어쨌든 미소는 미소였다. 어제보단 조금 더 다정하네. 노력하는 모습인걸. 그것만으로도 큰 진전이지 뭐.

"이쪽은 마이크 스탠리 경위입니다. 집안부터 잠깐 둘러보고 보안 점검 먼저 시작하려고 하는데 괜찮으실까요?"

경위라고? 그러면 못해도 서른이라는 말인데.

이런 생각을 하자 왠지 내가 확 늙어버린 느낌이 들었다.

"안녕하세요, 메리 씨. 만나서 반갑습니다."

스탠리 경위가 놀라울 정도로 굵은 목소리로 인사를 건넸다.

"저도 만나서 반갑습니다. 들어오세요."

두 형사가 집을 둘러보는 동안 주전자에 물을 끓였다. 10분 뒤 두 사람은 주방으로 들어왔고, 스탠리는 작은 수첩에 뭔가를 적더니 메모를 한 종이를 찢어 나에게 건넸다. 이름과 전화번호 두 개가 쓰여 있었다.

"저희가 추천해 드리는 열쇠공들입니다. 창문 잠금장치와 현관문에 모티스락 잠금장치를 더 좋은 걸로 교체하셔야겠어요. 지금 있는 것도 괜찮지만 바꾸시기를 권해드립니다. 그리고 현관문에 밖을 내다볼 수 있는 작은 구멍이 있긴 한데 감시카메라는 설치하지 않으셨네요."

고개를 끄덕이며 대답했다.

"필요하다고 느낀 적이 없어서요. 여기가 좋은 동네이기도 하고 사람이 꽤 많이 다니는 거리거든요. 게다가 중간에 끼인 집이라 측면으로는 들어올 수 있는 문이 하나도 없어요. 그래서 집 뒤쪽 하나만 신경 쓰면 되는 구조인데, 뒷마당이랑 연결된 아파트 단지 정원이 보안 출입구를 통과해야 들어올 수 있는 곳이라 딱히 걱정하진 않았어요. 그렇지만… 네, 알겠습니다. 두 분이 필요하다고 하시니 잠금장치 교체는 한번 생각해 볼게요."

두 형사는 동시에 고개를 끄덕였다.

"메리 씨 마음이 좀 더 편하시라고 제안해 드리는 것뿐입니다. 4월 1일 이전에는 메리 씨가 위험에 처할 일이 생길 거라고 생각하지는 않지만 혹시 모르니…"

고든의 말을 듣자 불현듯 두려움이 살짝 느껴졌다. 고개를 끄덕이며 대답했다.

"범인이 아무런 예고도 없이 살인 날짜를 마음대로 바꿀까 봐 그러시는 거죠?"

고든이 어깨를 으쓱해 보였다.

"단지 만일의 경우를 대비하자는 겁니다. 저희가 누차 말씀드렸듯 범인이 쫓는 '첼트넘에 사는 메리'가 메리 씨가 아닐 가능성도 있어요. 그래도 나중에 후회할 바엔 준비를 철저히 해 두는 편이 더 낫잖아요."

그녀는 잠시 말을 멈추고 주방 안을 둘러봤다.

"잠깐 앉아서 이야기 좀 할 수 있을까요?"

"물론이죠. 차나 커피 좀 드릴까요?"

두 사람 모두 차를 달라고 했다. 고든은 약하게 탄 홍차, 스탠리는 설탕을 두 숟가락 넣은 백차. 음료가 모두 준비되고 난 뒤 다 같이 바 테이블에 앉았다. 두 형사가 반대편에 나란히 앉아서 나를 물끄러미 바라보는 시선이 갑작스레 느껴졌다. 뒤로 한데 묶은 머리에서 머리카락을 빼내 얼굴을 가린 다음 검은색 점퍼의 소매를 오른쪽 손목 아래로 잡아당겼다.

"음, 메리 씨, 혹시 궁금하신 거 있으세요?"

스탠리가 물었다.

"사실 하나 있어요. 혹시 제 알리바이 확인은 끝났나요? 진짜 장담하는데 제가 말씀드린 것 모두 다 사실이에요. 다이어리는 우편으로 도착했어요. 모든 경우의 수를 따져 봐야 할 테니 저 역시 확인 절차를 거쳐야 한다는 거 잘 알아요. 하지만 앞으로 수사를 계속 진행하신다면 의심받지 않는 상태에서 하고 싶어요."

고든이 고개를 끄덕였다.

"네. 새해 전날에 대한 알리바이는 확인되었습니다. 친구분들과 연락이 닿기까지 문제가 좀 있었지만 세 사람 중 두 명과 성공적으로 통화해서 확인을 마쳤습니다. 첼트넘에서 새벽 2시 이후까지 메리 씨와 함께 있었다고 하더군요. 리사 터너가 살해당했을 시간이 그쯤입니다. 65킬로미터 이상 떨어진 곳에서요. 저희와 이야기를 나누고 있는 지금 경찰서에서 일요일 밤 메리 씨의 행방을 확인하는 중일 겁니다. 저희가 현재 인력이 부족한 상태라 시간이 좀 걸리네요. 위안이 되실지는 모르겠지만 저는 메리 씨가 사실대로 말씀하셨다고 믿어요. 어쨌든 오늘 오후쯤이면 메리 씨의 결백이 공식적으로 입증될 테니 말씀하신 대로 앞으로는 좀 더 수월하게 수사를 진행할 수 있을 것 같습니다."

그런 다음 고든이 웃어 보였다. 오늘만 벌써 두 번째였다. 굉장히 노력하는 중이구나? 겉모습은 딱딱해 보여도 실제로는 괜찮은 사람일지도 몰라.

나 역시 미소로 화답하며 말했다.

"잘됐네요. 정말 다행이에요. 고맙습니다, 고든 경장님."

"음, 메리 씨의 결백이 입증되고 나면 아시다시피 여기 있는 고든 경장이 메리 씨의 주 연락 담당자가 될 겁니다. 앞으로 메리 씨께서 저희를 많이 도와주시기를 간절히 바라고 있습니다. 어차피 인터넷으로 뉴스를 계속 확인하셨을 테니 솔직하게 말씀드리면 지금으로선 언론에 공개된 내용 외에는 뭐라 더 말씀드릴 게 없습니다. 사실 언론에 공개된 내용도 많지는 않은 상황이죠. 검은 운동복 차림을 한 누군가가 자정이 넘은 시각에 제인 홀랜드 자택의 문을 두드렸고 얼마 지나지 않아 집에서 나와 달아나는 모습이 감시카메라에 고스란히 찍혔습니다. 그런데 영상이 선명하지도 않은 데다 목격자도 없는 실정이에요. 지금 템즈밸리에서는 리사 터너가 살해되던 밤 감시카메라 영상들을 다시 살펴보는 중입니다. 혹시라도 비슷한 사람을 발견할 수 있을까 해서요. 근데 이게 참…."

스탠리는 말을 멈추고 어깨를 으쓱하며 포동포동한 분홍색 뺨을 손으로 문질렀다. 고든이 대신 말을 이어받았다.

"모두가 당황해하고 있는 상황입니다."

스탠리가 다시 말했다.

"이미 들으셨겠지만, 카디프나 옥스퍼드, 첼트넘에 거주하는 사람들에게 제보 전화를 받는다는 방송을 내보냈습니다. 사실 크게 기대하고 있지는 않습니다. 지금까지 두 피해자 사이에서 찾은 공통점이라곤 둘 다 미혼에 유복했었다는 사실뿐입니다. 하지만 돈 때문에 죽였다고 보진 않습니다. 현재로선 살인 동기가 뭔지 전혀 갈피를 잡지 못하고 있는 상황이라 참 문제입니다. 이외에 다른 문제들도 차고 넘치지만요."

잠시 침묵이 내려앉았다. 머그잔을 들고 차를 한 모금 들이켜고 다시 내려놓으며 물었다.

"두 피해자의 소셜 미디어 계정도 찾아보셨어요?"

"네. 아무런 단서도 못 찾았습니다. 제인은 소셜 미디어를 거의 사용하지 않았어요. 페이스북 개인 계정 하나로 친구, 가족들과 연락을 주고받았죠. 리사는 인스타그램 계정에 종종 사진을 올리기는 했지만 사적인 내용은 아니었어요. 인스타그램에서 사람들과 활발하게 교류하지도 않은 듯하고요. 결국 수사에 도움이 될 만한 건 하나도 찾지 못했습니다. 당최 아무것도 도움이 안 되네요."

스탠리가 대답했다.

"저도 소셜 미디어는 사용하지 않아요."

내 말에 놀랐는지 고든이 눈썹 하나를 치켜올렸다. 다행히 아무 말도 하지 않았지만, 내 나이에 소셜 미디어를 쓰지 않는다니 굉장히 의외라고 생각할 것이다. 하지만 트위터나 인스타그램

같은 데에 내 모습을 드러내는 행위 따위를 결코 좋아해 본 적이 없었다. 내 흉터와 자라온 환경 등을 고려해 볼 때 소셜 미디어는 내 취향이 아니었다.

"그러면 이제 어떻게 하실 건가요?"

"음, '메리' 씨에 대한 살인 협박이 두 달 후이기는 한데요."

고든이 내 이름을 말하면서 허공에다 손가락으로 따옴표를 그렸다.

"혹시 4월 1일에 어떻게 할지 생각해 보신 적 있으세요? 저희가 안전 가옥을 제공해 드릴 수 있습니다. 아무도 접근할 수 없는 곳으로요. 지금부터 장소를 한번 알아볼까요? 혼자 가시는 게 걱정되신다면 제가 항시 같이 있을 테니 안심하셔도 돼요."

한숨을 푹 내쉬었다.

"아직 잘 모르겠습니다. 짐작하셨을 테지만 협박 메시지에 대해 정말 계속 생각해 봤는데요. 살인 협박이 저를 겨냥한 게 아닐 수도 있지만 일단 저라고 치면요. 사전에 살인 경고를 보내면 저를 죽일 수 없다는 사실을 범인도 알지 않을까요? 자기 스스로 범행을 할 수 없는 상황을 만든 셈이잖아요. 제가 어딘가 찾을 수 없는 곳으로 숨어버릴 거란 사실을 분명 범인도 알 테니까요."

두 형사는 동시에 고개를 끄덕였다.

"그래서 말인데요. 한편으로는 저희 집에서 기다리다가 무슨 일이 일어나는지 보고 싶은 마음이 들기도 해요. 경찰 입장에서도 범인을 잡으려면 이 방법이 제일 좋지 않나요? 어쩌면 유일한 방법일 지도 모르고요. 저를 미끼로 사용하세요. 저를 죽이러 올 테면 와보라고 하세요."

도망가는 대신 집에서 기다리는 편이 낫겠다는 말을 결국 입 밖으로 내뱉고야 말았다. 그 사실에 나 스스로도 약간 놀라 잠시 멈칫했다. 지난 24시간 동안 내 머릿속에서만 서서히 몸집을 키워가던 생각을 다른 사람 앞에서 입 밖으로 내뱉은 건 이번이 처음이었다. 어쩌면 먹힐 수도 있는 작전 아닌가? 범인은 벌써 두 차례나 살인을 저지르고도 성공적으로 빠져나간 전력이 있다. 경찰이 지켜보고 있다는 사실을 뻔히 알면서도 날 죽이려고 시도할 만큼 자신만만하고 결연한 사람일까? 과연 위험을 감수해도 괜찮을까? 경찰이 가까이서 지켜보고 있다면 난 죽지 않을 수도 있고 실제로 범인을 잡을지도 몰랐다. 이 얼마나 대단한 기삿거리인가.

스탠리가 눈썹을 실룩대며 말했다.

"아… 글쎄요, 메리 씨. 메리 씨의 의중은 수사팀에 잘 전달하도록 할 테지만 무엇보다도 메리 씨의 안전이 최우선입니다. 제일 좋은 방법은 물론 4월 1일 이전에 범인을 찾아내는 겁니다. 그러나 혹시 모르니 안전 가옥도 준비해 두도록 하겠습니다. 괜찮으시죠?"

고개를 끄덕였다.

"물론이죠. 고든 경장님 말씀대로 두 달이나 남아있으니까요. 아 참, 해외로 나갈 생각도 해봤어요. 루신다라고 제 오랜 친구가 보츠와나에서 일하고 있거든요. 루신다에게 가도 괜찮은지 메시지를 보내 물어봤더니 괜찮을 거라고 하더라고요. 루신다가 참여하는 야생동물 프로젝트가 말 그대로 오지 한복판에서 진행되거든요…. 거기까지 절 죽이러 오지는 못하겠죠."

내 말에 고든이 인상을 찌푸렸다.

"알겠습니다. 여행에도 위험이 따르기는 하지만 나중에 때가 되면 논의해 보도록 하죠."

그녀가 회의적인 말투로 말했다.

"맞아요. 선택지가 있다는 게 중요하니까요. 좋습니다. 그럼 계속 긴밀히 연락을 주고받도록 하죠. 메리 씨가 아셔야 할 만한 정보를 찾거든 바로 전달해 드리겠습니다."

스탠리가 말했다.

"만약 뭐라도 생각나는 게 있으시거나 무슨 일이라도 생기면…. 아, 어떻게 해야 하는지는 이미 잘 아실 테니 더 말 안 할게요. 제 번호는 알고 계시죠? 밤이든 낮이든 언제든지 전화하셔도 괜찮습니다."

고개를 끄덕이며 뭐라도 생각나는 게 있으시거나라는 고든의 말을 곱씹었다. 피터가 불과 몇 주 전에 우연히 제인 홀랜드의 카지노에 갔었다는 사실을 말해야 할지 심히 고민하다가 이내 말하지 않기로 했다. 피터는 카지노에 머무르는 동안 제인을 본 기억이 없다고 말했으니 분명 우연의 일치일 것이다.

뒤이어 두 형사는 자리에서 일어났다. 현관문을 나서면서 내 팔을 토닥여주는 고든의 모습에 그녀를 처음 만났을 때 나쁘게 평가한 나 자신에게 죄책감이 약간 들었다.

고든은 그저 힘든 일을 수행하느라 조용하고 진중했던 것뿐이지 속은 괜찮은 사람이었다. 결국 우리는 한마음 한뜻 아닌가. 모두가 이 사건의 범인을 찾고자 했다. 다른 사람들을 해치기 전에 그를 붙잡아야 했다. 그러니 앞으로 나아가야 한다. 이제 뭘 해야 할까?

스탠리 경위가 건네준 종이를 집어 들었다. 잠금장치를 바꿔서 내가 손해 볼 일은 없을 것이다. 오히려 잠을 좀 더 깊이 자는 데 도움이 될지도 몰랐다. 더욱이 앞으로 피터가 메간네로 자러 가는 날이 점점 늘어날 터였다. 어젯밤에는 한동안 잠잠하던 악몽을 다시 꿨다. 꿈속에서 오랫동안 보이지 않았던 어두운 곳으로 끌려갔고, 온몸이 뻣뻣하게 굳어 겁에 질린 채 잠에서 깨어났다. 심장은 터질 듯이 날뛰고 눈물이 두 뺨을 타고 흘러내렸다. 단순히 잠금장치를 새로 단다고 악몽이 사라질 거라고 기대하지는 않는다. 하지만 조금 더 의연하게 대처할 수 있지 않을까. 내 기분이 조금이나마 나아질 수 있도록 지금 당장 내가 할 수 있는 유일한 방어책이었다. 무언가라도 노력하고 있다는 기분을 느끼고 싶었다. 핸드폰을 들고 열쇠공에게 전화를 걸었다.

11

2월 3일 수요일

첼트넘 중앙 경찰서

"자, 다들 모인 것 같군요. 웨스트미들랜즈부터 시작해 볼까요? 목격자를 찾는다는 호소문을 보고 연락은 좀 왔습니까? 다른 마을이나 도시와 연관성은 찾아냈나요? 자정에 조깅하던 수상한 사람을 봤다는 제보가 있었나요?"

현재 시각은 오후 5시였고 스테프 워든 경감이 간략하게 전화회의를 막 주선한 참이었다. 시어워터 작전에 참여한 경관들 모두 지금으로선 가능한 한 매일 진행 상황을 공유하는 게 좋겠다고 동의했다. 워든은 회의실을 가득 메운 기다란 테이블의 한쪽 끝에 앉아 있었고, 그녀의 앞에 놓인 전화기는 방 안에 있는 네 명 모두가 회의 내용을 잘 들을 수 있도록 스피커폰으로 연결되어 있었다. 몇 초간의 정적을 깨고 종이 부스럭거리는 소리가 들려왔다. 마침내 프리야 톰슨 경감의 목소리가 울려 퍼졌다.

"죄송합니다…. 그럼 시작하겠습니다. 먼저 제인을 아는 사람에게 제보를 달라고 호소했지만, 지금까지 딱히 쓸 만한 정보는 하나도 들어오지 않았습니다. 세 장소 모두에서 몇 사람에게 연락이 왔는데 도움 될만한 건 아무것도 없어요. 아, 자정에 조깅하는 사람에 관한 제보 말인데요. 사실 톰슨 경감과 고든 경장처럼 달리기에 진심인 사람들이 어찌나 많던지 정말 깜짝 놀랐습니다. 오늘 아침에 호소문을 발표하고 나서 일요일 밤에 조깅하는 사람을 목격했다거나 자정에 조깅하러 나갔으니 수사에서 제외해 달라고 요청하는 전화가 지금껏 스무 통 넘게 걸려 왔어요. 각각의 제보 건에 대해선 현재 조사 중입니다. 지금까지 눈에 띄는 건 없습니다만 진행 상황을 계속 알려드리도록 하겠습니다. 안타깝게도 제가 보고할 내용은 여기까지입니다. 혹시나 해서 제인 홀랜드의 삶과 주변 사람들을 샅샅이 뒤져보며 원한을 샀을 만한 사람이 있는지 살펴봤는데 아무것도 없더군요. 리사 터너나 메리 엘리스와의 연관성도 찾지 못했습니다. 진짜 암울하다는 말밖에 드릴 말씀이 없네요."

"그럴 만도 하시죠."

워든이 감정을 실어 말했다. 대형 살인 사건 수사를 하며 난항을 겪었던 적이 꽤 있던 터라 톰슨의 심정이 어떨지 익히 알고 있었다. 영혼이 좀먹는 기분일 테지.

"템즈밸리는 어때요? 레이크 경감, 뭐 새로운 소식 있습니까?"

린다 레이크 경감이 헛기침을 한 뒤 대답했다.

"리사가 살해되던 밤에 찍힌 감시카메라 영상들을 다시 꼼꼼히 살펴보는 중인데 안타깝게도 조깅하는 사람은 단 한 명도 발견하지 못했습니다. 아무래도 새해로 넘어가는 마지막 날 아주 늦은 밤이다 보니 달리기에 매우 진심인 사람들조차도 그날 하루는 쉰 듯합니다. 아니면 옥스퍼드에서는 다른 수법을 사용했을 수도 있고요. 어쨌든 옥스퍼드도 암울하기는 마찬가지입니다."

워든이 고개를 끄덕였다. 그러다 레이크가 자기 얼굴을 볼 수 없다는 사실을 퍼뜩 떠올리고 입을 열었다.

"안타깝군요. 자, 그럼 첼트넘 수사 진행 상황을 말씀드리겠습니다. 지금쯤이면 다들 알고 계시겠지만, 메리 씨는 저희 대부분이 바라고 생각한 대로 진실을 말했던 것 같습니다. 새해 첫날 옥스퍼드에 있었을 가능성은 진작에 배제된 상태였고 1월 31일부터 2월 1일까지는 밤새 첼트넘에 있는 자택에 혼자 있었다고 진술했었는데요. 방금 전에 핸드폰을 분석한 결과가 나왔고, 밤새 첼트넘 내에 있었던 걸로 확인됐습니다. 핸드폰을 집에 놓아둔 채 버밍엄으로 가서 제인 홀랜드를 죽였을 수도 있지만 그럴 가능성은 희박하다고 생각합니다. 안 그래요, 고든 경장?"

워든이 고개를 돌려 쳐다보자 고든이 고개를 끄덕였다.

"따라서 메리 씨는 결백하다는 결론입니다. 이를 반박할 만한 다른 증거가 나오지 않는 한 말입니다."

"좋습니다. 메리 씨를 잠재적 피해자로만 생각하면 된다니 잘 됐네요. 하지만 범인이 무슨 이유에선지 미리 경고를 한 사람이라는 사실은 변함없습니다."

레이크의 말에 동의한다는 톰슨과 루이스의 목소리가 작게 들려왔다. 워든이 고개를 끄덕이며 말했다.

"그렇긴 하지만 저는 메리 씨가 진실을 말하고 있다고 생각합니다. 다이어리를 우편으로 받았을 때 협박 메시지를 처음 봤다는 말도 진짜라고 믿고요. 오늘 메리 씨와 좀 더 얘기를 나눠보니 어떻던가요, 고든 경장?"

워든의 맞은편에 앉아 있던 고든이 고개를 끄덕이며 대답했다.

"저도 워든 경감님과 같은 생각입니다. 다이어리 때문에 굉장히 불안해하고 있습니다. 이 사건에 가담한 것 같지는 않아요. 어쨌든 지금 메리 씨와 4월 1일에 어떻게 할지 논의 중인데요. 경찰 감시를 무릅쓰고 살인범이 죽이러 온다면 자기가 미끼가 될 테니 집에 가만히 있는 게 어떻겠냐고 제안하길래 나중에 살인 날짜가 다가오거든 그때 다시 얘기하자고 했습니다."

놀라움이 가득 담긴 목소리들이 스피커폰에서 터져 나왔다.

"흥미롭군요."

레이크가 말했다.

"그러네요. 생각해 볼 만한 제안이긴 하네요. 두 살인 사건의 연관성이나 다이어리의 존재가 언론에 유출된 적이 없으니 메리 씨와 동거인 피터 씨를 믿어도 될듯합니다. 세부 사항을 알고 있는 사람은 그 둘 뿐이니까요."

워든이 말했다.

"좋습니다. 루이스 경감 있나요? 카디프는 좀 어떻습니까?"

톰슨의 질문에 루이스가 우렁차게 대답했다.

"여기 있습니다. 솔직히 저희도 조금 불안합니다. 살인까지 4주도 채 남지 않았는데 현재 잠재적 피해자를 보호할 방법이 없습니다. 수천 명이 넘는 성인 남성과 소년들에게 3월 1일 24시간 동안 지하실에 숨어 있으라고 권고야 할 수 있겠지만 강제로 조치할 방법이 없지 않습니까? 범인을 찾아야 합니다, 여러분."

몇 초간 정적이 흐른 뒤 워든이 말했다.

"찾아야죠. 그럼 내일 다시 통화하시죠. 모두 행운을 빕니다."

루이스가 대답했다.

"감사합니다. 모두가 필요할 겁니다. 행운 아니면 빌어먹을 기적 말입니다."

12

2월 4일 목요일

목요일 아침 더 허브는 조용했다. 몇 안 되는 사람만 나와서 각자의 자리에서 바삐 일했다. 커피를 타서 책상에 앉아 스테프 워든 경감을 참조로 해 제스 고든 경장에게 메일을 보냈다. 내일 집의 잠금장치를 새로 바꾼다는 내용이었지만, 주 용건은 사건 종료 후 쓸 기사에 필요한 취재를 공식적으로 시작한다고 알리는 것이었다. 메일을 보내자마자 곧바로 워든에게서 답장이 와서 자세한 얘기는 고든에게 전화로 알려달라고 했다. 핸드폰을 챙겨 들고 아무도 통화를 엿듣지 못할 곳을 찾아 아래층으로 내려가 텅 빈 직원 주방으로 들어갔다. 직통 번호로 전화를 걸자 곧장 고든이 받았다. 서로 의례적인 인사치레를 주고받은 뒤 본론으로 들어갔다.

"나중에 이 이야기를 기사로 쓰겠다고 일전에 말씀드렸었는데요. 당장 시작하기로 어젯밤에 마음먹었어요. 인터뷰도 따고 생각들도 정리해서 메모로 남겨두려고요. 제가 4월에 죽더라도 다른 사람이 기사를 쓸 수 있도록 대충 윤곽이라도 잡아두게요."

말을 마친 다음 가볍게 웃었다. 쯧, 고든이 혀를 차는 소리가 수화기 반대편에서 들리더니 단호한 목소리가 울려 퍼졌다.

"메리 씨, 저희가 안전하게 보호해 드릴 겁니다. 그런 말 마세요."

"죄송해요. 약속드린 대로 진행 상황을 알려드리고 싶었어요. 두 살인 피해자의 친구나 친척을 인터뷰할 생각이에요. 가능하면 이번 주에 리사 터너 사건부터 시작해서 버밍엄으로 넘어가 제인 홀랜드 사건을 취재하려고요. 몇 주 뒤에 슬픔에 잠긴 세 번째 가족을 인터뷰하러 카디프로 가는 일은 없길 바라지만 만에 하나 사건이 일어나면…."

차마 문장을 끝맺지 못했다. 아직 죽지도 않은 남자의 상심한 친인척을 인터뷰할 이야기를 하자 갑자기 소름이 쫙 끼쳤다. 재빨리 말을 돌렸다.

"리사와 제인의 친구, 가족들에게 피해자가 죽기 전에 저처럼 다이어리를 받았는지 물어보셨을 텐데요. 구체적인 내용은 말해주지 않으셨죠? 두 살인 사건이 서로 관련이 있다는 사실도요?"

"맞습니다. 다이어리의 존재나 해당 사건과 메리 씨의 연관성, 두 살인 사건의 관련성 모두 어떤 식으로든 공개된 적이 없습니다. 저희에겐 메리 씨가 인터뷰를 하지 못하도록 막을 권한이 없어요. 어쩌면 저희가 찾지 못한 리사와 제인 사이의 연관성을 찾아낼 수도 있으니 되레 도움이 될지도 모르죠. 하지만 조심하셔야 해요. 말 그대로 죽느냐 사느냐의 문제이니까요. 인터뷰 요청은 어떤 식으로 하실 생각이시죠?"

"간단한 설명만 하려고요. 최근 일어난 살인 사건 중 경찰이 수사에 난항을 겪고 있는 사건들을 골라 연재 기사를 쓰고 있다고 말할 생각이에요. 제가 범죄 전문 기자로 꽤 잘 알려져 있으니 아무도 의심하지 않을 거예요. 간단하게 범죄 전문 기자가 범죄 이야기를 취재하는 거예요. 어떠세요?"

생각을 하는 중인지, 고든은 잠시 아무 말이 없었다.

"네. 괜찮습니다. 솔직하게 말씀해 주셔서 고마워요, 메리 씨. 인터뷰 중 흥미로운 점을 발견하시면 말씀해 주실 거죠? 참, 저희끼리는 범인을 다이어리 킬러라고 부르기 시작했어요. 참고하시라고 말씀드립니다. 사건이 다 마무리되고 나면 멋진 헤드라인이 될지도 모르잖아요."

"정말 그렇겠네요. 감사합니다, 고든 경장님. 그럼 나중에 또 통화해요."

다이어리 킬러라니. 순간 온몸이 부르르 떨려왔다. 대체 누구일까? 나한테 이런 짓을 하는 이유가 뭘까?

일단 지금은 일에 집중해야 했다. 커피를 챙겨 책상으로 돌아가 리사 터너 사건에 대해 좀 더 조사하면서 인터뷰하기에 가장 적합한 사람을 물색했다. 리사의 오빠 앨러스테어가 좋을 듯했다. 옥스퍼드 지역 보건의로 일하는 덕분에 전화번호를 쉽게 찾아낼 수 있었다. 번호를 누르려는 순간, 뒤에서 들려오는 명랑한 목소리에 깜짝 놀랐다.

“메리! 오늘은 사무실에 나오기를 바라고 있었어. 경찰한테 이상한 전화가 왔었는데 스튜한테도 왔대. 혹시 너한테 무슨 일이라도 생긴 거야?”

고개를 돌리자 가이 해밀턴이 얼굴에 익살스러운 미소를 띠고 내 뒤에 서 있었다. 더 허브에는 웹 디자이너 네다섯이 있었는데 가이는 그중 제일 친절한 사람이었다. 20대 중반에 턱수염을 깔끔하게 다듬은 그는 별난 유머 감각을 지니고 있었다. 오늘 나를 찾아올 거라고 예상했기에 중요한 정보는 숨긴 채 최대한 사실대로 말하려고 마음의 준비를 하고 온 참이었다. 활짝 웃으며 운을 뗐다.

“안녕. 새해 전날에 관해 물었지?”

“응.”

가이가 호기심에 눈을 반짝이며 고개를 끄덕였다. 나는 다시 씩 웃어 보이고는 코 옆을 두드리며 말을 이어 나갔다.

“가이. 나도 말해주고 싶은데 그럴 수가 없어. 아직은 안돼. 장담하는데 진짜 나쁜 짓을 저지른 건 아니야! 지금 작업 중인 기사 때문에 경찰이랑 긴밀하게 공조하는 중이야. 나랑 경찰 양쪽 모두 어느 정도 연관된 사건이거든. 지금 말할 수 있는 건 여기까지야. 어쨌든 기사에 중요한 부분이라 경찰이 새해 전날 내 행방을 확인해야 한다고 해서 사실대로 말해줬고 너한테 확인차 전화한 것뿐이야. 한 두어 달쯤 후엔 다 말해줄 테니 이 얘긴 여기까지만 하면 안 될까?”

가이가 어깨를 으쓱했다.

"그래. 네가 하는 일이 비밀투성이라는 건 나도 알지. 그래도 너무 궁금한걸."

"미안해. 짜증 나는 거 알아. 고마워, 가이. 스튜 보거든 나 대신 얘기 좀 해줄래? 혹시 나보다 먼저 엘리를 만나면 걔한테도 말 좀 해주라."

"엘리가 뭐?"

엘리가 옆쪽에서 불쑥 나타나더니 가이의 왼발에서 불과 2.5센티미터 떨어진 곳에 휠체어를 딱 멈추며 물었다. 가이는 살짝 놀랐다가 이내 감탄 가득한 표정을 지었다.

"휠체어 어질리티 대회 같은 데 한번 나가봐. 그 큰 걸 그렇게… 정확하게 제어하다니."

"어질리티 대회? 그건 개들이 나가는 대회잖아, 가이. 어쨌든 내 실력이 대단하다는 칭찬에 답을 하자면 나 휠체어 농구 선수 출신이야."

엘리가 길고 검은 머리카락을 뒤로 쓸어 넘기며 말을 이었다.

"속도와 정확성이 전부인 경기지. 요즘엔 시간이 없어서 못 하지만 내 실력이 어디 가겠어."

눈을 찡긋하며 씩 웃자 가이의 눈이 커다래졌다.

"그렇구나. 다시 농구 해야겠는걸. 올림픽에 나가도 될 실력이야."

가이의 말에 엘리가 어깨를 으쓱댔다.

"나중에. 근데 너희 둘이 내 얘긴 왜 한 거야? 아 참, 메리, 경찰에서 전화 와서 너에 관해 묻더라. 전화로 물어볼까 하다가 너 쉬는 날 방해하기 싫어서 안 했어. 무슨 일 있어?"

"아, 별일 아니니 걱정 마."

조금 전 가이에게 말했던 그대로 엘리에게도 둘러댔다. 엘리도 가이만큼 호기심이 일은 듯했다.

"우와. 알겠어. 무슨 얘긴지 나중에 꼭 말해줘. 그럼 난 일하러 간다."

엘리가 손을 흔들며 자기 자리를 향해 쌩하고 달려갔다.

"나도 일하러 가야지. 나중에 봐."

가이가 어슬렁대며 걸어갔다. 생각보다 쉽게 넘어갔다는 생각에 한숨을 내쉬고 앨러스테어 터너의 전화번호를 다시 찾아보았다. 좀 전에 그가 일하는 진료소의 웹사이트를 잠깐 살펴보니 주소지가 옥스퍼드 북쪽 우드스톡 로드에서 조금 떨어진 곳으로 나왔다. 옥스퍼드에 가본 적은 없었지만, 인터넷에 검색해 보니 좋은 동네였다. 우드스톡 로드는 시내로 들어가는 주요 도로인 데다 널따란 도로 양쪽으로 가로수가 즐비해 있어 옥스퍼드에서 집값이 가장 비싼 지역에 속했다. 밀턴 스트리트 진료소의 전화번호를 누르자 안내직원이 친절하게 전화를 받았다. 터너 의사를 바꿔 달라고 했는데 운 좋게도 마침 점심을 먹으려던 그와 연결이 됐다. 기자라고 신분을 밝히고 동생의 살인 사건과 관련해 물어볼 게 있다고 하자 그가 통화에 응하며 살짝 경계 어린 목소리로 대답했다.

"지금껏 언론 인터뷰에 많이 응하진 않았습니다만, 기자분 성함은 들어본 적이 있어요. 기자님이 쓴 기사 몇 편을 읽은 적이 있는 것 같네요. 솔직히 말씀드리면, 희망을 잃기 시작했습니다. 동생이 죽은 지 벌써 5주가 지났는데도 경찰은 아무런 단서도 찾지 못한 듯해요. 이런 판국에 기자님이 할 수 있는 일이 뭐죠? 리사의 사건에 관한 기사를 쓰려고 하시는 이유가 뭔가요?"

옥스퍼드 상류층 출신답게 세련된 억양을 구사했고 목소리가 굵직했다.

"방금 말씀하신 대로 굉장히 까다로운 사건 같기 때문입니다. 동생 사건과 함께 다루려고 하는 사건들이 더 있습니다. 모두 경찰 수사가 난항을 겪고 있는 사건들인데, 이런 경우에는 도움이 될 수 있습니다. 특히 리사의 사건이 저에게 너무 와닿았습니다. 정의가 실현되는 모습을 보고 싶어요. 물론 리사와 앨러스테어 씨 그리고 가족분들을 위해서요."

내가 한 말이 거짓말은 아니잖아? 리사의 사건은 진짜 나에게 크게 와닿았으니까. 잠시 정적이 흘렀다. 이내 결심한 듯한 그의 목소리가 다시 들려왔다.

"네, 좋아요. 인터뷰를 해서 나쁠 건 없죠. 혹시 내일 시간 되세요? 금요일 오후에 연차를 내려고 하는데 별다른 계획이 없거든요. 2시 반쯤 옥스퍼드로 오시겠어요? 집 주소를 알려드리겠습니다. 두 살배기 아들이 하나 있어서 조용하지는 않겠지만 진료소보다는 집이 나을 듯해서요."

"좋습니다. 2시 반까지 갈게요. 감사합니다, 터너 선생님."

"아, 그냥 앨러스테어라고 불러주세요."

집 주소를 받아적은 뒤 작별 인사를 건네자마자 핸드폰 화면에 엘리에게서 온 문자메시지가 떴다.

브래서리에서 간단하게 점심 같이 먹을래? 아니면 너무 바빠?

방 맨 끝에 있는 책상 쪽으로 시선을 돌렸다. 엘리가 손을 위로 올리더니 엄지를 치켜세웠다가 아래로 내리며 궁금한 표정으로 나를 쳐다보았다. 나는 잠시 망설였다. 엘리를 좋아하기 때문에 평소 같았으면 점심을 같이 먹으며 수다를 떨자는 제안에 선뜻 응했을 것이다. 하지만 지금 벌어지고 있는 일도 있고 게다가 비밀로 해야 하다 보니…. 아, 젠장. 점심 한 번 같이 먹는다고 무슨 일이 있기야 하겠어? 이윽고 엄지를 척 올려 보이자 엘리가 방긋 웃으며 두 손을 공중에 들어 올리더니 손가락을 마구 흔들어 댔다.

"30분 뒤?"

소리 없이 입 모양으로 묻는 엘리에게 미소를 지으며 고개를 끄덕였다.

점심을 먹으러 밖으로 나오니 기분이 한결 나아졌다. 클럽 샌드위치에 탄산수를 시키고 엘리와 감자튀김을 나누어 먹었다. 엘리가 얼마 전 온라인에서 만난 남자와 했던 끔찍한 데이트 얘기를 들으면서 폭소를 터트렸다.

"마지막으로 만난 남자는 서른다섯 살이었는데 여태 엄마한테 얹혀산대, 메리. 자기 엄마 얘기를 줄줄이 늘어놓더니 매번 9시 정각만 되면 바에 나 혼자만 덜렁 남겨두고 사라지는 거야.

알고 보니까 10시에 엄마랑 같이 BBC 뉴스를 보려고 집에 가는 거였다니까. 장난 아니지?"

엘리는 괜찮냐고 묻기만 할 뿐 내가 작업 중인 소위 '비밀 기사'에 관해선 자세히 묻지 않았다. 다 털어놓고 싶은 마음이야 굴뚝같았지만 그럴 수 없었기에 꼬치꼬치 캐묻지 않는 엘리가 내심 고마웠다. 한 시간쯤 지났을 무렵 사티시가 식당 안으로 들어왔다. 우리를 발견하고는 식당 안을 가로질러 곧장 우리 테이블로 다가왔다.

"아, 둘 다 안녕. 샌드위치나 후딱 먹고 들어가려고 나왔는데 잠깐 같이 앉아도 될까요?"

단둘이 있고 싶어 머뭇거리는 사이 엘리가 고개를 끄덕이더니 웃으며 내 옆에 놓인 빈 의자를 가리켰다. 환히 웃는 사티시의 얼굴에 대고 차마 싫다고 말할 수가 없었다.

우리가 막 나가려던 참이라고 말할 줄 알았나 보네. 내 예상과 달리 셋이서 꽤 재미있었다. 엘리는 데이트하면서 우스웠던 얘기를 계속 이어갔는데 몇몇 이야기에서 사티시의 얼굴이 붉어졌다. 문득 비슷한 실수를 저지른 경험이 있어서 그러는 건지 궁금했다. 어쨌든 사티시도 우리와 함께 웃었고 결국 예상보다 훨씬 더 오래 식당에 머물렀다. 지난 며칠간 불안했던 마음이 한결 편안해진 채로 더 허브에 다시 돌아왔다. 엘리를 꼭 안아 주고 사티시와는 웃으며 인사를 건넨 뒤 우리는 각자의 자리로 뿔뿔이 흩어졌다. 내일 앨러스테어 터너와의 인터뷰에 앞서 필요한 질문들을 다 정리했는데도 오후가 반이나 남아서 만약을 대비해 보츠와나행 항공편을 알아보기로 했다. 4월 1일이 다가오면 어떻게 해야 할지 아직 결정하지는 못했지만, 현재로선 영국에 머무는 쪽으로 마음이 기울고 있었다. 그 이유는 나조차도 도무지 알 수가 없었고 피터에게는 여태 말할 엄두도 못 내고 있었다. 하지만 나를 죽이겠다고 협박한 살인마가 실제로 나타날지도 몰랐다. 살인자를 직접 만날 수 있을지도 모른다는 생각에 마음이 크게 동했다. 생각할 때마다 두려움과 설렘이 뒤섞여 온몸에 가벼운 전율이 일었다. 한편으론 루신다가 무척 보고 싶기도 했다. 더군다나 보츠와나라니 기가 막힌 모험이 될 것 같았다. 이 모든 일이 끝나고 나면 꼭 한번 가보리라. 물론 4월 1일 이후에도 여전히 살아있다면 말이지, 하고 머릿속에서 목소리가 속삭였지만 무시해 버렸다.

비행기 시간표를 아래로 스크롤하고 있는데 익숙하고도 비음이 섞인 목소리가 들려왔다.

"휴가 가요? 음, 보츠와나? 굉장히… 이색적인 곳이군요."

뒤돌아보자 에드워드 쿠퍼가 내 어깨너머로 조그맣고 검다 못해 시커먼 두 눈으로 컴퓨터 화면을 응시하고 있었다. 황급히 인터넷 창을 닫고 에드워드 쪽으로 돌아보았다. 어디서 자다 온 것처럼 쭈글쭈글 구겨진 파란 셔츠를 입고 있었다.

"그냥 알아만 본 거예요. 3월 말쯤에 갈까 해서요. 아직 결정한 건 아니고요."

대수롭지 않다는 듯 대꾸했다. 에드워드는 고개를 끄덕이며 헤벌쭉 웃더니 내 책상 위에 놓인 노트를 내려다보며 내일 옥스퍼드 출장과 관련해 적어둔 메모를 휙 훑어보았다.

"옥스퍼드도 가나 봐요. 여기저기 많이 돌아다니네요. 옥스퍼드는 참 좋은 도시예요. 사티시랑 같이 새해를 거기에서 맞이했거든요. 기분 전환 겸 운하 옆길을 따라 조깅하러 나갔었거든요? 근데 아침 일찍 살인 사건이 일어나서 운하 옆길을 다 폐쇄하는 바람에 어쩔 수 없이 일찍 숙소로 돌아왔다니깐요. 아, 저번에 메리가 보고 있던 사진 속 여성 변호사 있죠? 그 여자가 그날 죽었잖아요. 그럼 하던 일 마저 하세요. 나중에 봐요."

가슴이 쿵쾅거렸다. 대답하려고 입을 열었을 때 이미 에드워드는 뒤도 돌아보지 않은 채 천천히 걸어가고 있었다. 멀어져가는 그의 뒷모습을 바라보면서 머릿속이 바삐 움직였다.

잠깐만, 방금 에드워드가 뭐라고 한 거지? 새해 전날 밤 사티시랑 둘이 옥스퍼드에 있었다는 거야?

두 사람이 친한 줄은 알고 있었지만 함께 여행을 갈 정도로 친한 줄은 꿈에도 몰랐다. 조깅이 취미라는 사실도 금시초문이었다. 그러고 보니 둘 다 늘씬한 편이었고 사티시는 몸이 꽤 탄탄해 보이기는 했다. 그런데 에드워드라니? 조깅을 하는 데 체형이나 체격이 중요하지는 않겠지만 절대로 조깅할 것처럼 생기지도 않았다. 하지만 지금 내 심장이 요동치는 이유는 에드워드가 마지막으로 한 말 때문이었다. 아침 일찍 살인 사건이 일어나서 운하 옆길을 다 폐쇄하는 바람에…. 에드워드와 사티시는 리사 터너가 살해당한 날 옥스퍼드에 있었다. 사티시와는 연휴에 뭘 했는지 오늘이나 그전에도 서로 물어본 적이 없었으니 그가 연휴 때 옥스퍼드에 갔다 왔다는 말을 나에게 해야 할 이유는 없었다. 하지만 에드워드는 아니었다. 내가 월요일에 리사의 사진을 보고 있는 걸 봤을 때 왜 내 직업이 섬뜩하다는 말만 했던 걸까? 게다가 조깅을 했다는 점도 맘에 걸리고. 버밍엄 경찰이 제인 홀랜드를 살해한 용의자로 조깅하는 사람을 찾고 있는데 과연 우연의 일치일까, 아니면 다른 이유가 있는 걸까?

방금 들은 얘기를 이해하려고 노력하는 내내 뱃속이 뒤틀리고 숨이 가빠왔다. 피터가 얼마 전에 제인 홀랜드가 운영하는 카지노에 갔다 온 것처럼 이번에도 그저 우연에 불과할까? 두 손에 얼굴을 파묻고 마음을 진정시키려 애썼다. 내가 너무 깊게 생각하나?

피터가 버밍엄에 있었던 시기는 몇 주 전이었으니 제인 홀랜드에게 무슨 일이 일어나기 한참 전이었다. 또 옥스퍼드는 짧게 휴가를 보내려고 많이들 찾는 도시였다. 새해 전날이면 아마 수백 명이 넘는 사람들이 방문했을 터였다. 더군다나 새해 첫날에는 많은 사람이 조깅을 하러 나온다. 새로운 한 해를 시작하며 새로운 무언가에 도전하고 싶어 하기 마련이니까. 어쨌든 에드워드와 사티시가 버밍엄으로 여행을 다녀왔다는 사실을 경찰에게 말해야 할까? 괜히 모두의 시간만 낭비하게 만들어서 매일 함께 일하는 사람들을 열받게 하면 어쩌지? 내일 옥스퍼드로 가는 길에 좀 더 생각해 보자. 하루 정도 늦는다고 뭐가 달라지겠어?

숨을 깊게 들이마신 후 허리를 곧추세우고 앉아 침을 꿀꺽 삼켰다. 사무실 중간쯤에서 에드워드가 자기 자리에서 신나게 이야기를 하고 있었고, 사티시가 바로 옆에 바짝 붙어 서서 몸을 구부린 채 고개를 끄덕이며 듣고 있었다. 내가 쳐다보는 시선을 느낀 두 사람은 동시에 고개를 돌려 나를 힐끗 보더니 재빨리 다른 곳으로 시선을 돌렸다. 숨이 턱 막혀왔다. 여기에서 무슨 일이 벌어지고 있는 걸까? 내가 터무니없는 생각을 하는 걸까?

사티시는 자기 책상을 향해 뚜벅뚜벅 걸어갔고 에드워드는 머리를 숙인 채 책상에 놓인 서류를 뒤적거리다 손을 뻗어 키보드를 두드려 댔다. 나는 사티시에게로 잠깐 시선을 옮겼다가 다시 에드워드를 응시했다. 그런 다음 사무실 주변을 훑어보았다. 더 허브는 모든 게 평상시와 똑같았다. 여느 오후처럼 다들 일을 하고, 전화 통화를 하고, 타이핑하고, 커피를 마셨다. 그냥 상상일 뿐이겠지? 일을 너무 많이 해서 그래. 그만해, 메리. 정신 차리라고.

다시 한번 숨을 깊게 들이마시고 가방을 챙겨 집으로 향했다.

13

2월 5일 금요일

첼트넘 중앙 경찰서

"시작해도 괜찮겠습니까?"

스테프 워든 경감이 방 안에 있는 모두가 잘 볼 수 있도록 커다란 모니터의 각도를 조절했다. 화면 속에서 프리야 톰슨 경감과 린다 레이크 경감이 고개를 끄덕였고, 브린 루이스 경감이 엄지를 추켜세웠다.

"괜찮고 말고요."

말과는 반대로 루이스의 목소리는 다소 침울했다.

"네, 좋습니다. 자, 오늘은 금요일 아침이니 최대한 간결하게 진행해 볼까요? 주말에 쉬고 싶은 사람들은 좀 쉴 수 있게요. 오늘 공유할 내용이 있는 사람은 프리야 톰슨 경감뿐인가요? 제인 홀랜드 사건에는 진전이 좀 있었습니까?"

톰슨이 검은 머리카락 한 가닥을 오른쪽 귀 뒤로 넘기며 고개를 끄덕였다.

"글쎄요. 제인의 가족과 주변 사람들을 좀 더 조사해 봤는데요. 뭔가 나오긴 했는데…. 아, 제인과 리사, 메리 사이에 연관성을 찾아낸 사람은 제가 아니라 프랭키 태너 경장입니다. 데려오도록 하죠."

톰슨이 옆으로 비켜 앉자 화면에는 그녀의 일부만 비쳤다. 빈 화면 속으로 다른 여자 한 명이 의자를 밀고 들어와 앉았다. 젊은 여자 하나가 픽시 스타일의 짧은 백금색 머리를 뽐내며 미소를 띤 채 목을 가다듬었다.

"네, 음…."

긴장한 듯한 목소리였다. 잠시 주춤하다 침을 꿀꺽 삼키고 좀 더 큰 목소리로 다시 입을 열었다.

"아무것도 아닐 수도 있고 우연의 일치에 불과할지도 모릅니다. 톰슨 경감님께 말씀드렸더니 자세히 살펴볼 만한 정보라고 말씀하셔서요. 모호하긴 해도 지금껏 저희가 유일하게 찾아낸 연관성입니다."

다시 말을 멈추고 고개를 숙여 앞에 놓인 메모를 내려다봤다.

"제인 홀랜드의 부친을 조사하면서 발견한 정보입니다. 부친은 몇 년 전 사망한 상태이지만, 생전에는… 악명높았었다는 단어가 제격일 듯하네요. 이름은 존 홀랜드였지만 빅 조니라고 불렸었습니다. 빅 조니가 버밍엄에 있는 카지노를 처음 시작했고 12년 전 제인이 가업을 물려받으면서 코번트리에 두 번째 카지노를 열었습니다. 빅 조니는 카지노업 외에도 수년간 여러 다른 사업에도 손을 담갔다는 소문이 돌았었는데 소문이 사실이라고 가정하면 합법적이지 않은 사업에도 가담했을 가능성이 큽니다."

"오, 흥미진진하군요. 어떤 사업이죠?"

옥스퍼드의 레이크 경감이 물었다.

"음, 그 부분이 조금 애매합니다. 죄다 소문이나 추측일 뿐 실제로 밝혀진 게 아무것도 없거든요. 당시 근무했었던 고위 경찰관 몇 분께 여쭤보니 모두 똑같은 말을 했습니다. 빅 조니가 합법적인 카지노 사업을 앞세워 뒤로는 온갖 불법을 저지르고 있었다는 소문이 돌았대요. 마약 거래와 밀입국은 물론 수입이 꽤 쏠쏠한 무장 강도까지 저질렀고요. 문제는 빅 조니가 배후라는 사실을 밝혀내려고 상당히 노력했지만 모두 실패하고 말았어요. 늘 법보다 한발 앞서 노련하게 빠져나갔습니다. 항상 빈틈없이 완벽한 알리바이가 있었고, 빅 조니가 소문에 떠도는 범죄에 직접적으로 연루됐다는 사실을 증명할 실질적인 증거를 찾지 못했습니다. 심지어 주차 위반 과태료 한 번 받은 적이 없을 정도로 깨끗했어요. 어쨌든 추후에 심장마비로 갑작스레 사망하면서 유산은 전부 외동딸인 제인에게 넘어갔고 빅 조니의 아내이자 제인의 모친은 몇 년 전에 사망했습니다. 빅 조니에 대한 흉흉한 소문은 제인이 가업을 물려받을 즈음 차차 잦아들기 시작했어요. 부친이 조직범죄를 저지른 게 정말 사실이라면 제인은 확실히 아버지와 같은 길을 가지 않기로 마음먹은 듯합니다. 저희가 조사한 바에 따르면 굉장히 공명정대한 사람이었고 이미 알고 계시듯 자선 활동을 매우 중요하게 여겼어요. 아버지를 대신해 속죄하고 싶었겠죠. 물론 아무것도 입증되지 않았기 때문에 모두 제 추측일 뿐입니다."

잠시 정적이 흘렀다.

"그렇군요."

레이크가 말꼬리를 질질 끌며 천천히 말했다.

"그게 수사와 어떤 연관이 있다는 건지 잘 모르겠네요. 메리 엘리스와 리사 터너의 가족이 범죄에 가담했을 가능성이 없지 않나요? 외려 리사의 경우는 정반대예요. 모친이 저명한 판사였다고요."

태너가 고개를 끄덕이며 덧붙였다.

"맞아요. 저명하다는 사실이 포인트입니다. 음, 말씀드렸듯이 그저 추측일 뿐이라는 점 감안하고 들어주세요. 향후 잠재적인 피해자로 지목된 메리 엘리스까지 포함해 피해자 세 명 모두 부친이나 모친이 유명하거나 저명하다고 알려져 있어요. 또한 세 명의 부모 모두 어떤 식으로든 범죄에 가담했거나 관련이 있다는 공통점이 있습니다. 제인 홀랜드의 부친은 말씀드린 대로 범죄자라고 밝혀지진 않았어도 버밍엄에서 악명높은 사람이었고, 리사 터너의 모친은 솔직하고 명성 높은 판사였죠. 메리 엘리스의 부친인 그레고리 엘리스는 90년대 가장 유명했던 범죄 소설가였어요. 아까도 말씀드렸지만, 우연의 일치일 수도 있습니다. 현재 조사가 더 진행 중이며 세 명의 부모들이 서로를 알았거나 어떤 식으로든 거래가 오간 적이 있는지 찾고 있습니다. 그레고르 엘리스가 책을 쓰려고 조사하던 중 앨리스 터너에게 영국 법률 제도에 관해 물어봤을 수도 있지 않을까요? 카지노 얘기를 소설로 쓴 적은 없었지만 빅 조니를 어떤 식으로든 알고 있었을지도 몰라요. 빅 조니 역시 변호사에게 자문을 구한 적이 있었을 테니 앨리스 터너와 서로 거래가 오갔을 수도 있습니다. 아직 정확하게 밝혀진 바도 없고 앞으로 조사가 더 필요한 사안이긴 합니다만 뭔가 있는 것 같지 않습니까?"

태너가 어깨를 으쓱하며 왼쪽을 쳐다보자 톰슨이 다시 화면 안으로 들어와 태너 가까이 앉았다. 두 사람의 모습이 화면을 가득 메웠다.

"저는 태너 경장이 뭔가 찾아냈다고 생각합니다. 14년 전 그레고르 엘리스가 사망했을 당시 리사의 모친은 잘나가는 변호사였어요. 빅 조니로 알려진 존 홀랜드가 한창 악명을 떨치던 시기와도 맞물리죠. 엘리스 가족이 여기저기 이사를 많이 다녔지만, 그레고르는 사망 직전까지 한동안 코츠월드에 살았었어요. 옥스퍼드나 버밍엄과 그리 멀지 않은 곳이니 세 사람이 만난 적이 있을지 누가 압니까? 좀 더 조사해 볼 가치가 있지 않을까요? 카디프 쪽에 도움이 될지도 몰라요, 루이스 경감. 지금 당장은 별 도움이 안 되어도 캐보면 뭔가 나오지 않겠어요?"

루이스가 천천히 고개를 끄덕이며 대꾸했다.

"그럴 수도 있죠. 그럼 데이비드라는 이름을 가진 사람 중 범죄와 관련 있는 유명한 부친이나 모친을 둔 사람을 추리면 됩니까? 그래봤자 엄청 흔해 빠진 이름이라 여전히 많을 텐데. 어쨌건 뭔가 찾아내긴 했으니 저희 쪽에서 머리를 한번 굴려보죠."

"꼭 살아있는 부모일 필요는 없습니다. 앞서 말씀드린 세 명 모두 현재 사망한 상태이니까요."

태너의 말에 루이스가 고개를 끄덕였다.

"네, 알겠습니다. 고마워요."

루이스가 한숨을 내쉬며 말을 이었다.

"이런 젠장. 저는 잘 모르겠네요. 좀 억지스럽지 않나요? 오래 전에 죽은 유명인 부모의 다 큰 자식들을 왜 죽이는 거죠? 논리적으로 말이 안 되지 않습니까? 범죄 연관성도 마찬가집니다. 흥미롭긴 합니다만 각자 전문 분야가 달라도 너무 다르잖아요. 최대한 빨리 정보를 더 찾아내야 합니다. 메리 엘리스에게 돌아가신 아버지가 자료 조사 차 나머지 두 사람과 연락한 적이 있는지 직접 물어보면 어떻습니까? 레이크 경감과 톰슨 경감은 리사와 제인의 가족들에게 다시 연락해서 혹시 피해자 부모들 사이에 연관성이 있는지 알아봐 주실래요? 물론 최대한 조심스럽게요."

"그럴게요. 지금 바로 연락해 보죠."

"알겠습니다."

레이크와 톰슨이 연이어 대답했다.

"저도 메리 엘리스 씨에게 연락해 보겠습니다. 가능하면 오늘 오후 내로요."

"고마워요, 고든 경장. 음, 확실히 아주 흥미로운 진전이군요. 수고했어요, 태너 경장."

워든의 칭찬에 프랭키가 온 얼굴로 웃었다.

"감사합니다."

"그럼 저희는 조건에 맞는 데이비드를 추려보겠습니다. 그런다고 수사망이 많이 좁혀질 것 같지는 않네요. 이제 대중에게 정보를 좀 더 공개하는 방안도 고려해야 하지 않을까요? 물론 매우 신중하게요. 카디프에서 살인이 일어나기까지 정확히 23일 남았습니다. 퍽 달갑지만은 않네요."

또다시 정적이 내려앉았다. 잠시 후 워든이 입을 열었다.

"루이스 경감 말이 맞을 수도 있지만, 아직 몇 주 남았으니 당황하지 맙시다. 적어도 수사 방향은 정해진 셈이니 일단 각자 맡은 일부터 해결한 뒤 다음 주 초에 다시 모이죠. 범인에게 점점 가까워지고 있습니다. 범행 동기가 곧 밝혀질 듯한 느낌이 옵니다."

"범행 동기를 알아내면 범인의 정체를 밝히는 데 한 걸음 더 다가가는 거죠."

톰슨의 말에 워든이 맞장구를 쳤다.

"맞습니다."

14

2월 5일 금요일

금요일 오후 1시가 지난 시각이었다. A40 도로를 타고 옥스퍼드로 향하던 중 핸드폰이 요란하게 울리며 화면 위로 제스 고든 경장의 번호가 깜빡였다. 어제 계획했던 대로 운전을 하면서 피터의 카지노 방문과 에드워드, 사티시의 옥스퍼드 여행을 고든에게 털어놓을지 곰곰이 생각 중이었다. 지인 세 명이 갑자기 살인 사건 두 건과 어떻게든 연관되어 있었다. 다이어리를 받은 사람이 나라는 사실과도 어떤 관련이 있는 걸까? 경찰에게 사실대로 털어놓지 않는 내가 멍청한 걸까? 걱정하는 것도 지겨워 다 말해버리고 싶다가도 혹시나 내가 너무 과민하게 반응하는 건 아닌지 고심하며 전화를 받았다.

"메리 씨, 사건에 조금 진전이 있었습니다."

"진전이요? 말씀해 주세요."

"네. 그전에 조금 뜬금없는 질문 하나 드릴게요. 아주 오래전 일입니다만, 혹시 아버님께서 자료 조사 차 제인 홀랜드가 운영하는 카지노에 방문하신 적이 있을까요? 아니면 변호사에게 자문은 얻은 적은요?"

신호등의 빨간불을 보고 브레이크를 밟았다. 그러고는 미간을 찌푸리며 확신 없는 목소리로 말했다.

"음… 글쎄요. 아마도요. 아버지께서 소설에 카지노 얘기를 쓴 적은 없었던 걸로 기억해요. 하지만 변호사에게 자문을 얻은 적은 있을 거예요. 소설 여기저기에 법과 관련된 얘기가 꽤 많이 나와서 세부 사항을 확인해야 했을 테니까요. 왜 그러시죠?"

"혹시 확인할 방법이 있을까요? 오래된 메모나 서류, 원고 초안 같은 게 남아 있나요?"

스피커로 흘러나오는 경장의 목소리에 고개를 살살 흔들었다. 바뀐 신호에 차를 다시 움직이며 대답했다.

"아뇨. 모두 불에 타 없어졌어요. 저희 아버지가 화재로 돌아가신 건 알고 계시죠? 아버지는 옛 방식을 선호하시던 분이라 전기 타자기로만 책을 쓰셨어요. 메모나 다른 것들도 종이에만 기록하고 전자기기에는 저장해 두지 않으셨는데 출판사에서 허락한 게 신기할 정도예요. 이미 14년 전 일이고 아버지가 굉장히 유명했을 때였으니 살아계셨더라면 더는 허락하지 않았겠죠…. 어쨌든, 지금은 다 사라지고 없습니다. 이미 완성된 소설과 시나리오만 남아있을 뿐이죠. 근데 이런 건 왜 물어보시는 거죠, 경장님?"

"음, 아직까진 그저 가설일 뿐이긴 한데요. 버밍엄 소속 경장 하나가 이미 사망한 피해자 둘과 메리 씨 사이에 사소하지만 그럴듯한 연관성을 발견했습니다. 세 명 모두 특정 분야에서 유명하거나 어느 정도 잘 알려진 부모를 두고 있고, 그 부모들이 범죄와 관련되어 있다고 추측하고 있어요."

고든이 좀 더 자세하게 설명을 이어 갔고 나는 이야기에 흠뻑 빠져들었다.

"세상에."

이야기가 끝나자 가슴이 살짝 조여오는 느낌이 들었다. 꿀꺽, 침을 삼키고 말을 꺼냈다.

"네. 조금 사소하긴 하지만 뭔가 있을 수도 있겠네요. 사우스웨일스 경찰은 추측이 진짜라고 믿나요? 그렇다면 수사 범위가 좁아지겠는데요?"

"네. 진짜라고 믿고 있어요. 수사 범위도 좁아질 수는 있겠으나 여전히 모래사장에서 바늘 찾기 수준입니다. 물론 저희가 완전히 잘못짚었을 가능성도 존재해요. 그저 우연의 일치일 수도 있지만 한번 생각해 보시고 혹시 기억나는 게 있으면 말씀해 주시겠어요? 아버지께서 옥스퍼드나 버밍엄으로 여행을 가셨던 적이 있지 않을까요? 혹시 얼굴을 보면 기억날지 모르니 존 홀랜드와 앨리스 터너의 사진을 이메일로 보내드리겠습니다. 그럼 또 연락드리죠."

살짝 얼이 빠진 나는 내비게이션에서 흘러나오는 안내를 따라 겨우겨우 앨리스테어 터너의 집 근처에 도착했다. 머릿속이 여전히 복잡했다. 또 다른 우연의 일치라고? 무슨 일이지? 진짜 부모님 때문일까? 우릴 피해자로 고른 이유가 우리 자신이 아니라 부모님 때문이라고? 지금껏 단 한 번도 해보지 못한 발상이었다.

페인턴 로드로 들어가 속도를 줄이며 11번지를 찾아 두리번거렸다. 문득 마음 한구석에서 새로운 생각 하나가 떠올랐지만, 지금은 깊이 생각할 시간이 없었다. 마침내 찾고 있던 집이 나타났고 포장된 짧은 진입로를 따라 들어가 고급스러운 검은색 재규어 SUV 옆에 내 소형 아우디를 세웠다.

앨러스테어 터너의 집은 옆집과 벽 하나를 공유하는 단독주택이었다. 멋진 빅토리아풍의 건물이었고, 입구에 놓인 돌 위에는 1896년에 지어졌다는 문구가 적혀 있었다. 짙은 파란색 현관문 앞에 서서 초인종을 누르자 깊고 아름다운 소리가 크게 울려 퍼졌다. 뒤이어 잰걸음 소리가 들리더니 한 남자가 문을 열고 나타났다. 그는 진회색 정장 바지와 흑백 체크무늬 셔츠 차림에 넥타이는 매지 않은 채 셔츠 윗단추를 풀고 있었다. 큰 키에 피부는 까무잡잡했으며 수염을 깔끔하게 길렀고, 죽은 여동생과 똑같이 매우 인상적인 황갈색 눈동자를 지니고 있었다.

"터너 선생님? 메리 엘리스라고 합니다."

인사를 건네며 손을 내밀었다. 앨러스테어 터너가 내 손을 짧고 세게 맞잡았다. 그런 다음 미소를 띤 얼굴로 옆으로 비켜서며 집 안으로 안내했다.

"전화로 말씀드렸듯이 그냥 앨러스테어라고 불러주세요. 쭉 들어가서 왼쪽 두 번째 문으로 들어가시면 됩니다. 다행히 아내가 한 시간 정도 아들을 공원에 데려가서 지금 집에는 저희 둘

뿐입니다. 커피나 차 드릴까요?"

"아, 블랙커피로 부탁드려요. 감사합니다."

"잠시만 기다리세요."

그러더니 그는 빠른 걸음으로 계단을 내려갔는데, 주방이 아래층에 있는 모양이었다. 앨러스테어가 안내해 준 대로 걸어가 방문을 열자 햇살이 환하게 들어오는 응접실이 나타났다. 원래는 식사 공간과 거실로 나누어져 있었던 방을 하나로 널찍하게 터놓은 듯했고, 편안해 보이는 현대식 가구들로 세련되게 꾸며져 있었다. 접이식 창문 밖으로는 놀랄 만큼 넓고 깔끔한 뒤뜰이 펼쳐졌고, 가장자리에 심어둔 사프란과 수선화가 바람에 고개를 살랑살랑 흔들어 댔다.

잠시 가만히 서서 경치를 감상하다가 창문에서 시선을 떼 방 안을 둘러보았다. 흰색 소파가 기역 자로 기다랗게 놓여 있었고, 똑같이 생긴 안락의자 두 개가 가운데 낮은 탁자를 사이에 두고 마주 보고 있었다. 안락의자 하나에 앉은 뒤 수첩과 펜, 녹음기를 가방에서 꺼냈다. 생각을 정리하며 리사를 죽인 범인이 나도 노리고 있다는 사실을 실수로라도 발설하지 말자고 다짐했다.

기사에만 집중하자. 피해자들 사이에 다른 연관성이 존재하는지만 알아내면 돼. 경찰이 부모 관련해서 추측한 내용이 맞을 수도 있지만 틀릴 수도 있으니까….

"여기 블랙커피 한잔이요. 초콜릿 다이제스티브 비스킷도 함께 드세요. 초콜릿 없이 마시는 커피는 왠지 맛이 조금 다르게 느껴지더라고요."

앨러스테어가 불쑥 나타나서 말했다.

"음, 저도 같은 생각이에요. 감사합니다."

싱긋 웃으며 대답했다. 앨러스테어도 눈가에 주름을 잡고 따라 웃으며 맞은편 안락의자에 앉았다. 우리는 각자의 음료를 한 모금 들이켰다. 엘러스테어가 머그잔을 탁자 위에 조심스레 내려놓으며 기대에 찬 눈빛으로 나를 바라보았다.

"저에게 궁금하신 게 뭔가요, 메리 씨? 참, 좀 전에 경찰에서 전화가 왔었는데요. 뜬금없이 저희 어머니에 대해 물어봤어요. 빅 조니라고 버밍엄에서 카지노를 소유하고 있던 사람과 어머니가 만난 적이 있는지 묻더라고요. 자세한 내용은 말해줄 수 없다고 했는데 어떤 단서를 추적하고 있는 모양이더군요. 수년 전 어머니가 하신 일이 대체 동생의 죽음과 무슨 관련이 있다는 건지 모르겠네요. 혹시 이 부분에 대해 아는 게 있으신가요?"

"아뇨. 죄송합니다."

고개를 흔들며 말을 내뱉자마자 곧바로 거짓말을 했다는 죄책감이 밀려왔다.

"어머니께서 빅 조니를 만난 적이 있었을까요? 혹시 아는 사이였나요?"

앨러스테어가 어깨를 으쓱댔다.

"모르겠어요. 경찰한테는 어머니의 예전 사무실로 연락해 보라고 했어요. 거기서 일하는 누군가가 알지도 모르니까요. 어머니는 집에서 일 얘기는 입 밖에도 꺼내지 않으셨어요. 저희가 성인이 되고 난 후에도 마찬가지셨죠. 뭐, 무슨 일인지는 나중에 알게 되겠죠."

"그렇겠죠."

다행히 경찰이 앨러스테어의 어머니가 우리 아버지를 아는지는 안 물어봤구나라고 생각하며 크게 안도했다. 내가 오늘 버밍엄에서 엘러스테어와 인터뷰한다고 얘기해서 안 물어봤나 보네. 하긴 물어봤더라면 앨러스테어가 나를 의심했을지도 모르지. 어머니의 옛 직장 동료가 부모들끼리 아는 사이였다는 사실을 밝혀줬으면 좋으련만….

"자, 그럼 시작할까요? 혹시 인터뷰 내용을 녹음해도 괜찮을까요?"

탁자에 놓아둔 녹음기를 가리키며 묻자 앨러스테어가 고개를 끄덕였다.

"괜찮습니다."

"좋습니다."

녹음기의 전원을 켜고 수첩과 펜을 들고 미리 준비해 온 질문 목록을 쭉 훑어보았다.

"먼저 리사의 어린 시절부터 간단하게 말씀해 주시겠어요? 학교는 어딜 다녔고 대학은 어딜 나왔는지, 취미는 뭐였는지 같은 이야기들요. 간략하게 말씀해 주시면 됩니다. 온라인에 나온 이력이나 여러 신문 기사를 통해 어느 정도 알고 있긴 하지만 오빠에게서 직접 듣는 편이 더 좋을 듯해서요."

"네, 그러죠. 제가 열 살 때 리사가 태어났으니 또렷이 기억하고 있습니다. 확실치는 않지만 어머니께서 일 때문에 둘째 가지길 오랫동안 미루다가 낳으신 듯했어요. 두 분 모두 예쁜 딸아이를 갖게 되어 굉장히 행복해하셨었죠. 저도 몇 년을 외동으로 크다가 여동생이 생겨서 어찌나 기뻤던지…."

이후 몇 분 동안 리사의 어린 시절 이야기를 들려주었고 덕분에 그녀의 삶에 대해 좀 더 자세히 그려볼 수 있었다. 하지만 이야기를 들으면 들을수록 실망감이 점점 커졌다. 리사는 활달하고 외향적인 아이였다. 여섯 살 때부터 학교 연극에서 주인공을 꿰찼고, 중고등학교에 진학한 후에는 토론동아리에서 활발하게 활동했다. 승마와 캠핑을 좋아했고, 열여섯 살 때 유도 검은 띠를 땄다. 이야기는 매우 흥미로웠지만 들으면 들을수록 나와 리사 사이에 연관성이 있더라도 어린 시절이나 관심사는 아니라는 생각이 강하게 들었다. 외려 달라도 너무 달랐다. 나는 조용한 아이였고 여가 시간에는 대부분 책을 읽었다. 이윽고 앨러스테어가 동생이 대학에서 연극 동아리와 토론 연합 동아리에서 유명 인사였다는 이야기를 하고 나자 대충 결론이 내려졌다. 리사와 나 사이에 어떤 연관성이 있다는 건지 도통 모르겠네.

앨러스테어가 말을 마친 뒤에 리사가 휴가 때 자주 방문하던 곳이나 좋아하는 식당이 어딘지 등 몇 가지 질문을 더 해보아도 모두 나와는 전혀 관련 없는 장소들이었다. 마지막으로 리사가 살해되기 1년여 동안 맡았던 유명한 법률 사건에 관해 물은 뒤 몇 가지 기본 정보들을 받아적었다.

"동생은 어머니와 달리 집에서도 일 얘기를 자주 했어요. 파산 같은 재미없는 사건들이었는데 어째서인지 재미있더라고요.

아마도 제가 하는 일과 달라서 그랬던 것 같아요. 동생이랑은 사이가 좋아서 자주 만나서 이야기도 많이 했어요. 동생이랑… 커피나 와인 한 잔을 마시며 같이 앉아서 이런저런 이야기를 나누던 때가 가장 그립습니다. 동생이 참 자랑스러웠고 하나하나 성취해 가는 모습이 대견스러웠거든요. 매일매일 너무 보고 싶습니다."

그가 말을 멈추고 침을 삼키더니 갑자기 고개를 돌려 창밖 정원을 응시했다. 눈물을 참느라 턱을 굳게 다물고 있는 모습이 안쓰러워 마음이 아팠다.

"마음이 너무 아프네요. 동생을 그렇게 잃게 되어 충격이 참 크셨겠습니다."

조용한 목소리로 위로를 건넸다. 앨러스테어는 아무런 말도 하지 않다가 이내 숨을 깊게 들이마시고 고개를 돌려 나를 쳐다보았다.

"메리 씨도 저와 비슷한 일을 겪지 않았나요? 아버지께서 안타깝게 돌아가셨잖아요."

"네."

고개를 끄덕이며 내가 말했다.

"사실 메리 씨 아버지의 열렬한 팬입니다. 쓰신 책을 거의 다 읽었어요. 메리 씨에게 전화가 왔을 때 어쩐지 이름이 낯익다 했었는데 메리 씨 아버지 이름이 곧장 떠오르더군요. 정말 재능이 엄청난 분이셨죠."

그가 웃자 매력적인 눈이 활처럼 휘어지며 또다시 눈가에 주름이 잡혔다. 나는 마주 웃으며 대답했다.

"좋게 말해주셔서 감사해요. 그리고 오늘 인터뷰에 솔직하게 응해주셔서 감사합니다. 기사가 언제 나갈지는 아직 모르겠어요. 말씀드렸듯이 연재 기사라서 다른 미제 사건 유족들 인터뷰를 다 마친 후에나 나올 거예요. 진행 상황에 대해선 계속 연락드릴게요. 수사에 도움이 될만한 정보가 이 안에 들어 있을지도 모르잖아요? 앞날은 모르는 일이니까요."

녹음기를 톡톡 두드리며 말하자 앨러스테어가 미소를 머금은 채 고개를 끄덕였다. 다시 한번 고맙다는 인사를 전하고 가방 안에 내 물건들을 쓰셔 넣으며 주말에 계획이 있는지 물었다. 그런 다음 자리에서 일어나며 정원이 아름답다는 칭찬의 말을 건넸다. 차를 몰고 그의 집에서 점점 멀어지는 동안 마음 한편을 짓누르는 실망감을 털어내려고 애썼다. 앨러스테어와의 인터뷰 내용을 복기하며 혹시라도 놓친 부분이 있는지 곱씹어 보았다. 연관성을 찾길 바랐건만 아무것도 없는 것 같네. 계속 찾으려고 노력해봤자 시간 낭비일까? 차라리 경찰처럼 지금부터라도 부모님들을 조사하는 편이 더 나을까?

"아, 젠장."

차들이 길게 늘어선 정체 행렬에 한숨을 푹 내쉬며 브레이크를 밟았다. 금요일은 오후 일찍부터 교통 체증이 시작된다는 사실을 깜빡했다. A40 도로는 다른 도로가 한적한 시간대에도 항상 혼잡했다. 라디오를 켜서 1분 정도 주파수를 이리저리 돌리다가 90년대 음악 방송국에서 고정했다. 머리빗을 들고 크리스티나 아길레라가 부른 〈지니 인 어 보틀〉을 신나게 따라 부르다 보니 마치 열 살 때로 돌아간 듯한 느낌이 들었다. 어떤 10대를 보내게 될지, 내 인생이 어떻게 될지 아무것도 모른 채 천진난만하던 그때 그 시절로.

앞차를 따라 몇 센티미터 움직이다가 또다시 앓는 소리를 내며 브레이크를 밟았다. 앞차가 다시 움직이기를 기다리는데 고든 경장이 했던 말이 불현듯 머릿속을 스쳤다. 앨레스테어의 집에 도착했을 무렵 어렴풋이 떠올랐던 생각이 머릿속에서 점차 확고해져 갔다. 경찰의 추측이 옳다면, 살인자가 피해자를 선택한 이유가 부모님이 저지른 일 때문이라면….

순간, 아드레날린이 솟구쳐 올랐다. 공포 반, 기대 반이었다. 좀 더 깊이 생각해 봐야 할 문제였지만 만에 하나 경찰이 찾은 정보가 옳다면… 모든 걸 뒤엎을 수 있었다. 범인은 자기가 똑똑하다고 생각했고, 실제로도 똑똑했다. 살인을 두 번이나 저지르고도 아직 잡히지 않았으니 말이다.

하지만 뜻밖에도 내가 범인보다 한발 앞서 있을지도 몰랐다. 백미러에 비친 내 두 눈이 기대감에 반짝였다. 범인은 자신이 생각하는 것만큼 똑똑하지 않아. 그자가 모르는 무언가를 내가 알고 있으니까.

15

2월 5일 금요일

첼트넘에 가까워지자 꽉 막혔던 도로가 뻥 뚫리기 시작했다. 집에 도착하기 30분쯤 전, 급히 차를 돌려 아주 오랫동안 방문하지 않았던 장소로 향했다. 손턴에 자리한 그림같이 아름다운 작은 마을을 지나 공동묘지에 도착했다. 주차장에 차를 세우는 내내 눈물을 참으려 애썼는지 목이 메어왔다. 10년도 넘은 기억들이 되살아나며 감정이 예상과 달리 강하게 휘몰아쳤다. 14년 전 차디찬 3월, 내 인생을 송두리째 바꾸어 놓았던 그날의 기억을 이제는 다 잊었다고 생각했다. 그날 느꼈던 공포와 고통, 사고 이후 길고 어둡던 몇 달의 기억까지 모조리 다 잊을 줄로만 알았다. 하지만 마음속 깊은 곳에서는 그 무엇도 결코 잊지 못하리라는 사실을 잘 알고 있었다. 어떻게 잊을 수가 있겠어? 불가능하지.

공동묘지 그 어디에도 살아 숨 쉬는 사람의 모습은 찾아볼 수 없었다. 안으로 들어가 구불구불한 길을 따라 걸었다. 이끼로 뒤덮인 채 비바람에 닳아 글자를 알아볼 수도 없는 묘비들과 세운 지 얼마 안 돼 반질반질 검게 빛나는 화강암 묘비들 옆을 지나쳐 갔다. 오래전에 죽은 빅토리아 시대 사람들과 죽은 지 얼마 안 된 사람들이 나란히 누워 있었다. 잔잔하게 부는 바람에 참나무 고목의 잎사귀들이 바스락거리고 머리 위에서는 새 한 마리가 부드럽고 고운 목소리로 지저귀는 소리가 들려와 평화로운 분위기가 감돌았다. 찌르레기인가? 마침내 비석 앞에 도착했다. 수년간 찾아오지 않았는데도 내가 기억하는 모습 그대로 서 있었다.

그레고르 엘리스

1957 – 2007

항해하라, 내 사랑, 계속 항해하라.

우두커니 서서 비문을 멍하니 바라보았다. 아버지는 겨우 쉰 살의 나이로 돌아가셨다. 나이도 나이였지만 다수의 책과 영화 대본을 쓸 수 있었을 아버지의 잠재력이 너무 아까웠다. 글과 재능으로 많은 사람을 행복하게 해줄 수 있었을 텐데. 아버지의 비석에 새겨진 '항해하라, 내 사랑, 계속 항해하라'라는 글귀는 그가 죽기 몇 주 전에 출간한 마지막 소설의 마지막 문장이었다. 그때는 그의 마지막 안식처와 잘 어울리는 문구라고 생각했었다. 그러나 지금 이곳은… 관광명소라는 단어는 어울리지 않으니 좋게 말해 순례지가 되었다. 아버지의 팬들이 매년 수백 명

씩 묘지를 찾아와 꽃을 놓고 가거나 아버지가 쓴 책을 손에 들고 묘지 앞에서 사진을 찍고 간다고 했다. 나 역시 인터넷에서 팬들이 찍어 올린 사진들을 직접 본 적이 있었다. 기괴하고 섬뜩하다고 해야 할지 아니면 반대로 귀엽다고 해야 할지 잘 몰랐지만, 아버지가 남긴 작품이 계속해서 큰 영향을 미치고 있다는 증거였다. 아버지의 묘지를 찾은 건 3, 4년 만인 듯했다. 내가 묘지에 자주 들르지 않는 이유는 팬들과 사진 때문이었다. 소셜 미디어를 하지 않는 결정적인 이유 또한 마찬가지였다. 대화에 초대되거나 질문 세례를 받으며 시선을 끌고 싶지 않았다.

그레고르 엘리스의 살아남은 딸이라는 이유로 말이다.

왼쪽 뺨 위로 손을 가져가 손가락으로 흉터를 어루만지자 울퉁불퉁한 피부가 느껴졌다. 오늘 오후는 날씨가 2월 치고도 꽤 따뜻했다. 하지만 나는 두꺼운 패딩 재킷을 껴입고 목에 스카프까지 두르고도 몸을 바들바들 떨었다. 그날의 기억이 내 머릿속에 스멀스멀 피어오르게 내버려 둘 때면 아직도 화염이 탁탁 타오르는 소리가 선명하게 들렸다. 단단한 벽처럼 밀려드는 열기까지 생생하게 느껴졌다.

길 가장자리에 놓인 벤치로 이삼 미터쯤 걸어가 맥없이 주저앉으며 그날의 기억을 더듬었다. 여기서 멀지 않은 곳에 우리 집이 있었었다. 펀베리 홀을 빌려 쓴 지 1년이 지났을 무렵 아버지는 계약을 1년 더 연장하려고 했다. 그전까지 한 장소에서 6개월 이상 머물러 본 적이 거의 없었기에 다분히 놀라운 일이었다. 내가 세 살 때, 아버지가 인생에서 가장 사랑했던 여자인 어머니가 암으로 세상을 떠났다. 장례식을 치르고 몇 달 후 아버지는 내가 태어난 코네티컷에 있는 집을 팔고 짐을 싼 뒤 나를 데리고 스웨덴으로 이사했다. 이후 몇 년 동안 독일, 남아프리카공화국, 브라질, 이탈리아 등지로 떠돌아다녔지만, 어느 곳에도 오래 머물지 못했다. 셀 수도 없을 만큼 많은 학교로 첫 등교를 하며 정처 없이 외로운 유년 시절을 보내야 했다. 아버지는 여행으로 영감을 받는 사람이라 한 장소에 너무 오래 머무르면 창의성이 발현되지 않는다고 말했다. 성인이 되고 난 지금 나는 그 말을 더는 믿지 않는다. 아버지는 어머니의 죽음으로 인한 괴로움에서 어떻게든 벗어나려 애썼지만 평온함은 찾지 못했다. 하지만 수년 동안 차갑고 분노에 차 있었던 아버지는 돌아가시기 전 몇 달 동안 아주 조금 달라졌었다. 15세기에 지어진 아름다운 저택이 그에게 마법이라도 부렸는지 오랫동안 슬픔으로 꽁꽁 얼어 있던 심장이 녹아내린 듯했다. 차갑고 분노에 차 있기는 마찬가지였지만, 한 장소에 자리를 잡으려고 고심했었으니 그로서는 크나큰 발전이었다.

그러던 어느 날 집에 불이 나고 말았다. 자정이 지나자마자 시작된 불은 무서운 속도로 번져갔다. 1백 명이 넘는 소방대원이 불길과 사투를 벌였는데도 완전히 진화하기까지는 스무 시간이 넘게 걸렸고, 다음 날 신문에는 5킬로미터 밖에서도 보일 정도로 불기둥이 높게 치솟았다는 기사가 났었다. 순간, 또다시 온몸이 부르르 떨려왔다. 그날의 기억이 복수라도 하듯 되살아났다. 어둠 속에서 들리던 외침과 공포에 질린 비명, 겁에 질린 채 쿵

광대는 심장 소리, 타들어 갈 듯 뜨거운 가슴, 불타오르는 머리카락….

"그만! 그만해!"

숨을 헐떡이며 자리를 박차고 일어났다. 나도 모르게 말들을 입 밖으로 크게 내질러 버렸다. 손바닥이 축축했고 코트 아래, 겨드랑이가 다 젖을 정도로 땀이 났다. 생각하지 말자. 이제 그만….

깊게 심호흡하며 마음을 진정시키고 심장 박동을 늦추려 애썼다. 아직 아무도 없기를 바랐다. 신성한 장소에서 허공에 대고 난데없이 왜 소리를 내지르냐고 물으러 다가오는 사람이 없기를 바라며 주위를 살펴보았다. 다행히 나 혼자였다. 크게 안도하며 침을 꿀꺽 삼키고 숨을 한 번 더 들이마셨다. 묘지 가장자리 쪽으로 몇 발자국 더 다가갔다.

공동묘지에는 두 사람이 묻혀 있었다. 그날 화재로 그레고르 엘리스 말고도 사망한 사람이 한 명 더 있었다. 아버지의 무덤을 덮고 있는 커다란 사암 석판의 갈라진 틈 사이로 자라난 잡초를 뽑으려고 몸을 숙였다가 고개를 돌려 오른쪽에 세워진 비석을 쳐다보았다.

어맨다 아처

1989 – 2007

평범하고 단순한 디자인으로 조각한 이탈리아산 흰색 대리석

에 손을 뻗었다. 손가락으로 매끄러운 표면을 쓸며 이름을 한 글자씩 훑었다. '어맨다 아처.'

어맨다는 유목민처럼 옮겨 다니던 유년 시절에 만난 몇 안 되던 내 친구였다. 화마가 펀베리 홀을 집어삼킨 그날 밤 우리 집에 함께 있었다. 나와 동갑으로 열여덟 살이었고, 대학교 1학년 때 서로 비슷한 과거가 있다는 사실을 알고 친구가 됐다. 나는 엄마를 기억하지 못했고 어맨다는 아빠가 누군지 몰랐다. 나는 유명한 부자 아빠와 함께 여행하며 부유하고도 외로운 유년 시절을 보냈고, 어맨다는 자라온 환경은 나와 달랐지만 역시나 외롭게 자랐다. 돌아가신 어머니가 폭력적인 마약 중독자였던 탓에 어맨다는 수년간 위탁 가정을 들락날락해야 했다. 나처럼 친구를 사귀기가 힘든 환경에서 외로워하며 안정적이고 평범한 삶을 꿈꿨다. 운명의 밤이 다가오기 몇 주 전, 그녀는 마침내 아동 보호 시스템에서 벗어나 브리스틀에 있는 단칸 셋방으로 이사했다. 그곳에서 새로운 인생을 시작하며 장래 계획을 세워갔다. 그러던 중에 화재가 발생하는 바람에 모든 게 잿더미가 되고 말았다.

나는 어맨다도 여기에 같이 묻혀야 한다고 했다. 가족이 없던 그녀에게 내가 해줄 수 있는 최소한의 배려였다. 어맨다의 이름을 다시 한번 손가락으로 어루만지자 눈시울이 붉어지더니 눈물이 차올랐다. 몸을 일으켜 휴지를 찾아 코트 주머니 속을 더듬거리며 뒤도 돌아보지 않고 공동묘지 입구를 향해 빠르게 걸어갔다. 오지 말걸. 왜 왔을까? 항상 여기만 오면… 너무 슬퍼.

차에 올라타자마자 목에 두르고 있던 스카프를 빼서 조수석으로 홱 집어 던졌다. 슬퍼하고 있을 시간이 없었다. 다른 데 정신을 뺏겨서는 안 되었다. 지금 당장 해결해야 할 문제에만 집중해야 했다. 이미 두 사람을 살해하고 한 명을 더 죽이려는 살인자가 내 목숨까지 노리고 있었다. 위대하신 내 아버지, 그레고르 엘리스 때문에 내 목숨을 노리는 게 맞다면 내가 비장의 카드를 쥐고 있는 건지도 몰라.

자동차의 시동을 걸고 천천히 도로 위를 달리며 생각했다. 이 카드를 어떻게 쓸지만 궁리해 보자.

16

2월 8일 월요일

월요일 아침은 서리가 내려앉을 정도로 추웠고, 하늘에는 먹구름이 잔뜩 끼어있었다. 지난 주말 동안 잠이라고는 기껏해야 쪽잠을 잔 게 전부였다. 이제는 불길로 가득한 악몽이 규칙적으로 찾아왔고 기진맥진한 채로 잠에서 깼다. 밤이 너무나도 싫어졌다. 신경 쓰지 않으려 몸부림쳐 보아도 지난 몇 주 동안 일어났던 일들이 머릿속에서 떠나질 않았다. 감히 말하자면 지금 내가 해야 할 일이 무엇인지는 잘 알 것 같았다. 하지만 그 일을 어떻게 해내야 할지를 고민하느라 생각이 뒤죽박죽으로 엉키고 미쳐버릴 것 같았다. 너무 크고 무서운 일이라 자칫 실수라도 한다면….

지난 토요일 오후에는 머리를 식힐 겸 시내로 나갔다. 상점들을 둘러보고 엘리를 만나 커피를 마시며 케이크를 먹었다. 저녁에는 집에서 피터와 메간과 함께 술을 마시며 영화를 봤다. 어제는 두 사람이 오후쯤 메간의 집으로 가버려서 나 혼자 불안에 떨며 밤을 보냈지만, 토요일 밤에는 다 같이 태국 음식을 포장해 와 와인을 진탕 마시며 그럭저럭 즐거운 시간을 보냈다. 하지만 솔직한 내 심정은 메간이 점점… 성가셔지기 시작했다. 요즘 마음이 심히 불안하기 때문이거나 그저 혼자만의 착각일 수도 있겠지만, 메간이 나를 보는 눈빛이 조금 달라진 듯한 느낌을 받았다. 나와 피터의 우정을 살짝 질투하기 시작했고 우리 둘 사이에 오랜 친구 이상의 감정이 있다고 생각하는 눈치였다. 대놓고 무슨 말을 하진 않았어도 이상한 표정을 짓거나 비꼬는 듯한 말을 왕왕 내뱉었다. 그래도 집에 같이 있는 동안에는 그런대로 다정하게 굴었고 나를 소외시키지 않으려 다분히 노력했다. 그래서 메간이 여기 없었으면 좋겠다는 생각이 들 때마다 기분이 언짢아졌다. 피터와 단둘이서만 거실에 앉아 그의 무릎에 다리를 올린 채 편안하게 쉬었으면 좋겠다고 생각하며 죄책감에 빠져들었다. 피터는 메간을 진심으로 좋아하는 듯했다. 메간을 보며 행복해했고, 그런 피터를 보며 나도 행복했다. 그래서 이 모든 상황이 나로서는 조금 혼란스러웠다. 이번 주말에 피터에게 단둘이 할 얘기가 있었는데 메간이 옆에 딱 붙어있어서 말을 꺼낼 수가 없었다.

많은 생각들로 머릿속이 너무나도 복잡했다. 에드워드와 사티시에 대한 생각이 나를 점점 괴롭혀 왔다. 새해 전날 일도 마음에 걸렸는데 둘이서 이야기를 할 때마다 자꾸만 목소리를 낮춰 소곤거렸다. 그러다 고개를 돌려 나를 잠시 쳐다보다가 다시 속닥거리기를 반복했다. 나 혼자만의 상상인 걸까? 내가 너무 지나치게 반응하는 걸까? 두 사람은 서로 친한 친구였다. 나도 엘리와 시시한 잡담을 할 때면 다른 사람에게 들리지 않도록 작은 소리로 속삭인 적이 있지 않은가? 어쨌건 사티시는 저번에 엘리와 같이 셋이서 점심을 먹었을 때도 재미있었고 정말 좋은 사람 같았다. 내가 지나치게 반응하는 걸 수도 있지만, 누군가에게 이 문제를 상의하고 싶었다. 그래서 지난 토요일에 메간이 잠깐 통화를 하러 아래층 주방으로 내려간 틈을 타 피터에게 물어보려고 했다. 말을 꺼내려는 순간 메간이 2층으로 다시 올라왔다. 그러면서 핸드폰이 꺼져서 충전을 다시 해야 한다고 투덜거렸다. 핸드폰을 충전기에 꽂은 채 충전하는 중에도 전화 통화를 할 수 있다고 말해주려 했지만, 메간은 과장되게 몸을 덜덜 떨며 다른 이야기를 꺼냈다.

"너무 추운데 불 좀 피우면 안 돼? 저렇게 멋진 벽난로를 두고도 쓰지 않다니 너무 아깝잖아."

메간이 피터 옆에 바짝 달라붙어 회색 후드티의 소매를 손 아래쪽으로 끌어당기며 물었다. 피터는 그녀의 머리 너머로 나를 바라보며 얼굴을 잔뜩 찡그린 채 미안한 표정을 지어 보였다. 피터를 향해 어깨를 으쓱한 다음 메간에게 말했다.

"내가 불을 싫어해서 그래요, 메간. 불꽃놀이도 그렇고 불이 들어간 건 죄다 싫어하거든요. 이미 들어서 잘 알겠지만…."

내 왼쪽 귀를 넌지시 가리키자 메간이 이상한 표정으로 날 쳐다보더니 이내 눈을 동그랗게 떴다.

"아… 이런. 메리, 정말 미안해요! 생각을 못 했어요. 너무 무례했네요. 부끄러워라. 미안해요. 으, 정말 바보인가 봐요!"

진심으로 충격을 받은 듯한 메간의 목소리에 되레 웃음이 터져버렸다.

"괜찮아요. 참, 앞으로 제 생일 선물로 양초는 빼고 주기예요. 양초도 못 켜두거든요. 근처 자선 가게에서 기꺼이 받아 주니 참 다행이죠."

내가 눈을 찡긋하며 말하자 메간이 두 손으로 얼굴을 가린 채 앓는 소리를 냈다.

"제가 크리스마스 때 선물로 준 바구니에 양초도 들어 있었죠?"

메간이 손가락 사이로 중얼거렸다.

"생각이 너무 짧았네요. 정말 미안해요. 앞으로는 꼭 기억하도록 할게요."

"진짜 걱정하지 마요. 정말 예쁜 바구니였는걸요."

내 말을 들은 피터가 눈동자를 굴렸다.

"정말 괜찮으니 그만 해요, 메간. 가서 와인이나 한잔 더 따라 주세요. 그럼 다 용서해 줄게요."

빈 와인 잔을 흔들며 말했다. 메간이 얼굴을 가렸던 손을 내리고 소파에서 벌떡 일어났다. 아직도 중얼중얼 사과하는 모습에 또다시 죄책감이 느껴졌다. 거실 벽난로에 활활 타오르는 통나무 장작더미 대신 왜 꼬마전구가 반짝이는 유리병이 놓여 있는지 다른 이유를 둘러댈 걸 그랬나. 물론 메간은 불과 관련해 나에게 벌어졌던 일에 대해 잘 알고 있었다. 피터와 사귀기 시작한

지 얼마 지나지 않았을 무렵, 메간과 내가 처음 만났던 날이었다. 메간은 나와 헤어지고 난 뒤 피터에게 내 흉터에 관해 물어봤고, 피터는 다 얘기해 줬다고 했다. 그 후 시간이 꽤 흘렀으니 그때 들었던 말을 까맣게 잊은 채 나에게 양초를 선물했을 터였다. 솔직히 화재 후유증으로 불을 무서워하고 악몽까지 꾼다는 사실을 내 입으로 직접 메간에게 터놓고 말한 적은 한 번도 없었다. 아니, 누구에게도 직접 설명한 적이 없었다. 앞서 말했듯 궁금하면 인터넷에서 직접 찾아볼 수 있었으니 굳이 설명할 필요가 없었기 때문이었다.

당시 영국은 물론이고 미국의 모든 신문이 유명한 미국인 작가 그레고르 엘리스가 코츠월드에 있는 자택에서 대형 화재로 사망했고 10대 딸의 절친도 함께 사망했다는 소식을 몇 주 동안 내보냈다. 비극과 기적이 한꺼번에 일어난 사건이었으니 엄청난 기삿거리였을 것이다. 화재에서 홀로 살아남은 딸인 나를 기적이라고 일컬었다. 나는 심각한 화상을 입고 불길 속에서 정신을 잃은 채 끌려 나왔는데도 살아남았다. 이후 몇 주 동안 브리스틀에 있는 사우스미드 병원의 화상 병동에서 치료를 받았다. 비행기를 타도 괜찮을 정도로 회복한 후에는 미국으로 건너가 뉴욕에 있는 할머니 댁에서 머물렀다. 할머니는 뉴욕 최고의 외상 및 화상 전문 시설에서 치료를 받을 수 있게 도와주셨을 뿐 아니라 나를 집으로 데려가 직접 돌봐 주시기까지 했다. 사랑스러운 집과 규칙적인 일상, 정돈된 삶, 내가 오래도록 갈망하던 안정감을 동시에 얻은 셈이었다. 똑똑하고 현실적인 사람이었던 할머니는 내가 대학을 졸업하기 전까지 4년 동안 아버지의 재산을 관리하는 일을 도와주셨고, 인터뷰를 요청하는 기자들이 내가 관심이 없다는 걸 알고 제풀에 지쳐 나가떨어질 때까지 언론의 주목을 받지 않도록 날 지켜주었다. 별난 데가 있긴 해도 재미있고 매력이 넘치던 할머니를 사랑했기에 할머니와 함께한 모든 시간이 소중했다. 내가 컬럼비아대학교를 졸업하던 날, 할머니는 하얀색 명품 바지 정장에 챙이 넓은 모자를 쓰고 참석하셨다. 그리고 3주 후 심각한 뇌졸중으로 세상을 떠나셨다. 할머니가 돌아가신 후 나는 영국으로 돌아왔다. 무슨 까닭인지 영국이 고향처럼 느껴졌다. 상속받은 돈으로 어느 나라에서든 살 수 있었는데도 굳이 영국으로 돌아왔고, 빌어먹을 다이어리를 펼친 이후 일어난 모든 일에도 불구하고 영국에 머무르고 싶었다. 영국에서의 삶에 만족했다. 좋은 친구들과 좋아하는 일이 있었고, 역사와 문화, 유머 감각, 심지어 날씨와 계절의 변화도 좋았다. 하지만 오늘 아침은 내가 좋아하는 겨울 날씨가 아니었다. 주방 창문 밖으로 비친 하늘에는 구름이 잔뜩 끼어 있었다. 바닥에는 하얗게 서리가 내려앉았고 길가에 늘어선 플라타너스 나뭇잎은 하얀 얼음 옷을 입고 있었다. 이를 녹여줄 태양이 내비칠 기미가 전혀 보이질 않았다.

어느새 오전 11시를 향해 가고 있었다. 더 허브에 나가봐야 할 시간이었다. 나가기 전에 커피를 한 잔 더 마실지 고민하고 있는데 우편함에서 딸깍, 소리가 들려왔다. 복도를 따라 걸어가 우편물 뭉치를 집어 들었다. 전기세 고지서와 피터 앞으로 온 은

행 명세서, 새로 생긴 배달 피자집 광고지, 마지막으로 내 이름이 적힌 갈색 봉투가 눈에 들어왔다. 주방으로 돌아와 '나가기 전에 마지막으로 커피나 한잔 더 마셔야겠다.'라고 생각하며 주전자의 버튼을 누르고, 나에게 온 편지를 뜯었다. 봉투 안에는 평범한 하얀색 종이 한 장이 들어 있었고, 중앙에 정자체로 쓴 손글씨 몇 줄이 적혀 있었다. 미간을 찌푸리며 읽어가던 순간, 속이 뒤틀리는 기분이 들었다. 대체 이게 뭐람…?

글자를 빤히 쳐다보았다. 심장이 마구 뛰고 갑자기 눈앞이 핑 돌았다. 넘어지지 않으려 부리나케 주방 조리대를 잡았다. 눈을 깜빡이자 희미했던 눈앞이 또렷해졌다. 다시 편지를 읽어나갔다.

두 명 죽였고, 두 명 남았다.

도망칠 생각 마, 메리 엘리스.

네 일거수일투족을 지켜보고 있다.

네가 어디에 있든 찾아낼 것이다.

두 명 죽였고, 두 명 남았다.

17

2월 8일 월요일

카디프 중앙 경찰서

"오늘부터 딱 3주 남았어. 3주. 젠장."

브린 루이스 경감이 두 손에 머리를 푹 파묻었다가 이내 눈을 비비며 다시 허리를 꼿꼿이 세우고 앉았다. 그런 다음 고개를 돌려 옆에 있는 동료를 멀거니 쳐다 보았다. 하리 휴스 경사가 3월 1일로 예정된 살인 사건의 잠재적 피해자들을 추린 최신 결과에 대한 보고를 막 마친 참이었다. 그는 예리하고 열정적인 사람으로, 범죄 수사과에 합류하고 싶어 했다. '어떻게든, 뭐든지요!'라는 말과 함께 이번 수사에 참여시켜달라고 애원하는 그를 루이스는 차마 거절할 수가 없었다. 중대한 사건의 수사가 진행 중일 때 옆에서 지켜만 봐야 하는 기분이 어떤지 잘 알고 있었기 때문이었다. 다행히도 휴스는 이미 자기 능력을 증명해 보였다. 방금 루이스에게 건넨 정보가 최종적으로 피해자의 목숨을 살리는 데는 도움이 되지 못한다고 할지라도 분명 순조로운 출발이었다.

"알고 있습니다. 3주밖에 안 남았다니 조금 불안하네요. 정보가 조금밖에 없기는 하지만 할 수 있는 데까지 해봐야겠죠?"

휴스는 키가 작고 땅딸막해도 헬스장에서 잘 단련해 체격이 좋았고, 염소수염을 깔끔하게 다듬어 기르고 있었다. 탁자 위에는 커피 두 잔이 올려져 있었다. 루이스는 생강 쿠키를 세 개째 먹어 치우는 중이었고 휴스는 먹으라는 제안을 거절한 채 자신의 메모에 집중했다.

"카디프에서 데이비드라는 이름을 가진 성인 남성이 못해도 3천에서 4천 명 정도 됩니다. 1930년대부터 1990년대까지 카디프에서 굉장히 흔했던 이름이었어요. 이후에 조금 줄어들었다가 무슨 이유에선지 2007년부터 다시 인기를 끌기 시작했습니다. 아무튼 그 수가 엄청납니다. 범죄와 연루된 부모님을 둔 사람이라는 가설을 적용해 보면 조금 추려지긴 합니다. 놓친 사람도 분명 있겠습니다만, 일단 이 명단에 있는 사람들 모두에게 미리 경고하면요…. 물론 범인이 노리는 사람이 이 명단에 속해 있다는 가정하에 어떻게든 24시간 동안 카디프 밖에 머무르게 한다면 살인을 막을 수 있지 않을까요?"

루이스는 실제 느끼는 감정보다 더 긍정적으로 보이려 애쓰며 씩 웃어 보였다. 그런 다음 아랫입술에 묻은 과자 부스러기를 털어내며 말했다.

"그렇겠지. 근데 모험이나 다름없잖은가. 집단 패닉을 일으키지 않은 채 그 많은 사람을 어떻게 대피시킬지 도통 모르겠네. 자, 그 명단이나 다시 보여주게."

휴스가 테이블을 가로질러 종이 한 장을 쓱 밀었다. 루이스는 종이에 적힌 이름들을 찬찬히 읽어 내려갔다. 각양각색의 인물들이 적혀 있었다. 지난 30년간 BBC 심루 웨일스에서 범죄 전문 리포트로 일해온 알윈 에번스의 아들, 데이비드 에번스. 악명 높은 사창가 마담으로 카디프에서 여러 마사지 가게를 운영하다 인신매매 혐의로 기소된 후 도주한 엘렌 모건의 아들, 데이비드 모건. 돈세탁, 마약, 강도 등 형사 전문 로펌 법률 사무소를 형 마틴과 함께 운영하는 권 제임스의 아들, 다이 제임스. 그 밑으로 형사 재판소 판사, 다큐멘터리 영화 제작자, 저명한 범죄 심리학자, 수상 이력이 있지만 어린 모델들을 성폭행해 수감된 후 자살한 웨일스 출신 패션 디자이너 등의 아들들이 줄줄이 이어졌다. 루이스는 고개를 천천히 주억거리며 나머지 이름들을 훑었다. 전부 가능성 있는 이름들로 잘 뽑았군. 근데 생사 여부와 상관없이 범죄와 관련 있는 유명한 부모라는 가설이 사실이라야 말이지…. 설령 사실이라고 해도 고작 3주 만에 이 많은 사람을 어떻게 다 찾아낸담? 게다가 보호까지 해야 하잖아? 미치겠구먼….

"잘했네, 휴스 경위. 근데 우리 동료면 어떡하지? 의문의 데이비드가 경찰의 아들이면 난감한데. 데이비드라는 자식을 둔 경찰들이 많을 텐데 모두에게 꼬박 하루를 휴가로 줄 수도 없는 노릇 아닌가. 3월 1일에는 모든 인력을 총동원해야 하는데 미리 경고하면 다들 자기 자식을 지켜야 하니 휴가를 달라고 할 텐데 말이지."

루이스의 말에 휴스가 한숨을 내쉬며 대답했다.

"그렇죠. 거기까지도 다 생각해 봤습니다. 가설이 사실이라면 이름이 잘 알려졌을 뿐 아니라 저명한 부모여야 합니다. 그래서 총경 이상 고위급 경찰관들을 살펴보니 데이비드라는 이름을 가진 아들을 둔 인원은 소수에 불과했습니다. 어린 자녀를 둔 경관들도 있기는 했지만, 범인이 노리는 게 아이들 같지는 않으니 명단에서 제외했습니다. 주의해야 할 경찰관들의 이름은 따로 적어두었습니다. 여기요."

"지금으로서는 다 추측일 뿐이지."

루이스가 두 번째 종이를 받아 들며 침울한 목소리로 말했다.

"한데 우리가 할 수 있는 게 이것밖에 더 있겠는가."

"그렇죠. 또한 얼마나 멀리까지 살펴보는지도 중요합니다. 예를 들어 현재 카디프에서 근무하는 경찰관 중 자기 이름이 데이비드이고 과거에 유명했었던 경찰관 부모를 둔 사람이 있다면요? 그럼 현직 경관들의 자녀들뿐만 아니라 본인들도 범인에게 살해될 위협에 처해 있는 셈입니다. 골치 아프네요."

"젠장. 나도 마찬가지일세."

데이비드를 찾겠다는 계획이 얼마나 헛된 일인지를 생각하자 또다시 패배감이 밀려왔다.

"그래. 고마워. 수고했네, 휴스 경위. 알다시피 이 살인 협박에 대해선 경찰 내에서도 핵심 인원을 제외하고는 비밀에 부쳐져 있어. 그래도 데이비드라는 아들을 둔 고위급 경찰관들에게는 3월 1일에 조심하라고 미리 귀띔이라도 해야 할 텐데…. 이 일은 내가 알아서 하지. 불안하게 만들지 않으면서 경고할 수 있는 좋은 방법을 찾아야 해. 명단에 올라온 시민들에게 경고할 때는 더욱더 조심해야겠지. 어쨌든 꼼꼼하게 조사해 줘서 고맙네."

휴스가 고마운 표정을 지으며 씩 웃었다.

"또 모르죠? 템즈밸리나 웨스트미들랜즈에서 우리 차례가 되기 전에 범인을 찾아낼 수도 있잖아요? 경감님 말씀대로 아직 3주 남았으니까요. 3주 동안 무슨 일이 일어날지도 모르죠."

휴스가 몸을 일으키며 말했다. 오른손을 들어 올려 검지를 중지 위로 가로질러 보이며 루이스가 대꾸했다.

"행운을 빌어보자고. 빌어먹을 행운이 오기를 말일세."

첼트넘 중앙 경찰서

가족 연락 담당관인 제스 고든 경장이 책상 앞에 앉아 있다가 차를 마시러 가려고 일어나는 찰나, 전화벨이 울렸다. 어차피 중요한 전화면 다시 걸지 않을까? 못마땅한 듯 혀를 끌끌 차며 전화를 받지 말지 잠시 고민했다. 그러다 한숨을 푹 내쉬고 발신자를 확인하지도 않은 채 수화기를 향해 손을 뻗었다.

"제스 고든입니다."

"경장님? 고든 경장님, 도움이 필요해요. 죄송합니다…."

울먹이며 떨리는 목소리가 수화기 반대편에서 들려왔다. 누구인지 알아채지 못하다가 이내 이름 하나가 번뜩 스쳤다.

"메리 씨? 메리 씨 맞나요? 무슨 일이시죠?"

"네, 죄송해요. 저 맞아요, 메리. 메리 엘리스요. 급히 드릴 말씀이 있는데….”

숨을 고르는 듯 침을 꿀꺽 삼키는 소리가 들렸다. 고든은 천천히 의자에 다시 앉았다.

“네, 메리 씨. 당황하지 마시고요. 지금 안전한 곳에 계십니까? 아니면 도움이 필요하신 응급 상황이신가요? 무슨 일이죠?”

“아뇨, 괜찮습니다.”

꿀꺽, 메리가 침을 삼키는 소리가 다시 한번 크게 들려왔다.

“안전한 곳에 있습니다. 다만… 무슨 일이 생겼어요. 오늘 아침에 누군가가 우편으로 다른 메시지를 보내왔어요. 너무 무서워요, 경장님. 정말 무서워 죽을 것 같아요.”

18

2월 8일 월요일

첼트넘 중앙 경찰서

"그럼, 4월 1일경에 메리 씨가 해외로 나갈 생각이라는 걸 아는 사람이 또 누가 있죠? 저희 말고 누구에게 말했나요? 자, 일단 물 좀 드세요. 괜찮으세요?"

스테프 워든 경감이 탁자에 기대어 자신의 손을 메리 엘리스의 손에 살짝 가져댔다. 차갑고 축축한 느낌이 났다. 잠시 메리의 얼굴을 찬찬히 뜯어보았다. 안색이 안 좋네. 머리카락을 귀 뒤에 꽂고 있는 탓에 왼쪽 뺨에 있는 흉터가 창백한 얼굴과 대비되어 더욱 붉어 보였다.

오늘 아침 우편으로 께름칙한 물건을 받았다는 말을 듣자마자 제스 고든 경장은 곧장 경찰서로 가지고 올 수 있겠냐고 물었다. 20분 후 경찰서 안내 데스크에 도착한 메리는 떨리는 두 손으로 갈색 봉투를 전했고 안에는 충격적인 메시지가 적힌 종이 한 장이 들어 있었다. 종이는 탁자 위에 가지런히 놓여 있었다. 워든은 메리의 대답을 기다리며 종이 위에 적힌 메모를 다시 한번 훑어보았다.

두 명 죽였고, 두 명 남았다.
도망칠 생각 마, 메리 엘리스.
네 일거수일투족을 지켜보고 있다.
네가 어디에 있든, 찾아낼 것이다.
두 명 죽였고, 두 명 남았다.

"메리 씨? 아는 사람이 또 누가 있죠?"

고든이 워든 옆에 앉아 부드러운 목소리로 물었다. 메리는 앞에 놓인 유리컵을 들어 물을 들이켜고 다시 한 모금 더 마셨다. 유리컵을 천천히 내려놓고 손등으로 입가를 쓱 훔쳤다.

"아무도 없어요. 피터한테만 말했어요. 멀리 떠날 수도 있다고요."

"네. 그럼 피터 씨 말고는 없는 거죠?"

고든의 질문에 메리가 얼굴을 찡그린 채 머뭇거리다 입을 열었다.

"음… 중요한 이야기인지 확신이 서지 않아서 말씀드리지 않았었는데 지금 보니까…."

메리가 탁자 위에 놓인 종이를 가리키자 고든이 고개를 끄덕였다.

"계속 말씀하세요."

메리가 워든에게로 시선을 돌렸다가 다시 고든을 쳐다보며 말했다.

"네. 지금 생각하니 미리 말씀드리지 않은 제가 참 바보 같았다는 생각이 드네요. 어떤 일이든 다 말하라고 하셨는데…."

한숨을 푹 내쉬고 말을 이었다.

"더 허브에서 같이 일하는 남자 하나가 있는데요. 이름은 에드워드 쿠퍼고, 미혼에 40대 중반인 걸로 알고 있어요. 프리랜서 기자이고 스포츠 장비 회사들을 위한 홍보물을 주로 써요. 몇 달 전 10월쯤부터 같이 일하기 시작했는데, 에드워드는… 글쎄요. 제 판단이 옳은지는 잘 모르겠지만, 전반적으로 좋은 사람이고 다른 동료들과 무던하게 잘 지내요. 다만… 조금 소름 돋게 만드는 사람이에요. 매번 어디선가 불쑥 나타나서… 제 곁에 다가와 있어요. 지나치게 가깝게 선 채로요. 무슨 말인지 이해하시겠어요?"

"물론이죠. 저희도 만나봤는걸요."

"알다마다요. 구체적으로 에드워드의 어떤 부분이 걱정되신다는 말씀이신가요?"

고든이 물었다. 메리는 탁자 위에 팔꿈치를 올린 다음, 깍지 낀 두 손 위에 턱을 괸 채로 잠시 뜸을 들였다.

"사실 지난주에 사무실에서 보츠와나행 비행기표를 찾아봤거든요. 일전에 고든 경장님께 한번 말씀드렸었는데 제 오랜 친구인 루신다가 지금 보츠와나에 살고 있어요. 해외로 뜰 마음이 서면 거기로 가려고 생각 중이었거든요. 어쨌든 일하다가 시간이 좀 남아서 비행기표를 검색해 봤어요. 네, 알아요. 사무실 말고 집이나 개인적인 공간에서 찾아봤어야 했는데 그때는 미처 생각하지 못했어요…."

자신의 어리석음에 절망하듯 메리는 한숨을 또 내쉬고 눈동자를 굴렸다.

"비행기표를 검색하고 있을 때 에드워드 쿠퍼가 불쑥 나타났어요. 또 소름 끼치게 뒤에서 스멀스멀 다가와서는 제가 뭘 하는지 힐끔거리더니 물었어요. '오, 보츠와나 가요? 이색적인 곳이네요'라고 말했던 거 같네요."

메리는 에드워드의 징징대는 듯한 콧소리를 우스꽝스럽게 흉내 냈다. 워든이 웃음을 꾹 참으며 물었다.

"네. 그다음에는 무슨 일이 있었죠?"

"별일 없었어요. 에드워드가 제 책상 위에 놓인 메모로 관심을 돌렸거든요. 기사 때문에 리사 터너의 오빠를 인터뷰하러 옥스퍼드에 가기 하루 전날이었어요. 메모지에 인터뷰 질문들을 적어뒀었는데 에드워드가 그 메모에 대해서도 물어봤어요. 그러더니 대뜸 새해 전날 옥스퍼드에 갔었다는 거예요. 더 허브에서 같이 일하는 사티시 파텔이랑 둘이서 1박 2일로 다녀왔대요. 크리스마스 연휴 때 옥스퍼드에 많이들 가니까 미리 말씀을 안 드렸는데…."

숨을 깊게 들이마시고 이어 말했다.

"새해 첫날 아침에 운하를 따라서 조깅을 하러 나갔었대요. 근데 리사의 살인 사건 때문에 운하 옆길이 폐쇄되는 바람에 중간에 그만뒀다고 했어요. 두 사람이 조깅을 좋아하는 줄은 전혀 몰랐어요. 게다가 요즘 들어 에드워드와 사티시 둘이서 숙덕거리는 듯한 모습이 자주 보여요. 그리고 지금 이것까지…."

메리는 또 손가락으로 앞에 놓인 메모를 가리켰다.

"죄송해요. 며칠 전에 말씀드려야 했는데 우연인 줄 알았어요. 물론 여전히 우연일 수도 있지만…."

메리는 말끝을 흐리면서 고통스러운 눈빛으로 워든과 고든을 번갈아 쳐다봤다.

"네, 맞아요. 미리 저희에게 말씀해 주셨어야죠."

워든이 화를 억누르려 애쓰며 말을 이었다.

"어쨌든 지금이라도 말씀해 주셨으니 저희가 좀 더 알아보겠습니다. 다른 남자분은 어떤 사람이죠? 사티시라고 했나요?"

메리는 고개를 끄덕였다.

"네, 사티시 파텔이요. 에드워드가 더 허브에 오고 얼마 지나지 않아 들어왔어요. 정확한 날짜는 모르겠는데 아마 11월이었을 거예요. 나이는 30대 중반으로 에드워드보다 조금 어리고 홍보 관련 일을 하고 있어요. 꽤 친절한 사람이에요. 에드워드랑 굉장히 빨리 친해진 모양이던데, 새해를 같이 보낼 정도로 친한 줄은 몰랐네요. 지난주에 에드워드한테 듣고 나서야 알았어요. 조깅 얘기도요…. 버밍엄 경찰이 늦은 시각에 조깅하는 사람을 본 목격자를 찾고 있던데…."

또다시 말끝을 흐렸다.

"네, 지금이라도 이야기해 주셔서 감사합니다. 특히 이 편지

내용을 생각하면 잘 말해주셨어요."

워든이 빠른 속도로 말했다.

"그럼 메리 씨가 어디로 떠날 수도 있다는 얘기를 한 사람은 더 없는 거죠? 한 명도요?"

메리가 고개를 가로저으며 대꾸했다.

"네, 없어요. 그럼…."

잠시 머뭇거리다 말문을 열었다.

"더 이상 추정이 아닌 거네요? 범인이 저 말고 메리라는 이름의 다른 여자를 쫓고 있을 수도 있다는 추정 말이에요. 편지에다 제 성과 이름을 떡하니 적어서 저희 집으로 보냈으니 이제 저라는 게 확실해진 거잖아요. 게다가 글씨체도 정자체로 다이어리에 적힌 것과 정확하게 일치해요. 다이어리 킬러가 보낸 게 확실하죠?"

"네, 그런 것 같습니다. 그래도 너무 겁먹지 마세요. 힘드시겠지만 너무 겁먹지 않으려고 노력이라도 해보세요. 아셨죠? 저희가 최선을 다해 메리 씨를 보호해 드릴 겁니다. 범행 일자를 어기지만 않는다면 아직 범인을 잡을 시간은 충분해요. 지금까지 예고한 일정에 딱 맞춰왔으니, 앞으로도 그러리라 봅니다. 메리 씨, 제발 지금부터는 무슨 일이 생기면… 정말 어떤 일이라도 생기거든 아무리 작고 사소해 보여도 저희에게 꼭 말씀해 주세요."

"네, 꼭 그럴게요. 죄송해요. 그리고 감사합니다. 저… 혹시 지금 바로 에드워드와 사티시를 만나러 가시나요?"

워든의 말에 메리가 살짝 흔들리는 목소리로 다시 물었다.

"네. 걱정하지 마세요. 조심하겠습니다. 두 사람이 새해 첫날 옥스퍼드에 있었다고 말한 사람이 메리 씨라는 사실을 철저히 비밀로 하겠습니다. 어떻게든 둘러댈 말을 찾아볼게요. 오늘 받은 편지는 과학 수사 연구소로 보내서 출처가 어딘지 알아보도록 하겠습니다. 메리 씨 컴퓨터와 노트북, 태블릿 등 사용하시는 전자기기에 스파이웨어가 깔려있는지도 한번 확인해 보시길 당부드립니다. 누군가가 원거리에서 메리 씨 인터넷 기록을 엿보고 어디 먼 데로 떠날 계획을 세우고 있다는 사실을 알아챘을 수도 있으니까요. 일단 지금은 집에 가셔서 휴식부터 취하세요. 아셨죠?"

워든이 말했다. 메리는 숨을 깊게 들이마시고 두 손에 얼굴을 파묻었다가 이내 다시 고개를 들었다.

"정말 고맙습니다. 경감님 말씀대로 좀 쉬어야겠어요. 사무실로 갈까 했는데 그냥 집으로 가야겠어요. 두 분 모두 정말 감사합니다."

"네. 몸조심하시고 연락드리겠습니다. 고든 경장, 메리 씨 배웅 좀 해줄래요?"

"알겠습니다."

고든은 의자를 뒤로 밀며 의자에서 일어났다. 뒤이어 살짝 핏기가 돌아온 얼굴로 메리가 따라나섰다. 마지막으로 워든에게 손을 흔들어 보인 다음 방 밖으로 사라졌다. 메리의 뒷모습을 바라보며 워든은 잠시 생각에 잠겼다. 1분쯤 지난 후 고든은 방으로 돌아왔다.

"편지에 적힌 내용을 보면 앞으로 두 명만 더 죽이고 끝이란 말이죠? 시어워터 작전 팀원들 모두 또 다른 다이어리가 나올까 봐 걱정이 많았는데 아닌가 보네요."

워든의 말에 고든이 어깨를 으쓱하며 대꾸했다.

"글쎄요. 연쇄 살인마 말을 믿을 수가 있어야죠."

"맞는 말이네요. 그럼 지금 잠깐 더 허브에 갔다 올게요. 이 두 사람이랑 이야기를 좀 나눠봐야겠어요."

워든이 바로 앞 탁자 위에 놓인 종이를 두드리며 말했다. 조금 전 메리가 말하는 동안 몇 가지 중요한 내용을 써둔 종이였다.

"메리 씨 말인데요. 오늘 굉장히 불안해 보이지 않았어요? 경장 눈에는 어때 보였어요? 지금으로서는 고든 경장이 메리 씨를 제일 잘 알잖아요."

고든은 고개를 끄덕였다. 높게 올려 묶은 붉은빛 금발 머리가 고개를 움직일 때마다 대롱대롱 흔들렸다.

"경감님 말씀이 맞습니다. 오늘처럼 극도로 불안해하는 모습은 처음 봐요."

"그렇군요. 꽤 강한 사람 같으니 잘 견뎌내겠죠. 어쨌든 카디프 경찰 쪽 부담감이 상당하겠군요."

워든은 자리에서 일어나 수첩과 펜, 머그잔을 챙겼다. 줄곧 탁자 위에 놓여 있던 머그잔 안에는 차갑게 식어 기름이 둥둥 뜬 커피가 반쯤 담겨 있었다.

"카디프 차례까지 3주밖에 안 남았네요. 참, 소식 들었어요?

잠재적 피해자로 선별된 사람 중 일부에게 24시간 동안 카디프를 떠나라고 미리 경고하기로 했대요. 메리 씨가 도착하기 직전에 루이스 경감이 알려주더군요. 행운을 빈다는 말밖에 달리 할 말이 없네요."

고든이 고개를 끄덕이며 대답했다.

"네, 저도 봤어요. 어떻게 될지 지켜보는 것도 흥미진진하겠는걸요? 무엇보다도 결과에 어떤 영향을 미칠지도 궁금하네요. 두고 보면 알게 되겠죠."

"그렇겠죠. 그럼 일단 시어워터 작전팀에게 이 흥미로운 정보부터 업데이트해 준 다음 더 허브로 가봐야겠어요. 단짝 친구인 에드워드와 사티시가 뭐라고 할지 직접 들어봐야겠습니다."

19

2월 15일 월요일

첼트넘 중앙 경찰서

"아무것도 없어요. 또 완전 개털이에요. 아, 단어 선택이 너무 거칠었나요? 죄송합니다. 지난 주말 동안 새로운 소식이라고는 수사에 아무런 진전이 없다고 까는 뉴스 기사 하나가 전부입니다."

월요일 아침 10시가 막 지난 시각, 시어워터 작전에 투입된 경관들이 화상회의로 수사 진행 상황을 공유하고 있었다. 이런 식이면 금방 끝나겠는걸, 하고 생각하면서도 회의를 주재한 스테프 고든 경감은 자기 생각을 입 밖으로 내지는 않았다. 안 그래도 우울한데 새로운 한 주를 시작하는 이른 시간부터 모두를 더욱더 낙담하게 할 필요는 없지 않은가. 대신 프리야 톰슨 경감의 말에 동정 어린 미소를 지어 보였다. 톰슨은 신랄한 뉴스 머리기사 하나 말고는 버밍엄에서는 업데이트할 내용이 아무것도 없다고 투덜거리며 막 보고를 마친 참이었다.

“어떤 기분인지 저도 잘 압니다. 옥스퍼드에서도 기자들이 한동안 린다 터너 사건을 물고 늘어졌었거든요. 다른 큰 사건이 터지면 그쪽으로 우르르 몰려갈 거예요. 기자들 기억력이 금붕어 수준이라 금방 까먹을 테니 너무 걱정하지 마세요.”

린다 레이크 경감의 말에 워든은 다시 미소를 머금었다. 그런 다음 제스 고든 경장을 힐끔 쳐다보았다. 옆에 앉아서 크루아상을 야금야금 먹고 있었는데 오늘처럼 회의에 무관심한 듯한 모습이 자주 목격되었다. 엄청 조용하네. 자기 의견을 피력하거나 질문을 잘 하지도 않던데. 참 희한한 사람일세.

“음, 저희도 새로 보고할 내용은 없습니다. 그렇죠, 고든 경장?”

고든은 종이컵에 든 커피를 홀짝대다가 탁자 위에 내려놓고 고개를 끄덕였다.

“네, 없습니다. 일주일 전 메리 엘리스가 다이어리 킬러로 추정되는 사람에게서 편지를 받은 이후로 아무 일도 없었습니다. 다른 편지를 받았다거나 특이한 점을 발견했다는 연락도 없었고요. 하루도 빠짐없이 메리 씨에게 연락하고 있는데 협박받는 상황에서도 꿋꿋하게 잘 버텨주고 있습니다.”

“좋습니다.”

워든이 말했다. 메리에게 도착한 의문의 편지는 과학 수사 연구소에서 신속하게 감식이 이루어졌지만, 다이어리와 마찬가지로 쓸만한 단서가 하나도 나오지 않았다. 지문이나 DNA도 없을뿐더러 범인이 사용한 펜과 종이 역시 영국 전역의 사무실과 슈퍼마켓, 가정에서 흔히 볼 수 있는 종류들이었다.

"빅이라는 회사에서 만든 검은색 볼펜입니다. 다이어리에 사용한 펜과 일치하지만 수사에 특별히 도움이 되지는 않습니다. 상식 차원에서 말씀드리면 전 세계에서 가장 널리 팔리는 펜이라고 합니다."

평소답지 않게 감식 결과를 직접 전달하러 온 법의학 과학자가 말했다. 워든은 자기 앞에 서 있는 거대한 남자를 뜯어보았다. 키가 183센티미터에 몸무게는 대충 어림잡아도 130킬로그램 정도는 거뜬히 나가겠다고 짐작했다. 첼트넘 중앙 경찰서 코앞에 살고 있다는 말과 함께 이름도 들었던 것 같았는데 감식 결과에 너무 집중한 나머지 기억이 나지 않았다.

"종이는 스프링 노트에 들어가는 평범한 A4 용지입니다. 펜과 마찬가지로 전국 어디에서든 쉽게 구할 수 있죠. 세인즈베리 슈퍼마켓에서 파는 브랜드로 추정되는데, 딱히 도움이 되는 정보는 아닙니다."

반면 도움이 될 만한 작은 정보도 하나 말해주었다. 메모가 동봉되어 있던 봉투 역시 어디에서든 쉽게 구할 수 있는 평범한 제품이었지만 봉투에 찍힌 소인은 다르다는 것이었다.

로얄 우편

BA, BS, GL, TA

우편 집중국

"여기 우표 소인을 보면 편지가 처리된 지역을 알 수 있는데, 필턴 근처에 있는 로얄 우편 집중국입니다. 봉투에 적힌 알파벳은 배스와 브리스틀, 글로스터셔, 톤턴 지역을 의미하는 약자입니다. 편지를 부친 지역이 이 네 곳 중 하나라는 뜻이죠. 더 자세히 특정하기는 불가능해서… 역시나 별 도움이 되지 않겠네요. 죄송합니다."

침울하게 한숨을 푹 내쉬며 발걸음을 돌렸지만 시어워터 작전 회의에서 논의해 볼 만한 사안이었다.

"지역이 너무 넓은데요. 지난번에 얘기했듯이 범인은 미들랜즈 남쪽 지역 출신이에요. 지금까지의 살인과 앞으로 예정된 범행 지역 모두 버밍엄 남쪽 지역에 국한되어 있어요. 그러니까 범인이 편지를 부친 지역이 소인이 찍힌 네 곳 중 하나라는 점은 별 도움이 되지 않습니다. 해당 지역들 모두 고속도로가 뚫려있고 국도로도 다 연결되어 있지 않습니까? 자동차로 한두 시간이면 이동할 수 있는 거리이기 때문에 범인이 사는 곳을 숨기려고 마음만 먹으면 식은 죽 먹기죠."

모두가 고개를 끄덕이며 동의했다. 살인 리스트에 있는 도시와 마을은 모두 M4, M5, M40 고속도로와 A40 국도가 지나가는 지역이었다. 이미 살인을 저질렀거나 살인이 예고된 지역 전부 고작 두 시간이면 갈 수 있는 거리였고 그곳에서 조금만 더 남쪽으로 가면 편지를 부친 지역이었다. 결과적으로 편지에 찍힌 소인은 전혀 도움이 되지 않는 셈이었다. 당최 아무것도 도움이 되지 않았다. 모든 단서가 무용지물이었다.

수사팀은 에드워드 쿠퍼와 사티시 파텔의 인터뷰 역시 시간 낭비였다고 결론지었다. 워든은 마이크 스탠리 경위와 함께 더 허브에 방문했었다. 안내 데스크에 도착해 다소 까다로워 보이는 보안 요원을 통과한 다음 널찍한 개방형 사무실로 향했다. 각자의 자리에 앉아 있던 두 남자는 난데없이 경찰 두 명이 찾아와 급히 할 말이 있다고 하자 당황한 기색이 역력했다. 심지어 워든이 보기에 사티시는 약간 겁에 질린 듯했다. 두 남자는 복도를 따라 회의실로 안내한 다음 두 형사에게 의자에 앉으라고 권했다. 밝고 깨끗한 방 안에는 기다란 회색 책상 하나가 놓여 있었고, 그 주변으로 편안해 보이는 검은색 가죽 의자 여러 개가 빙 둘러 있었다. 한쪽 벽은 유리로 되어 있었고 두 벽은 하얗게 칠해져 있었다. 네 번째 벽 위에는 동기 부여 목적의 단어와 문구가 굵은 글씨로 커다랗게 적혀 있었다.

양보다는 질이 중요하다

디테일이 중요하다

협동에는 소통이 필요하다

워든과 스탠리는 벽을 쳐다보다가 서로를 마주 보며 동시에 눈알을 굴려댔다. 에드워드와 사티시는 두 형사의 행동은 전혀 눈치채지 못한 채 맞은편 의자에 앉아 초조하게 몸을 꼼지락거렸다. 경찰이 무슨 이야기를 할지 궁금한 게 분명했다. 에드워드는 몸에 딱 달라붙는 파란색 스웨터를 입고 있었는데 옷이 작은

지 소매가 깡마른 손목 위로 한참 올라가 있었다. 사티시는 재킷에 넥타이까지 맨 채로 얼굴이 상기되어 있었다.

"음, 일하시는 데 방해해서 죄송합니다. 다름이 아니라 현재 옥스퍼드에서 수사 중인 사건에서 두 분의 이름이 나왔습니다. 너무 걱정하실 필요는 없고 그냥 확인차 몇 가지만 여쭤보겠습니다. 새해 전날 밤 두 분이 함께 옥스퍼드에 계셨다고 들었는데 사실입니까?"

워든의 질문에 사티시의 눈이 똥그래졌다. 반면 에드워드는 샛눈을 뜨고 워든을 쳐다보다가 오른쪽으로 고개를 돌려 누군가를 찾는 듯 유리창 밖 복도 너머를 잠시 바라보았다. 그런 다음 다시 워든을 쳐다보며 물었다.

"어디서 들으신 거죠?"

워든은 목을 가다듬고 미리 준비해 온 이야기를 늘어놓기 시작했다. 메리 엘리스가 옥스퍼드 살인 사건과 관련이 있다는 사실이 아직 대중에 공개되어서는 안 되었다.

"옥스퍼드 경찰이 새해 첫날 새벽에 발생한 살인 사건을 조사 중입니다. 6주 전에 리사 터너라는 젊은 여성이 살해됐습니다. 들어본 적은 있으시죠?"

두 남자 모두 고개를 짧게 끄덕이며 미간을 찌푸렸다.

"음, 수사가 난항을 겪고 있는지라 호텔 숙박 명단을 조사해서 설날 전날 단 하룻밤만 머물렀던 남자들의 신원을 확인하고 있습니다. 옥스퍼드 거주자가 아닌 사람이 살인을 저지르고 다음 날 도주한 걸로 추정하고 있거든요."

곁눈으로 마이크가 탁자에 시선을 고정한 채 무표정하게 앉아 있는 모습을 보았다. 그 역시 자기와 같은 생각을 하는 듯했다. 말도 안 되는 소리를 하고 있네.

이보다 더 기발한 생각을 떠올리기에는 시간이 너무 촉박했다. 뭐라고 둘러대든 지금 그게 무슨 상관이랴? 두 사람 다 경찰 수사 절차에 대해서는 치과 치료만큼이나 문외한일 텐데 뭐. 워든은 굴하지 않고 이야기를 계속 이어 나갔다.

"어쨌든 호텔 기록을 대대적으로 살펴보다가 두 분의 이름이 나왔습니다. 그날 밤 어느 호텔에 묵었었는지 확인 가능하실까요?"

에드워드와 사티시는 서로 눈빛을 주고받았다.

"제 기억으로는… '벨링엄'이었던 것 같은데요? 맞지, 에드워드?"

사티시의 목소리가 미세하게 떨렸다. 매 순간 얼굴에 두려워하는 기색이 더욱 짙어지는 모습이 워든으로서는 꽤 흥미로웠다.

"맞아요. 벨링엄 호텔이었어요."

에드워드가 침착한 목소리로 대답했다. '좋아. 하나 건졌네.'하고 워든은 생각했다. 당연하게도 경찰은 그날 밤 두 사람이 어느 호텔에 묵었는지 알지 못했고, 호텔 숙박 기록을 뒤져본 적도 없었다. 살인을 저지른 사람이 그날 호텔에 머물렀었다는 확실한 증거도 없이 실제 조사를 진행했더라면 엄청난 노력을 투입하고도 아무런 성과마저 거두지 못했을 터였다. 그러니 앞에 앉아 있는 두 남자가 이렇게 쉽게 정보를 넘겨주니 참 잘된 일이었다.

"좋습니다. 저희가 넘겨받은 정보와 일치하는군요."

워든이 태연스럽게 거짓말을 했다. 직접 보지 않아도 옆에 앉은 마이크가 흠칫하는 것을 느낄 수 있었다.

"혹시 새해 전날과 새해 아침에 어디를 가셨었는지 간단하게 말씀해 주실 수 있을까요? 옥스퍼드 경찰이 보안카메라로 확인할 수도 있다는 점을 명심하세요."

에드워드와 사티시는 또다시 서로를 쳐다보았다.

"음, 오후 3시 30분쯤 호텔에 도착해서 체크인한 다음 시청 근처에 있는 술집 두 군데에서 맥주를 마셨어요. 먼저 간 곳 이름이 '베어 인'이었는데 꽤 유명한 집이었어요. 그런 다음 배를 채우러 갔는데 식당 이름이 어…."

사티시는 넥타이를 잡아당겨 느슨하게 풀어헤쳤다. 이마에서 땀방울이 맺혀 흘러내렸다.

"'지지'요. 빨리 먹을 수 있는 음식을 찾다가 피자집으로 갔어요. 술 마시기 전에 위장을 보호해야 하니까요."

에드워드가 재빠르게 대답을 던지고 씩 웃었는데 워든의 눈에는 진실해 보였다. 진작 알아챘지만, 에드워드의 목소리는 메리가 흉내 냈던 그대로였다. 콧소리가 심해 짜증을 내는 것처럼 들리는 탓에 오래 듣고 있으면 굉장히 거슬리는 목소리였다.

"저녁을 먹은 후에는 어디로 가셨죠?"

"'오닐스'라는 아일랜드 술집에 갔어요. 밴드 공연이 있는 날이라 2주 전에 미리 표를 사뒀거든요. 거기서 신나게 놀다가 12시에 호텔로 돌아갔어요. 늦은 시각은 아니었지만, 오후 4시부터 마셔댔으니 충분히 즐겼다고 생각했거든요. 저희 둘 다 술고래는 아니어서요. 방으로 들어왔을 때가 아마… 12시 45분쯤이었나?"

에드워드가 쳐다보자 사티시는 고개를 끄덕였다.

"맞아요."

사티시가 조용한 목소리로 대답하고 손등으로 이마를 쓱 훔쳤다.

"다음 날은 아침 9시에 조깅을 하러 나갔어요. 운하 옆길로 달리다가 길이 막혀있길래 물어보니 거기서 살인 사건이 일어났다고 하더라고요. 그래서 곧장 호텔로 돌아와서 샤워하고 아침을 먹은 다음 집으로 돌아왔습니다. 이게 다예요."

에드워드가 말을 마치고 또다시 씩 웃었다.

"네. 그런데 왜 옥스퍼드로 가신 겁니까? 새해 첫날 옥스퍼드로 가게 된 특별한 이유가 있습니까?"

워든의 질문에 에드워드는 어깨를 으쓱했다. 사티시가 에드워드를 힐끗 쳐다보고 입을 열었다.

"아무 생각 없이 고른 거예요. 새해 전날 저희 둘 다 아무 계획이 없어서 같이 보내기로 했거든요. 다른 도시로 여행을 가고 싶었는데 너무 먼 곳은 싫더라고요. 처음에는 브리스틀로 가자고 했다가 둘 다 줄기차게 가봤던 곳이라 옥스퍼드로 결정했어요. 도시도 예쁘고…."

그러고는 어깨를 으쓱댔다. 워든이 두 사람을 두어번 번갈아 쳐다본 다음 고개를 끄덕이며 말했다.

"알겠습니다. 시간 내어주셔서 감사합니다. 말씀드렸듯이 그냥 확인차 들렀으니 다시 귀찮게 해드릴 일은 없을 겁니다."

경찰서로 돌아가는 길에 워든과 스탠리는 두 남자에 대해 논의했다. 사티시 파텔이 유독 지나치게 긴장하고 초조해 보였다는 데 의견을 같이했다.

"두 사람 다 이 사건에 연루되어 있다고 봅니다."

스탠리가 경찰서 주차장에 차를 세우면서 비관적인 어조로 말했다.

하지만 조사 결과 메리의 직장 동료 두 사람의 진술은 모두 사실로 밝혀졌다. 벨링엄 호텔은 감시카메라 영상을 두 달 동안 보관하고 있어서 다행히 새해 전날과 다음 날 영상을 확보할 수 있었다. 진술대로 두 사람은 오후 3시 30분 직후 체크인해서 30분 후 호텔을 나섰고 새벽 1시가 조금 안 된 시각에 호텔로 다시 돌아왔다. 그 후 밤새 보이지 않다가 다음 날 아침 9시 정각이 되어서야 조깅 복장으로 다시 나타났다. 호텔에서 근무하는 보안 책임자는 두 사람이 투숙했던 객실이 5층에 있었기 때문에 눈에 띄지 않은 채 새벽에 호텔 밖으로 나갔다가 다시 들어오기란 불가능하다고 장담했다.

"5층에서 밖으로 나가려면 경보기가 설치된 방화문을 통해서 나가는 방법 하나뿐인데 거기에도 감시카메라가 달려있어요. 그러니까 배트맨과 로빈이 변장한 게 아니고서야 객실 창문으로 나갔다가 다시 돌아오기란 불가능할걸요?"

리사 터너의 살인이 발생한 시각은 새벽 2시에서 3시 사이로 추정되었으므로 에드워드와 사티시는 용의선상에서 제외되었다. 이 사실에 스탠리뿐만 아니라 린다 레이크 경감 역시 크게 실망했다. 짧았던 며칠 동안 그녀는 이번에야말로 사건을 해결할 결정적인 단서를 잡을 수 있기를 간절히 희망해 왔었기 때문이었다.

다이어리 킬러가 보낸 편지가 도착한 후, 메리가 해외 항공편을 검색한 사실을 누군가가 알고 있다고 의심한 워든은 컴퓨터 포렌식 분석가에게 메리의 노트북과 태블릿 기기를 모두 점검하도록 지시했다. 그 결과 우려했던 대로 두 기기 모두에서 스파이웨어가 발견되었고, 메리가 무심코 열어 본 이메일을 통해 원격으로 설치되었을 확률이 높다고 했다.

"스파이웨어를 심어 두면 메리 씨가 인터넷에서 무얼 하는지 이메일을 보낸 사람이 다 볼 수 있습니다. 그래서 4월 1일에 해외로 갈 생각이 있다는 걸 알아낼 수 있었던 거죠. 진짜 똑똑한 놈이에요. 지금은 스파이웨어가 다 제거된 상태고 보안이 철저한 방화벽도 설치해 두었으니 걱정하지 않으셔도 됩니다. 앞으로는 모르는 사람이 보낸 건 아무것도 열어 보지 마세요. 아셨죠? 담당자들이 연락해서 앞으로 인터넷을 안전하게 사용할 수 있는 방법을 알려줄 거예요. 이젠 아무 문제 없을 겁니다."

덕분에 메리는 어느 정도 마음의 안정을 얻었지만, 스파이웨어를 보낸 사람이나 장소에 대한 정보를 전혀 찾지 못했기 때문에 시어워터 작전팀에게는 아무런 도움이 되지 않았다. '부모 연결 고리'라고 부르는 가설에 대해서도 광범위한 조사가 이루어졌지만, 그레고르 엘리스와 앨리스 터너, 존 홀랜드가 서로 만나기는커녕 말을 주고받았다는 기록조차 찾지 못했다. 유일하게 그럴듯해 보이는 가설이었기에 쉽게 포기하지는 못했지만, 수사팀 모두가 가설에 대한 믿음을 점점 잃어가기 시작했고 지난 이틀 동안 사기가 바닥까지 떨어졌다.

워든과 고든의 앞에 놓인 화면 안에서 브린 루이스 경감이 얼굴을 잔뜩 찡그린 채 말했다.

"카디프에서 살인이 일어나기까지 고작 2주밖에 안 남았어요. 일전에 말씀드린 대로 잠재적 피해자 명단에 있는 사람들에게 미리 경고할 예정입니다. 시기는 미리 탈출 계획을 세울 수 있도록 일주일 전쯤이 될 듯합니다. 승산 없는 도박일 수도 있지만, 제대로만 해낸다면 한 생명을 구할 수도…."

루이스가 말끝을 흐리더니 손으로 눈을 비비며 한숨을 내쉬었다. 순간 고든이 고개를 돌려 워든을 쳐다보았는데, 오늘 처음으로 고든의 두 눈이 생기로 반짝였다. 커피랑 같이 뭘 좀 먹었더니 힘이 났나 보네. 워든은 생각했다.

"2주면 진짜 얼마 안 남았네요."

워든의 말에 고든이 고개를 끄덕이며 말했다.

"그렇죠."

그러더니 워든의 셔츠 깃을 잡아당기며 물었다.

"지금 저만 더운가요? 창문 좀 열면 안 될까요?"

워든은 고개를 끄덕였다.

"덥긴 덥네요. 이놈의 방은 항상 왜 이리 더운지, 정말 미치겠네요. 마음대로 하세요. 원한다면 다 열어도 괜찮아요."

고든은 빙그레 웃으며 자리에서 일어섰다.

"카디프까지 2주 남았으면요."

그녀가 창문으로 다가가며 어깨 너머로 워든에게 말했다.

"첼트넘에서의 살인까지 6주 남짓 남았다는 말이네요. 신이 도와주시기를 빌어야겠어요."

20

2월 15일 월요일

월요일 아침인 오늘은 정말이지 사무실에 나오고 싶지 않았다. 편지를 받고 난 이후 줄곧 잠을 제대로 자지 못한 데다가 음식도 잘 먹지 못했다. 자꾸만 속이 뒤틀렸고 머릿속이 복잡했다. 지난 주말에는 루신다에게 다시 전화를 걸었다. 지난번 통화해서 다음 달 말에 보러 가겠다고 했었지만 4월 이후에나 갈 수 있을 것 같다고 말했다. 지금 와서 살인자를 피해 외국으로 도망친들 무슨 소용이 있겠는가? 집에 머무르는 쪽으로 마음이 기울기야 했었지만 해외로 도피하는 선택 또한 늘 예비책으로 고려하고 있었었다. 하지만 지금은 내 일거수일투족이 감시당하고 있다는 게 분명해졌으니 더는 고민할 이유가 사라진 셈이었다. 내 컴퓨터에 스파이웨어가 설치되어 있다는 사실을 알았을 때는 겁이 많이 났었다. 노트북과 태블릿 기기 모두 사용해도 안전하다고 장담했던 경찰과 달리 나와 통화했었던 기술 전문가는 "주의해서 사용"하라고 권고했다.

"저희가 강력한 방화벽을 설치해 뒀습니다. 하지만 해커가 마음만 먹는다면 아무리 보안이 철통같다 해도 다 뚫을 수 있습니다. 절대 뚫을 수 없는 시스템을 만들기란 불가능하거든요. 살인 협박이 끝나기 전까지 앞으로 몇 주 동안은 인터넷 사용을 최대한 자제하시고, 특히 해당 날짜의 계획과 관련된 내용이라면 더욱더 조심하셔야 합니다. 전화도 마찬가지임을 염두에 두시고요. 아셨죠? 아, 웹사이트의 비밀번호도 전부 바꾸세요. 계좌 번호를 해킹한 흔적은 없는 듯하니 금전적 이득을 노린 범행이 아니라는 가설과 일치합니다. 범행 동기를 알아냈더라면 참 좋았을 텐데 말입니다. 어쨌든, 지금은 저희가 가능한 한 모든 조처를 해둔 상황이니 인터넷상에선 안전합니다. 너무 걱정하지 마세요."

"걱정하지 마세요."

매일같이 확인 전화가 오는 고든 경장에게도 밥 먹듯이 듣는 말이었다. 하지만 차분한 표정으로 안심시키는 말을 건네는 경찰마저도 하루가 다르게 불안해하는 모습을 보이는데 어떻게 걱정을 안 한단 말인가? 내가 알기론 지난 한 주 동안 수사는 전혀 진전이 없었고, 편지를 감식한 결과에서도 도움이 될 만한 정보를 하나도 얻지 못한 듯했다. 지난주 고든이 나와 대화하던 중 범인이 나에게 "매우 집착"하는 것 같다고 작은 소리로 중얼거렸었을 때는 손바닥에 땀이 배어 나왔다.

"결국엔 가장 중요한 질문으로 다시 돌아가요."

고든이 더 허브 근처에 있는 작은 커피숍에서 잠깐 만나서 이야기를 나누자고 했던 날이었다. 그녀는 내 맞은편에 앉아 이야기를 계속했다. 오늘은 평소와 다르게 머리에 굵게 웨이브를 넣어 옆으로 길게 늘어뜨리고 연분홍색 셔츠 차림에 연분홍색 립스틱을 매끄럽게 바르고 왔다. 요즘 들어서 나와 함께 있을 때면 예전보다 더 다정하고 활기차고 편안해 보였다. 그런 그녀가 정말 좋아지기 시작했다.

"애당초 범인이 메리 씨를 특정해서 연락을 취한 이유가 뭐냐는 겁니다."

그녀는 우유를 커피에 부어 숟가락으로 휘저었다. 그런 다음 숟가락을 받침 위에 올려두고 내 얼굴을 쳐다보았다. 가게 안은 거의 비어있는 거나 마찬가지였다. 나이 든 여성 두 명이 창가 쪽에 앉아 수다 삼매경이었고, 여직원 두 명이 계산대 뒤에 서서 지루한 표정으로 핸드폰만 쳐다보고 있었다. 그런데도 고든은 엿듣는 사람이 있는지 주변을 휙 훑은 다음 계속 속삭이듯 말했다.

"다른 피해자들에게는 아무런 경고도 하지 않았는데 왜 메리 씨에게만 했을까요? 다시 연락해서 메리 씨를 지켜보고 있다는 걸 알린 이유는 또 뭘까요? 이 모든 게 다 게임이고 메리 씨가 최종 목표인 것 같아요. 메리 씨는 범인에게 특별한 존재예요. 대체 그 이유가 뭘까요? 메리 씨, 저 좀 도와주세요."

고든이 강렬한 눈빛으로 나를 뚫어지게 쳐다보는 바람에 또 다시 불편한 느낌이 들었다.

"경장님, 저는 진짜 모르겠어요. 짚이는 게 있었으면 진작에 말씀드렸을 거예요."

그녀를 향해 웃어 보이며 커피잔을 집어 들었다. 손바닥은 물론이고 겨드랑이에까지 땀이 맺히고 입이 바짝 말랐다. 이 사건을 해결할 유일한 방법으로 어렴풋이 떠올랐던 생각이 이제는 확고해져 모양을 갖추어 갔고 그만큼 두려움도 커져 갔다. 내가 정말 해낼 수 있을까? 계획한 대로 잘 해낼 수 있을까? 과연 이 방법이 먹히기는 할까? 최종적으로 실행에 옮기기 전까지 좀 더 생각을 다듬을 필요가 있었다. 고든은 아까부터 계속 말을 하고 있었는데, 정신을 차려보니 나에게 또 다른 질문이 주어졌다.

"…그래서 어떻게 하실지 최종 결정은 내리셨나요, 메리 씨? 저희는 최대한 안전하게 지켜드리고 싶은데 범인이 메리 씨를 철저히 감시할 방법을 찾은 것 같아서 우려가 큽니다. 안전 가옥으로 이동할 때도 현명하게 움직여야 해요. 메리 씨가 어디 있는지 찾아낼 정도로 범인이 똑똑하다면 경찰 보호만으론 부족할 수도 있습니다. 메리 씨를 죽이려고 건물 전체를 폭파해 버릴지도 모르잖아요? 아이고, 미안해요. 제가 괜한 말을…."

겁에 질린 채 입을 떡 벌리고 고든을 쳐다보다가 더듬거리며 물었다.

"정말… 그렇게까지 할 거라고 보세요? 저 하나 죽이겠다고 건물 전체를 폭파해서 그 안에 있는 사람들까지 다 죽일 거라고요? 끔찍하네요, 경장님."

고든은 두 손에 얼굴을 묻었다가 이내 고개를 들어 나를 쳐다봤다. 얼굴에 깊이 뉘우치는 기색이 역력했고 두 빰은 연분홍색 셔츠처럼 발그레했다.

"미안해요. 어제 회의에서 여러 가능성 중 하나로 잠깐 나왔던 얘기예요. 메리 씨한테 해서는 안 될 말이었는데 정말 미안해요. 추측일 뿐이지만 저희로서는 생각해 봐야 할 문제라서요. 더 많은 목숨을 위험에 빠트려서는 안 되잖아요. 어쨌든 이제, 음, 6주 정도 남았나요? 그전에 범인이 잡혀서 다 끝날 수도 있지 않을까요?"

살인자가 보낸 또 다른 메모 이야기는 피터에게만 털어놓았다. 누군가 말할 사람이 필요했고 피터는 경찰 이외에 이 사건에 대해 알고 있는 유일한 사람이니 아무런 문제가 되지 않을 줄 알았다. 하지만 말을 하고 나니 괜히 말했다는 생각이 들었다. 메모 이야기를 꺼냈을 때 조금 이상한 일이 일어났기 때문이었다.

"젠장, 메리. 괜찮아? 혼자서 감당하기 힘들겠는걸. 이리 와."

피터가 두 팔을 활짝 벌리며 말했다. 가까이 다가가 그의 어깨에 머리를 기대자 나를 꼭 안아 주었다. 늘씬하고 다부진 그의 몸이 느껴졌다. 피터가 내 등을 손으로 쓰다듬자 며칠 만에 처음으로 긴장이 풀리는 기분이 들었다. 그 순간… 이상한 일이 일어나고 말았다. 내 마음속에서 어떤 감정 하나가 고개를 들었다. 무시하려고 애썼지만 정확하게 느껴졌다. 가슴 속 깊은 곳에서 흥분이 살짝 일더니 갑작스레 예기치 못한 갈망이 피어올랐다. 얼른 뒤로 물러나 미소를 띤 채 피터에게 괜찮다고, 화장실에 다녀올 테니 주전자에 물을 올려달라고 말했다. 재빨리 화장실로 달려가 문을 걸어 잠그고 가쁜 숨을 몰아쉬었다. 대체 왜 이러는 거지?

지난 수년간 피터와 수백 번은 끌어안았을 텐데 별안간 다른 느낌으로 다가왔다. 왜 그랬을까? 가까이 밀착된 그의 몸에 왜 갑자기 반응한 거지? 피터를 좋아할 리가 없잖아. 나 자신에게 딱 잘라 말했다. 하필이면 왜 지금 이러는 거야. 지금 일어나고 있는 일들 때문에 내 머리가 어떻게 됐나….

더는 생각하지 말자고 결심했다. 스트레스 때문일 게 분명했다. 이 일만 끝나면 데이트 앱에 접속해서 함께 재미 볼 사람을 찾아봐야겠다. 데이트를 안 한 지 오래였으니 이제 뭔가 시도해 볼 때가 된 듯했다. 그럴 리야 절대 없겠지만, 설사 내가 한집에서 같이 사는 사람을 좋아하고 있었다 한들 무슨 소용이겠는가? 피터에겐 이미 여자친구가 있지 않은가. 더군다나 최근 들어 두 사람의 관계가 좀 더 진지해졌는지 메간이 같이 살자고 은근슬쩍 피터를 떠보는 분위기였다.

"매번 피터가 우리 집으로 오곤 했었는데 이틀 동안 여기에 머물게 해줘서 정말 고마워요, 메리."

지난주에 메간의 집 욕실에서 물이 새서 천장을 뚫고 아래층 주방까지 흘러넘치는 바람에 수리하는 동안 우리 집에서 머물렀었다.

"괜찮아요. 언제든지 환영이에요."

저녁을 먹은 뒤 우리는 바 테이블 앞에 앉았다. 평소처럼 나는 화이트 와인 한 잔을, 메간은 페퍼민트 차를 마셨다. 그녀는 회갈색 캐시미어 스웨터와 똑같은 색깔의 레깅스를 입고 있었는데, 너무 딱 달라붙어서 종아리 근육이 선명하게 드러났다. 저녁을 먹기 전 피터와 함께 달리러 나갔다가 씻고 바로 나와서 머리카락이 축축했고, 위로 느슨하게 말아 올린 머리에는 잔머리가 삐쭉삐쭉 튀어나와 있었다. 화장기 하나 없는 피부가 결점 하나 없이 뽀얬다. 그런 메간 옆에 앉아 있자니 또다시 내 흉터가 신경 쓰였다. 손가락을 뺨으로 가져가자 울퉁불퉁하고 익숙한 감촉이 느껴졌다.

"참 친절하기도 하지. 집이 이토록 멋지고 큼지막하니 빈방도 많겠죠? 내가 여기 쭉 있는다 한들 메리는 눈치도 못 챌 것 같아. 안 그래, 피터?"

메간은 가볍게 웃었다. 피터 역시 식기세척기에 접시를 넣다가 말고 고개를 돌려 메간을 향해 웃었지만 조금 머뭇거리는 듯한 표정이었다.

"음, 이틀 후면 수리 다 끝나는 거 아냐? 메리, 걱정하지 마. 조금만 있으면 우리 애정 행각을 볼 일도 없을 거야."

"괜찮아. 솔직히 난 별로—"

메간이 내 말을 끊고 끼어들었다.

"거봐. 메리는 신경도 안 쓴다잖아. 인생은 짧아, 자기야. 어차피 함께할 운명이라면 떨어져 살면서 시간 낭비할 필요 뭐 있어? 이리 와, 우리 멋진 자기!"

메간은 의자에서 벌떡 일어나 피터에게 달려갔다. 그런 다음 두 팔을 목에 감고 몸을 밀착시킨 채 입을 맞췄다. 메간과 키스를 하면서도 피터는 여전히 조금 불편해 보였다. 아직 자세히 이야기를 나눠 보지는 않았지만, 피터는 자기 집에서 메간과 같이 살고 싶은 마음이 아직은 없는 것 같았다. 나로서는 참으로 다행이었다. 나에겐 피터가 필요했다. 이 일이 끝나기 전까지 조금만 더 같이 있어 주길 바랐다. 그 이후에는… 글쎄, 난들 알겠는가?

월요일 아침, 뉴스 웹사이트에 들어가 기사로 쓸만한 사건들에 대한 새로운 소식을 건성으로 둘러보며 에드워드와 눈이 마주치지 않으려 애썼다. 경찰은 사건 당일 밤 에드워드와 사티시의 동선을 꼼꼼하게 조사했으나 아무것도 발견되지 않았기 때문에 두 사람은 옥스퍼드 살인 사건과는 관련이 없다는 결론을 내렸다고 했다. 고든에게 이 이야기를 듣고 나서 한시름 놓았지만, 여전히 두 사람이 불편했다. 한편으론 쓸데없이 경찰 조사를 받게 해서 미안한 마음도 살짝 들었다.

당연하게도 에드워드는 이 문제를 나에게 따지고 들었다. 워든이 내가 정보를 흘렸다는 말 대신 다른 변명거리를 둘러대겠다고 했었지만, 에드워드가 물어볼 거라고 예상했었다. 경찰 조사가 끝나고 나서 우리 둘 다 사무실에 나왔던 날, 에드워드는 깡마른 얼굴에 의심이 가득 서린 채 내 책상 주변을 맴돌았다.

"혹시 나랑 사티시가 새해 전날 옥스퍼드에 갔었다고 경찰한테 말했어요?"

그래, 아주 단도직입적으로 묻는구나. 나는 놀란 척 눈을 동그랗게 뜨고 에드워드를 쳐다보며 대답했다.

"뭐라고요? 당연히 아니죠! 제가 뭐하러 그런 짓을 해요? 나한테 물어보는 이유가 뭐예요?"

에드워드는 내 얼굴을 잠자코 노려봤다. 살짝 화가 난 듯한 표정이었고 시커먼 두 눈에는 기분 나쁜 기색이 가득했다.

"아니, 그 변호사 살인 사건 조사하는 중 아니에요? 메리가 조사 중인 거 보고 내가 새해 당일에 옥스퍼드에 있었다고 말했더니 곧바로 경찰이 사무실로 찾아왔잖아요. 우연이라기에는 좀 그렇죠."

한껏 과장해서 한숨을 내쉬었다.

"글쎄, 저는 모르는 일이에요. 정말이에요. 에드워드, 그거 중대한 살인 사건이에요. 그날 밤 옥스퍼드에 있었던 남자만 수백 명은 조사했을걸요. 추적하는 방법이 얼마나 많은데요. 미안한데, 더 할 얘기 있어요? 제가 좀 바빠서…."

고개를 돌려 키보드를 두드리기 시작했다. 에드워드는 잠시 우두커니 서 있다가 툴툴대며 걸음을 옮겼다. 1분 후 뒤돌아보자 역시나 예상대로 사티시와 목소리를 낮춰 이야기 나누며 내 쪽을 힐끔거렸다. 이후 두 사람은 이 일을 다시 거론하지 않았다. 심지어 사티시는 금요일 점심 때 빵집으로 케이크를 찾으러 갔다가, 초콜릿 에클레어를 하나 사서 내 책상 위에 올려두고 갔다. 다정한 미소까지 날리면서 말이다. 두 사람 모두 결백했기에 나 역시 의심을 떨쳐버리려 노력했다.

내일은 다이어리 킬러 기사에 필요한 인터뷰를 하러 버밍엄에 가야 했다. 제인 홀랜드의 사촌인 스텔라 클레이포스라는 여성과 토파즈 카지노에서 정오에 만나기로 약속되어 있었다. 지금으로서는 나와 다른 피해자들 사이에 존재하는 새로운 연관성을 찾는 일은 거의 포기한 상태였지만, 인터뷰는 계속해야 했다. 시간이 촉박했다. 책상 위에 놓인 달력을 확인하니 카디프에서 예고된 살인까지 고작 2주 밖에 남아 있지 않았다. 꿀꺽, 침을 삼키며 생각했다. 그리고 한 달 후에는….

"메리! 일 끝나고 한잔할까? 빌어먹을 밸런타인데이가 드디어 끝났으니 축배를 들어야지! 월요일이기는 하지만 무슨 상관이야. 코가 삐뚤어질 때까지 마시자. 어때?"

엘리가 책상 옆으로 불쑥 나타나 만면에 미소를 머금은 채 물었다. 오늘은 코발트블루 터틀넥 스웨터를 입고 있었는데, 머리 위로 올려 묶은 짙은 붉은색 머리와 대비되어 환상적이었다. 엘리를 향해 마주 웃으며 스멀스멀 올라오는 불안을 누그러뜨리려 애썼다.

"그럴까? 그래 좋아, 엘리. 근데 내일 일 때문에 버밍엄에 가야 해서 취할 때 까지 마시면 안 돼. 정신 똑바로 차리고 가야 하거든. 그래도 두어 잔 정도야 마실 수 있지. 그럼 일찍 마무리하고 4시쯤 나갈까?"

내 말에 엘리는 방긋 웃었다.

"좋아. 그럼, 그때 봐. 안녕!"

엘리는 눈을 찡긋하고 자기 자리로 빠르게 달려갔다. 나는 한숨을 내쉬었다. 일상이 그리웠던 건지도 몰라. 엘리와 술 몇 잔 기울이고 나면 기분이 나아질 거야. 몇 시간 동안만이라도 모든 걸 잊고 즐겨보자. 어차피 지금 당장 결정을 내려야 하는 건 아니잖아? 아직 시간이 남아 있으니까.

스스로 되뇌는 와중에도 머릿속에서 하루하루 집요해지고 커져만 가는 조그마한 목소리가 반복해서 울려 퍼졌다. 뭘 해야 하는지는 이미 잘 알고 있지 않아? 살인자는 모르는 사실을 넌 알고 있잖아. 아무도 모르는 사실을 말이야. 이 상황에서 빠져나갈 수 있는 방법은 오직 하나야. 살인자로부터 네 목숨을 구할 수 있는 방법이기도 하지. 살인자에게 다 말해야 하지 않을까?

21

2월 16일 화요일

어젯밤 일을 마치고 엘리와 술을 마시며 이야기를 나눴더니 기분이 한결 나아졌다. M5 국도를 타고 버밍엄을 향해 북쪽으로 달렸다. 계기판은 시속 110킬로미터를 가리키고 있었다. 어제 아침 이맘때보다는 확실히 더 편안해진 느낌이었다. 여전히 불안하고 많이 지쳐있는 상태였지만, 미래를 걱정하는 대신 하루하루를 잘 견뎌내기로 마음먹었다. 달리할 수 있는 게 없지 않은가? 앞으로 6주 남짓한 시간 동안 많은 변화가 일어날지도 모를 일이었다. 카디프에 사는 데이비드가 죽지 않거나, 경찰이 이 모든 일을 꾸민 범인에 관한 단서를 발견할 수도 있을 것이다. 그러니까 나 하나쯤은 가만히 있어도 괜찮을 것 같았다. 진부한 격언대로 침착하게 전진하리라 마음먹었다.

정오가 다 될 무렵 토파즈 카지노에 도착했다. 사람이 많을 시간은 아니었다. 그래서인지 넓은 주차장의 4분의 3이 텅텅 비어 있었다. 입구 바로 맞은편에 차를 세운 뒤 내려서 문을 잠갔다.

바람이 매섭게 불어와 코트 자락이 찢어질 듯 휘날렸고 머리카락이 얼굴을 때렸다. 몸을 덜덜 떨며 가만히 서서 건물 정면을 유심히 바라보았다. 거대한 10층 건물은 회색 반사 유리와 콘크리트로 지어진 모습이었는데, 전면에는 카지노 이름이 적힌 파란색 네온사인이 걸려 있었다. 건물 외벽과 똑같은 유리로 둘러싸인 외부 엘리베이터가 위쪽으로 천천히 올라가는 중이었다. 웅장한 기둥이 세워진 입구에는 도어맨 두 명이 검은색 정장을 세련되게 차려입고 서 있었다. 미리 알아본 바에 의하면, 이곳은 제인 홀랜드가 소유한 두 개 중 규모가 더 큰 카지노였고, 런던을 제외하고 영국에서 가장 큰 카지노 중 하나에 속했다. 2백 대가 넘는 슬롯머신과 1백 개에 달하는 게임 테이블, 최대 150명까지 수용할 수 있는 포커룸을 24시간 내내 운영하면서 매달 토너먼트를 개최해 인근 지역의 도박꾼들을 끌어모았다. 일하는 직원만 2백 명이 넘었고, 위스키와 진, 칵테일 바는 물론 인도와 서양 요리가 절묘하게 혼합된 음식을 선보이는 여러 레스토랑까지 갖추고 있어 도박뿐 아니라 음식으로도 유명한 곳이었다.

입구에 다다라 내 이름을 말하자 도어맨이 정중하게 인사를 건네며 길쭉한 리셉션 데스크 쪽으로 손짓했다. 시커먼 옷차림의 남자 하나와 여자 하나가 반짝이는 은회색 대리석 뒤에 서 있었다. 남자는 도어맨과 비슷한 정장 차림이었고, 여자는 심플한 디자인의 시프트 원피스를 입고 있었다. 가까이 다가가자 여자가 키보드를 두드리다 말고 고개를 들어 활짝 웃었다.

"메리 엘리스 씨? 스텔라 씨가 사무실에서 기다리고 계십니다. 제가 안내해 드리겠습니다."

나로서는 안타깝게도 내부 엘리베이터로 안내했다. 비싸 보이는 외부 엘리베이터는 돈을 펑펑 쓰는 도박꾼들만 사용하나 보네.

7층에서 내린 다음 카펫이 깔린 널따란 복도를 따라 걸어갔다. 양쪽 벽에는 현대 추상 미술 작품 몇 개가 다채로운 색감을 뽐내며 커다랗게 걸려 있었다. 잰걸음으로 복도 맨 끝에 있는 방문 앞에 도착하자 그녀는 똑똑, 문을 두드렸다.

"들어오세요."

안에서 목소리가 들려오자 여자는 문을 열었다. 그런 다음 나를 향해 짧게 웃더니 뒤돌아 왔던 길을 다시 걸어갔다. 방 안에서 키가 큰 금발 머리 여자 하나가 통유리 창가에 서 있다가 나를 향해 걸어오며 손을 내밀었다.

"메리 씨, 만나서 반갑습니다. 스텔라 클레이포스라고 합니다."

버밍엄 억양이 강하게 배인 목소리였다. 180센티미터인 내 키가 작다고 생각해 본 적은 한 번도 없었는데, 그녀는 나보다도 키가 컸다. 183은 족히 넘어 보이는 키에, 어깨가 넓고 가슴도 컸다. 파란색 실크 셔츠, 통이 좁은 검정 청바지, 굽이 낮은 뱀피 무늬 펌프스, 반짝이는 금색 링 귀걸이가 눈에 띄었다. 눈동자는 짙은 회색, 머리는 단정하게 뒤로 묶어 올린 모습이었다. 사촌인데 제인 홀랜드랑은 완전히 다르게 생겼네.

사진으로 봤던 제인 홀랜드는 작고 늘씬한 체구에 갈색 머리였다.

"저도 만나서 반갑습니다. 인터뷰에 응해주셔서 정말 감사합니다. 그리고 고인의 명복을 빕니다."

"고마워요. 정말 악몽 같은 시간이었어요."

스텔라의 얼굴에 슬픈 기색이 잠깐 스쳐 지나갔다. 그녀는 짙은 자주색 가죽 소파로 나를 안내했다. 옆에 놓인 낮은 탁자 위에는 하얀 커피잔과 커피를 추출하는 프렌치프레스, 조그마한 페이스트리를 맛있어 보이게 담은 접시가 올려져 있었다. 그녀는 내가 어떤 커피를 좋아하는지 물어본 다음, 컵에 커피를 따라주었다. 그사이 나는 방을 둘러보았다. 사무실은 볕이 잘 들고 널찍했다. 강철 다리에 위판은 유리로 된 책상 하나가 놓여 있었고, 그 뒤로 광택이 도는 철제 수납함 여러 개가 줄지어 있었다. 복도와 마찬가지로 하얀 벽면에 현대 미술 작품이 걸려 있어 색감을 더해주었고, 소파와 어울리는 가죽 의자 두 개가 놓여 있어 편안하고 완벽한 분위기를 자아냈다. 앉는 공간 앞쪽으로는 커다란 창문이 뚫려 있어서 저 멀리 도시의 전경이 훤히 내려다보였다. 스텔라가 소파 옆 의자 하나에 앉았다. 우리는 커피를 몇 모금 홀짝이며 최근 들어 변덕스러워진 날씨 이야기를 주고받았다. 그런 다음 나는 가방에서 수첩과 펜, 녹음기를 꺼내 인터뷰를 녹음해도 괜찮은지 물어보며 수사가 난관에 봉착한 최신 살인 사건들을 다루는 연재 기사를 쓸 예정이라는 설명을 덧붙였다. 앨러스테어 터너에게 말했던 그대로였고, 일전에 스텔라와 통화할 때도 했었던 말이었다.

"음, 제인의 사건이 딱 맞아떨어지긴 하네요. 제인을 왜 죽인 건지 도무지 이해가 안 가요. 세상 친절하고 착한 사람인데….”

목소리가 갑자기 갈라지는 바람에 목을 가다듬고 다시 말을 이었다.

“미안해요. 너무 이해가 안 가서 그래요. 무엇보다 돈이나 다른 물건들을 훔쳐 가지 않았다는 점이요. 그렇다면 다른 이유로 범행을 저질렀다는 말이잖아요. 아무 이유 없이 죽인 건 아닐 거 아니에요? 범인이 누군지는 몰라도 제인의 집에 찾아와서 문을 두드렸어요. 무슨 영문인지 제인이 순순히 집 안으로 들였고요. 경찰 쪽에서는 제인이 아는 사람이라는 의미는 아니라고 하더군요. 모르는 사람인데 그럴듯한 이유를 둘러대서 집 안으로 들였을 수도 있다고 했어요. 자선 활동도 많이 하고 다정한 사람이었으니 누가 찾아와서 딱한 사정 이야기를 했다면….”

고개를 절레절레 흔드는 그녀의 두 눈에 슬픔이 잔뜩 어렸다.

“미안해요. 쓸데없는 말이나 하고. 메리 씨가 알고 싶은 게 뭔가요?”

스텔라를 향해 미소를 지으며 말했다.

“아닙니다. 걱정하지 마세요. 저에겐 다 좋은 정보들입니다. 그럼 스텔라 씨 생각은 어떠신가요? 누군가 문 앞에서 딱한 사정을 털어놓으며 제인의 집안으로 들여보내 달라고 했을 거라고 보세요?”

스텔라가 어깨를 으쓱대자 귀걸이도 같이 반짝거리며 흔들거렸다.

“그럴지도 모르죠. 제인은 굉장히 현명한 사업가였어요. 멍청한 수작 따위에 쉽게 넘어갈 사람이 아니죠. 마음이 여린 편도 아니었습니다. 아, 오해는 마세요. 그래도 인정 많은 친구였으니까요. 아는 사람이 죽였을 리는 절대 없다고 생각해요. 아는 사람일 가능성을 배제하면 누군가 도움이 필요하다고 찾아와서 집으로 들인 거라고 생각합니다. 솔직히 저도 잘 모르겠어요, 메리 씨. 무슨 일이 있었는지는 아는 사람이 하나도 없다는 게 제일 큰 문제입니다."

그녀는 한숨을 푹 내쉬었다.

"미스터리긴 하네요. 참, 스텔라 씨는 무슨 일을 하시나요? 여기서 일하세요? 이 방은 스텔라 씨 사무실인가요?"

내 질문에 스텔라는 또다시 고개를 절레절레 흔들었다.

"아뇨. 이 방은 제인의 사무실이었어요. 제인이 쓰던 방을 직접 보면 생전에 어떤 사람이었는지 파악하는 데 도움이 될 듯해서요. 그리고 맞아요. 저 역시 이 카지노에서 일하고 있습니다. 버밍엄에서 술집 세 개를 10년째 운영하고 있는데, 얼마 전에 제인이 카지노 이사회 일을 좀 맡아달라고 부탁했거든요. 제가 운영 중인 술집과는 완전 다른 분야라서 재미있어요. 아니, 재미있었죠. 제인이 없어도 여기서 일하는 게 재미있을지는 잘 모르겠네요."

또다시 한숨을 푹 내쉬고 커피잔을 집어 들었다. 나는 고개를 끄떡이며 제인 홀랜드 사건에 대해 물어봤을 때 고든 경장이 귀띔해 준 세부 사항들을 더듬어봤다. 제인이 죽은 뒤에도 카지노는 이사회가 대신해서 계속 운영할 예정이었고, 지금으로선 금

전적 이득을 노린 범죄가 아닌 걸로 추정하고 있다고 했다. 가깝게 지내던 사촌 세 명이 있다는 말은 들었지만 그중 하나가 카지노에서 함께 일하고 있는 줄은 몰랐다.

"여기서 같이 일하시는 다른 친척분들도 계신가요?"

"아니요. 아, 정규직은 아니고 일을 돕고 있는 친척들이 있기는 합니다. 일단 10대 두 명이 있고요. 참, 에이미가 열아홉 살이고 앤드루는 얼마 전에 스무 살이 되었으니 이제 10대는 아니네요. 여하튼 두 사람이 바에서 일을 조금씩 돕고 있고 제 사촌 제리의 아들은 그보다 나이가 좀 있어서 가끔 경비 일을 봐주고 있어요. 제인은 사람들이 일을 시켜달라고 하면 기꺼이 응하기는 했지만, 정규직으로 고용한 사람은 저 하나뿐이에요. 제인이랑 엄청 가깝게 지냈거든요. 거의… 친자매나 다름없었답니다."

스텔라의 두 눈에 눈물이 그렁그렁 맺혔다. 자리에서 벌떡 일어나 창가 쪽으로 걸어가서 손등으로 두 뺨을 쓱 훑었다.

"이런, 미안해요. 아직도 믿기지가 않아서요."

"아, 사과하지 않으셔도 돼요. 힘드실 텐데 여쭤본 제가 오히려 더 죄송하죠. 계속해도 괜찮으시겠어요?"

내가 빠르게 말했다.

"네, 물론이죠. 미안해요. 계속하세요. 회의가 하나 있긴 한데 1시 30분에 잡혀있으니 아직 시간이 많이 남았어요."

자리에 다시 앉은 스텔라는 이후 한 시간 동안 제인의 이야기를 해주었다. 행복하고 풍족한 어린 시절을 보냈으며 아버지가 빅 조니라고 불렀다고 했다. 물론 아버지에 관해서는 어느 정도 알고 있었다. 경찰이 부모 사이의 연관성에 대한 조사를 시작할 때 고든 경장에게 들은 말도 있었고 직접 인터넷에서 검색도 해보았다. 그런데도 빅 조니를 실제로 알았었던 사람에게 그가 어떤 사람이었고 아버지로서 딸과 어떻게 지냈는지에 대해 직접 들으니 상당히 흥미로웠다.

"우리가 어렸을 때 늘 이상한 소문이 존 삼촌을 따라다녔어요. 삼촌은 자기가 잘나가니까 사람들이 질투해서 하는 소리일 뿐이니 무시하라고 했어요. 게다가 실제로 체포된 적도 없었어요. 말씀드렸듯이 저랑 제인은 무척 친했답니다. 어렸을 때는 항상 제인네 집에서 놀았더랬죠. 삼촌은 재미있고 대단한 분이셨어요. 저에게 학교는 어떻고 뭘 배웠냐고 항상 물어보셨고, 딸인 제인과도 엄청 돈독하게 지냈죠. 제인이 외동이기는 했지만, 당시만 해도 여자아이가 회사를, 그것도 카지노를 물려받는다는 건 상상도 못 하던 시절이었어요."

'여자아이'라는 단어에서 스텔라는 눈동자를 굴렸다.

"그런데도 제인은 아주 어릴 때부터 카지노 일을 하겠다고 결심했고, 삼촌은 그런 딸을 전폭적으로 지지해 주셨죠. 딸이 잘해낼 수 있다고 생각하셨는데 결국 삼촌이 옳았어요. 사실 제인의 어머니인 릴 숙모가 돌아가신 일도 한몫했어요. 쉰 살에 뇌졸중으로 돌아가신 뒤로 제인은 더 열심히 일했어요. 자기에게도 똑같은 일이 생길까 봐 두려웠던 것 같아요. 덕분에 참 많은 걸 일궈냈죠. 영국에서 규모가 가장 큰 카지노 두 개를 수백만 파운드에 달하는 사업으로 키워냈잖아요. 삼촌이 살아계셨더라면 뿌듯하셨을 거예요. 살아생전에도 늘 제인을 자랑스럽게 여기셨죠. 이 모든 걸 삼촌이 돌아가시기 전에 이미 이루어 냈었으니까요. 아버지가 자신이 성공한 모습을 곁에서 다 지켜보실 수 있어서 굉장히 행복해했어요. 지금 저 위에서 두 사람이 함께 샴페인으로 축배를 들고 있으면 좋겠네요."

천장을 힐끗 쳐다보더니 미소를 지었다.

이후로도 대화가 계속 이어졌지만 금세 옥스퍼드 때와 똑같다는 느낌이 스쳐 지나갔다. 제인 홀랜드는 나무랄 데 없이 착하고 다정한 성격에 열심히 일해 성공한 여성이었지만, 나와 비슷한 구석이라고는 눈을 씻고 찾아봐도 없었다. 자라온 환경이나 관심사, 살았던 곳, 지인 등 겹치는 부분이 전혀 없었다. 하지만 제인의 연애사에 관해 물었을 때 스텔라가 별 의미 없이 지나치듯 던진 사소한 한마디가 살짝 걸리기는 했다. 사망 당시에는 남자 친구가 없었기 때문에 최근에 제인이 만난 남자가 있는지 물어보는 내 질문에 스텔라가 눈동자를 굴리며 대답했다.

"그야 아무도 모르죠. 연애 얘기는 항상 비밀로 간직했거든요. 아마 없었을 거예요."

스텔라가 살짝 웃길래 나도 덩달아 웃었다. 곧장 다음 이야기로 넘어가는 바람에 이 이야기는 한동안 잊혔다. 잠시 후 1층 프런트까지 배웅을 나온 스텔라와 따뜻하게 악수하며 작별 인사를 건네고 헤어졌다. 호화로운 현관 로비를 지나다 잠시 멈춰서서 벽에 커다랗게 그려진 건물 평면도를 살펴보았다. 바 세 개의 위치를 쳐다보면서 문득 피터가 1월에 친구들과 술을 마셨던 바가 어딘지 궁금해졌다. 참, 그날 밤 스텔라가 근무 중이었을까? 제인은? 피터가 제인을 만나거나 이야기를 나눴을까?

순간 다시 올라가서 스텔라에게 피터 사진을 보여주며 물어보고 싶어졌다. 하지만 의심을 사지 않고 물어볼 방법이 없었거니와 회의가 있다고 말하지 않았던가. 아무 관련도 없는 일이니 신경을 끄고 잊어버리기로 했다. 검은 정장 차림의 남자 둘에게 고개를 까닥하며 감사를 표하고 건물 밖으로 나와 차로 향했다. 고속도로를 따라 운전하던 도중에 스텔라가 했던 말이 번뜩 떠올랐다.

"연애 얘기는 항상 비밀로 간직했어요."

곰곰이 곱씹어 보자 궁금증이 일었다. 제인이 비밀을 갖고 있다는 사실이 의미하는 바가 있을까? 그게 연결 고리인 걸까? 부모님 때문이 아니면 어쩌지? 우리가 모두 비밀을 간직하고 있다는 공통점이 있는 거라면? 벌을 받아 마땅한 비밀을 범인이 알아낸 거라면 어떡하지?

자동차를 자율주행 모드로 돌린 후 잠시 생각에 잠겼다. 구름 사이로 마침내 해가 얼굴을 내밀었고 앞 유리로 들어온 햇살이 얼굴을 따뜻하게 감쌌다. 그러다 이내 생각을 떨쳐 버렸다. 내 비밀을 아는 사람은 없었다. 아무도 모르는 비밀이므로 범인이 아는 것 자체가 불가능했다. 더욱이 비밀을 가지고 있는 사람만 무작위로 골라 죽인다니 어불성설 아닌가? 서로 가지고 있는 비밀이 제각각인 데다 아무런 연관이 없을 텐데? 피해자들의 비밀이 모두 다를 거라는 데에는 의심의 여지가 없었다. 나와 똑같은 비밀을 가진 사람이 있을 리가 없었으니까.

내 비밀 덕분에 난 죽지 않고 살 수 있었다. 그리고 한 번 더 내 생명을 구해줄 수 있을지도 몰랐다. 내가 해야 할 일과 그 방법 또한 잘 알고 있었다. 무엇보다 지금 하려는 일이 내 인생에서 가장 큰 도박이라는 사실도. 살 수도 있지만 죽을 수도 있었다. 위험을 감수할 만한 가치가 있는지만 가늠해 보자.

22

2월 20일 토요일

메간이 주말 동안 고급 요가 지도자 과정을 들으러 데번에 간다고 했다. 정말이지 듣던 중 반가운 소리였다. 지난번에 메간이 우리 집에 들어와 살겠다는 얘기가 나온 이후로 같이 있는 게 약간 어색한 데다 커플 사이에 끼어 있는 것보다 피터와 단둘이 토요일 밤을 보내는 편이 훨씬 나았기 때문이었다.

피터와 나는 오늘 하루를 바쁘게 보냈다. 피터는 고객이 의뢰한 급한 일을 마무리하러 사무실에 나가야 했고, 나는 집에서 빨래와 다림질을 하고 최근 소홀히 했던 집안일을 마저 했다. 우리는 저녁 7시가 되어서야 2층 거실에서 서로의 얼굴을 마주할 수 있었다.

"저녁 해 먹을 거야?"

소파 한쪽 끝에 퍼질러 앉은 채 피터의 허벅지를 맨발로 쿡 찌르며 물었다. 반대쪽 끝에 널브러져 있던 피터가 고개를 돌려 실눈을 뜨고 쳐다보며 말했다.

"당연히 아니지. 카레 어때?"

"좋지."

내가 해사하게 웃으며 대답했다.

인도 음식을 시키고 기다리는 동안 피터는 술을 가지러 주방으로 내려갔다. 찬장에서 와인 병들이 이리저리 부딪치며 쨍그랑대는 소리가 몇 분 동안 들리더니 맛 좋은 리오하 와인을 골라 들고 올라왔다. 식당 주문이 밀렸는지 배달이 지연되어 카레는 늦게 도착했다. 9시가 다 되어서야 한술 뜰 수 있었는데, 이미 와인 한 병을 다 마시고 두 번째 병까지 반쯤 비워낸 후라서 얼큰하게 취기가 돌았다. 둘이서 느긋하게 즐거운 저녁 시간을 보내고 있는 와중에도 머릿속에선 온갖 생각들이 부유했다. 토파즈 카지노와 스텔라 클레이포스, 가엾게 죽은 제인 홀랜드가 머릿속을 점령했다. 더 이상 참을 수 없었다. 1월에 토파즈 카지노에 간 일을 피터에게 다시 물어봐야만 했다. 이윽고 뭄바이 감자를 곁들인 닭고기 마드라스 카레와 달 타르카 카레를 맛있게 먹고 난 빈 접시를 싹 치운 뒤, 우리는 소파의 양쪽 끝에 자리를 잡고 앉았다. 한쪽 발을 피터의 무릎에 얹은 채로 운을 띄웠다.

"근데 우연이라기엔 좀 이상하지 않아? 네가 최근에 갔다 온 데가 하필이면 토파즈 카지노잖아. 스텔라 말로는 제인이 카지노 일을 다 직접 돌보느라 거기서 거의 살다시피 했대. 그날 밤에 너랑 마주쳤을 수도 있어. 이야기를 나눴을 수도 있고…."

"아닐 수도 있지. 그날 밤 제인이 버밍엄이 아니라 코번트리 카지노에 있었을 수도 있잖아. 아니면 하루 일을 쉬었거나."

피터의 목소리는 평소와 똑같았지만, 말투에 약간 짜증이 묻어났다.

"만약 내가 그 사람이랑 말을 했으면 어쩔 건데? 뭐 달라지는 거라도 있어, 메리? 맙소사. 이제 카지노 얘기는 좀 그만하면 안 돼?"

"어, 그래. 미안."

피터는 호기심 어린 표정으로 나를 잠시 쳐다보다가 두 다리를 휙 돌리며 소파에서 일어났다.

"몇 시간만이라도 다른 생각 좀 해. 집착 그만하라고. 가서 술 따라올게. 자, 네 잔이나 줘."

"알겠어. 고마워."

빈 와인 잔을 넘겨받은 피터가 아래층으로 내려가자 이상하게 불안한 기분이 끼쳐왔다. 그냥 궁금해서 물어본 것뿐인데 반응이 왜 저래? 내가 술이 좀 취해서 이상해 보이는 건가?

몇 분 후 2층으로 돌아온 피터는 평소처럼 쾌활한 모습이었고 나는 불안을 떨쳐내려 애썼다. 그의 말이 맞았다. 피터가 카지노에 간 일은 이 사건과는 무관했으니 더 생각해 볼 필요도 없었다.

카지노 얘기 대신 와인을 더 마시며 다른 이야기들을 주고받았다. 메간 이야기만 쏙 빼놓은 채, 음악 이야기와 지난주에 사무실에서 있었던 우스꽝스러운 일에 관해 이야기했다. 그러다 여름이 오기 전 뒤뜰에 바비큐 그릴을 새로 사자는 말이 나왔는데, 문득 그때쯤 내가 여기에 있을 수 있을지 궁금해졌다. 벗어날 수 있을 방법들을 여러모로 궁리 중이긴 하지만 여름이 오기 전에 죽을지도 몰랐다. 물론 4월 1일에 죽지 않을 거라고, 다 괜찮을 거라고 매일 되뇌어 보지만, 이따금 명치를 한대 얻어맞은 것처럼 숨이 턱 막혀왔다. 와인을 너무 많이 퍼마신 탓도 있겠지만, 당혹스럽게도 살날이 불과 몇 주밖에 남지 않았다는 사실이 감당하기 힘들 정도로 크게 다가왔다.

"아, 이런. 젠장, 피터. 바비큐 그릴을 새로 사는 일이 뭐가 중요해? 새 물건을 산들 다 무슨 소용이냐고?"

혀가 꼬인 목소리로 말하고 나자 눈물이 와락 쏟아졌다. 한 번 흐르기 시작한 눈물은 멈출 줄을 몰랐다.

"누군지는 몰라도 데이비드라는 불쌍한 남자는 살날이 고작 일주일밖에 안 남았는데 아무것도 몰라. 카디프 경찰은 물론, 수사팀 전체가 최선을 다하고 있지만 애초에 불가능한 일이잖아? 그다음은⋯ 내 차례야. 죽고 싶지 않아, 피터. 죽기 싫단 말이야. 너무 무서워서 어떡해야 할지 모르겠어⋯."

두 손에 얼굴을 파묻고 울부짖었다. 자리에서 일어나 거실을 왔다 갔다 하며 큰 소리로 울어대자 공포감이 눈덩이처럼 불어났다. 반대쪽 끝에 있는 벽에 두 번째로 다다랐을 때 그 자리에 우뚝 멈춰 섰다. 손가락 사이로 흘러내린 눈물은 팔을 타고 뚝뚝 떨어졌다.

"아이고, 이런. 이리 와."

잠시 후 곁으로 다가온 피터는 내 얼굴에서 손을 떼어내 자기 허리춤에 가만히 올려둔 다음 두 팔로 나를 감싸 꼭 안아 주었다. 두 눈을 감은 채 그의 어깨 위에 머리를 기대자 가빴던 숨이 서서히 잦아들고 빠르게 뛰던 심장이 안정을 되찾아 갔다. 피터가 내 등을 쓰다듬으며 귀에 대고 속삭이자 그의 입술이 내 피부를 스쳤다.

“괜찮을 거라는 거 너도 알잖아. 다 괜찮을 거야. 나쁜 일은 일어나지 않을 거야, 메리 엘리스. 내가 그렇게 되도록 내버려 두지 않을 거야. 알겠지? 아무 일도 없을 거야.”

침을 꿀꺽 삼키고 고개를 들자 내 뺨에 맞닿은 그의 뺨이 느껴졌다. 우리는 아무 말 없이 몇 초 동안 그대로 서 있었다. 피터의 두 손은 여전히 내 등을 부드럽게 왔다 갔다 했다. 순간 그에게서 좋은 향이 났다. 매혹적인 머스크 향에 다른 향이 섞여 있었다. 베르가모트인가? 바닐라 향도 살짝 나는 거 같은데? 나도 모르게 쇄골의 부드러운 살갗 가까이 코를 가져다 댔고, 이에 놀란 피터가 짧게 숨을 들이마시는 소리가 들렸다.

“너한테 좋은 향기가 나길래. 미안. 무슨 향인지 정확하게 확인하고 싶었을 뿐이야. 면도하고 나서 무슨 로션 발랐어?”

“나… 나도 잘 모르겠네.”

속삭이듯 묻는 내 질문에 피터가 부드러운 목소리로 대답했다. 다음 순간, 얼굴을 동시에 움직이는 바람에 서로의 코가 맞닿았고 입술은 불과 몇 센티미터 떨어져 있었다. 피터의 따뜻한 숨결이 내 입술에 고스란히 느껴졌다. 1초, 2초, 3초 짜릿한 시간이 흐르고, 누가 먼저랄 것도 없이 서로 부둥켜안고 있던 팔을 놓고 뒤로 물러났다. 멀찍이 떨어져 서서 둘 다 어색하게 웃으며 자러 가야겠다며 각자의 방으로 향했고 그걸로 끝이었다.

방으로 들어와 옷을 벗자마자 곯아떨어졌다. 다음 날 아침 일찍 눈을 뜨자 누가 모래를 부어놓은 듯 입안이 까끌까끌했고 머리가 지끈거렸다. 침대에서 간신히 몸을 일으켜 입안에 물과 해열진통제를 털어 넣은 다음 다시 이불 안으로 기어들어 갔다. 눈을 뜨고 한참을 누워 어젯밤 피터와 짧았던 그 순간을 다시 떠올렸다. 극심한 숙취에도 똑똑히 기억났다. 나는 피터를 좋아하지 않아. 그럴 리가 없잖아. 지금껏 아무 일도 없었는데 인제 와서 갑자기 왜 이러는 거지?

가슴이 두근거리고 심장이 멎을 듯했던 그 순간 거의 키스할 뻔했었잖아? 서로의 입술이 맞닿고 그의 혀가 내 입술 안으로 들어온다면 어떤 느낌일지 처음으로 상상해 보았다. 피터는 친한 친구일 뿐이라고, 둘 다 술을 너무 많이 마신 데다 속상해하는 나를 피터가 달래주려고 안아 준 것뿐이라고 스스로 단호하게 말해보아도 나 자신조차 설득이 되지 않았다. 피터가 입을 맞추었다면 어떻게 반응했을까? 키스를 받아 주었을까, 아니면 웃음으로 무마하며 밀어냈을까? 답을 알 수 없는 질문이었다. 아니, 알고 싶지도 않았다. 지금 당장 걱정해야 할 일이 태산이야. 여자친구가 있는 단짝 친구와 지저분한 삼각관계에 휘말릴 수는 없다고. 자, 결정이 내려졌으니 그만 돌아누워서 아무런 꿈도 꾸지 말고 잠이나 푹 자자.

23

2월 22일 월요일

카디프 중앙 경찰서

"일주일 남았네. 일주일."

브린 루이스 경감이 고개를 절레절레 흔들며 앓는 소리를 했고, 하리 휴스 경사가 맞은 편에 앉아 한숨을 푹 내쉬었다.

"그러게요. 얼마 안 남았네요. 지금 상황을 보면 아무래도 일주일 사이 범인을 추적하기는 힘들 것 같죠? 수사가 완전히 멈춰있는 상황이잖아요. 그럼…."

휴스는 한쪽 눈썹을 추켜세우며 바로 앞 책상 위에 놓인 종이 한 장에 손짓했다. 루이스는 종이를 쳐다보며 고개를 끄덕였다. '데이비드 리스트'라고 부르는 종이 위에는 40개에 달하는 이름이 적혀 있었다. 지난 2주 동안 고위 경찰관과 판사, 교도관 및 보호 감찰관에 더해 카디프에서 악명높은 대부업체와 빚 수금업자의 아들들이 더 추가된 결과였다.

데이비드 리스트와 리스트에 적힌 많은 사람을 공포에 빠트리는 게 과연 타당한지를 두고 대대적인 논의와 토론이 이루어졌다. 결국 수많은 시어워터 작전 회의 끝에 최종 계획이 결정되었고, 루이스는 현시점에선 이 방법이 최선이라고 생각했다.

오늘부터 리스트에 있는 모든 이들에게 연락할 예정이었다. 누군가 데이비드라는 이름을 가진 사람의 목숨을 노린다는 제보가 들어왔다고. 위험한 일이 닥칠지도 모르니 가능하면 3월 1일 월요일, 24시간 동안 카디프를 떠나라고 권고할 생각이었다. 만약 상황이 여의찮다면 모든 문과 창문을 잠그고 집 안에 머물며 경찰이 마련해 둔 직통 번호를 단축 번호로 설정하는 등 가능한 모든 조치를 하라고 당부할 예정이었다. 수사팀에는 루이스가 이미 보고를 마친 상태였다.

"자기 목숨을 노리는 이가 있다는 말을 듣고 몇 명이라도 카디프를 떠나길 기대해 봐야죠. 하지만 대다수가 달갑지 않아 할 테고, 아마 그중 상당수는 협조하길 거부할 겁니다. 까놓고 말해서 아무 의미 없는 조치이긴 하죠. 뭐, 살인자가 마음을 단단히 먹었다면 쓸데없는 짓 아닙니까? 메리 엘리스한테 그랬던 것처럼 이미 피해자를 지켜보고 있거나 몰래 미행하고 있을지도 몰라요. 피해자의 집 주소를 정확하게 알고 있다면 굳이 가까이 가서 죽일 필요도 없지 않습니까? 밖으로 안 나오면 집에다 확 불을 질러버리면 그만이죠. 그렇다고 카디프에 사는 데이비드 모두에게 신변 보호를 해줄 수도 없는 노릇이니 원. 저희가 제대로 짚은 게 맞고 피해자일 가능성이 큰 사람들로만 잘 골라낸 게 맞다면 적어도 피해자들은 사전에 경고를 받은 셈이니 알아서 위험한 상황을 조심하길 바라야죠. 아무것도 모른 채 가엾게 살해당한 리사나 제인보다야 훨씬 낫죠."

각각의 데이비드에게는 본인 이외에도 수많은 잠재적 피해자가 더 있다는 얘기는 해주지 않았다. 자신을 죽이겠다는 협박이 최근 영국 내 다른 지역에서 발생한 두 여성의 살인 사건과 연관되어 있으며 규모가 훨씬 더 큰 경찰 합동 수사의 일부라는 사실 또한 비밀로 했다. 다만 이 일을 아무에게도 발설하지 말아 달라고 강력하게 요청했는데, 수사팀에서 가장 우려하는 부분이기도 했다.

"언론에 누설하지만 않았으면 좋겠건만."

루이스가 한 손으로 두 눈을 비벼대며 말했다.

"옥스퍼드와 버밍엄 사건에 아무런 진척이 없다고 비판하는 신문 보도가 나오기는 했어도 다행히 두 사건이 연관되어 있다는 사실은 아무도 눈치채지 못했어. 앞으로도 쭉 몰랐으면 좋겠건만. 카디프에서 살인이 일어나지 않기를 간절히 바라지만 만약에 살인이 실제로 일어났는데 지난 두 사건과 비슷하게 범인이 이른 새벽 시간에 피해자의 머리를 강타한다면 아마 눈치 빠른 기자들이 알아챌지도 몰라. 다른 두 살인 사건과의 유사점을 발견하고 분명 질문 공세를 해댈 걸세. 어쨌건 지금 당장은 전 국민에게 연쇄 살인마의 존재를 알리지 않은 채 필요한 사람들에게 연락을 돌릴 수 있으니 살아있는 두 잠재적 피해자를 보호할 수 있지 않은가. 만에 하나 현시점에서 언론이 알게 된다면 아주 난리가 날 거야."

얼마간 침묵이 흐른 뒤 휴스가 조용히 말했다.

"데이비드들 모두가 입이 무겁기를 두 손 모아 기도해야겠네요."

"두 손, 두 발, 모을 수 있는 건 죄다 모아야지."

루이스가 한숨을 내쉬고 리스트를 집어 들며 말했다.

"그럼, 슬슬 전화나 돌려볼까?"

24

2월 22일 월요일

더 허브의 내 자리에 앉아 눈길을 끈 사건 하나를 조사하려는데 집중이 잘 되지 않았다. 연애 사기 사건이었는데 꽤 흥미로웠다. 에든버러에 사는 쉰다섯 살의 토미 매켄지라는 남성이 데이트 앱에 가짜 프로필을 수십 개 만들어 열한 명의 여성과 친분을 쌓았다. 그런 다음 해외에서 긴급하게 병원 치료를 받아야 한다고 속여 총 10만 파운드(약 1억 7천만 원 – 옮긴이)가 넘는 돈을 가로챘다. 매켄지에게 사기를 당한 여성 세 명과 어렵사리 연락이 닿았는데 그중 두 명은 매켄지가 체포되어 법정에 세워지자 익명으로 남기를 원했고, 나머지 한 명만 심층 대면 인터뷰에 동의했다. 하지만 내가 진짜 만나고 싶은 사람은 매켄지였다. 현재 3년 형을 선고받고 복역 중인데 지금까지 그를 가까이서 만난 기자는 단 한 명도 없었다. 처음이라는 영광이 나에게 돌아오기를 바라면서도, 오늘은 마음이 내키지 않아 애꿎은 사무실 안만 자꾸 두리번거렸다. 그러다 에드워드와 두어 번 눈이 마주치는 바람에 황급히 시선을 피했다. 또 한 번은 사티시와 마주쳤는데 처음에는 불편한 표정을 짓더니 금세 웃어 보였다. 나도 덩달아 짧게 미소를 짓기는 했지만, 두 사람이 근처에 있으면 여전히 조금 긴장됐다. 오늘 아침 카페인이 절실해 커피를 타러 직원 전용 주방에 내려갔다가 사티시를 만난 뒤로 불안감은 더 심해졌다.

"아, 메리."

사티시가 머그잔에서 티백을 꺼내며 말했다. 나를 슬며시 쳐다보았는데 살짝 긴장한 듯 보였다. 그런 다음 다시 음료에 집중하며 티백을 숟가락 위에 쓰러지지 않게 올려 싱크대 옆 음식물 쓰레기통에 버렸다.

"안녕."

거지 같은 타이밍에 속으로 욕을 내뱉으며 인사를 건넨 뒤 커피 머신으로 걸어가 머그잔을 집어 들었다. 그때까지도 사티시는 가지 않고 내 뒤를 서성이고 있었는데, 그냥 빨리 사라져 주기를 바랐다. 내 바람과 달리 사티시가 목을 가다듬더니 말을 걸었다.

"미안…. 나는 그냥… 음… 혹시 3월 31일 저녁에 버밍엄에 있는지 궁금해서요. 수요일인가? 그날 메리가 여행을 갈지도 모른다고 에드워드가 그러길래 궁금해서…."

약간 당황해하며 뒤로 홱 돌아보았다.

"에드워드가 뭐라고 했다고요?"

사티시의 눈이 휘둥그레졌다.

"에드워드 말로는, 음, 메리가 해외 항공권을 알아보길래 물어봤더니 휴가를 간다고 했다고 하던데요? 진짜예요?"

사티시를 빤히 쳐다보는데 심장이 쿵쾅거렸다. 3월 31일 저녁에 뭐 할 건지는 왜 물어보는 거야? 그날은… 4월 1일 바로 전날이잖아. 그날은….

"아직 잘 몰라요."

재빨리 대답했다. 갑자기 입이 마르고 목이 조여왔다.

"생각 중이에요. 언제 갈지 아직 결정한 건 아니고요. 미안한데 전화 올 데가 있어서 그만 내 자리로 가봐야겠어요."

커피를 챙겨 들고 사티시 옆을 서둘러 지나쳐 걸어오는 내내 다리가 후들거렸다. 내 자리로 돌아오자마자 고든에게 전화를 걸어 방금 일어난 일을 작은 목소리로 다급하게 말했다.

"과민하게 반응하시는 것 같네요. 왜 그러시는지 충분히 이해하고 저희에게 말씀해 주셔서 감사합니다만, 모든 일에 의미를 부여할 필요는 없어요. 전에도 말씀드렸듯이 동료 두 분 모두 옥스퍼드 살인 사건이나 메리 씨에게 보낸 협박 메시지에 연루되었다는 증거를 전혀 찾지 못했어요. 메리 씨가 비행기표를 검색하는 걸 에드워드 씨가 봤다고 했죠? 어쩌면 사티시 씨가 그날 메리 씨와 같이 놀고 싶어서 물어본 걸 수도 있지 않을까요? 저녁에 회사 사람들끼리 모일 계획을 짜고 있을 수도 있잖아요. 너무 걱정하지 마세요. 아셨죠?"

고든의 말을 듣고 나자 짜증이 나려고 했다. 지난 몇 주 내내 '걱정하지 마세요'라는 말을 대체 몇 번을 듣는 건지. 그래도 좋은 뜻이었을 테니 고맙다고 말했다. 전화를 끊고 오늘 할 일에 집중하려 애쓰며 토미 매켄지에 관해 열심히 읽었다. 하지만 그런 와중에도 사티시와 주방에서 있었던 일이 계속 신경 쓰여서 자꾸만 집중이 흐트러졌다.

토요일 밤 피터와 일어났던 일, 아니 일어날 뻔했던 일도 여전히 신경 쓰였다. 사티시 일에 비하면 훨씬 기분 좋은 고민이었지만 약간 혼란스러웠다. 어제 아침 버티고 버티다가 끝내 배고픔을 이기지 못하고 침대에서 일어나 아래층으로 내려갔는데, 피터가 평소와 완벽하게 똑같이 행동하면서 스크램블드에그를 만들어 주겠다고 했다. 전날 밤 있었던 일에 대해선 입도 뻥긋하지 않았지만, 책상 앞에 앉아 일에 집중하려는 지금까지도 머릿속에서 떠나질 않았다. 그만해. 그만 좀 하라고. 피터랑 자고 싶다는 야릇하고 낯선 욕망보다 훨씬 더 중요한 문제들이 산더미야. 피터는 메간과 사귀고 있잖아. 여자들끼리 지켜야 할 규칙이라는 게 있는 법인데….

두 번 다시 생각하지 말자고 다짐했다. 만약 협박 메시지가 진짜라면 카디프 살인까지 이제 일주일밖에 남지 않았다. 그다음엔 내 차례였다. 버밍엄에서 스텔라 클레이포스와 만난 이후 다른 피해자들과 나 사이에는 부모님들 말고는 뚜렷한 연관성이 없다는 게 확실해졌다. 그러니 이제 집착을 버려야 했다. 나는 다른 피해자들과 아무런 공통점이 없다. 다른 피해자들과 살인자가 그들을 노린 이유를 파헤치는 일은 제쳐두고 이제는 나 자신에게만 집중해야 했다. 어떻게든 이 상황에서 나 자신을 구해 낼 방법을 궁리해 내야 했다. 전적으로 경찰에게 기대고 있을 수

만은 없었다. 경찰이 이끄는 곳 어딘가에 숨어있다가 고든의 말대로 나 하나 잡겠다고 건물 전체를 폭파해 버린다면 어떡하지? 나 하나 때문에 다른 사람들도 죽게 된다면? 결코 가만히 보고만 있을 수는 없었다. 더는 살인이 일어나선 안 돼. 이제 그만 멈춰야 할 때야.

25

2월 28일 일요일

첼트넘 중앙 경찰서

"루이스 경감, 물어봐도 괜찮을지 모르겠지만 지금 기분이 어때요? 불과 몇 시간 후면 디데이잖아요."

일요일 오후였다. 시어워터 수사팀원들은 비장한 표정을 지으려 애썼지만, 생각만큼 잘 되지 않았다. 지난 스무 시간 동안 데이비드라는 이름을 가진 잠재적 피해자들을 최대한 도시 밖으로 내보내려 노력했으나 예상대로 쉽지 않았다. 누군가는 과민하게 반응하는 경찰을 비판하기도 했다. 흔해 빠진 이름을 가진 불특정 다수를 향한 위협이 자기를 겨냥했을 리 없다는 것이었다. 이들은 도망가지 않겠다며 딱 잘라 거절했다. 반면, 루이스의 표현을 빌리면 '완전히 겁에 질린 채' 곧장 도시를 떠나는 이들도 있었다. 그중 세 명은 경찰의 호위를 받으며 시골에 있는 은신처로 도피했고, 한 명은 비행기표를 구해 온 가족과 함께 로스엔젤레스로 떠났다. 경찰이 할 수 있는 일은 끝난 셈이었으니 지금부터는 기다리는 일만 남아 있었다. 스테프 워든 경감은 화면 속 침울한 표정들에서 엄청난 불안과 무력감을 감지했다. 지금으로서는 앞으로 무슨 일이 일어나는지 지켜보는 일 외에 달리 할 수 있는 게 없었다. 팀원들 사이에 도는 팽팽한 긴장감에 숨이 막힐 지경이었다.

"자정까지 정확하게 여덟 시간 남았습니다. 다들 아시다시피 자정이 지나면 바로 범인이 움직이기 시작할 거예요. 사실 저는 이른 새벽에 전화가 올 걸로 예상합니다. 그때가 범인이 선호하는 시간대이니까요. 희박하기는 해도 저희가 제대로 경고했을 가능성도 있습니다. 때로는 기적이 일어나기도 하니까요. 하지만 범인이 피해자를 선택하는 기준이랍시고 저희끼리 세운 가설이 맞는지도 아직 확실치 않으니 원. 마지막으로 워든 경감의 질문에 답을 하자면 솔직히 걱정돼 죽겠습니다. 온종일 아무것도 못 먹었어요. 이런 적은 한 번도 없었는데 말이죠."

루이스는 볼록 튀어나온 배를 손으로 문지르며 한숨을 무겁게 내쉬었다. 워든도 자신의 평평한 배를 만지며 점심으로 치즈 토스트 샌드위치를 괜히 먹었다고 생각했다. 늘 그랬듯 방이 너무 더운 데다 사방에서 벽이 천천히 다가오는 것처럼 답답해서 욕지기가 났다. 바람을 좀 쐬어야겠다고 생각하는 찰나, 루이스의 침울한 목소리가 다시 울려 퍼졌다.

"절망적이지 않습니까? 할 수 있는 일이 많지는 않았어도 어쨌든 최선을 다했는데…. 이젠 뭘 하고 싶어도 시간이 없네요. 제 직감 상 내일 이맘때쯤이면 세 번째 피해자가 나올 것 같은

데 막을 방법이 아무것도 없네요."

길게 침묵이 흐른 뒤, 프리야 톰슨 경감이 목을 가다듬었다. 파란색과 흰색 꽃무늬 블라우스 차림에 검은 머리카락을 얼굴 옆으로 길게 늘어뜨리고 있는 그녀를 보며 워든은 생각했다. 형사가 아니라 상냥한 초등학교 선생님처럼 하고 왔네. 가끔 선생님이었으면 좋겠다고 바랄 테지.

톰슨은 근심 가득한 표정으로 이마에 주름을 잔뜩 잡고 카메라 쪽으로 살짝 몸을 숙였다.

"오늘 밤에 저희가 버밍엄에서 했던 조치를 취하기는 하실 거죠? 순찰을 늘리고 경관들에게 집에 혼자 걸어가는 남자들을 주시하라고 알리고요?"

루이스는 고개를 끄덕였다.

"네. 한밤중에 조깅하는 사람들도 각별히 주의하라고 일러뒀습니다. 근데 조용한 장소만 찾아서 참 잘도 골라낸다니까요? 옥스퍼드에 있는 운하 옆길에는 카메라도 하나 없잖아요. 이번에도 피해자의 집을 선택한다면 뭐…."

루이스는 힘없이 어깨를 으쓱했다. 이후 팀원들 사이에 몇 마디가 더 오갔지만, 건설적인 의견은 아무도 내지 못했다. 마지막으로 워든이 조용하게 말을 꺼냈다.

"자, 그럼 여기서 이만 끝냅시다. 어차피 몇 시간 후면 다시 모여야 할 테니까요."

"행운을 빕니다, 루이스 경감. 오늘 밤새도록 저희도 같이 응원하겠습니다."

"맞아요. 그럼 또 소식 전해주세요."

레이크와 톰슨이 연이어 인사를 건넸다.

"그럴게요. 다들 오늘 밤새실 건가요?"

루이스의 질문에 모두가 고개를 끄덕이며 "네", "물론이죠"라고 작게 중얼거렸다. 루이스가 말을 이었다.

"그럼 자정 이후에 다시 이야기하시죠. 뭐가 됐든 종교를 믿는 사람이 있으면 카디프를 위해 기도해 주세요."

26

3월 1일 월요일

카디프

전화가 걸려 온 건 그로부터 열네 시간이 막 지났을 무렵이었다. 신고자는 카디프 라니센 지역 근처의 지식 산업단지에서 근무하던 경비원이었다. 119에 접수된 신고 속 그의 목소리는 겁에 질린 듯 떨리고 있었다. 마침 근처에서 야간 순찰 근무를 마치고 돌아가던 숀 페이 경사와 대니 로버츠 순경이 즉시 현장으로 출동했다. '핏 조인트'라고 적힌 건물 뒤편 주차장에 도착해 보니 희미한 불빛 사이로 한 남자가 보였다. 얼굴이 하얗게 질린 채 시신 옆에 서서 땀을 뻘뻘 흘리는 중이었다.

뽑은 지 얼마 안 됐는지 광이 반지르르한 검은색 레인지로버의 한쪽 문은 열린 모습이었고, 그 옆으로 남자 하나가 아스팔트 바닥에 괴상한 자세로 앉아 있었다. 동이 트지 않아 어둑한 시간이었음에도 바닥에 있는 남자는 이미 죽은 것이 분명해 보였다. 두 눈을 부릅뜬 채, 이마 정중앙에는 움푹 팬 자국이 커다랗게

나 있었으며 얼굴과 옷은 피로 물든 지 오래였다. 페이가 경비원에게 다가가 시신에서 떨어지라고 말하는 사이, 비위가 몹시 약한 로버츠가 몸을 구부려 시신을 가까이에서 살폈다. 그러고는 이내 벌떡 일어나 황급히 뒤로 물러나며 작은 목소리로 말했다.

"맙소사. 뇌가 훤히 들여다보이는데요. 아니면 뼈 같은 걸 수도 있고요. 어쨌든 살아 돌아오기에는 이미 늦었어요. 불쌍한 양반. 무슨 일이 일어난 걸까요? 윽. 토할 것 같아요, 경사님."

페이가 눈알을 굴리며 말했다.

"아, 하려면 저쪽으로 가서 해. 범죄 현장에 토를 해서 쓰나."

로버츠는 고개를 끄덕이고는 손으로 입을 틀어막은 채 작은 주차장 한쪽 끝으로 달려갔다. 그런 다음 쓰레기통 위로 고개를 숙이고 구역질을 해댔다. 페이는 라텍스 장갑을 낀 채 쭈그리고 앉아 미동도 없는 피해자의 맥박을 다시 한번 확인했다. 없네. 죽은 게 확실해. 고개를 돌려 경비원을 힐끗 쳐다 봤다. 그는 어디서 났는지 크고 지저분해 보이는 회색 손수건으로 이마를 훔치며 건물 외벽에 기대서 있었다.

"혹시 아는 사람입니까?"

페이가 바닥에 널브러져 있는 남자를 가리키며 묻자 경비원은 고개를 끄덕이며 침을 꿀꺽 삼켰다.

"데이비드 하우얼스예요. 이 회사 사장입니다. 보통 새벽 일찍 5시쯤 나오시는데 오늘은 5시 10분쯤 차가 들어오는 걸 봤어요. 평상시랑 똑같은 모습으로요. 그런데 새벽 6시에 순찰을 돌다가 이런 몰골로 발견했지 뭐예요. 불쌍한 양반, 가게 안에는 들어가지도 못했네요. 오늘 새벽에 단지 안으로 들어온 다른 차가 한 대도 없었는데, 어떻게 된 영문인지 모르겠어요. 누군가 걸어들어와서 죽였나, 잘 모르겠네요. 젠장, 기절할 것 같아요. 죄송합니다…."

경비원의 몸이 벽을 타고 주르륵 아래로 미끄러져 내려가기 시작했다. 대체 무슨 잘못을 했길래 부하 놈이 구역질이나 해대는 것도 모자라 목격자까지 기절해 대는 걸까. 페이는 한숨을 크게 내쉬며 경비원을 부축해 바닥에 앉혔다. 무릎 사이에 머리를 넣고 숨을 깊게 들이마시라고 알려준 다음 무전기를 꺼냈다. 이름이 데이비드 하우얼스랬지. 데이비드라니, 결국 어젯밤 정보가 틀린 게 아니었네. 하지만 엄청 흔한 이름이잖아. 그냥 우연일지도 몰라. 그래도….

어젯밤 근무 교대 전 브리핑에서 3월 1일 오늘 데이비드라는 이름을 가진 남성이 카디프 내 불특정한 장소에서 불특정한 시간에 불특정한 위협을 받을지도 모른다는 이야기를 전달받았을 때는 모두가 불신의 눈초리를 보내며 작은 목소리로 쑥덕거렸었다. 그런데 그 믿기 힘든 일이 실제로 일어나고 말았다. 고작 몇 발자국 떨어진 곳에 데이비드라는 남성이 죽어 있었다. 페이는 무슨 일이 벌어진 건지, 또 이 남자는 누구인지 몹시 궁금해졌다. 일단 지금 당장은 자신이 맡은 임무에 충실해야 했다. 구급차와 지원팀이 오고 있는지 확인한 후 주머니에서 크기는 작아도 성능이 뛰어난 손전등을 꺼내 들었다. 놀랍게도 로버츠는 그때까지도 쓰레기통에서 몸을 움찔거리고 있었고, 페이는 그런 그를 무시한 채 주차장을 조심스레 살폈다.

페이는 이곳에 와본 적이 있었다. 몇 달 전 다른 건물에 있는 타이어 수리점에 도둑이 든 사건을 조사하러 방문했었다. 그래서 여기가 30개 정도의 회사들이 입주해 있는 소규모 산업단지이며 경비원 한 명이 입구 바로 안쪽에 있는 작은 조립식 건물에 상주하고 있다는 사실을 이미 알고 있었다. 입구에는 문도 없고 울타리도 없었으므로 경비원 말대로 오늘 새벽 단지 내로 들어오는 차량이 한 대도 없었다면 누군가 몰래 걸어 들어와서 살인을 저질렀을 가능성이 컸다. 입구와 십자 모양 교차로를 따라 일정한 간격으로 서 있는 가로등에 감시 카메라가 설치되어 있었으니 운이 좋다면 범인의 모습이 영상으로 찍혔을 수도 있었다. 하지만….

페이가 인상을 찌푸리며 주차장 뒤편에 쳐진 울타리를 따라 손전등을 비추었다. 다른 방법으로 들어왔을 수도 있겠는데?

살인이 발생한 건물은 막다른 골목의 끝자락에 자리하고 있었다. 정사각형 모양 부지의 두 면은 약 4.5미터 높이 정도 되는 벽돌담과 건물로 막힌 모습이었다. 세 번째 면은 옆 건물과 분리하려고 쌓아놓은 낮은 담으로 가로막혔으며, 옆쪽으로 입구와 연결되는 길이 하나 나 있었다. 하지만 건물 뒤편에는 높이가 1.5미터 정도 되는 울타리만 쳐져 있었는데, 그 너머는 들판이나 공터인 듯했다. 어두워서 잘 보이지는 않았지만 풀이나 나무가 무성했다. 저쪽으로는 누구든 어렵지 않게 들어올 수 있겠어. 보통 수준의 체력만 있어도 울타리를 쉽게 뛰어넘겠는걸.

가만히 서서 이상한 물건이 없는지 바닥을 훑어보았지만, 눈에 띄는 건 없었다. 주차장은 여섯 대 정도면 꽉 찰 정도로 협소했고, 밤새 오락가락 내린 비에 곳곳에 웅덩이가 파여 바닥이 울퉁불퉁했다. 페이는 또다시 내리기 시작한 비에 범죄 현장을 보존하기는 글렀다고 생각했다. 궂은 날씨 때문에 증거가 훼손될 우려가 있었기에 시신이 비에 맞지 않도록 가려줄 무언가를 빨리 찾아야 했다. 한참 머리를 굴리고 있는 와중에 사이렌 소리가 아스라이 들려왔다. 잠시 후 건물 너머에서 파란 불빛이 빙글빙글 돌다가 하늘 위로 퍼져나가는 모습이 보였다. 로버츠에게 정신 차리고 얼른 따라오라고 소리쳤다. 그런 다음 담배를 뻑뻑 빨아대고 있는 경비원에게 그 자리에 꼼짝 말고 있으라고 말한 뒤 다른 동료들을 맞이하러 앞쪽을 향해 뚜벅뚜벅 걸어 나갔다.

27

3월 1일 월요일

새벽 5시부터 일어나 침대에 앉아 소셜미디어와 뉴스 웹사이트를 샅샅이 뒤졌다. 속이 메스껍고 불안감에 심장이 조여왔다. 7시가 조금 지나 사우스웨일스 계정에 새로운 트위터 피드가 올라왔을 때는 거의 안도감을 느낄 정도였다. 딱 두 줄이었지만 데이비드에 관한 소식이라는 걸 대번에 알 수 있었다.

> 사우스웨일스 경찰이 현재 라니센에 위치한 파크 론디 산업단지에서 발생한 중대 사건 현장을 조사 중입니다. 앞으로 몇 시간 동안 뉴로드가 폐쇄될 예정이니 오늘 아침 해당 지역을 지나야 하는 운전자들은 우회하시기 바랍니다.

읽고, 또 읽은 다음 미친 듯이 스크롤 하며 정보가 더 있는지 찾아보았지만 아무것도 없었다. 그래서 고든 경장에게 전화를 걸었다. 지난 주말 고든은 카디프에서 착수한 계획에 대한 세부 사항을 전화로 간략하게 설명해 주었다. 고심 끝에 잠재적 피해자로 추정된 남성들에게 사전 경고를 했다고 했다. 하지만 설명하는 내내 계획이 성공할 거라고 확신하지 못하는 듯한 뉘앙스를 풀풀 풍겼는데, 나 역시 고든과 같은 생각이었다. 지금 당장 통화가 절실했지만 고든은 전화를 받지 않았다. 급히 전화해 달라는 메시지를 남겼는데 8시 30분이 다 되어서야 전화가 걸려왔다. 그 시각 나는 옷을 챙겨입고 주방을 이리저리 서성이며 피터를 기다리고 있었다. 오늘이 무슨 날이며 내가 최근 얼마나 불안해했었는지 잘 알면서도 피터가 여기에 없다는 사실에 조금 화가 났다. 불안은 주말을 거쳐 지난 며칠간 훨씬 심해졌고 특히 밤에는 견디기 힘들 정도로 극심해졌다. 우리가 입을 맞출 뻔했던 그때. 불현듯 떠오른 생각을 얼른 머릿속에서 밀쳐냈다.

어제는 피터가 내 곁에 있어 주었다. 근처 술집에 가서 로스트비프와 이것저것을 곁들인 선데이 로스트를 점심으로 먹고 왔다. 대규모 보수 공사를 마치고 새로운 경영방침으로 다시 문을 연 가게였는데, 칸막이가 설치되어 안락하게 앉을 수 있는 공간이 생겼고 트러플 매시트 포테이토와 버섯 리소토 같은 고급스러운 메뉴를 새롭게 선보였다. 전에는 에그 앤 칩스 같은 음식을 팔고, 삐걱대는 나무 테이블 위에는 팔이 쩍쩍 달라붙는 코팅지 메뉴판을 올려 두던 가게였었다. 어쩐지 예전 모습이 조금 그리워졌다.

점심을 먹고 집에 돌아와 빵빵한 배를 부여잡은 채 소파에 널브러져 텔레비전을 켰다. 데이비드 애튼버러의 자연 다큐멘터리 1화를 보기 시작한 지 얼마 지나지 않아 메간이 나타났다. 일요일 오후 요가 수업을 마친 뒤 생기있고 윤이 나는 얼굴을 뽐내며 들어왔다. 메간이 오는 줄은 이미 알고 있었다. 오늘 집에 와도 괜찮은지 일찍이 피터가 물어봤었는데, 날짜도 그렇고 기분도 별로이니 둘이서만 있었으면 좋겠다는 말은 당연히 하지 못했다. 어쨌든 메간에게 친절하게 대하려고 애썼고 그럭저럭 괜찮았다. 원래는 피터가 내일 새벽 6시에 해외 고객과 화상회의가 잡혀 있어서 일찍 출근해야 했기 때문에 메간은 오후까지만 우리 집에 있다가 밤에는 자기 집으로 돌아가기로 되어 있었다. 하지만 실제로는 저녁 6시쯤 갑자기 둘이서 피터의 방으로 사라졌고 거실에 있던 나는 황급히 아래층으로 내려와 혼자 주방에서 텔레비전을 보았다. 피터의 방은 2층 거실 바로 옆에 붙어 있었고 현대식 건물인 이 집은 벽이 그다지 두껍지 않았으니 거기에 계속 머물렀더라면….

45분 후 두 사람은 방에서 나왔다. 피터가 약간 멋쩍어하는 표정으로 대뜸 메간네 집에서 자고 오겠다고 말했다.

"아… 진심이야?"

아일랜드 식탁에 앉아 있던 나는 불현듯 밀려오는 실망감에 손에 들고 있던 와인 잔을 조리대 위에 천천히 내려놓았다.

"아… 뭐, 물론 괜찮지. 근데 여기 같이 있었으면 좋겠는데. 내일이 3월 1일이기도 하고…."

주방 문 바로 앞 복도에서 코트를 입고 신발을 신고 있는 메간에게 들리지 않도록 작은 목소리로 말했다. 피터는 문 쪽을 힐끗거리더니 얼굴을 찡그리며 나를 쳐다보았다.

"알아. 미안해. 메간이 거의 애원하다시피 해서. 게다가 요즘 동거하자는 이야기를 자꾸 꺼내서 약간 복잡한 상황이라 노력하는 중이거든…. 있지, 다 괜찮을 거야. 오늘 자기 전이랑 내일 눈 뜨자마자 전화할게. 카디프에서 아무 일도 일어나지 않을 수도 있잖아?"

하지만 정녕 일어나고야 말았다. 트윗을 읽자마자 곧장 알 수 있었다. 고든 역시 내 직감이 맞다고 말했다.

"연락이 늦어 죄송합니다."

고든의 목소리에 당황한 기색이 잔뜩 묻어났다.

"알람 소리를 못 듣고 계속 자버렸네요. 이랬던 적이 없었는데. 여하튼 출근하자마자 사우스웨일스에 연락해 봤는데요. 좀 더 자세한 정보를 알아보려고 노력했지만, 사건이 일어난 지 고작 세 시간밖에 안 돼서 정신이 없나 봐요. 루이스 경감님과 통화했는데 살인 사건이 맞고 피해자 이름이 데이비드인 것 같다고 하시네요. 지금 당장 말씀드릴 수 있는 건 이게 다예요. 메리 씨 혼자만 알고 계셔야 하는 거 알고 계시죠? 정보가 더 들어오는 대로 계속 알려드리도록 노력해 볼게요. 방금 워든 경감님이 도착하셔서 브리핑이 있을 예정이라…. 나중에 또 얘기해요. 메리 씨, 이미 여러 번 드린 말씀이지만 너무 걱정하지 마세요. 정말 다 괜찮을 겁니다."

고든의 작별 인사를 끝으로 전화가 끊어졌다. 갑자기 다리가 후들거려 아일랜드 식탁 의자 하나에 풀썩 주저앉고 말았다.

피터는 아침에 일어나자마자 전화한다더니 약속도 안 지키고 뭐야.

눈물이 왈칵 터질 것만 같았다. 어젯밤 이른 새벽에 숨을 헐떡이며 잠에서 깼을 땐 진짜로 울고 말았다. 온몸이 땀으로 흠뻑 젖어 있었고 쿵, 쿵, 쿵, 심장이 빠르게 뛰는 소리가 귓가를 울려댔다. 또 악몽을 꾼 듯했지만, 너무 무서워서 뇌가 지워버렸는지 자세한 내용은 기억나지 않았다. 시커먼 형상과 솟구치는 분노, 공포에 질린 비명만이 어렴풋이 기억났다. 나는 혼자서도 잘 살기 때문에 대체로 외로움을 느끼지 않는 편이다. 하지만 어젯밤에는 문득 모든 게 힘들다는 생각에 울음이 터져버렸다. 누군가가 다가와 침대에 혼자 남겨진 나를 꼭 안아 다독이며 다 괜찮을 거라고 말해 주기를 바랐다. 물론 그 말을 곧이곧대로 믿지는 않았을 것이다. 고든이 똑같은 말을 했을 때도 믿지 않았었으니까. 더욱이 일기장에 적힌 대로 가엾은 데이비드가 죽은 자의 목록에 이름을 올린 이 마당에 어떻게 모든 게 괜찮아질 수 있단 말인가. 하지만 어젯밤만이라도 누군가가 곁에서 나를 안고서 안심하라며 귓가에 속삭여 주었더라면 좋았을 텐데. 피터는 절친이라는 놈이 여태 전화 한 통 없네. 경찰을 제외하고 지금 일어나고 있는 일에 대해 알고 있는 유일한 사람인데….

속상하기보다 화가 불끈 치밀어 오르려는 찰나, 핸드폰이 울렸다.

"메리! 전화 일찍 못 해서 미안해. 괜찮아? 무슨 소식 없어?"

피터였다. 수화기 너머에서 차 소리가 들리는 걸 보니 운전 중인 듯했다. 주방 벽시계를 확인하자 9시가 다 된 시각이었다. 이 시간에 왜 사무실이 아니지? 6시 전까지 출근해야 한다고 하지 않았나?

"어디야? 이미 뉴스 떴어. 카디프에 사는 데이비드래. 몇 시간 전에 어떤 산업단지에서 발견됐대. 지금 아는 건 이게 다야. 근데 운전 중이야?"

"세상에. 응, 지금 사무실에 가는 중이야."

그의 목소리에 살짝 짜증이 섞여 있었다. 피터를 잘 아는 나로서는 목소리만 듣고도 그에게 언짢은 일이 생겼다는 걸 단번에 눈치챌 수 있었다.

"갑자기 일정에 변동이 생겨서 새벽에 잡혀 있던 회의가 취소됐거든. 그런데 메간이랑 아침을 먹다가 갑자기 심하게 다투는 바람에 좋다 말았어. 아니, 동거하자는 얘기를 계속하는 거야…. 젠장, 생각하기도 싫다. 넌 오늘 괜찮겠어? 카디프 일이 실제로 일어났다니 참 안타깝네. 아, 나 지금 주차장에 도착해서 이만 끊어야겠어. 자세한 얘기는 나중에 하자. 알았지? 그래도 웃음을 잃으면 안 돼, 메리."

"물론이지. 지금도 활짝 웃고 있는걸."

하지만 전화는 이미 끊긴 후였다. 핸드폰을 잠시 멍하니 바라보다가 조리대 위에 패대기쳐 버렸다. 그래. 여자친구랑 심하게 싸웠다니 봐줄 순 있지. 그래도 좀 더 일찍 전화할 수 있었잖아….

한숨이 절로 나왔다. 차라리 일이나 하러 가는 편이 나을 듯했다. 오늘은 혼자 있고 싶지 않았다. 바쁘고 복작복작한 곳으로 가고 싶었다. 게다가 데이비드가 누군지에 대해서 좀 더 알아봐야 했다. 아니, 누구였는지에 대해서. 그만 꾸물거리고 정신을 추슬러야 했다.

앞으로 한 달, 딱 한 달 남았다. 나에게 4주라는 짧은 시간이 주어졌듯이 경찰에게도 똑같은 시간이 주어졌다. 4주 안에 범인을 찾아내 막아야 했다. 그전에 범인을 막아내지 못한다 해도 이번엔 범인의 다음 목표가 누군지 찾아 헤매지는 않아도 되었다. 바로 나였으니까. 이제 초읽기가 본격적으로 시작되었어.

28

3월 2일 화요일

첼트넘 중앙 경찰서

"이름은 데이비드 하우얼스, 46세. 미혼입니다. 피트니스 장비 공급 업체인 핏 조인트를 운영하고 있었습니다. 러닝머신, 웨이트 운동기구, 실내 운동용 자전거 등 주로 가정용 기구들을 판매했습니다. 카디프 북쪽 라니센에 있는 파크 론디 산업단지에 본사가 있습니다."

브린 루이스 경감이 한숨을 무겁게 내쉬며 두툼한 손으로 이마를 쓱 문질렀다. 이틀 밤을 꼬박 새운 몰골이었는데, 실제로도 잠을 못 잤을 거라고 워든은 생각했다. 화요일 아침 11시가 조금 지난 시각이었으니 데이비드 하우얼스가 회사 뒤편 주차장의 축축한 땅바닥에 널브러져 있는 상태로 발견된 지 서른 시간이 다 되어가고 있었다. 브리핑을 위해 막 소집된 시어워터 작전팀 모두는 표정이 침울했다. 루이스는 구깃구깃한 셔츠 차림에 두 눈이 새빨갛게 충혈되어 혼이 나간 듯한 얼굴을 하고 있었다.

"데이비드가 미혼이라는 점은 이전 두 피해자와 일치합니다. 하지만 그게 다예요. 나머지는 다 틀렸습니다, 여러분. 우리가 완전 잘못 짚었어요. 데이비드 하우얼스의 부친인 폴은 테스코 매장 계산원이고, 모친인 안젤라는 사무실 청소원입니다. 외동아들을 잃어 충격을 많이 받은 상태인데, 유명한 부모도 아니고 범죄와도 아무런 연관성이 없습니다. 둘 다 범죄와는 거리가 먼 직업이고 범죄기록도 없습니다. 주차 위반 딱지 하나도 없이 깨끗해요. 빌어먹을, 결국 저희가 도시를 떠나라고 경고했던 수많은 데이비드들은…."

루이스는 고개를 내저었다.

"몰랐잖아요. 그래도 시도해 볼 만한 조치 아니었나요? 범죄 연관성은 어차피 직감일 뿐이었잖아요. 제대로 짚었더라면 다음 피해자를 구할 수도 있었던 거잖아요? 아무것도 안 하는 것보다 훨씬 낫죠. 안 그래요?"

프리야 톰슨 경감이 부드러운 목소리로 말했다. 이에 루이스가 광활한 어깨를 으쓱대며 대꾸했다.

"그렇긴 하죠. 그래도 속상하긴 매한가지예요."

또다시 한숨을 푹 내쉬며 종이 한 장을 화면에 흔들어 댔다.

"아, 건진 게 하나 있기는 합니다. 범죄 연관성은 못 찾았지만, 폴 하우얼스가 몇 년 전에 복권에 당첨돼서 신문에 난 적이 있더라고요. 수백만은 아니어도 30만 파운드(약 5억 원 - 옮긴이) 정도로 꽤 큰 돈을 받았어요. 당시 60대 후반이었으니 은퇴하고 편하게 살 수도 있었을 텐데 슈퍼마켓 일이 너무 좋아서 계속하겠다고 했대요. 테스코 상부 쪽에서 감명을 받았는지 지역 신문에다 기사를 냈습니다. 유명하거나 저명한 부모라고 할 수 있을지는 모르겠지만 지역사회에서는 굉장히 유명합니다. 사람들이 좋아하기도 하고요. 복권 당첨금 일부를 떼어낸 돈으로 아들한테 회사를 차려 줬다고 하더라고요. 당시에는 데이비드가 작은 체육관에서 개인 트레이너로 일하면서 돈을 얼마 못 벌 때라 아버지가 투자해 준 돈으로 핏 조인트 회사를 세우고 운영한 거죠."

회의에 참석한 모두가 새로운 정보를 받아들이느라 침묵에 잠겼다. 이윽고 린다 레이크 경감이 먼저 입을 열었다.

"네. 흥미롭네요. 저는 여전히 살해 동기가 피해자의 부모와 어떻게든 관련이 있다고 봅니다. 범죄 연관성은 잘못 짚었을지 몰라도 부모님에 대해 저희가 조사한 결과를 한번 보세요. 판사, 부유하고 수상쩍은 사업가, 복권 당첨자… 그리고 다음 차례가 유명 작가잖아요. 여전히 딱딱 들어맞는데요? 이 중 누구도 평범하지 않아요. 어떤 방식으로든 눈에 띄는 사람들이라고요. 한데 범행 동기가 여전히 미궁이네요. 이 사람들을 죽여서 범인이 이득 보는 게 뭘까요? 돈 문제는 아니었잖아요. 데이비드 하우얼스에게서도 돈은 훔쳐 가진 않았죠?"

루이스는 고개를 끄덕였다.

"네. 다른 피해자들과 똑같습니다. 빠르고 깨끗하고 효율적으로 죽였어요. 훔쳐 간 물건도 전혀 없고요. 피해자가 차에서 내리려는 순간 공격한 듯합니다. 차종은 검은색 레인지로버 이보

크입니다. 굉장히 고급진데다 출고한 지 얼마 안 돼 보였는데, 차에 키를 꽂아 둔 채로 바닥에 널브러져 있었습니다. 사인은 다른 피해자들과 마찬가지로 둔기에 의한 두부 손상이지만 앞쪽에서 공격당했다는 점이 다릅니다. 현장에서 범행 도구는 발견되지 않았습니다. 주차장 조명이 어두컴컴하니 이번에도 온몸을 검은색으로 두르고 숨어서 피해자를 기다리고 있었을 겁니다. 불쌍한 데이비드는 꽤 건장한 체격이었지만 제대로 싸워보지도 못하고 당했겠죠. 차 문을 열자마자 범인이 달려들었을 테니까요."

"그럼 이번에도 감식 결과에서 별로 나온 게 없겠네요?"

워든이 물었다. 오늘도 워든 옆에는 고든이 앉아 있었는데, 그녀는 손가락처럼 가늘고 작은 초콜릿 비스킷 한 봉지를 뜯어 워든이 앉아 있는 탁자 쪽으로 쓱 밀었다.

"고마워요."

워든이 소리죽여 말하며 비스킷 하나를 집어 들었다. 정신없이 바빠서 어제부터 먹은 게 별로 없어서인지 갑자기 허기가 돌았다.

"정확합니다. 감식 결과는 물론 감시 카메라에서도 건진 게 없어요. 산업단지와 건물로 진입하는 도로에 카메라가 쫙 깔려 있는데 피해자가 출근하기 몇 시간 전부터 차량이나 도보로 수상한 사람이 들어온 흔적은 없었습니다. 카메라에 찍힌 사람은 모두 신원이 확인되었고, 그 장소에 있어야 할 정당한 이유가 있었습니다. 또한 이른 새벽에 본인이 상주해야 할 건물을 벗어나

핏 조인트 쪽으로 걸어가는 사람 역시 없었어요. 경비원 말로는 데이비드가 습관처럼 매일 똑같은 시간에 출근했었대요. 범인이 누구든 미리 죽일 계획을 짜고 피해자를 감시했다면 어느 시간이 제일 좋을지 쉽게 정할 수 있었을 거예요. 이른 새벽 동이 트기 전 어둡고 조용한 장소에서 팍!"

"범인이 주차장에는 어떻게 들어간 거죠?"

고든이 물었다. 아랫입술에 묻은 비스킷 부스러기를 털어내며 미간을 찌푸린 채 화면에 비친 루이스를 쳐다보았다.

"건물 앞쪽에는 감시 카메라가 설치되어 있으나 뒤쪽에는 없습니다. 게다가 주차장 바로 뒤편은 공터예요. 낡은 화학 공장이 수년간 있었다가 얼마 전에 철거됐는데, 개발업자가 거기에 호화로운 아파트를 새로 짓는다는 뜬소문이 나돌고 있습니다. 아무튼, 그쪽으로 들어왔을 가능성이 가장 큽니다. 울타리가 1.5미터 정도이니 범인 정도의 체력이면 거뜬히 넘고도 남죠. 게다가 공장 부지 보안이 상당히 허술해요. 감시 카메라가 전부 다 입구 쪽 큰길만 비추고 있어서 가장자리 쪽은 카메라에 찍히지 않고 출입할 수 있는 곳들이 많습니다. 부지가 방치되어 있는 동안 쓰레기 불법 투기범이며 약쟁이며 온갖 사람들이 그쪽으로 들락날락했어요. 어두컴컴할 때였으니 범인한테는 껌이었겠죠. 1일 새벽에 검은 옷차림으로 조깅하는 사람이 찍혔는지 인근 도로 영상을 전부 찾아보는 중인데 아직까진 아무것도 나온 게 없습니다. 그동안 봐서 아시겠지만 굉장히 똑똑한 놈입니다. 카메라를 요리조리 잘도 피해 다니잖아요. 뭐가 나올 거라고 기대하지는 않습니다."

또다시 정적이 내려앉은 가운데 톰슨이 한숨 쉬는 소리와 레이크가 "제기랄."이라고 작게 중얼거리는 목소리만 울려 퍼졌다.

"범인이 아무것도 훔쳐 가지 않았지만, 피해자가 꽤 부자이기는 하네요. 복권에 당첨된 부모님 덕분에 규모가 크지는 않아도 괜찮은 사업체를 운영하고 있었잖아요. 사망 후 회사는 누가 물려받나요? 상속을 노리고 죽였을 가능성은 없나요?"

고든의 질문에 루이스는 고개를 가로저었다.

"그럴 리는 없어요. 아까 말씀드렸듯이 데이비드 하우얼스는 미혼에 자녀도 없습니다. 게이였고 오래 사귀었던 사람이 몇 명이 있었는데, 1년 전에 마지막 남자 친구와 헤어진 이후로는 간간이 데이트만 했다고 합니다. 부모님과 사이가 좋아서 아들에 대해선 모르는 게 없을 정도였대요. 최근에는 사업을 키우는 데 집중하느라 연애할 시간이 없었답니다. 가장 최근에 만났던 남자 친구인 대런 에지라는 남성을 만나 혹시 도움이 될 만한 게 있는지 알아볼 예정이긴 한데, 사람들 말로는 두 사람이 좋게 헤어져서 여전히 친구로 지내고 있다고 하네요. 아 참, 회사를 누가 물려받냐고 물어봤었죠? 가장 가까운 혈족인 부모에게 넘어갑니다. 현재로서는 데이비드를 왜 죽였는지는 알 길이 없습니다."

"리사 터너와 제인 홀랜드와 똑같군요."

레이크가 침울한 목소리로 말했다. 뒤이어 고든이 조용히 입을 열었다.

"메리 엘리스도요. 이제 메리 씨 차례네요?"

"어떻게 지냅니까?"

톰슨이 물었다. 고든은 머그잔을 들어 커피를 한 모금 마시고 다시 내려놓았다.

"어제 두어 번 통화했는데 괜찮은 듯합니다. 이번 주에 만나서 4월 1일 당일과 그전까지 어떻게 할 건지에 대한 구체적인 계획을 세우기로 했습니다. 현재로선 씩씩하게 버텨내고 있습니다."

"근데 참 이상한 놈이네요."

톰슨이 코를 만지작대며 운을 뗐다.

"피해자에게 언제 죽이겠다고 미리 알려주면 죽일 수 있는 확률이 줄어든다는 것쯤은 범인도 알았을 텐데요. 전에 말했었던 과격한 방법을 쓴다면 몰라도 메리에게 접근하는 것 자체가 불가능하지 않습니까? 대체 미리 경고한 목적이 뭘까요? 이중 속임수인 걸까요? 4월 1일에 진짜로 죽일 사람은 따로 있는데 주의를 분산시키려고 메리를 이용한 걸까요?"

"그럴지도 모르죠. 어쩌면 시작에 불과한 걸지도 몰라요. 편지에 적혀있던 '두 명 죽였고 두 명 남았다'라는 말도 이중 속임수이고, 또 다른 다이어리에 다른 이름과 날짜를 적어 보낼지도 모르는 일이죠. 당최 뭐 아는 게 하나도 없으니 답답한 나머지 무섭기까지 하네요. 살면서 이렇게 무기력하기는 처음이에요."

레이크가 말을 하는 동안, 루이스는 왼쪽으로 몸을 기울여 화면 밖에 있는 누군가와 대화를 나눴다. 잠시 후 괴로움이 가득

찬 표정으로 카메라 쪽으로 몸을 숙이며 말했다.

"이런 젠장."

그러고는 곧바로 사과했다.

"죄송합니다. 나쁜 소식입니다. 데이비드 에번스라는 작자가 눈치를 챈 것 같습니다. 데이비드 리스트에 올랐던 사람인데, 데이비드 하우얼스 살인 소식을 듣고 저희가 도시를 떠나라고 했던 것과 용케도 연관 지었나 봐요. 문제는 부친인 알윈 에번스가 BBC 심루 웨일스에서 오랫동안 범죄 전문 리포터로 일해왔어요. 경찰 수사에 악영향을 미칠 수 있으니 비밀로 해달라고 아주 간곡하게 부탁했는데도 데이비드 에번스가 부친한테 다 불었나 보군요. 알윈 에번스가 언론사에 터트리는 바람에 오늘 밤 6시 뉴스에 나올지도 모르겠는데요."

"맙소사. 저희가 가장 두려워했던 일이 결국 터졌군요."

레이크의 말을 끝으로 잠시 침묵이 흘렀다.

워든이 목청을 가다듬고 침울한 표정으로 말했다.

"다들 바짝 긴장하세요. 상황이 더 심각해질 것 같습니다."

29

3월 3일 수요일

지난 이틀이 어떻게 지나갔는지 모르겠다. 겉으로는 평소와 똑같이 행동하려 노력했다. 더 허브의 내 책상 앞에 앉아 자료를 조사하고 전화를 돌리고 앨리와 가이, 스튜와 대화를 나눴으며 에드워드와 사티시를 몰래 피해 다녔다. 퇴근 후엔 여느 때처럼 피터와 저녁을 먹으며 수다를 떨었다. 지난 일요일 밤 나 홀로 집에 남겨둔 채 메간의 집으로 자러 간 피터가 아직 조금 밉다가도, 그런 감정을 느끼는 나 자신에게 되레 화가 났다. 두 사람은 연인 사이였으니 피터가 메간의 집에서 자고 오든 말든 내가 상관할 바가 아니었다. 더군다나 일요일 밤은 내 차례가 아니었으니 내 목숨이 위험했던 것도 아니었지 않은가. 하지만 피터는 그날 밤 내가 얼마나 걱정과 불안에 떨었었는지 잘 알고 있었다. 그런 나를 혼자 내버려 두고 갔다는 사실에 적잖이 충격을 받았지만, 한편으로는 피터에게 너무 절박하게 매달리지 말자는 이성적인 생각이 고개를 들이밀었다. 진짜 중요한 날이 되면 곁에 있어 줄 거야. 몇 주 후 내 차례가 되면 함께 있어 줄 거라고. 그러니 부디 이번 한 번은 봐주자.

오늘은 수요일이었고, 데이비드 하우얼스가 살해된 지도 이틀이 지났다. 고든 경장은 언제나처럼 기본적인 정보들만 말해줄 뿐 내가 원하는 세부 사항은 알려주지 않았고, 뉴스 사이트를 뒤지며 새로운 정보를 찾아보아도 지난 월요일에 알려진 내용에서 추가된 부분은 많지 않았다. 인터넷에 올라온 데이비드의 사진을 하도 오래 쳐다봐서 얼굴을 외울 정도였다. 마흔여섯 살이었지만 머리가 일찍 세서 희끗희끗했고, 하얗게 센 수염이 깔끔하게 다듬어져 있었다. 잘생긴 얼굴에 코는 길고 오뚝했으며 치아는 희고 가지런했다. 데이비드를 다룬 기사들은 모두 그의 아버지가 복권에 당첨되었다는 내용에 초점이 맞춰져 있었다. 아버지가 당첨금을 사업에 보태준 사실만 제외하면 데이비드는 평범한 인생을 살아온 듯했다. 언론은 이 사건을 단순한 살인 사건으로 취급했고, 영국에서 만연한 무차별 폭력으로 인해 사업가 한 명이 자신의 회사 밖에서 특별한 이유 없이 살해되었다고 보도했다. 그런데 어젯밤 깜짝 놀랄 일이 일어났다. 어젯밤에는 이 모든 일로 인한 스트레스로 기진맥진한 채 일찍 잠자리에 들었었다. 앞으로 몇 주 동안 스트레스가 더욱 심해질 것 같다는 불길한 예감이 나를 괴롭혔다. 방 안을 따뜻하게 비추는 침대 옆 램프 하나만 켠 채 이불 안으로 들어가 태블릿으로 BBC 뉴스 사이트에 접속했다. 자기 전에 마지막으로 최신 기사를 살펴보던 순간, 그대로 얼어붙고 말았다.

경찰, 카디프에서 사업가가 살해되기 전 살인 협박에 대해 '사전 경고'

심장이 마구 뛰기 시작했다. 머리기사를 다시 한번 읽은 다음 눈을 아래로 움직이며 정신없이 기사를 훑어 내려갔다. 범죄 전문 베테랑 리포터인 알윈 에번스가 쓴 기사였는데 그가 쓴 다른 기사들을 읽어 본 적이 있었다.

BBC는 사우스웨일스 경찰이 일요일 밤 카디프 지역에서 살인이 발행할지도 모른다는 사실을 사전에 알고 있었다는 정보를 입수했다. 라니센에서 사업체를 운영하던 46세 데이비드 하우얼스는 월요일 새벽 파크 론디에 위치한 본인 소유의 회사 주차장에서 사망한 채로 발견됐다. 사인은 치명적인 두부 손상으로 알려졌으며, 가해자가 누구인지는 아직 밝혀지지 않았다.

최근 입수한 정보에 따르면, 경찰은 살인이 일어날 가능성에 대해서는 미리 알고 있었지만 피해자의 정확한 신원에 대해서는 자세히 알지 못했던 걸로 추정된다.

한 소식통은 BBC와의 인터뷰에서 경찰이 데이비드라는 이름을 가진 다수의 남성에게 연락해 3월 1일 24시간 동안 "집에 숨어있거나 가능하면 도시를 떠나라"고 권고했다고 전했다.

소식통은 "구체적인 이유는 설명하지 않았고, 누군가 목숨을 노린다는 제보가 들어와서 잠재적 피해자들에게 미리 경고하는 중이라고만 말했다"고 덧붙였다.

이와 관련하여 사우스웨일스 경찰서에 해명을 요구하였으나 현재 진행 중인 수사에 방해가 될 수 있음을 강조하며 대답을 거부했다. 데이비드 하우얼스를 죽인 범인은 여전히 행방이 묘연한 상태이다.

기사를 두 번 정독한 뒤, 태블릿을 천천히 내려놓았다. 제길. 누군가 입을 놀렸네.

고든에게 들은 바에 의하면 데이비드 리스트에 있는 사람들에게 3월 1일 이전에 미리 경고할 때 중대한 수사에 심각한 방해를 초래할 수 있으니 누구에게도, 특히 언론에는 절대 누설하지 말라고 확실하게 전했다고 했다. 그럼에도 누군가가 발설한 것인데, 사건에 어떤 영향을 미칠지는 정확히 알 수 없었다. 시민을 안전하게 보호해야 하는 사우스웨일스 경찰의 능력에 대한 인식에는 아마도 영향을 미치겠지. 사건 전체에도 어떤 영향을 미칠까? 설마 아니겠지.

알윈 에번스는 카디프 살인 사건이 연쇄 살인범의 세 번째 범행인 줄은 까맣게 모르고 있었다. 기사를 세 번째 읽어 내려가면서 나 스스로를 안심시키려 애써보아도 불안은 진정될 줄을 몰랐다. 불을 끄고 누웠지만 밤새 잠을 설쳤다.

다음 날 아침 피터가 출근하자마자 곧장 고든에게 전화를 걸었다.

"네. 루이스 경감님과 팀원들 모두 화가 머리끝까지 났습니다. 정보를 흘린 사람이 누군지는 알아냈지만, 죄송하게도 이름을 밝힐 수는 없어요. 하지만 발설한 사람은 물론이고 리스트에 올랐던 데이비드 전원과 기사를 썼던 리포터에게 재차 경고했습니다. 주요 언론사들에 BBC 기사에 대한 후속 보도를 삼가달라는 공문도 보냈고요. 수사가 중대한 단계에 있는 현시점에서 추측성 보도가 더 나올 시 수사에 엄청난 지장을 줄 수 있다고 에디터들에게 당부했습니다. 지금까지는 다들 잘 협조하고 있는 듯하니 앞으로도 그러길 바라고 있습니다. 이제 범인을 잡을 기회는 딱 한 번 남았어요, 메리 씨. 연쇄 살인마가 활개를 치고 다닌다고 온 나라가 소란스러워지는 일이 벌어져선 안 됩니다. 만에 하나 범인이 잠적해 버리기라도 한다면 영원히 못 찾을 수도 있어요. 무서운 말일지는 몰라도 범인이 메리 씨를 노리도록 계속 유인해야 합니다. 혹시 이번 주에 만날 수 있을까요? 저희도 가능한 한 빨리 제대로 된 계획을 세워야 해요."

침을 꼴딱 삼키며 앞에 놓인 커피잔을 집으려는데 손이 덜덜 떨려와 바로 포기했다.

"범인을 잡을 기회는 딱 한 번 남았어요, 메리 씨. 범인이 메리 씨를 노리도록 계속 유인해야 합니다."

고든의 말이 머릿속에 울려 퍼졌다. 내가 해낼 수 있을까? 진짜로?

"좋아요. 저는 언제든 괜찮으니 경장님 일정 확인하시고 가능한 시간에 연락 주세요."

"고마워요, 메리 씨. 그럼 최대한 빨리 다시 연락드리겠습니다."

전화를 끊고 나서도 한참을 멀뚱히 앉아 있었다. 머릿속에 생각의 파편들이 떠올라서 이리저리 흩어져 떠돌다가 늘상 그렇듯 뒤죽박죽이 되어 버렸다. 순간, 놀랍게도 엉망진창이던 생각의 파편들이 서서히 다시 한데 모이더니 깔끔하게 정리되기 시작했다. 지난 며칠 동안 결심했다 포기하기를 수백 번은 반복했었는데 갑자기… 확신이 섰다. 커피잔을 향해 다시 내민 손이 더는 떨리지 않았다. 미지근해진 커피를 천천히 한 모금 들이켜고 숨을 깊게 들이마셨다. 그래, 한번 해보자.

여전히 머릿속에서만 맴도는 말이었지만, 너무나도 크고 또렷해서 목청껏 내지른 소리처럼 방 안 가득 메아리치듯 울려 퍼졌다. 한번 해보자.

도망치지 않을 것이다. 경찰과 함께 안전 가옥에 숨지도 않을 것이다. 4월 1일, 나를 죽이러 오는 살인자를 바로 여기에서 기다릴 것이다. 범인이 꼭 나타날 거라는 느낌이 왔다. 이곳에서 놈과 당당하게 맞서고 말 테다. 범인이 다이어리에 메리 엘리스라는 이름을 적을 당시에는 절대 알지 못했을 진실을 말할 때가 왔다.

사실 14년 전 화재와 그 화재로 인해 죽은 사람들, 그 이후에 일어난 일들을 말할 때 모든 이야기를 속속들이 털어놓은 것은 아니었다. 누구에게도 말하지 않은 비밀이 있었다. 피터에게조차도 말하지 않은 비밀이었다. 지금껏 내가 말해온 이야기는…

거의 진실에 가깝기는 했다. 그러니까 완벽하지 않다는 말이다. 살짝… 왜곡된 진실이랄까.

살인자가 원하는 사람은 유명한 작가 그레고르 엘리스의 딸, 메리 엘리스였다. 편지에 성과 이름을 정확하게 명시하지 않았는가.

하지만 범인은 메리 엘리스를 죽일 수 없다. 불가능했다.

왜냐하면 메리 엘리스는 이미 죽었으니까.

30

3월 3일 수요일

내 이름은 어맨다 아처다. 이 이름을 입 밖으로 말하니 기분이 이상하다. 오랫동안 메리 엘리스라는 이름으로 살아오면서 가끔은 내가 누구인지 잊고는 했다. 과거에 내가 누구였는지 말이다. 나는 브리스틀에서 외동딸로 태어났다. 어머니는 폭력을 일삼던 마약 중독자였고, 아버지는 한 번도 만난 적이 없었다. 어머니는 아버지가 누구인지 말해주지 않았고 나 역시 굳이 캐묻지 않았다. 어머니가 함께 어울리던 약쟁이 중 하나라고 늘 짐작만 할 뿐이었다. 어린 시절에 대한 기억을 잊으려 애쓴 덕분에 남아 있는 기억은 많지 않았다. 온몸에 멍이 든 채 추위에 덜덜 떨던 기억, 지저분한 침대에 오래도록 혼자 남겨졌던 기억, 너덜너덜한 옷과 기름진 머리 때문에 학교에서 따돌림을 당했던 기억, 다른 아이들과 어울리게 해주려던 선생님의 노력이 무상하게도 쉬는 시간마다 운동장에 덩그러니 혼자 앉아 있던 기억만이 희미하게 남아 있었다. 그때는 학교가 요즘처럼 아동 보호에 관심이 많지 않았기 때문이었을까, 아니면 내가 지금처럼 아무런 문제가 없는 척하는 데 능숙했기 때문이었을까. 이유가 어떻든 아홉 살이 되어서야 누군가가 내 딱한 상황을 알아차렸다. 9월의 어느 오후, 수업이 끝난 뒤 나는 여느 때처럼 제일 마지막까지 남아 엄마가 데리러 오기를 기다리고 있었다. 그때 담임이었던 로츠 선생님이 내 옆에 웅크리고 앉았다.

"괜찮니, 어맨다? 집에서도 잘 지내고?"

선생님이 물어보기 전까지 나는 집에서 느끼던 공포를 너무 꾹꾹 눌러 담고 있어서 어떤 날에는 몸이 아팠다. 뱃속 깊이 통증이 느껴졌지만 배고픔 때문은 아니었다. 슈퍼마켓 대신 마약상을 찾아가던 엄마 덕분에 극심한 굶주림에는 이미 익숙해져 있었다. 그런데 그날은 이상한 일이 벌어지고 말았다. 예기치 않게 갑자기 감정이 봇물 터지듯 터져버렸다. 선생님은 발작하듯 흐느끼는 나를 꽉 안아 다독여 주며 오늘부터 모든 게 바뀔 거라고 말했다.

"선생님이 약속할게."

결연한 목소리로 내 귀에 대고 속삭였다. 눈물로 얼룩진 내 뺨에 닿던 스웨터의 부드러운 감촉, 섬유 유연제와 향수가 어우러져 달곰하게 피어오던 꽃향기, 등을 쓰다듬어주던 부드러운 손길은 아직도 내 머릿속에 남아 있었다. 선생님 말대로 그날 이후로 정말 모든 것이 바뀌었다. 집이라고 부를 수도 없던 그곳으로 두 번 다시 돌아가지 않았다. 곧바로 임시 위탁 가정에 배정되었고 레드랜드에 자리한 아늑한 집에서 조시와 에릭이라는 중년

부부와 2주 동안 함께 살았다. 난생처음으로 내 방이 생겼고 스노이라고 불리던 하얀 고양이와 함께 바비가 그려진 분홍색 이불을 덮고 잤다. 조시와 에릭과 쭉 같이 지냈더라면 내 인생은 순탄했을 것이다. 어쩌면 여전히 어맨다 아처로 지냈을지도 모르겠다. 하지만 불행하게도 이후 여러 위탁 가정을 전전해야 했고 그 어떤 것도 쉽지 않았다.

지켜야 할 규칙과 매일 반복되는 일상은 낯설기만 했고 다른 아이들과 함께 사는 생활도 생소했다. 얼마 못 가 '어려운' 아이로 분류되었고 '영구' 위탁 가정에 영구적으로 머무르지 못했다. 열두 살이 되던 해 마침내 어머니가 약물 과다로 세상을 떠났고, 이후에는 혼자만의 세계로 더욱 깊숙이 빠져들었다. 나를 돌봐야 하는 위탁 부모들에게 더욱 감당하기 힘든 아이가 되어 갔다. 이 집에서 저 집으로, 이 가족에서 저 가족으로, 심지어 이 학교에서 저 학교로 다섯 번을 옮겨 다니며 누구에게도 마음을 붙이지 못했다. 마치 규칙을 모르는 게임에 참여한 기분이었다. 하지만 신기하게도 학교에서 점차 두각을 드러내기 시작했다. 전에 없던 영양가 높은 음식과 제때 밥을 잘 챙겨 먹었기 때문이거나 약에 취한 엄마가 하루가 멀다고 친구들을 데려와 침대 끝에서 파티를 벌여대는 소리에 깰 필요 없이 잠을 깊이 잘 수 있었기 때문일 것이다. 아니면 언젠가 어머니가 찾아와 악몽 같은 예전의 삶으로 되돌아가야 할지도 모른다는 두려움에서 마침내 해방됐기 때문일 수도 있었고, 다른 세계로 도피하기 위해 책에 빠져들었기 때문인지도 모르겠다. 어찌 됐든 나는 나날이 발전했다. 역사와 영어를 가장 좋아해서 열네 살 때부터는 두 과목 모두 반에서 1등을 독차지했다. 여전히 같은 반 친구들에게는 호기심의 대상일 뿐 친구라고는 하나도 없었지만, 적어도 어느 정도 자존감이 생겼고 친구들 역시 내 성적만큼은 부러워했다.

메리 엘리스를 처음 만난 건 런던 시내에 있는 세인트 조지 대학의 에이 레벨 프로그램에 등록했을 때였다. 대학에서는 통학도 허용했지만, 아버지와 함께 영국에 갓 도착했던 메리는 1년 동안 기숙사에서 생활했다. 메리의 아버지는 유명 작가였고, 그 사실을 알게 된 동기들과 교수들은 호들갑을 떨어댔다. 메리는 코츠월드에서 커다란 집에 살고 있었는데, 아버지는 주말마다 꼬박꼬박 집에 와야 한다고 우기면서도 주중에는 새 소설 집필에 집중해야 하니 기숙사에서 지내게 했다.

영어 수업 시간에 메리가 먼저 내 옆자리로 다가와 앉았다. 그런 다음 웃음을 띤 얼굴로 나를 쳐다보았고 잠시 서로를 바라보던 우리는 동시에 배시시 웃었다. 그날 나는 빨간색 터틀넥 스웨터 차림에 길고 검은 머리카락을 어깨 너머로 내려뜨리고 있었는데, 메리 역시 거의 똑같이 생긴 빨간 스웨터를 입고 똑같은 색깔과 길이의 머리카락에 굵게 웨이브를 넣어 얼굴 옆으로 늘어뜨리고 있었다. 의심의 여지 없이 메리는 나보다 더 예뻤지만, 우리는… 쌍둥이까지는 아니더라도 자매처럼 보일 정도로 머리카락과 체격, 짙은 갈색 눈동자, 심지어 코까지 닮아 있었다.

그렇게 나에게도 드디어 친구가 생겼다. 지금은 내가 메리 엘리스라는 이름으로 살고 있었으니 그동안 메리의 이야기를 내 이야기인 척 떠들어 왔다. 성장 배경과 과거 역시 모두 메리의 이야기였지만, 거짓말을 하고 있다는 느낌은 시간이 갈수록 사라졌다. 우리의 삶이 아주 많이 닮아있었기 때문이었다. 나는 어렸을 때 어머니가 죽었고 아버지는 누군지 몰랐다. 메리 역시 고작 세 살 때 어머니가 암으로 세상을 떠나 어머니에 대해 잘 알지 못했다. 메리는 저택에 살면서 헬기를 타고 부와 특권을 누리며 나와 동떨어진 삶을 살았지만, 여전히 우리 사이에는 공통점이 많았다. 그레고르 엘리스는 아내를 잃은 슬픔에 빠진 채 장장 14년 동안 어린 딸을 데리고 여러 나라를 옮겨 다녔다. 독일과 스페인, 브라질, 어느 나라를 가든 몇 달 이상을 머무르지 못하고 다시 짐을 꾸려 새로이 영감을 얻을 곳을 찾아 비행기를 타고 훌쩍 떠났다. 나보다야 규모가 훨씬 더 크긴 했지만, 메리 역시 나와 마찬가지로 정처 없이 떠돌아다니며 친구 하나 없는 고독한 어린 시절을 보낸 것이다. 그렇게 우리는 똑 닮은 빨간 스웨터 차림으로 브리스틀의 한 교실에서 만나 곧장 친구가 되었고 몇 주 후에는 떼려야 뗄 수가 없는 사이가 되었다.

그러던 어느 주말, 메리에게 초대받아 펀베리 홀에 있는 집을 처음 방문한 나는 감탄을 금치 못했다. 그토록 으리으리한 집 안으로 들어가 보기는 처음이었다. 15세기에 지어진 저택은 마치 영화 속에서 튀어나온 집 같았다. 이런 집에 실제로 사람이 산다고? 진짜 사람이?

믿을 수 없다는 표정으로 아연하게 서 있는 나를 보고는 메리가 방긋 웃으며 다가와 집안을 구경시켜 줬다. 부지가 8천 제곱

미터에 달하는 저택에는 침실만 여덟 개에 테니스장까지 딸려 있었고, 잘 가꾸어진 잔디밭 중앙에는 이탈리아식 분수대가 놓여 있었다.

"1410년에 처음 지어졌대."

그레이트 홀을 지나며 메리가 말했다. 홀의 바닥은 판석으로 뒤덮여 있었다. 참나무 창틀에는 창문이 깊게 나 있었는데, 납으로 된 문살이 달린 것이었다. 지금은 홀을 품격 있게 꾸며 거실로 사용하고 있다고 했다.

"동쪽 별관은 16세기 후반에 증축됐고, 서쪽은 18세기에 지은 거야."

"집에… 별관이 있어?"

내가 더듬대며 말하자 메리는 코웃음을 치며 웃었다. 메리는 미국 북동부에서 웅장하지만 비교적 현대적인 집에만 살았었기 때문에 자신이 역사적인 건물에 살고 있다는 사실에 방문자인 나만큼이나 흥분한 모양이었다.

"아빠도 이 집이 꽤 마음에 든대."

그날 밤 저녁을 먹은 뒤 벽과 바닥이 온통 나무로 만들어진 '작은 방'이라고 불리는 곳에 앉아 메리가 비밀을 털어놓듯 말했다. 그레고르는 여느 때처럼 밤늦게까지 글을 쓰기 위해 서재로 향했고, 가정부와 요리사 등 직원들은 이 집에 상주하지는 않았기에 저녁 식사가 끝나면 모두 각자의 집으로 돌아갔다. 단둘이 작은 방에 남겨진 우리는 핫초코를 홀짝였다. 커다랗고 폭신한 소파에 앉아 벽난로를 쬐며 아늑하고 편안하게 쉬고 있었다.

"이곳에 좀 더 오래 머무를 수 있을지도 몰라, 어맨다. 멋지지 않아?"

쨍, 메리가 머그잔을 내 잔에 부딪히며 말했다. 메리가 이곳에 머무르고 싶어 한다니 너무 좋았다. 메리의 억양도 좋았다. 미국식 억양이 희미하게 묻어났지만… 더 부드러워졌다. 오랫동안 여러 나라를 돌아다녀서인지 어느 지역인지는 정확하게 구분하기가 힘들었다. 나는 메리가 내뱉은 단어를 똑같이 따라 말하기를 좋아했는데, 그럴 때면 메리도 내가 한 말을 그대로 따라 했다. 그러면서 내가 영국식 'r'을 영화 속 해적들처럼 발음한다며 킥킥 웃었다.

우리가 만난 지 1년이 조금 안 된 날이었다. 희한하게도 며칠 사이를 두고 거의 동시에 열여덟이 된 지 얼마 지나지 않았던 그날, 메리와 나는 주말에 펀베리 홀에서 몇 주 뒤에 있을 기말고사 공부를 같이하기로 했다. 그 무렵 나는 드디어 위탁 가정에서 독립해 브리스틀에 작지만 깔끔한 방 하나를 빌려 혼자 살고 있었다. 메리는 불타는 금요일 밤을 보낸 후 이따금씩 우리 집에 와서 자고 갔지만, 주말이면 항상 글로스터셔로 가 아버지와 함께했다.

그날 밤은 그레고르가 평소와는 다르게 11시도 채 지나지 않은 시각에 작은 방으로 찾아와서는 고개만 빼꼼 내민 채 코감기가 걸려서 너무 피곤해서 일찍 자러 간다고 말했다.

"자꾸 눈이 감겨서 안 되겠어. 너무 늦게까지 있지 말고 일찍 자렴. 공부할 시간은 내일도 충분히 있으니까."

얼마 후 우리도 계단참에서 잘 자라는 인사를 주고받고 각자의 방으로 향했다. 손님방으로 들어가 침대에 누웠을 때 문득 내가 아직도 메리의 팔찌를 차고 있다는 사실을 깨달았다. 오후가 절반쯤 지났을 무렵, 우리는 책을 잠깐 내려놓고 메리의 방으로 가 어머니의 오래된 보석함을 뒤적거리기 시작했었다. 메리는 오랫동안 보관만 해오다가 최근 들어 관심이 가는 보석 몇 개가 생겼다고 했다. 양쪽으로 다이아몬드가 박혀 있는 아르데코풍의 화이트 골드 오팔 반지, 눈에 에메랄드가 콕 박힌 여우 모양의 펜던트, 사파이어와 자수정으로 장식된 테니스 팔찌를 보석함에서 꺼냈다. 그런 다음 팔찌를 껴보고 싶다며 오른쪽 손목에 차고 있던 팔찌를 뺐다. 메리는 자신의 이름이 새겨진 티파니 은팔찌를 늘 문신처럼 차고 다녔는데, 열여섯 살 때 그레고르에게서 생일 선물로 받았다고 했다. 메리가 테니스 팔찌를 손목에 두르고 감탄하는 동안 나는 메리의 팔찌를 집어 들었다. 꼬불꼬불한 글씨체로 새겨진 이름을 자세히 살펴보다가 한번 껴봐도 되는지 물어봤다.

"당연하지. 어차피 기분 전환 겸 저녁 먹으러 갈 때 이 팔찌 차고 가려고 했거든."

그 이후로 오른쪽 손목에 은팔찌를 끼고 있다는 사실을 까맣게 잊어버렸다가 이불 안으로 미끄러지듯 들어온 지금에야 발견하고 말았다. 별일 아니라는 듯 어깨를 으쓱이고는 그냥 끼고 자기로 했다. 괜히 뺐다가 잃어버릴지도 모르고, 어차피 메리도 팔찌가 나한테 있는 줄 알고 있을 테니 없어졌다고 걱정하지는 않을 거라는 판단에서였다. 금세 까무룩 잠에 빠져들었다가 자정이 조금 지난 시각에 잠에서 깨고 말았다. 방 안에 불길이 활활 치솟고 있었고 자욱한 연기에 목이 턱 막혀왔다. 눈앞에 악몽 같은 현실이 펼쳐져 있었다.

수년이 지난 지금도 그날 밤 화재를 떠올리면 몸서리가 났다. 그날 느꼈던 공포와 고통, 더불어 그 이후에 겪었던 일들이 너무나도 생생했다. 표백제 냄새를 풍기던 빳빳한 흰색 침대 시트 위에서 기적적으로 깨어났을 때, 적갈색 머리 경찰관이 내가 유일한 생존자이고 집은 전소되어 잿더미만 남았다고 부드러운 목소리로 말했다.

"안타깝게도 아버지는 돌아가셨습니다. 친구분도요. 정말 유감입니다."

"하지만… 저는… 잘못…."

잘못 알고 있는 거라고, 내 이름은 메리가 아니라고 말하기 위해 죽을힘을 다해 애썼다. 하지만 마른침을 삼키자 메케한 연기에 상처를 입은 목구멍이 아파 와 기침이 나오는 바람에 뒷말은 내뱉을 수가 없었다. 의식을 회복한 지 하루가 지난 그날까지도 나는 다른 사람들이 나를 메리 엘리스로 잘못 알고 있을 거라는 생각은 하지 못했다. 의사나 간호사가 나를 치료하던 중에 메리라고 불렀다고 한들 약에 취해 이름이 틀렸다는 사실을 알아차리지도 못했을 터였다. 하긴 메리라는 이름이 새겨진 팔찌를 팔에 차고 있지 않았던가. 나를 메리라고 부르며 아버지와 친구를 잃게 되어 안타깝다는 경찰관의 말을 듣자 머릿속이 복잡해졌다.

"말하려고 애쓰지 않으셔도 돼요."

그녀가 부드럽게 말하며 내 오른쪽 팔뚝에 손을 얹자 차가운 감촉이 살갗에 느껴졌다. 팔찌를 끼고 있던 손목에는 붕대가 단단히 감겨 있었고, 심재성 2도 화상을 입어 욱신거리는 통증이 둔하게 느껴졌다. 붕대는 머리에도 칭칭 감겨 있었는데, 머리카락 절반이 사라지고 없었다. 왼쪽 얼굴은 3도 화상을 입어 팔보다 상태가 더 심각했고 왼쪽 귀가 부분적으로 손상되어 추후 재건 수술이 필요하다고 했다.

"죄송하지만, 저희가 잘못 알고 있는 게 아닙니다. 메리 씨는 정말 운이 좋았어요. 물론 지금 당장이야 그런 생각이 들지 않겠죠. 아버지 일은 정말 유감입니다. 맹렬한 화재 속에서 메리 씨가 살아나온 것만으로도 기적이에요. 괴로우시겠지만, 친구분 성함을 여쭈어봐도 될까요? 가정부인 데일리 씨가 그날 집에 같이 있던 사람이 메리 씨 대학 친구인 어맨다라고 하던데, 성은 모른다더라고요. 친구분 가족에게 알려야 해서…."

그 후로도 그녀의 말이 계속 이어졌지만 한 귀로 흘려들었다. 통증과 공포, 슬픔 사이로 한 줄기 가는 빛이 내리쬐는 기분이었다. 다들 내가 메리 엘리스인 줄 알아. 확실해. 그렇다면….

경찰이 잘못 알고 있다고 사실대로 말하고 그냥 예전 삶으로 돌아갈까? 메리도 없이 브리스틀의 작은 방으로 돌아가 시험을 치르고 취업하려 애쓰며 혼자 아등바등 살아볼까? 아니면 이름 하나가 모든 걸 바꿀 수 있을까? 지금 이 순간부터 내 인생이 통째로 바뀔까? 과연 내가 잘 해낼 수 있을까? 경찰이 알아낼 방법이 있을까? 아니면 모두가 생각하는 대로 가만히 내버려 두면 내가 저절로 메리가 되는 걸까? 어차피 메리와 외모도 비슷하고 화상을 입은 데다 붕대까지 감고 있으니…. 어쩌면 가능하지 않을까? 더군다나 다들 화재로 죽은 사람이 어맨다 아처라고 알고 있지 않은가. 내가 죽었다고 말이다….

메리와 나는 혈액형이 같았다. 일전에 학교 게시판에 헌혈자 모집 안내문이 붙었던 적이 있었는데, 우리는 열여덟 살이 된 기념으로 헌혈을 하기로 했고 둘 다 아르에이치 포지티브 O형이라는 사실을 알게 되었다. 세계에서 가장 흔한 혈액형이었기 때문에 대단한 우연은 아니었는데도 우리는 혈액형이 같다는 사실에 매우 기뻐했다. 메리가 깔깔 웃으며 말했다.

"우리 둘 다 말 그대로 핏속까지 포지티브한 사람인 거네. 네거티브는 하나도 없어."

한동안은 DNA가 걱정됐다. DNA에 대해서는 학교에서 배운 적이 있었기 때문에 부검 결과 화재 현장에서 수습된 젊은 여성의 시신이 어맨다 아처가 아니라는 사실이 밝혀질까 봐 두려웠다. 하지만 어맨다의 시신과 비교할 DNA를 대체 어디에서 구한단 말인가? 나에겐 살아있는 가족이 하나도 없었으니 전혀 문제 될 게 없었다. 어맨다의 의료 기록이나 치과 기록을 살펴보면 어쩌지? 이 걱정 역시 며칠 전에 봤었던 경찰관이 병실로 다시 찾아왔을 때 말끔히 해결되었다.

"화재 조사원들이 화재가 시작된 원인을 규명하기 위해 노력하고 있습니다. 작은 방에 있는 벽난로에서 불씨가 튄 걸로 보고 있는데, 불길이 삽시간에 퍼진 이유에 대해서는…."

그녀가 어깨를 으쓱대고 말을 이었다.

"오래된 집들은… 나무로 많이 짓다 보니… 불길이 순식간에 번지거든요. 참, 메리 씨. 가능한 한 빨리 장례식을 치르고 싶다고 하셨잖아요. 내일부터 유골 인도가 가능하니 편하실 때 장례 담당자에게 연락해서 바로 진행하시면 됩니다. 다시 한번 삼가 조의를 표합니다. 메리 씨 말 대로 불쌍한 어맨다의 가족은 찾지 못했습니다. 친구분을 위해 제대로 된 장례식을 치러주고 비석까지 세워주시다니 대단하시네요. 많이 친하셨나 봅니다."

"그랬죠."

속삭이듯 말했다. 당신이 생각하는 것보다 훨씬 더 친한 사이였지.

얼마 후, 화재 조사관이 쓴 보고서를 읽으며 잿더미 속에서 발굴한 시신 두 구 모두 처참하게 훼손되어 공식적인 신원 확인조차 불가능한 상태라는 사실을 알았다. 뼈와 치아는 물론 모든 부위가 불과 열기에 심하게 손상되어 DNA 추출이나 의료 및 치과 기록과 대조가 불가하다고 적혀 있었다. 화재가 일어났던 밤, 집 안에 누가 있었는지는 이미 모두가 알고 있었다. 그레고르 엘리스와 메리 엘리스, 메리의 친구 어맨다 아처. 그 셋 중에서 메리 엘리스만이 자기 이름이 새겨진 팔찌를 손목에 두른 채, 검은 머리를 길게 늘어뜨리고 병원 침대에 누워 있었다. 그렇다면 나머지 두 시신은 볼 것도 없이 어맨다와 그레고르 아니겠는가.

장례식은 두 개의 무덤에서 나란히 진행되었다. 밀려오는 죄책감에 가슴이 갈기갈기 찢어지는 듯한 고통을 느끼며 흐느꼈고, 내 할머니가 다부진 손으로 등을 쓰다듬으며 나를 안심시켜 주었다. 여기서 말한 내 할머니는 당연히 메리의 할머니인 설레스트다. 화상을 입고 힘들어하는 손녀를 데리러 뉴욕에서 급히 달려온 것이었다. 상심에 빠진 그레고르가 미국을 도망치듯 떠나 돌아오지 않았기에 할머니는 메리가 세 살 때 이후로 직접 본 적이 없었다. 이후 간간이 사진 속 모습만 본 게 전부였으므로 단 한 번도 내 정체를 의심하지 않았다. 나는 메리와 닮은 구석이 많은 데다가 미국 억양이 살짝 묻어나는 메리의 말투도 곧잘 따라 했고, 얼굴에 화상을 입어 붕대까지 감고 있었으니 당연했다. 게다가 메리와 처음 만난 이후로 몇 달 내내 밤늦게까지 깊은 대화를 나누었기 때문에 나는 메리의 과거에 대해서도 꽤 잘 알고 있었다. 덕분에 할머니와 다른 사람들에게 '내' 어린 시절과 '내' 아버지에 관한 이야기들을 '추억 보따리'라며 늘어놓았다. 그러다 너무 고통스러워서 과거 이야기를 오래 하기가 힘들다고 하면 그만이었다.

사실 나를 진짜로 살려낸 사람은 셀레스트였다. 뉴욕 JFK 공항에 도착한 순간부터 나는 회복하기 시작했다. 할머니는 공항에서 나오자마자 나를 에어컨이 달린 리무진에 태워 크림색 가죽 시트 위에 앉힌 뒤 캐시미어 담요를 무릎 위에 덮어주었고, 일류 의사들에게 데려가 최상의 치료를 받을 수 있도록 모든 비용을 댔다. 신체적 상처뿐 아니라 오랫동안 발붙일 데 없이 끊임없이 옮겨 다니며 항상 길을 잃고 불안해하던 마음도 잠잠해졌다. 메리를 만나 내 마음의 상처가 치유되기 시작했다면 할머니와 함께 지내면서부터는 심리적으로 안정되어 갔다. 처음 만난 순간부터 할머니가 좋았고, 얼마 지나지 않아 내 전부를 줄 수 있을 만큼 사랑하게 되었다. 함께 지냈던 4년 동안 할머니는 나에게 모든 걸 내주었다. 건강과 웃음을 되찾아 주고, 사랑과 안정감을 주었으며, 대학에도 보내주었다. 오랫동안 보지 못했던 손녀였기에 물론 돈도 물려주었다. 하지만 돈은 그다지 중요하지 않았다. 이미 그레고르에게 유산으로 물려받은 돈이 많았고 할머니가 끝내 세상을 떠나고 난 뒤에 조금 더 많아졌을 뿐이었으니까. 할머니는 재정적으로 안정된 미래보다 훨씬 더 중요한 것을 남겼다. 나는 암울했던 어린 시절을 뒤로한 채 마침내 진정한 나 자신을 찾을 수 있었고, 다른 사람을 신뢰하며 친구를 사귀고 사랑하는 방법을 배웠다. 메리로부터 시작된 여정을 할머니는 자신도 모르는 새 이어받아 나와 함께 해주었다. 몸에 난 상처는 대학 졸업 후 직장을 구하기 위해 영국으로 되돌아왔을 때까지도 여전히 흉터로 남아 있었다. 뉴욕 최고의 성형 외과의조차도 얼굴에 남은 화상흉터를 완벽하게 없애지 못했다. 하지만 나는 수술 결과에 만족했다. 얼굴과 손목의 흉터는 육안으로 거의 보이지 않을 정도였고, 부분적으로 재건한 귀는 전보다 더 굵게 다시 자라난 머리카락으로 쉽게 가릴 수 있었다. 나에게는 신체적 흉터보다 정신적으로 치유되었다는 사실이 더 중요했다. 어맨다 아처는 악몽 같은 과거와 함께 오래전에 죽고 없었다. 나는 메리 엘리스가 되어 마침내 행복해졌다. 물론 악몽도 사라졌더라면 좋았겠지만, 공포와 고통, 죽음으로 끔찍했던 그날 밤의 기억과 시뻘건 불은 앞으로도 끈질기게 날 괴롭힐 것이다.

죄책감도 괴로웠다. 처음 몇 년 동안은 누군가가 어떻게든 진실을 알아챌 거라는 생각을 떨칠 수가 없었다. 하지만 내가 무슨 짓을 했는지, 정체가 누군지 알아챈 사람은 아무도 없었다. 결국 들키지 않은 것이다. 내가 과거에 알던 사람들 모두가 어맨다 아처가 죽었다고 생각했다. 어차피 가깝게 지내던 사람도 별로 없었거니와 길을 가다 예전 학교 동기나 위탁 부모, 사회복지사 등 아는 사람을 마주친다 해도 세월이 많이 흐른 지금 내 모습을 알아보지 못할 게 분명했다.

메리의 상황도 별반 다르지 않았다. 영국에 갓 도착해 나 말고는 어울리던 친구가 없었다. 메리가 스페인이나 남아프리카 공화국에 잠깐 머물렀을 때 알게 된 사람들이 화재 소식과 그레고르의 부고에 안부 편지를 보내왔지만, 지난 수년간 다 무시했더니 결국 아무런 연락도 오지 않았다. 나처럼 메리 역시 특별히 가깝게 지내던 사람이 없었다. 할머니마저도 쉽게 속인 나였으니 언젠가 메리가 알던 사람을 우연히 마주쳐도 메리인 척 연기하며 속일 수 있을 거라는 자신감이 생겼다. 그들이 어렴풋이 기억하는 소녀가 어른이 되었고, 심지어 흉터까지 생겼으니 알아보기 힘들 터였다.

죄책감은 결코 사라지지 않았지만, 삶은 계속되었고 행복했다. 만천하에 메리로 알려져 있었으니 메리로 살기란 쉬운 일이었다.

그러니 진실을 말하자면, 연쇄 살인마가 메리 엘리스를 죽이기엔 이미 너무 늦어버렸다.

메리 엘리스는 이미 오래전에 죽었으니까.

이제 살인마에게도 진실을 알려야 할 때가 되었다.

31

3월 4일 목요일

첼트넘 중앙 경찰서

목요일 아침, 고든 경장과 나는 햇볕이 밝게 비추는 방 안에 앉아 이야기를 나누고 있었다. 테이블 위에는 맛있는 커피가 담긴 커피포트가 놓여 있었다. 마음의 결정을 내리고 나서 이상하리만치 평온한 나와 달리, 고든은 약간 긴장한 모습이었다.

"정말 하실 건가요, 메리 씨? 잠재적인 위험을 충분히 인지하고 내린 결정이 맞는지 알고 싶습니다. 누군가에게 어떤 식으로든 강요받으신 적은 없으신가요?"

고든이 매끄러운 이마에 깊은 주름을 잡고 나를 쳐다보며 물었다. 그런 다음 버번 크림 비스킷이 담긴 접시를 테이블 너머의 내 쪽으로 쓱 밀었다.

"여기요. 하나 드세요."

"고맙습니다. 저 정말 할 거예요. 강요한 사람은 없습니다. 저 스스로 내린 결정이에요."

"네, 잘 알겠습니다."

내게 반쯤 미소를 지어 보인 뒤, 앞에 놓인 노트북의 터치 패드를 톡톡 두드려 화면을 켰다.

"그럼 메리 씨가 집에 머물기로 했다고 수사팀에 알리겠습니다. 안전 가옥도 필요 없겠군요. 그날 어떻게 할지는 잠정적으로 계획을 세우는 중이니 세부 사항은 이번 주말쯤 알려드릴 수 있을 것 같습니다. 메리 씨가 진행 방식에 동의했다는 내용의 이메일도 쓰고…."

고든은 문장 몇 개를 빠르게 써 내려갔다. 나는 비스킷을 한 입 베어 물고 커피 한 모금과 함께 삼켰다. 그러고는 그녀가 메일을 다 쓰고 검토한 뒤 전송 버튼까지 누르는 모습을 옆에서 지켜보았다.

"보냈습니다."

나를 올려다보며 고든이 말했다.

"성공할지도 몰라요, 메리 씨. 저희가 잘 해낼 수만 있다면…. 범인이 이중 눈속임을 써서 메리 씨에게 모든 관심을 쏟는 동안 다른 곳을 공격하지 않고 정말 첼트넘으로 오기만 한다면…."

하던 말을 멈추고 고개를 살살 가로저었다.

"근데 경찰이 메리 씨를 보호할 거란 사실을 범인도 틀림없이 알고 있을 거예요. 4월 1일에 메리 씨 혼자 기다리고 있을 리가 없잖아요. 본인이 굉장히 똑똑하다고 생각하는 게 분명해요. 경찰보다 뛰어나서 어떻게든 메리 씨에게 접근할 수 있다고 믿고 있어요. 만약 진짜 나타나서 우리가 잡을 수만 있다면…."

"맞아요. 아니면 엄포만 놓고 아예 안 나타나거나 하루나 한 달 뒤에 나타날 가능성도 있죠. 그런데 지금껏 다른 날짜들은 정확하게 지켰잖아요. 그러니 나타나길 빌어봐요, 경장님"

고든은 고개를 끄덕였다.

"네. 이 모든 준비가 헛수고가 될지도 모른다는 거 알아요. 만약 범인이 4월 1일에 나타나지 않는다면, 음, 차선책을 마련해야겠죠. 범인의 정체를 밝혀낼 때까지 메리 씨를 안전하게 보호할 방법을 찾을 거예요. 어차피 그건 나중 일이고, 지금으로선 범인이 약속한 날짜에 나타나서 체포하는 게 제일 좋습니다. 그럼, 메리 씨도 10년에 한 번 나올까 말까 한 기삿감을 얻게 되는 거고요. 그럴 자격이 충분하시니까요."

그 말에 싱긋 웃어 보였다.

"감사합니다. 두고 보면 알게 되겠죠. 저희가 원하는 대로 흘러가기만 한다면 정말 기가 막힌 기사가 나올 텐데 말이죠."

다만 아주 신중하게 써야겠지. 기사를 어떻게 쓸지는 이미 골똘히 생각해 보았다. 살인자가 나를 죽이지 못하도록 어렵사리 설득해 냈다고만 쓰고 정확한 방법에 대해서는 함구하기로 마음먹었다. 만약 범인이 법정에서 내 이름은 메리 엘리스가 아니고 진짜 메리 엘리스는 이미 죽었다고 증언한다면 어떡하냐고? 다 지어낸 이야기라고 둘러댈 참이었다. 살기 위해 다른 사람인 척 거짓말을 했을 뿐이라고 말이다. 연쇄 살인마와 존경받는 범죄 전문 기자 중 과연 사람들이 누구의 말을 믿을까?

"아, 방금 생각났는데요, 경장님. 사실 기사에 빠진 부분이 하나 있는데, 경장님께서 좀 도와주실 수 있을까요? 데이비드 하우얼스의 친구나 친척을 인터뷰해야 하는데 연락할 만한 사람 좀 알아봐 주실래요?"

고든이 고개를 끄덕이며 말했다.

"네, 물론입니다. 사실 곧 브리핑이 있을 예정이니 루이스 경감님께 여쭤볼게요. 데이비드의 전 남자 친구가 어떨까 싶은데, 더 자세한 사항은 나중에 알려드리도록 하겠습니다."

종이에 메모한 다음, 다시 나를 쳐다보며 말을 이었다.

"다행히 언론사 쪽에서는 세 사건을 아직 연관 짓지 못했어요. 경찰이 데이비드 살인에 대해 사전에 알고 있었다는 말만 잠깐 떠들어대고 잠잠하네요. 세 사건의 연관성에 대해서는 메리 씨 기사가 나가기 전에 피해자 세 명의 유족들에게 미리 알릴 예정입니다. 인터뷰하면서 기사가 어디에 초점을 맞추고 있는지는 정확하게 설명해 주지 않으셨을 테니 피해자들이 연쇄살인마의 희생자였다는 사실이 언론에 보도되기 전에 유족들에게 먼저 알려야 해요. 참, 경찰 쪽 입장도 기사에 싣겠다던 생각은 아직도 변함없으신가요? 경찰이 왜 이 사건을 대중은 물론 피해자의 유족들에게까지 비밀로 했는지에 대해 써주시기로 하셨었죠?"

이번엔 내가 고개를 끄덕였다. 일전에 고든이 처음 이 질문을 했을 때도 기꺼이 그러겠다고 대답했었다.

"당연하죠. 경찰이 비밀로 할 수밖에 없었던 이유를 사람들도 다 이해할 거예요. 밝혔다면 전 국민이 패닉에 빠졌을 테니….

경찰이 입수한 정보가 터무니없이 모호해서 대중에게 알리는 것 자체가 불가능했었다는 사실을 이해해 주길 바라봐야죠."

사람들이 이해해 주기를 진심으로 바랐다. 사건들을 종합해 기사를 쓸 때 내 이야기 역시 신중하게 풀어내야 할 것이다. 다이어리와 그 안에 적힌 끔찍한 메시지들을 왜 대중에게 더 일찍 공개하지 않았는지 잘 설명해야 했다. 대중에게 미리 경고했어야 마땅했으며 영국에 있는 모든 제인과 데이비드에게 살인이 예고됐던 날 자신을 보호할 기회를 줬어야 했다고 주장하는 사람들이 반드시 있을 것이다. 그랬다면 수천 명이 경찰 보호를 요청했을 텐데 그 많은 사람을 한꺼번에 보호하기란 불가능하지 않은가. 그러니 비밀에 부치는 방법이 최선이었다. 지금이라도 살인마를 잡는다면 적어도 모종의 성과는 이루게 될 것이다. 이를 위해서라면 이 정도 위험은 기꺼이 감수할 수 있었다.

고든은 키보드를 다시 두드려댔다. 문득 경찰이 이 일을 어떻게 다룰지 궁금해졌다. 범인이 나를 어떻게 죽이겠다는 건지, 나로서는 상상도 할 수 없었다. 어두컴컴한 야외에서 급습을 당했던 다른 피해자들과 달리 나는 범인이 온다는 걸 미리 알고 집 안에 가만히 앉아 기다리고 있을 것 아닌가? 그에게 다른 계획이 있는 게 분명했다. 살인자와 대화할 기회가 생겼다고 치자. 근데 그가 죽이려는 여자가 이미 죽었다고 말해도 아랑곳하지 않고 날 공격하면 어쩌지? 누가 막을 새도 없이? 변수가 너무 많아서 어떻게 될지 알 수가 없네….

"괜찮으세요?"

고든이 속삭이듯 물었지만, 너무 깊이 생각에 빠져 있던 나머지 소스라치게 놀라고 말았다.

"네! 죄송해요, 경장님. 제가 딴생각을 좀 하느라."

내 말에 고든은 생긋 웃었다.

"괜찮습니다. 그럼 이만 마무리하죠. 모든 준비가 끝나는 대로 연락드리도록 하겠습니다. 카디프 쪽에 인터뷰할 만한 사람의 연락처를 받으면 바로 전화드릴게요."

"좋아요. 감사합니다, 경장님."

오늘 아침은 포근하고 비가 오지 않아서 경찰서까지 걸어왔었다. 리젠시 풍 집들이 즐비한 랜즈다운 로드를 걸으며 숨을 깊게 들이마시고 몽펠리에 로터리에 잠시 서서 수선화를 구경했다. 화분 속에서 황금빛 머리를 쏙 내밀고 있는 모습을 보며 현재에 집중하려 애썼다. 그러면서 앞으로 일어날 일에 대해 걱정할 필요가 없다고 스스로 되뇌었다. 수사가 탄력을 받은 상황이었으니 수사 과정과 경찰을 믿고 내 촉을 믿어야 할 때였다. 의도한 대로 일이 잘 풀릴 거라 믿어야 했다. 혹여라도 잘못돼서 4월 1일에 내가 죽는다면…. 마침내 죗값을 치르게 되는 것이다. 매일 거짓말을 하며 살아온 것에 대한 대가인 셈이지. 될 대로 되라지.

몽펠리에 테라스 도로를 따라 오른쪽으로 돌며 도롯가 대신 공원을 가로질러 집으로 가야겠다고 생각하는 찰나, 두려움이 살짝 밀려왔다. 내가 잘 해낼 수 있을까?

그래도 해야겠지? 살인자를 잡는다고 내 죄가 용서되는 건 아니지만, 적어도 리사와 제인, 데이비드가 받아 마땅한 정의를 실현하는 데에는 조금이나마 도움이 될 것 아닌가. 완벽하지는 않아도 구원에 가까운 무언가를 받을 수 있을지도 몰랐다. 심호흡을 깊게 한 다음 길을 건너 공원 안으로 향했다.

32

3월 4일 목요일

첼트넘 중앙 경찰서

"오늘 아침에 메리 씨는 좀 어떻던가요?"

"의외로 괜찮아 보였어요. 메리 씨가 하겠다고 한 일을 감안하면 매우 차분했습니다."

워든 경감의 질문에 고든 경장이 답했다. 워든은 고개를 끄덕거리며 앞에 놓인 모니터로 시선을 돌렸다. 온라인 브리핑실로 연결되는 링크를 클릭하자 화면이 멈춰버리는 바람에 새로고침 버튼을 눌러야 했다. 그런 그녀를 바라보며 고든은 늘 차분했던 워든이 오늘따라 달라 보인다고 생각했다. 평소 깔끔했던 짙은 갈색 단발머리는 아침에 빗질도 하지 않은 듯 잔뜩 헝클어져 있었고, 눈가의 주름은 오늘따라 더욱 깊어 보였으며, 희미한 눈그늘이 내려앉아 시퍼렇게 멍이 든 것처럼 보였다. 스트레스가 상당하신가 보네. 그럴 만도 하지. 이렇게 시간이 촉박한 사건의 수사를 지휘하는 자리를 맡았으니 정말 힘드실 거야….

"안녕하세요, 여러분!"

브린 루이스 경감의 낮은 바리톤 목소리가 스피커를 통해 쩌렁쩌렁 울려 퍼졌다. 그 소리에 화들짝 놀란 고든의 시선이 워든에게서 커다란 화면으로 옮겨갔다. 익숙한 얼굴들이 카디프의 소식을 듣기 위해 기다리고 있었다. 의자에 앉을 때부터 예상했던 대로 회의는 그리 오래 걸리지 않았다.

"새로 보고할 내용이 하나도 없습니다."

루이스가 한숨을 무겁게 내쉬며 보고를 이어갔다.

"데이비드 하우얼스가 살해됐던 날 밤에 찍힌 감시 카메라 영상을 수백 시간 살펴봤지만, 밤늦게 조깅을 하는 수상한 사람이나 다른 쓸만한 정보는 발견하지 못했습니다. 범인이 또 아무런 흔적을 남기지 않은 채 범행 장소를 들어왔다가 빠져나간 게 분명해요. 법의학 지식도 빠삭하고 카메라가 찍히는 곳만 요리조리 피해 다니는 게 정말 악몽도 이런 악몽이 없습니다. 워든 경감, 첼트넘 살인 예고 날짜가 점점 다가오고 있는데 안타깝게도 도움 될 만한 게 아무것도 없군요."

워든 역시 한숨을 내쉬었다. 그런 다음 어깨를 으쓱하며 말했다.

"이미 예상했는걸요."

"전 남친이랑은 얘기해 봤습니까? 이름이 대런이었나요?"

'버밍엄'이라고 적힌 화면 안에서 프리야 톰슨 경감이 물었다.

"네. 대런 에지입니다. 좋은 사람 같았어요. 데이비드랑은 2년 정도 만났었더군요. 꽤 진지한 사이로 발전해서 결혼 얘기까지 오갔었는데, 1년 전쯤 사이가 틀어졌다네요. 당시 대런은 30대 후반, 데이비드는 45세였답니다. 대런은 가족을 꾸려 아이도 갖고 싶었지만 데이비드는 아빠가 되기엔 너무 나이가 많다는 둥 현재 삶에 만족한다는 둥 여러 이유를 대며 아이를 키우고 싶지 않아 했대요. 어쨌든 간략하게 말하면, 아이 문제로 헤어지긴 했지만 좋은 친구 사이로 남아서 여전히 몇 주에 한 번씩 만나 저녁을 같이 먹고는 했었대요. 대런은 여섯 달 전쯤 새로운 사람을 만나기 시작했는데 새 남자 친구도 데이비드랑 사이좋게 지냈답니다. 얘기하는 내내 데이비드를 향한 적대감 같은 건 전혀 못 느꼈고, 외려 굉장히 슬퍼했습니다. 모두가 눈독 들일 만한 좋은 남자를 해코지하려는 사람이 있다는 게 믿기지 않는다고 말했어요. 저희가 만난 사람 모두가 한결같이 하는 말이죠. 어쨌든 전 남자 친구는 살인 동기도 명확하지 않고, 알리바이도 확실합니다."

"매번 똑같네, 똑같아."

린다 레이크 경감이 작게 중얼거린 다음 물었다.

"언론은 문제없습니까? 후속 기사는 안 나온 거 같던데요?"

루이스가 고개를 내저으며 대답했다.

"네. 천만다행이죠. 4월 1일까지 언론 방해 없이 순조롭게 진행되길 간절히 바랄 뿐입니다. 두고 봐야죠, 뭐. 준비는 잘 되고 있나요, 어… 워든 경감?"

"여전히 준비 중입니다. 세부 사항은 다 마무리된 다음 말씀드리는 걸로 할게요. 그날 전까지는 상세하게 다 말씀드리겠습니다. 더 할 말 없으시면 이쯤에서 끝내도 괜찮을까요? 오늘 할 일이 너무 많아서요."

워든이 미소를 지었다. 하지만 가까이 앉아 있던 고든은 다 볼 수 있었다. 그녀의 눈은 웃고 있지 않다는 사실을.

"물론이죠. 다들 수고하셨습니다. 몸조심하시고 곧 다시 뵙겠습니다."

루이스 경감의 말이 끝나자 워든은 마우스를 두어번 클릭해 회의를 종료했다. 그런 다음 몸을 돌려 고든을 향해 말했다.

"사방의 벽이 점점 조여오는 느낌이네요. 나가서 주변 산책 좀 하고 금방 돌아올게요. 갔다 와서 팀원들이랑 같이 머리를 맞대고 계획을 한번 세워봅시다. 어때요?"

고든은 고개를 끄덕였다.

"저도 같이 갈게요. 바람 좀 쐬어야겠어요. 그런 다음 함께 방법을 궁리해 봐요. 너무 걱정하지 마세요, 경감님. 저희는 잘 해낼 수 있을 거예요."

워든이 눈썹을 추켜세우며 대꾸했다.

"제발 그랬으면 좋겠군요."

33

3월 5일 금요일

이번 주는 업무에 큰 진전이 없었다. 불안을 잠재우기 위해서라도 다시 일에 집중해야 하는데, 어쩐지 더 허브로 출근해 책상 앞에 앉는 일이 내 우선순위에서 밀려난 느낌이 들었다. 어차피 오늘은 금요일이니까 하루 쉬고 주말 동안 머리를 정리한 다음, 월요일부터 본격적으로 업무를 시작하자고 마음을 다잡았다. 일에 집중하며 앞으로 몇 주간 일어날 일에도 신경을 써야 했다. 물론 내가 할 수 있는 일은 별로 없을 테지만.

어젯밤 고든 경장이 카디프에서 인터뷰할 사람을 소개해 주었는데, 그녀가 예상했던 대로 데이비드 하우얼스의 전 남자 친구인 대런 에지였다. 다른 피해자의 유족들을 인터뷰할 때처럼 거짓 이유를 써서 이메일을 먼저 보냈다. 데이비드의 살인 사건이 일어난 지 얼마 지나지도 않았는데 너무 서두른 게 아닌지 걱정됐지만, 다행히도 한 시간이 채 지나지 않아 답장이 도착했다.

경찰이 단서를 하나도 찾지 못한 것 같아 모두가 매우 힘들어하고 있습니다. 언론에 나와서 나쁠 건 없을 테니 인터뷰에 기꺼이 응하겠습니다. 다만, 며칠 후에 해도 괜찮으실까요? 아직은 너무 힘드네요. 다음 주 금요일 어떠십니까?

기쁜 마음으로 그의 제안을 받아들여 카디프에서 점심 약속을 잡았다. 그런 다음 집안일을 하며 빈둥거렸는데, 오후 4시가 되자 너무 따분하고 외로워져서 피터가 집에 오기만을 손꼽아 기다렸다. 메간은 오늘 미들랜즈에서 열리는 요가 수련회에 수업을 하러 갈 예정이었다. 나로서는 너무 기쁜 일이 아닐 수 없었다. 오늘 아침, 피터는 나에게 '이번 주에 얼굴을 거의 못 봤으니 저녁에 영화라도 같이 보자'라고 말했다. 보아하니 지난 일요일에 나 혼자 버려둔 채 메간의 집으로 가서 여전히 미안해하는 눈치길래, 좋은 생각이라고 맞장구를 쳤다.

"혹시 오는 길에 주류 판매점 지나거든 샴페인 좀 사다 주라."

출근길에 뻔뻔스레 말하는 나를 향해 피터는 눈자위를 굴려대며 씩 웃었다.

"예이, 여왕 폐하. 샴페인 대령하겠습니다요. 고생했는데 당연히 드셔야지요."

그의 농담에 나도 덩달아 웃음이 터져버렸다.

못해도 6시까지 혼자 있어야 한다고 생각하자 또다시 불안이 슬그머니 고개를 들기 시작했다. 깊은 욕조에 향기로운 목욕물을 받고 잔잔한 피아노 음악 재생 목록을 찾아 틀었다. 그런 다음 이번 주에 개봉해서 냉장고에 넣어뒀던 마지막 쇼비뇽 블랑을 와인 잔 가득 따랐다. 지친 한숨을 토해내며 욕조에 몸을 담갔다. 욕조에 뜨거운 물을 몇 번 더 채우면서 한 시간이 지나자 따뜻한 거품과 음악, 무엇보다 와인이 마법을 부렸는지 지난 몇 주보다 훨씬 더 마음이 차분해졌다. 순간에 집중하자. 미래를 앞서 걱정하지 말자. 매일, 매시간, 매 순간에만 집중하자. 주문을 외우듯 계속해서 스스로 되뇌었다.

마침내 아래층에서 현관문 여는 소리가 들렸다. 뒤이어 샴페인을 바로 잔에 따라서 가지고 올라가면 되겠냐며 묻는 피터의 목소리가 들려왔다. 이미 목욕을 마친 나는 긴 팔 티셔츠에 운동복 바지 차림을 하고는 맨발로 소파에 누워 있었다. 램프 불빛이 은은하게 내려앉은 거실에는 아델의 새 앨범이 천장 스피커를 통해 잔잔하게 흘러나오고 있었다.

"오, 분위기 좋은데!"

연노란색 액체가 든 샴페인 잔 두 개를 들고 2층으로 올라오며 피터가 말했다. 잔 하나를 건네받아 얼른 한 모금 들이켰다. 차갑고 맛있는 액체가 입 안에 퍼지며 탄산이 혀 위에서 춤을 추듯 톡톡 튀어 올랐다.

"오다가 몽펠리에 와인 가게에 들렀는데, 주인 마크가 차갑게 보관해 둔 샴페인이 있다길래 세 병 사 왔어."

피터가 눈을 찡긋대며 말을 이었다.

"너에 대해선 내가 빠삭하잖아, 메리. 그럼 나 옷 좀 갈아입고 올 테니 배달시켜 먹자. 태국 음식이 당기는데. 어때?"

"좋지."

샴페인 잔을 집어 들며 대답했다. 피터는 다시 한번 눈을 찡긋해 보이고는 자기 방으로 향했다.

몇 분 후 다시 거실로 돌아온 피터는 소파 반대쪽 끝에 털썩 앉아 샴페인 잔을 집어 들었다. 매운 오징어샐러드와 소고기 마사만 카레, 닭고기 팟타이를 주문한 뒤, 피터가 오늘 하루를 어떻게 보냈는지 두런두런 이야기를 들었다. 그런 다음 우리가 런던에 살았을 때 알던 옛 친구 하나에 대한 소문에 대해 말해주었는데, 아내를 버리고 소호 술집에서 만난 남자 바텐더에게 가버렸다고 했다. 메간이나 다이어리, 살인 사건, 몇 주 후에 벌어질 일 따위는 아예 언급조차 하지 않았다. 정말이지… 너무 좋았다. 모든 것이 정상으로 되돌아간 느낌이었다. 내가 아끼는 친구이자 같은 집에 사는 피터와 단둘이 함께 술을 마시고 웃고 떠들었다. 세상의 모든 근심과 걱정이 사라지는 듯했다. 완벽한 금요일 밤이었다.

음식이 도착했을 때쯤엔 '피터와 메리 방식'대로 샴페인 한 병을 다 비워낸 후였다. 이게 대체 몇 번째야? 텔레비전 앞에 앉아 음식을 무릎 위에 올려두고 식사를 마쳤을 때는 두 병째 샴페인도 얼마 남아 있지 않았다. 피터가 제일 저렴한 샴페인을 사오지는 않았을 테니 굉장한 사치를 부리는 느낌이었다. 평소 같았으면 절대 하지 않았을 행동이었지만, 왜인지 지금은 전혀 중요치 않았다. 신기하기도 하지. 몇 주 후에 죽을지도 모른다고 생각하니 세상을 보는 눈이 이렇게 확 바뀌네. 뒷정리하는 피터를 보면서 생각했다. 그는 남은 음식을 버리러 아래층 주방으로 내려갔다가 다시 거실로 올라와 내 바로 옆에 무릎을 대고 앉았다.

"한 잔 더?"

피터의 물음에 대답 대신 고개를 끄덕였다. 그는 내 잔을 먼저 채운 뒤 자신의 잔에도 술을 따랐다. 시간은 밤 10시 30분을 지나고 있었고 〈그레이엄 노턴 쇼〉가 막 시작한 참이었다. 우리 둘 다 좋아하는 프로그램인데도 오늘따라 집중이 잘되지 않았다. 목욕을 하고 술을 마신 데다가 저녁도 푸짐하게 먹어서 그런지 약간 몽롱한 느낌이 들었다. 음, 솔직하게 말하면 날 집중하지 못하게 만드는 건 따로 있는 듯했다. 피터의 근육질 허벅지가 내 살갗에 닿는 느낌, 피터가 소파 앞 바닥에서 샴페인 잔을 들어 마시고 다시 내려놓을 때 그의 손가락이 내 손에 스치는 느낌 때문인 걸까. 그만해, 이 바보야. 술을 너무 마셔서 그래. 스트레스도 심하고…. 나 자신을 향해 단호하게 다그쳤다.

문득 2주 전 그날 밤이 다시 내 머릿속에 스쳐 지나갔다. 내가 감정에 겨워 흐느끼던 그 순간 우리가 키스할지도 모른다고 생각했었다. 아주 짧은 순간이었지만, 굉장히 혼란스러웠고 피터가 먼저 입을 맞추었다면 어떻게 했을지 궁금했다. 순간, 불현듯 그 답을 정확하게 알 것 같았다. 고개를 돌려 피터를 바라보았는데 지난번과 달리 전혀 혼란스럽지 않았다. 피터가 나에게 키스해 주기를 원했다. 내 몸을 어루만지는 그의 손길을, 내 피부에 맞닿는 그의 입술을 느끼고 싶었다. 갑자기 왜 이런 감정을 느끼는 거지? 하필이면 왜 지금이야? 메간은 어쩌고? 젠장, 어떡해야 하지?

내 생각을 듣기라도 한 듯 피터가 고개를 돌려 나를 바라보았다. 순간, 우리 사이에 전기가 찌릿하게 흐르는 기분이 들고 불꽃이 튀는 소리가 들려오는 듯했다.

"괜찮아, 메리? 정말 괜찮은 거 맞아? 이제 고작 몇 주 후면…."

검은 두 눈을 나에게 고정한 채 피터가 부드러운 목소리로 물었다. 지금 내가 간절히 원하는 건 대화가 아니었다. 손을 들어 피터의 입을 가로막았다.

"피터, 제발, 그 얘기는 하고 싶지 않아. 음… 메간은 언제 온댔지?"

피터가 잠시 망설이다가 대답했다.

"내일 점심쯤 올걸. 근데… 상황이 별로 좋지 않아서. 내가….
아, 신경 쓰지 마."

피터는 침을 꿀꺽 삼켰다. 지금 내가 착각하는 건가? 아니면 진짜 피터가 내 쪽으로 좀 더 가까이 다가앉은 건가? 몸의 온기가 고스란히 느껴지고, 숨이 가빠지는 소리가 들려왔다. 가슴이 두근거리고 심장이 마구 뛰었다. 말도 안 돼. 정말 무슨 일이 일어날 참인가?

아무 생각도 할 수 없었다. 피터가 내 쪽으로 점점 더 가까이 다가왔고 서로의 코가 맞닿았다. 다음 순간, 누가 먼저랄 것도 없이 입을 맞추었다. 처음엔 조금 쭈뼛댔지만, 이내 피터의 손이 내 머리카락 안을 파고들었고, 내 손은 피터의 허벅지를 꽉 움켜쥐었다. 해서는 안 되는 나쁜 짓이라는 걸 알고 있었지만, 신경 쓰지 않았다. 기분이… 이루 말할 수 없이 좋았다. 피터의 손이 내 등을 타고 내려가 티셔츠 안에서 내 몸을 미끄러지듯 타고 올라왔다. 그의 따뜻한 손길이 피부에 느껴졌다. 원하고 있었다. 너무나도 간절했다. 내 입에서 부드러운 신음 소리가 터져 나왔다. 피터가 재빠르게 내 머리 위로 티셔츠를 벗겼다. 그의 입술이 내 쇄골을 지나 아래로 내려갔다. 나비가 내려앉듯 부드러운 키스에 온몸이 녹아내리는 듯했다. 피터의 벨트 버클에 뻗는 내 손을 피터는 뿌리치지 않았다.

섹스는 열정적이면서도 부드러웠고 너무나도 황홀했다. 섹스를 마친 우리는 서로의 다리를 포갠 채 피터의 가슴 위에 내 머리를 대고 소파 위에 누워 있었다. 가쁜 숨소리만이 방안을 가득 메웠다.

마침내 고개를 살짝 기울여 피터의 얼굴을 보며 내가 말했다.

"음, 좋았어."

"좋았다고?"

눈을 휘둥그레 뜨며 말하는 피터를 보자 나도 모르게 코웃음이 새어 나왔고, 우리 둘은 장난꾸러기 아이들처럼 깔깔 웃어댔다. 그러다 피터가 두 눈을 훔치며 앓는 소리를 냈다.

"으, 다리에 감각이 없어. 비켜 봐, 메리!"

나는 얼른 몸을 일으켰고, 우리는 바닥에 널브러져 있는 옷을 주섬주섬 챙겨 입었다. 약간 멋쩍어하며 서로를 마주 보다가 이

웃고 내가 운을 띄웠다.

"어… 우리 얘기를 좀 해야 하지 않을까? 메간 말이야…. 아, 뭔가 죄짓는 기분이야."

"사실 메간이랑 난 이미 끝난 것 같아."

피터가 조용한 목소리로 말했다. 그러더니 자리에서 일어나 벨트 버클을 채운 다음, 소파에 털썩 주저앉아 반쯤 남은 샴페인 잔을 집어 들었다. 한 모금 머금었다가 꿀꺽 삼키고 나서 설명을 덧붙였다.

"서로 생각이 너무 달라. 너도 알다시피 메간이 동거 얘기를 자꾸…."

피터는 하던 말을 잠시 멈추고 샴페인을 한 모금 들이켰다.

"음, 메간도 좋고 다른 것들도 다 좋거든. 이전에는 메간이랑 정말 잘 맞다고 생각했었는데, 지금은 모르겠어…. 미안해, 메리. 조리 있게 설명을 못 하겠네. 어쨌건 이 일 말이야."

그러고는 나를 향해 애매하게 손짓하고는 자기를 가리켰다.

"이 일이 모든 걸 증명해 주는 기분이야. 메간을 사랑한다면 너랑 좀 전에 그 일도 일어나지 않았을 거 아냐? 물론, 우리 둘 사이에 벌어진 일에 대해서는 꼭 이야기해야지. 근데 지금 말고 나중에 하면 안 될까? 일단 메간이랑 정리부터 한 다음에…. 젠장, 헤어질 생각하니 끔찍하다."

피터는 괴로워하는 얼굴로 한숨을 내쉬었다. 옆으로 가 앉아 그의 손을 꼭 잡았다. 사실, 내 감정을 나도 잘 몰랐다. 피터랑 내가 연인으로 발전하길 원하는 걸까? 아니면 지금 벌어지고 있는 일들을 잠시 잊고 싶은 마음에 단지 섹스가 간절했던 걸까? 너무 혼란스러웠다. 정말 모르겠다 싶다가도 귀엽고 사랑스러운 내 친구 피터가 두 손에 머리를 파묻고 있는 모습을 보자 동정심이 일었다.

"야, 오늘 밤에는 메간 일로 너무 스트레스 받지 마. 우리 사이 일도 신경 쓰지 말고. 알겠지? 지금 얘기하지 않아도 괜찮아. 메간 일은 일단 자고 내일 다시 생각해 봐. 지금은 우리 둘 다 술을 너무 많이 마셨고, 너는 힘든 한 주를 보냈잖아. 푹 자고 아침에 눈 뜨면 정신이 좀 맑아질 거야. 내일 밤에 메간 만나기로 했지?"

피터는 고개를 끄덕였다.

"응. 만나겠지. 내일 메간 친구의 서른 번째 생일이라서 파티한다고 '뒤 뱅 호텔'에 방 하나를 빌렸대. 아, 젠장, 메리. 네 말이 맞아. 내일 다시 생각하고 술이나 더 마셔야겠어. 우리 둘은 정말 괜찮은 거 맞지? 너랑 나랑 알고 지낸 지가 몇 년인데 갑자기 이런 일이 생기니까 기분이 되게 이상하네."

눈썹을 치켜올리며 짓궂게 웃는 피터를 보며 나도 같이 웃었다.

"완전. 근데 흔히 있는 일 아냐? 너무 깊게 생각하지 말자. 오늘 밤엔 더더욱. 자, 어서 술이나 따라봐."

피터는 이마에 손을 가져댄 채 자리에서 벌떡 일어났다.

"분부대로 합쇼, 캡틴."

그의 농담에 그만 웃음이 빵 터져버렸다.

피터와 나는 다시 자리를 잡고 앉았다. 전에는 말도 꺼내기 싫었었는데, 문득 지금이야말로 4월 1일에 어떻게 하기로 했는지 피터에게 말할 타이밍이라는 생각이 들었다. 아무 데도 가지 않고 집에서 살인자를 기다릴 거라 설명하자 피터의 눈이 휘둥그레졌다. 아주 짧은 순간이나마 이대로 모든 진실을 털어놓을지 고민했다. 사실 나는 메리 엘리스가 아니며 왜 그녀의 신분으로 사는 삶을 선택했는지 다 말할 뻔했지만, 금세 그럴 수 없다는 걸 깨달았다. 수년 동안 속여놓고 인제 와서 진실을 털어놓겠다고? 끔찍하고도 어림없는 소리였다. 그래서 그냥 위험을 감수하기로 결심했다고 둘러댔다. 경찰이 감시하고 있을 테니 모습을 드러내는 순간 체포될 거라는 사실을 살인마도 알고 있다고 말하며 엄청난 기삿감이 될 거라고 덧붙였다. 경찰이 열심히 계획을 짜고 있으며 곧 나에게도 알려줄 거라는 얘기를 하는 도중에 피터가 손을 번쩍 들었다.

"근데 경찰이 그날 나도 같이 집에 있을 거라는 사실까지 고려해서 계획을 짰으면 좋겠어. 절대 널 혼자 내버려 두진 않을 테니까."

속이 울렁거렸다.

"피터, 말은 참 고마운데. 글쎄, 잘 모르겠어…. 아니, 경찰이…."

안돼! 안된다고! 피터가 보는 앞에서 내가 메리 엘리스가 아니라고 살인자에게 어떻게 말해? 피터가 같이 있어 주겠다고 할 줄 예상했어야 했어. 미처 생각조차 못 했네….

"메리, 무슨 일이 있어도 난 너랑 함께 있을 거야. 경찰한테 의견을 묻지 말고 그냥 통보해버려. 알았지? 네 목숨을 담보로 경찰이 범인을 잡을 수 있도록 도와주고 있는 거잖아. 아니, 근데 경찰이 널 보호하고 있다는 걸 살인자가 알아? 그런데도 널 죽일 수 있다고 믿다니 나로서는 정말 이해할 수가 없네."

꼴깍, 침을 삼켰다. 괜찮아. 다 괜찮을 거야. 피터가 집에 같이 있는 게 싫다고 하면 되레 이상해 보일 거야. 어떻게든 잘 빠져나갈 방법을 찾아보자. 당황하지 마. 침착해.

"알겠어. 일단 경찰한테 말해 봐야 알겠지만…. 고마워, 피터. 범인이 나타날지는 기다려 보면 알게 되겠지. 솔직히 너무 많이 생각하지 않으려고 노력 중이야. 그냥 하루하루에 집중하려고. 무슨 말인지 알지?"

잠자코 앉아있던 피터는 천천히 고개를 끄덕였다. 그런 다음 내 쪽으로 몸을 기울여 내 뺨에 입술을 가볍게 맞추고 다시 쿠션에 기대어 앉았다.

"알아. 혼자 감당하기엔 너무 벅찰 테니까 앞으로 몇 주 동안 필요한 게 있으면 나한테 다 얘기해. 알겠지? 뭐든 그냥 말만 하라고."

피터는 사뭇 진지한 표정으로 내 얼굴을 빤히 바라보았다. 지금껏 한 번도 보지 못했던 강렬한 눈빛이었다. 마음을 진정시키려 애쓰며 피터의 눈을 마주 보는 순간, 온몸에 전율에 일었다. 왜 저런 눈빛으로 날 쳐다보는 거지? 욕정인가? 아니면 두려움? 아니면 다른 감정인가?

"자, 메리 엘리스. 마지막 병을 따야 할 때가 왔어."

피터가 온 얼굴에 미소를 한껏 머금고 말했다. 그런 다음 소파에서 벌떡 일어나 문 쪽으로 걸어갔다.

34

3월 12일 금요일

"어, 메리, 안녕. 벌써 퇴근해요?"

오늘은 카디프에서 대런 에지와 점심 약속이 있는 날이었다. 주차장으로 가기 위해서 더 허브의 로비 문을 열고 나오며 머릿속으로 인터뷰 질문을 정리하고 있던 찰나, 난데없이 들려 오는 에드워드 쿠퍼의 목소리에 소스라치게 놀랐다.

"아! 안녕, 에드워드. 네, 일 때문에 갈 때가 있어서요. 그럼 전 바빠서 이만. 미안해요!"

에드워드가 옆으로 비켜섰는데도 여전히 지나가기엔 비좁았다. 내 팔이 그의 재킷에 스치자 퀴퀴한 옷 냄새와 땀 냄새가 뒤섞여 훅 끼쳐왔다.

"잘 갔다 와요!"

뒤에서 외치는 목소리가 들려왔지만, 나도 모르게 몸을 부르르 떨며 황급히 발걸음을 옮겼다. 지난 몇 주간 에드워드가 안 보이길래 휴가를 간 줄 알았다. 지난 한 주간은 사티시 역시 사무실에서 자주 나오지 않아서 마음이 한결 편안했었다. 지난 수요일, 엘리의 자리에 잠깐 들러 이야기를 나누고 있을 때였다. 사티시가 지나가다 잠시 서서 대화에 끼고 싶기라도 한 듯 우리 주변을 잠시 서성였다. 하지만 나는 그런 그를 철저히 무시해버린 채 엘리에게만 시선을 고정했다. 곁눈으로 사티시가 우리 둘을 바라보다가 얼굴을 붉히며 슬그머니 자리를 뜨는 모습이 보였다.

"잰 왜 저래?"

엘리가 작은 목소리로 묻길래 나도 덩달아 속삭이듯 대답했다.

"그야 나도 모르지. 에드워드랑 너무 어울려 다녀서 그런가. 처음엔 괜찮은 사람인 줄 알았는데, 지금 보니 재랑 에드워드 둘 다 이상해."

"에이, 못되게 굴지 마. 둘 다 다정하던데 뭘. 그냥 좀 수줍음을 많이 타나 봐."

'다정하다고? 진심으로?'라고 곱씹고 있는 와중에 엘리가 말을 계속 이어가더니 한 고객이 불만을 제기한 이야기를 늘어놓기 시작했다. 한 여자 손님이 파티 화장을 해달라며 엘리가 데리고 있는 메이크업 전문가를 고용했는데, 코스튬 파티라는 사실을 미리 말하지 않은 게 화근이었다. 파티의 주제는 '영화 속 괴물'이었고, 그녀는 〈어택 더 블록〉이라는 영화에 나오는 외계인 분장을 해달라고 요청했다. 나는 생전 들어본 적도 없는 영화였는데, 엘리의 말을 들어보니 외계인은 늑대와 고릴라가 교배한 것처럼 생긴 생명체였고, 검고 두꺼운 털과 청록색 야광 송곳니를 가지고 있는 듯했다. 고객은 의상 비스름한 건 있었지만 마스크는 갖고 있지 않아서 에이미에게 의상과 어울리는 화장을 부탁했다. 불쌍한 에이미는 최선을 다했다지만 애당초 분장이 가능하기나 해? 털북숭이 얼굴에 야광 송곳니라니? 웃기는 여자일세….

엘리는 콧방귀를 뀌며 웃었고 나도 따라 웃었다. 혼자 킥킥대며 내 책상으로 돌아가는 내내 사티시의 시선이 뜨겁게 느껴졌지만 무시해 버렸다. 그날 이후로 사티시를 다시 본 적이 없었다. 더욱이 에드워드가 돌아온 오늘 나는 사무실에 없어도 되니 날아갈 듯 기뻤다. 이런 생각을 하는 나 자신이 정말 끔찍한 사람이라는 생각이 들었지만, 어쨌거나 나로서는 두 사람을 적게 보면 볼수록 좋았다. 설령 누군가에겐 '다정한' 사람이라고 여겨질지라도.

대런과 만나기로 한 카디프의 카페를 향해 110킬로미터 정도로 내달리는 동안 라디오를 켜지 않았다. 오늘은 왠지 조용히 운전하고 싶었다. 너무 많은 생각들로 머릿속이 복잡했다. 일단, 피터와의 문제가 시급했다. 섹스한 지 벌써 일주일이나 지났는데도 우리 둘 중 아무도 그 얘기를 먼저 꺼내지 않았다. 게다가 피터는 아직도 메간과의 관계를 정리하지 않은 듯했다. 물론 오늘 아침 메간에게 헤어지자고 말하지 않았다는 가정하에 말이다. 나는 정말이지 끔찍한 사람이다. 피터를 메간보다 훨씬 더 오래 알았다고 해도 그렇지 어떻게 여자친구가 있는 남자와 잘 수가 있지? 정말이지 해서는 안 되는 짓이었다. 어쩌다 그런 끔찍한 일이 일어났는지 아직도 잘 모르겠다. 어쨌든 피터는 메간과의 관계가 끝났다고 확신하는 듯했다. 그러면서도 지난 토요일에는 친구 생일 파티에서 잔뜩 흥이 오른 메간의 기분을 망치지 않는 편을 택했다.

"몇 주 째 친구 생일 파티만 목매어 기다렸어, 메리. 오늘 헤어지자고 어떻게 말해."

피터는 예정대로 뒤 뱅 호텔에서 저녁을 먹고 메간의 집으로 향해 하룻밤을 보냈다. 일요일 점심때가 돼서야 집에 돌아와서는 말 그대로 잠만 같이 잤을 뿐이라고 강조했다.

"메간이 술이 거나하게 취해서 집에 들어가자마자 바로 뻗었어. 걔가 술을 잘 못 마셔서 마시기만 하면 늘 취하는 거 너도 잘 알잖아. 오늘 숙취가 심해서 소파와 한 몸이 돼가지고는 나한테 커피랑 물만 계속 가져다 달라고 했어. 심각한 얘기를 나눌만한 상태가 아니었어. 요즘 우리 둘 다 너무 바빠서 며칠 동안은 안 만날 것 같지만, 주말쯤엔 꼭 얘기할게. 정말 약속해."

"나한테 약속할 필요 없어. 어차피 나랑은 상관없는 일이야, 피터."

순간 피터가 약간 이상한 눈으로 나를 쳐다보았다. 신경 안 쓴다는 듯 어깨를 으쓱하며 위층으로 올라가 목욕을 했다. 다시 거실로 내려왔을 때 그 얘기는 다시 하지 않았고, 지금까지도 하지 않고 있었다. 하지만 나는 사실을 말했을 뿐이었다. 정말 나랑은 상관없는 일이었다. 피터가 여자친구와 끝내고 싶다면 피터가 알아서 해야 할 문제였다. 더군다나 피터를 어떻게 생각하는

지, 우리를 어떻게 생각하는지, 과연 우리라는 게 존재하기는 하는지에 대해 나조차도 잘 알지 못했기 때문에 강요하고 싶지 않았다. 물론, 지난 금요일에 있었던 일에 대해서는 생각을 해보았다. 그의 손가락이 내 안쪽 허벅지를 매혹적으로 부드럽게 쓰다듬던 순간을 떠올리면 욕망이 파문처럼 일었다. 그런 마음을 들키지 않으려고 저녁을 먹을 때 찻잔이나 후추를 건네는 그의 손가락을 쳐다보지 않으려 무진장 애써야 했다. 내가 피터를 사랑한다는 데는 의심의 여지가 없었다. 지난 수년 간 피터를 친구로서, 세상에서 정말 친한 몇 안 되는 사람 중 한 명으로서, 항상 내 곁에 있어 주는 사람으로서 진심으로 사랑했다. 이러한 감정이 수년에 걸쳐 나조차 감지할 수 없을 정도로 서서히 다른 종류의 사랑으로 탈바꿈해서 결국 금요일 밤에 일이 터져버린 걸까? 아니면 단지 섹스가 하고 싶었던 걸까? 섹스는 황홀 그 자체였다. 마치 백번도 넘게 나눠온 사이처럼 자연스럽고 편안했다. 뭐랄까… 잘 맞는 느낌이었다. 아니면 낯선 남자와 하룻밤을 즐기기 위한 섹스와 수년간 알아 오다가 사랑하는 감정이 싹튼 사람과 하는 섹스는 원래 다른 걸까? 피터와 내가 속궁합이 잘 맞다고 연인으로서도 궁합이 잘 맞다는 뜻은 아니라고 스스로 수없이 되뇌었다. 외려 최악의 연인 사이가 될지도 몰랐다. 하지만 나는 이미 잘 알고 있었다. 우리는 서로 잘 지냈고, 같이 사는 게 편했고, 서로를 웃게 했다. 연인 관계 소망 목록 같은 걸 작성한다면 아마도 가장 꼭대기를 차지할 긍정적인 사항들이었다.

물론 끝내 주는 섹스도 목록에 추가하고, 또….

M4 고속도로 진입로로 들어가며 머릿속을 어지럽히는 상념들을 떨쳐내려 머리를 마구 흔들어댔다. 피터와의 일은 어떻게든 되겠지. 지금은 조금 더 시급한 문제에 집중해야 했다. 몇 주 후에 연쇄 살인마가 우리 집 앞에 진짜로 나타날지, 경찰과 내가 살인을 막아낼 수 있을지, 피터가 집에 같이 있을 텐데 어떡해야 할지 고민해야 했다. 피터가 4월 1일에 집에 함께 있겠다고 우긴다는 말을 전했을 때 고든은 좋은 생각이 아니라고 단정했다.

"또 다른 생명을 잠재적인 위험에 빠트리는 일이에요, 메리 씨."

하지만 수사팀과 논의한 후 고든에게서 다시 전화가 걸려 왔다.

"범인이 메리 씨를 계속 감시해 왔으니, 집에 누가 사는지도 다 알고 있을 거예요. 피터 씨를 집 밖으로 내보내면 우리의 목적을 달성하지 못할지도 몰라요. 게다가 친구분이 곁에 있으면 메리 씨가 좀 더 안정감을 느낄 수 있지 않을까요? 그러니 좋습니다. 피터 씨도 집에 함께 계셔도 괜찮습니다."

소식을 들은 피터는 만족한 듯한 목소리로 "잘됐네"라고 말했다. 결국 피터에게 들키지 않고 살인자에게 말할 방법을 비밀스레 계속 고민해야 했다. 아무래도 당일 상황을 보고 결정해야 할 듯했다. 사실 그날 경찰이 어떻게 할 건지도 아직 듣지 못했다. 조금만 더 비밀에 부쳐두고 싶다는 말만 반복하는 탓에 피터는 불만을 토해냈다.

"네 소중한 목숨이 걸려있는 문제잖아. 숨김없이 다 말해줘야지. 내가 너였다면 전부 다 말해달라고 당당하게 요구했을 거야."

지난 며칠간 자꾸 얘기하길래 참다못해 제발 그만 얘기하라고 했고, 피터는 그제야 툴툴대며 알겠다고 했다. 하루가 다르게 점점 더 불안해하는 피터와 달리 나에게는 이 모든 일이 다소 초현실적으로 다가왔다. 시간이 얼마 남지 않았다는 사실을 잘 알고 있었고, 매일, 매시간, 매 순간에 집중하려 애썼다. 지금은 대런 에지와의 인터뷰와 그의 전 남자 친구가 살해된 사건에 집중해야 할 시간이었다. 이 모든 일이 끝나면 기사를 써야 하니까. 약속 시간인 1시 30분 직전에 피터킨스 카페 근처 주차장에 차를 세웠다.

카디프 북서쪽의 란다프는 도시 안의 또 다른 도시 같은 느낌이었다. 조금 전 운전하면서 12세기에 지어진 성당을 막 지나쳐 왔다. 타프강 강가에 자리한 이곳은 작고 아늑한 마을의 분위기를 풍겼다. 잔디 공원은 아름답게 조성되어 있었으며, 번화가는 사람들로 북적거렸다. 차 문을 잠그고 카페까지 몇백 미터를 걷는 동안 내 눈길을 끈 부티크 매장만 해도 세 군데가 넘었다. 손수 만든 우아한 부케를 창문에 아름답게 진열해 둔 꽃집도 눈에 들어왔다. 이 교외 지역은 데이비드 하우얼스가 생전에 살았던 곳이었고, 대런 에지가 여기서 만나자고 한 이유도 그 때문이었다. 순간 뭉클해져 오는 가슴을 부여잡고 피터킨스 카페의 문을 열고 가게 안을 훑어보았다. 아담하고 부산스러운 카페에는 빈자리가 거의 없을 정도로 손님들로 꽉 차 있었다. 젊은 엄마들 두세 무리가 아기를 태운 유모차를 옆에 세워두고 커피와 케이크를 먹고 웃으며 수다를 떨고 있었고, 저쪽 끝에는 노부부 한 쌍이 머리를 맞대고 정답게 이야기를 나누고 있었다. 그리고 뒤편에 있는 높고 기다란 바 테이블에 홀로 앉아 있는 남자 하나가 보였다. 나와 눈이 마주친 그가 손을 번쩍 들어 올리며 입 모양으로 말했다.

"메리 씨?"

해맑게 웃으며 고개를 끄덕였다. 그런 다음 테이블 사이를 비집고 들어가 찻주전자와 머그잔 여러 개가 위태롭게 쌓인 쟁반을 높이 쳐들고 서 있는 웨이터를 피해 이윽고 남자 옆에 놓인 의자에 앉았다.

"대런 씨, 인터뷰에 응해주셔서 감사합니다. 어떻게 지내세요?"

"아직 충격이 완전히 가시지는 않았습니다."

테이블 위에는 크래커와 고기, 치즈가 푸짐하게 담긴 플래터와 2인용 찻주전자가 놓여 있었다. 대런은 내게 차를 따라주며 우유와 설탕이 필요한지 물은 다음, 음식을 먹기 시작했다. 준수한 외모에 나이는 30대 후반 같아 보였다. 긴 수염을 깔끔하게 다듬은 모습이 사진 속 데이비드와 똑같았는데, 색깔이 조금 더 짙었다. 옆 의자에 가죽 재킷을 걸쳐둔 채로 데님 셔츠만 입고 있었고, 왼쪽 새끼손가락에 하트 모양의 인장 반지를 끼고 있었다. 그의 눈에는 슬픔이 가득했다.

"아직도 이해가 되지 않습니다."

대런과 내가 차를 몇 모금 마시고 난 뒤, 대런이 운을 뗐다.

"너무 말이 안 되잖아요. 대체 데이비드를 왜 죽인 걸까요? 귀

중품을 훔쳐 갈 목적도 아니었고 집에 몰래 침입한 것도 아니었는데…. 하, 도저히 그 이유를 모르겠어요. 정말… 끔찍하네요."

그의 억양은 웨일스가 아니라 남서부 지역인 데번 지역 쪽인 듯했고, r 발음을 할 때마다 혀를 떠는 소리가 살짝 묻어났다.

"그렇죠. 정말 유감입니다. 경찰도 당황스럽기는 마찬가지인가 봅니다. 사실 제가 이 사건에 관심을 보인 이유도 그 때문이고요."

그런 다음 기사를 쓰는 이유를 너무 자세히 설명하고 싶지 않아 말을 잠시 멈추었다. 대런이 고개를 끄덕이며 대답했다.

"감사합니다. 데이비드의 부모님도 감사해하고 계세요. 메리 씨에게 연락받고 나서 인터뷰에 응해도 괜찮겠냐고 여쭤봤는데 흔쾌히 허락하셨어요. 저와 마찬가지로 어떻게든 언론의 관심을 받는 편이 더 낫다고 생각하시거든요. 범인이 누구고 왜 이런 짓을 했는지 누군가는 알고 있지 않을까요?"

"그렇겠죠. 그럼, 먼저 데이비드 씨에 대해 간략하게 말씀해 주시겠어요? 성장 배경이나 취미 같은 것들부터 시작해 볼까요?"

가방에서 수첩과 펜을 꺼냈다. 카페 안이 너무 시끄러워서 녹음기를 켜는 대신 수첩을 넘겨 새 페이지를 펼쳤다. 대런이 한숨을 푹 내쉬고는 이야기를 시작했다.

"네. 데이비드는 정말 평범한 사람이었어요. 열심히 일하시는 좋은 부모님 밑에서 자랐고, 공부도 괜찮게 하는 편이었지만 운동을 참 좋아했죠. 학교 축구팀으로 활동했고, 육상도 잘했어요.

100미터 달리기, 높이 뛰기 등 여러 종목에서 딴 메달을 아직도 서랍 가득 가지고 있답니다."

대런이 얼굴을 찌푸리며 했던 말을 바로잡았다.

"죄송해요. 서랍 가득 메달을 가지고 있었죠. 과거형으로 말해야 한다니 믿을 수가 없네요. 정말… 어이가 없군요. 어쨌든, 에이 레벨을 마친 후에 개인 트레이너 자격증을 취득했고 카디프에 있는 체육관 여러 군데를 돌아다니며 수년간 일했어요. 20대 중반에 게이라고 공개적으로 밝혔는데, 으레 번거로운 일들이 뒤따랐죠. 20년 전에는 지금과 상황이 조금 달랐으니까요. 아들이 게이라는 사실을 데이비드의 아버지가 처음부터 잘 받아들이셨는지 정확히는 모르겠고, 금세 마음을 돌리셨다는 말만 들었어요. 아버님은 좋은 분이세요. 항상 저에게 잘해주셨고, 지금도 여전히 연락하며 친하게 지내고 있어요. 여하튼 데이비드의 삶은 꽤 평범했습니다. 열심히 일했고, 연애도 몇 번 했고, 가끔 밤에 나가 놀기도 하고, 스페인이나 포르투갈처럼 아주 이국적이지 않은 나라들로 가끔 휴가를 떠나기도 하고요. 물론 부모님께서 로또에 당첨되시는 덕분에 인생이 좀 더 수월하게 풀리긴 했죠. 핏 조인트를 설립하면서 새로운 인생을 살게 된 셈이었으니까요. 이후에도 변함없이 열심히 일했고, 늘 새벽 5시에 출근하면서도 자기 회사를 운영하고 성장시켜 가면서… 참 행복해 했었는데."

말을 하던 대런의 목소리가 갈라졌다. 잠시 말을 멈추고 마음을 추스르려 애쓰는 듯했다. 충분한 시간을 가질 수 있도록 나는 말없이 카망베르 치즈를 잘라 크래커 위에 올렸다. 마침내 그가 숨을 깊게 들이마시고 말을 이었다.

"죄송해요. 너무 힘드네요. 저희가 처음 만난 건 데이비드가 핏 조인트를 설립하고 얼마 후였어요. 저희 둘 모두를 잘 알던 친구들이 데이비드와 제가 잘 어울릴 것 같다면서 저녁 파티에서 소개해 줬는데, 친구들의 판단이 맞았어요. 첫눈에 반한다는 말을 믿지 않지만, 분명 강한 욕망 같은 게 타올라서 금세 진지한 관계로 발전했죠. 하지만 18개월쯤 지나자, 글쎄요…. 뭔가 달라졌어요. 저는 가정을 꾸리고 아이를 키우고 싶어 했지만 데이비드는 아니었어요. 현재의 삶에 만족했고, 아이를 가질 계획은 없다고 했죠. 그래서 서서히 소원해지다가 결국 헤어지게 됐습니다. 하지만 헤어진 후에도 계속 친구로 지냈어요. 그냥 친구로요. 지금은 에릭이라는 남자와 사귀고 있는데, 결혼해서 빨리 가정을 꾸리고 싶네요…."

이 말을 하는 그의 얼굴이 살짝 발그레해졌다. 그 모습에 내 입에서 미소가 배어 나왔다.

"잘됐네요. 축하드려요."

"데이비드도 그랬었죠. 진심으로 축하해 줬어요. 에릭을 굉장히 좋아했고, 제 바람대로 일이 잘 풀렸다며 진심으로 기뻐했죠. 운이 좋아서 아이를 키울 수 있게 된다면 데이비드에게 아이의 대부가 되어 달라고 부탁하려 했는데, 이젠…."

대런의 목소리가 다시 한번 갈라졌고, 눈에는 눈물이 가득 고였다.

"이런, 젠장. 데이비드에게 대체 왜 이런 일이 생긴 걸까요?"

작은 목소리로 내뱉고는 자신이 욕하는 소리에 불쾌해하는 사람이 있는지 확인하려는 듯 그가 카페 안을 휙 훑어보았다. 다행히 아무도 우리 쪽을 쳐다보고 있지 않았다.

"이유를 알았으면 좋겠지만, 저도 잘 모르겠네요."

내 대답을 끝으로 우리는 인터뷰를 잠시 멈추고 음식을 조금 먹은 다음 다시 이야기를 이어갔다. 아쉽게도 리사 터너의 오빠와 제인 홀랜드의 사촌을 인터뷰했을 때와 마찬가지로 데이비드 하우얼스 역시 나와는 아무런 공통점이 없었고, 다른 피해자들과의 연관성 또한 찾지 못했다. 변호사와 카지노 소유주, 피트니스 사업체 사장, 범죄 전문 기자로 직업도 가지각색이었고, 친구나 취미가 겹치지도 않았으며, 비슷한 과거가 있는 것도 아니었다. 말 그대로 피해자들 사이에는 아무런 공통점도 없었다.

작별 인사를 나눈 후, 대런은 인터뷰하는 사이 몰아치기 시작한 비바람에 어깨를 한껏 구부린 채 번화가를 따라 걸어갔다. 나는 차 안에 우두커니 앉아 몇 분간 허공을 바라보며 대런이 고통스럽게 묻던 질문을 떠올렸다.

"대체 데이비드에게 왜 이런 일이 생긴 걸까요?"

살인자에게 물어보면 사실대로 말해줄까? 문득 궁금증이 일었다. 모두가 처음부터 궁금해하던 질문에 마침내 대답해 줄까? 이유가 뭔지도 순순히 말해줄까? 결국 부모님과 관련이 있는 걸까? 아니면 한 사람, 한 사람을 특정해서 고른 걸까? 리사 터너, 제인 홀랜드, 데이비드 하우얼스.

그리고 마지막으로 메리 엘리스.

이미 세상을 떠나 그가 죽일 수 없는 마지막 한 사람까지.

차에 시동을 걸고 심호흡을 하며 천천히 차를 몰기 시작했다. 어쩐지 인터뷰 전보다 더 혼란스러워진 기분이 들었다. 실제 수사에 도움이 될 만한 좋은 일을 하고 싶었다. 하지만 미치광이 살인마를 마주할 생각까지 한다니 내가 정말 정신이 나간 걸까? 부들부들 떨려오는 손으로 운전대 위에 있는 핸즈프리 버튼을 꾹 눌러 피터에게 전화를 걸었다.

35

3월 12일 금요일

몇 번의 시도 끝에 드디어 피터가 전화를 받았다. 겁에 질린 채 눈물을 흘리며 아무런 설명 없이 앞으로 일어날 일 때문에 너무 무섭다고 흐느끼는 목소리로 말했다.

"메리, 진정해. 공황 발작 같은 게 살짝 왔나 봐. 내가 네 곁에 같이 있을게. 응? 너한테 나쁜 일이 일어나도록 내버려 두지 않을 거야. 너도 잘 알지? 자, 숨 쉬어 봐. 무서운 게 당연해. 안 무섭다면 사람도 아니게. 다 괜찮아질 거야. 정말이야."

피터는 부드러운 목소리로 천천히 나를 달래주었다. M4 고속도로에 진입할 무렵 피터가 오늘 집에 있을 거라는 말을 듣자 기분이 한결 나아졌다. 원래는 메간을 만나기로 되어 있었지만, 피터로서는 다행스럽게도 퇴근 시간 직전에 갑자기 야근을 하게 되어 메간이 친구를 만나러 갔다고 했다. 7시에 첼트넘에 도착해 소파에 파묻혀 있을 때 피터에게서 문자가 왔다. 10시 반에서 11시 사이쯤 집에 도착할 거라고 했다.

집에 가는 길에 피시 앤 칩스 사갈까? 먹을래?

고맙지만 배가 고프지 않다고, 너무 피곤해서 일찍 잘 거라고 답장을 써 내려갔다.

눈이 자꾸 감겨. 너 들어올 때 얼굴 보면 좋겠는데 지금 상태라면 아마 자고 있을 거야!

그러자 피터는 슬픈 얼굴을 한 이모티콘을 보내왔다. 뜬금없이 가슴이 살짝 설렜다. 기진맥진한 상태였지만 11시가 다 될 때까지 침대에 누워 텔레비전을 보며 깨어 있으려 안간힘을 썼다. 〈섹스 앤드 더 시티〉 드라마 중에서도 내가 가장 좋아하는 에피소드를 틀어놓고 캐리와 미스터빅이 점심을 먹으러 만났다가 결국엔 호수에 빠지게 되는 장면을 보고 있었다. 바로 그때, 방문을 두드리는 소리가 났다. 피터가 곧 올 거라고 예상은 하고 있었지만, 현관문이 열리는 소리나 계단을 올라오는 발소리를 듣지 못했다. 극도로 경계한 탓에 심장이 마구 뛰어댔다.

"제길, 피터. 아래층에서 부르든지 하지 그랬어. 진짜 간 떨어질 뻔했잖아."

방 안으로 머리를 빼꼼 들이민 피터를 향해 쏘아대듯 말했다.

"아이고, 이런. 미안해."

코트를 입은 채 방 안으로 들어오는 피터의 손에는 음식 포장용 봉투가 들려 있었고, 얼굴에는 웃음기 대신 미안한 기색이 역력했다.

"지금 같은 시기에 미처 그 생각을 못 했네. 사과의 의미로 감자 칩 어때?"

여전히 쿵쾅거리는 심장을 부여잡고 피터를 잠시 노려보다가 냄새를 킁킁 맡았다. 손에 든 봉투 안에서 맛있는 냄새가 유혹하듯 풍겨오자 뱃속에서 꼬르륵 소리가 났다. 그러고 보니 점심도 안 먹었네? 배고픈 게 맞나 보네.

"뭐, 괜찮네. 봉투 안에 또 뭐가 들었어?"

피터가 히죽거리며 대답했다.

"넘어올 줄 알았지. 가자미 튀김이랑 어니언링, 으깬 완두콩. 그리고 포크 두 개."

한숨을 내쉬며 말했다.

"젠장, 피터. 내 약점을 너무 잘 알고 있는 거 아냐? 어니언링을 어떻게 거부하겠어."

왜인지 그 순간 피터도 거부할 수 없었다. 피터는 소리를 내지르며 침대 위에 폴짝 올라앉아 봉투에 든 음식들을 야금야금 먹기 시작했다. 몇 분도 채 지나지 않아 피터는 몸을 숙여 내 턱에 묻은 타르타르소스를 닦아주었다. 그런 다음 아주 천천히 손가락으로 내 입술을 훑었다. 내 심장이 요동쳤다. 내 눈이 그의 눈과 마주쳤고, 우리는 한참 동안 서로를 뜨겁게 바라보았다. 그러다 키스를 하기 시작했고, 거친 숨을 내쉬며 서로의 옷을 찢듯이 벗겨냈다. 이미 잘 준비를 마치고 달랑 티셔츠 하나만 입고 있던 나는 금세 알몸이 되었고, 내 몸을 어루만지는 그의 손길에 흥분을 감추지 못하고 기분 좋은 신음 소리를 터뜨렸다. 섹스는 처음과 마찬가지로 너무나도 황홀했다. 섹스를 마친 후에도 피터는 내 곁에 머물렀다. 그의 기다란 근육질 다리 한쪽이 내 다리 위를 가로질러 놓여 있었고, 그의 따뜻한 숨결이 목덜미에 와 닿았다. 몇 분 동안 그대로 누워서 내 등에 맞닿은 그의 가슴이 부드럽게 오르내리는 것을 느끼며 내 감정을 정의하려 노력했다.

다른 여자의 남자 친구와 또 잠자리를 가졌다. 전보다 죄책감이 더 크냐고? 당연한 소릴.

그런데 행복한가?

이 또한 당연했다. 좋고 말고를 떠나서 지금은 너무 피곤하고 감성적인 상태라 제대로 판단하기가 힘들었다. 피터와 손깍지를 낀 채로 스르르 잠에 빠져들었다. 분명 내 얼굴에는 옅은 미소가 번지고 있었을 것이다.

36

3월 13일 토요일

흠칫 놀라 잠에서 깨어났다. 깜빡하고 평일에 맞춰놓은 알람을 끄지 않고 자는 바람에 아침 7시에 침대 옆 탁자에서 알람 소리가 쩌렁쩌렁 울려댔다. 눈을 뜨자마자 방 안에서 역겨운 냄새가 풍겨와 코를 찔렀다. 뭐야? 방 냄새가 왜 이래?

불현듯 어젯밤의 기억이 되살아났다. 슬며시 몸을 일으켜 방을 살펴보았다. 바닥에는 음식 포장용 봉투가 널브러져 있었고, 기름진 감자튀김이 차갑게 식은 채 크림색 카펫 위로 쏟아져 있었다. 헐. 설마? 침대 끝에 놓인 저거, 가자미 튀김이야? 고개를 돌려 옆에서 베개를 베고 곤히 자는 피터의 얼굴을 쳐다보았다.

"방에서 생선 가게 냄새가 나네. 안녕."

"젠장, 피터. 이제 진짜 그만해야 해. 어젯밤엔 또 어쩌다 그렇게 된 거야? 술 핑계를 댈 수도 없잖아. 어젯밤엔 우리 둘 다 술은 한 방울도 안 마셨다고."

"알아."

조금 잠이 깬 듯한 목소리로 피터가 두 눈을 비비며 말했다. 그런 다음 몸을 일으켜 침대 상판에 등을 대고 앉았다.

"아, 나도 잘 모르겠어. 그리고… 젠장, 벌써 7시야? 아침에 급하게 처리할 일이 있어서 사무실에 나가 봐야 해. 메간이랑은 점심때 만나기로 했어. 오늘은 무슨 일이 있어도 꼭 헤어지자고 말할게. 알겠지? 빨리 끝내야겠어. 특히나 어젯밤…. 아, 이런. 미안해. 지금 시간이 없어. 나중에 얘기하면 안 될까?"

또다시 죄책감이 밀려들었다. 불쌍한 메간. 미처 대답할 새도 없이 피터는 이불을 박차고 침대에서 일어나 바닥을 뒤지며 옷을 주섬주섬 챙겨 들었다. 부끄러운지 움켜잡은 옷으로 벌거벗은 사타구니를 가린 채 몸을 숙여 내 이마에 어설프게 입을 맞추었다.

"오늘 하루 잘 보내."

인사를 하고 나가다 말고 문 앞에 멈춰 서서 말을 덧붙였다.

"근데 방 청소 좀 해야겠다, 메리. 네 슬리퍼에 어니언링이 껴 있어. 봐봐, 저기에. 아니, 솔직히, 너처럼 게으른…."

"이 뻔뻔한 놈!"

베개를 냅다 집어 던지자 피터가 휙 피하더니 껄껄 웃으며 도망치듯 방을 빠져나갔다. 혼자 실실 웃으며 침대에 다시 눕자 오래 방치된 음식물 냄새가 코를 쑤셨다. 한 시간 후, 방 안은 다시 깨끗해졌고 환기를 위해 창문을 활짝 열어놓았다. 샤워를 마치고 아래층으로 내려가 오늘 하루를 어떻게 보낼지 골똘히 생각해 보았다. 이내 기분 나쁜 잡념들이 또 머릿속을 가득 채웠다.

피터를 향한 내 감정과 우리가 한 짓에 대한 죄책감에 더불어 빌어먹을 다이어리 킬러로 인한 익숙한 불안감이 또다시 거품처럼 일었다. 단연코 집에 콕 박혀서 잡념 따위에 빠져 있고 싶진 않았다.

"주의를 돌릴 만한 무언가 필요해."

주전자를 향해 냅다 소리쳤다.

결국 몽펠리에 상점가를 몇 시간 동안 배회한 끝에 헐렁한 크림색 리넨 바지 한 벌, 먹빛이 도는 파란색 도자기 꽃병 하나, 이탈리아 빵집에서 산 설탕에 절인 과일이 가득 든 카놀리 한 상자를 들고 집에 돌아왔다. 죄다 딱히 필요하지도 않고 썩 마음에 들지도 않는 물건들이었다. 주방에 앉아 차 한 잔을 마시며 버섯 파테를 토스트에 발라 먹고 있는데, 현관문이 열리는 소리가 났다. 뒤이어 두 사람이 활기차게 이야기를 나누는 목소리가 들려왔다. 피터랑… 아, 젠장. 뭐야? 메간이잖아. 빌어먹을 메간이네.

주방과 거실을 미친 듯이 두리번거렸다. 작은 소파 뒤로 달려가 숨고 싶다는 충동이 일었다. 그러다가도 금세 바보 같은 행동이라는 걸 깨닫고 그 자리에 잠자코 앉아 마음의 준비를 단단히 했다.

"어, 메리, 안녕."

피터가 메간과 함께 주방을 향해 걸어오며 말했다.

"아… 네가 집에 있을지 몰랐어. 쇼핑이나 다른 일 보러 나갔을 줄 알았어. 미안해…. 음, 금방 나갈 거야. 짐만 좀 챙겨서 메간네 집에 가려고…."

말도 어색했고 표정도 굉장히 불편해 보였다. 의심 가득한 눈초리로 피터와 나를 번갈아 바라보고 있는 메간을 애써 무시하며 어색하게 웃었다. 제발 좀, 피터. 메간한테 헤어지자고 말해. 왜 이렇게 꾸물대는 거야? 상황만 더 악화시키고 있잖아.

물론 생각만 했을 뿐 입 밖으로 내뱉지는 않았다. 대신 밝은 목소리로 대꾸했다.

"아, 괜찮아. 사실 쇼핑하러 나갔다가 방금 들어왔어. 간단하게 점심이나 먹으려고…."

그러면서 접시 쪽을 가리켰는데, 메간이 인상을 찌푸리며 물었다.

"둘 다 왜 이상하게 굴어? 싸우기라도 했어?"

"아니!"

"응! 우리가…."

나와 피터가 동시에 외쳤다가 곧바로 입을 다물었다. 제길! 입 다물어, 피터. 메간이 뒤로 한 걸음 물러나 우리 둘을 번갈아 흘겨보며 차갑게 따져 물었다.

"아, 누구 말이 맞는 건데?"

"진짜로 싸운 건 아니었는데."

자신 없는 목소리로 말하며 피터를 힐끗 쳐다봤는데, 나를 쳐다보는 그의 얼굴에…. 헐, 뭐야! 지금 웃음이 나와?

"그렇지. 싸운 건 아니었어. 잠깐 티격태격한 거야. 아무 문제 없으니 걱정하지 마. 난 그럼 얼른 위층에 올라가서 짐 챙겨 올게. 차라도 마시고 있어. 2분만 기다려. 알겠지?"

피터가 메간을 쳐다보며 말했다. 그런 다음 지나치게 열정적으로 주방을 폴짝폴짝 뛰어나갔다. 메간이 고개를 돌려 차가운 시선으로 나를 빤히 바라보았다.

"뭐 때문에 티격태격한 건데요, 메리?"

"음…."

메간의 질문에 내 머릿속이 바삐 움직였다.

"아, 어젯밤 피터가 야근하고 집에 오는 길에 음식을 포장해 왔거든요. 근데 먹고 치우지도 않고 잤더라고요. 오늘 아침에 집 안에 생선 비린내가 진동해서 말다툼을 좀 했어요. 별일 아니에요."

메간의 화가 어느 정도 누그러진 것 같았다.

"아. 어쩐지 들어올 때 무슨 냄새가 난다 했어요. 남자들이란. 저 물 한 잔만 마셔도 돼요?"

"네. 물론이죠."

메간이 나를 보며 살짝 웃길래 나도 덩달아 미소를 지으며 가슴을 쓸어내렸다. 큰일 날 뻔했네. 앞으로 계속 이럴 수는 없어. 정말….

메간은 유리 식기가 보관된 찬장을 열어 손잡이가 없는 유리컵을 하나 집어 들었다. 싱크대로 가 수돗물을 틀어 컵에 물을 가득 채운 다음, 몸을 돌려 나를 쳐다보았다. 몸에 꼭 맞는 분홍색 후드티와 조그만 흰색 별들이 총총 박힌 회색 레깅스를 몸에 딱 달라붙게 입고 있어서 탄탄한 몸매가 여실히 드러났다. 기다란 금발 머리는 깔끔하게 하나로 묶어 올렸고, 얼굴에는 마스카

라만 살짝 발랐을 뿐 다른 화장을 전혀 하지 않았는데도 피부가 생기있어 보이고 윤기가 흘렀다. 이렇게 매력적인 여자를 사귀고 있으면서 피터가 왜 나에게 관심을 보이는 건지 또다시 의아해졌다.

"음, 요즘 별일 없어요, 메리? 뭐 신나는 일이라도 있나요?"

메간이 조리대 위에 유리컵을 올려두며 물었다. 나는 차를 홀짝대며 고개를 절레절레 흔들었다.

"별로 없어요. 늘 똑같죠, 뭐."

"아."

내 말에 약간 놀란 듯 눈을 커다랗게 뜨며 되물었다.

"피터가 그러던데 이달 말에 짧게 해외여행 간다면서요?"

순간, 심장이 덜컥 내려앉았다.

해외로 갈 생각이 있다는 걸 메간한테 말했어? 대체 언제? 왜 그랬을까? 아무한테도 말하지 않기로 약속해 놓고….

"아… 아뇨. 계획이 바뀌었어요. 여행을 가려고 했었던 건 맞아요. 그런데 마음이 바뀌어서 이번 달 말고 하반기에 갈 생각이에요."

"그렇군요."

메간이 확연하게 느껴지는 이상한 표정으로 나를 쳐다보았다. 그 의중을 읽을 수가 없어 긴장되기 시작했다. 불안감이 스물스물 피어올랐다.

"그럼, 여기 있을 거예요? 앞으로 몇 주 동안? 여기 이 집에요?"

이전과 달리 목소리에 시퍼런 날이 서 있었다.

"네. 집에 콕 박혀 있으려고요!"

무슨 영문인지 모른 채 최대한 밝고 경쾌하게 말하려고 애썼다. 이윽고 피터가 더플백을 어깨에 메고 다시 나타났다. 밀려오는 안도감에 하마터면 손뼉까지 칠 뻔했다.

"피터! 그럼, 오늘 밤엔 안 들어오는 거지? 엘리한테 집으로 놀러 오라고 하게."

"아, 좋은 생각이네. 오늘 밤엔 안 들어올 거야. 그럼, 내일 봐."

말하는 내내 피터는 내 눈이 아니라 내 뒤쪽 벽을 쳐다보며 어색하게 행동했다.

"메간, 준비됐으면 이만 갈까? 안녕, 메리. 엘리한테 안부 전해 줘."

"그래."

내가 대답을 했을 때 피터는 이미 주방을 나가고 없었다. 복도를 따라 현관문으로 향하는 그의 발소리만 들려왔다.

"안녕, 메간."

작은 목소리로 메간에게 작별 인사를 건넸지만, 역시나 아무런 대답도 돌아오지 않았다. 대신 피터를 따라 방을 나서다 갑자기 고개를 홱 돌려 나를 쏘아보았다. 그런 메간을 빤히 쳐다보다가 불현듯 심장이 조여오는 기분이 들었다. 왜 나를 저런 눈으로 쳐다보는 거지?

아름다웠던 메간의 얼굴이 잔뜩 굳어있었다. 입술을 비죽거리더니 한쪽 입꼬리가 당겨져 올라갔다. 눈빛도 어쩐지 달라 보여

온몸이 바짝 긴장됐다. 메간의 얼굴은… 악마 같았다.

"잘 있어요, 메리."

메간이 목소리를 낮게 깔고 말했다. 살짝 위협적인 말투에 소름이 오싹 끼쳐왔다. 그녀는 몇 초 더 나를 노려보다가 피터를 따라 복도를 걸어갔다. 잠시 후 현관문이 닫히는 소리가 들려왔고 두 사람은 시야에서 사라졌다.

37

3월 15일 월요일

“메리? 바빠요? 잠깐 얘기 좀 할 수 있어요?”

기사 쓰기에 열중한 사이 사티시가 인기척도 없이 내 뒤에서 불쑥 나타났다. 인상을 팍 찌푸리며 고개를 돌려 그를 바라보았다. 두껍고 검은 머리카락은 늘 기교 있게 헝클어뜨려져 있었는데, 오늘은 새로운 스타일링 제품을 썼는지 머리가 단정하게 정돈되어 있었다.

“지금 좀 바빠서요. 15분쯤 뒤에 어때요? 자리에 가 있으면 이따가 제가 그쪽으로 갈게요.”

퉁명스럽게 툭 내뱉었다.

“알겠어요. 미안해요.”

말을 마친 후에도 그는 가지 않고 가만히 서 있었다. 몇 초간 불편한 표정으로 남색과 빨간색 줄무늬 넥타이를 만지작대더니 마침내 몸을 돌려 제 자리로 총총 돌아갔다. 멀어지는 그의 뒷모습을 지켜보며 한숨을 푹 내쉰 다음, 몇 글자를 더 끄적이다가 이내 그만둬 버렸다. 젠장. 흐름이 끊겼네.

그간 모은 자료를 바탕으로 오늘부터 기사를 쓰기 시작했다. 빌어먹을 사티시가 방해하기 전까지만 해도 술술 잘 써 내려가고 있었건만. 물론 살인 리스트에 내 이름을 올려둔 연쇄 살인마와 직접 대면하는 부분과 내가 죽을뻔한 상황을 어떻게 모면하고 운 좋게 살아남을 수 있었는지를 다룰 메인 기사는 아직 쓸 수 없었다. 실제로 일이 일어나기 전까지 알 수도 없을뿐더러 내 엄청난 비밀을 독자들에게 폭로하지 않은 채 진실을 털어놓을 방법을 궁리해내야 했기 때문이다. 그래서 그동안 모은 자료들을 정리해 리사와 제인, 데이비드의 삶과 죽음에 관한 부분을 먼저 쓰기 시작했다. 리사의 이야기부터 시작해 지금은 제인의 이야기를 쓰는 중이었다. 스텔라와 인터뷰하며 기록한 메모를 꼼꼼히 살펴보며 피터는 물론 메간을 생각하지 않으려 무진장 애썼다. 지금으로선 피터보다 메간이 더욱 마음에 걸렸다.

지난 토요일 메간과 주방에서 나눴던 대화와 집에서 나가기 전 나를 보던 그 표정이 머릿속에서 떠나지를 않았다. 솔직하게 말해서 무섭기까지 했던 메간의 얼굴이 떠오를 때마다 불안감에 온몸의 털이 곤두섰다. 자기 몰래 나랑 피터랑 무슨 짓을 했는지 눈치챈 걸까? 아니면 이미 다 알고 있나? 그래서 그런 걸까? 아니면 다른 이유가 있는 걸까? 나를 왜 그렇게… 혐오스럽게 쳐다봤던 걸까? 증오에 가까운 눈빛으로?

순간 등골이 오싹해졌다. 차디찬 손가락이 등줄기를 타고 올라오는 기분이 들었다. 그날 두 사람이 집을 떠나자마자 피터에게 급한 일이니 혼자 있을 때 빨리 전화해달라고 문자를 보냈었다. 거의 두 시간이 지난 후에야 전화가 걸려 왔을 때는 불안 못지않게 화가 치밀어 올랐다.

"메간이 샤워하러 갈 때까지 기다리느라 늦었어. 왜 그래? 무슨 일 있어?"

피터가 속삭이듯 말했다. 내가 이달 말에 여행을 갈지도 모른다는 사실을 왜 메간에게 얘기했냐고 성을 내며 따져 물었다.

"예전에 네가 여행 얘기를 처음 꺼냈을 때 말한 거야. 짧게 휴가를 갈 것 같다고만 했어. 네가 아무 말도 없이 몇 주씩이나 집을 비우면 메간이 이상하게 생각할지도 모르잖아. 메간은 아무것도 몰라. 정말이야. 아무한테도 말 안 했어. 아, 메리. 내가 정말 그 정도밖에 안 되는 인간으로 보여?"

피터의 목소리에 당황한 기색이 역력했다. 문득 너무 과민하게 반응했다는 생각에 조금 머쓱해졌다. 내가 몇 주씩이나 집을 비우게 되면 당연히 메간에게 미리 설명해 줘야 했을 터였다. 그래서 스트레스 탓을 하며 미안하다고 사과하고 전화를 끊었다. 하지만 메간이 날 바라보던 그 눈빛과 말투가 날 끈질기게 괴롭혔다. 가슴 깊은 곳에서 께름칙한 느낌이 자꾸 솟구쳤다.

그런데 대체 피터는 메간과 어쩔 속셈인 걸까? 토요일 밤에 또 메간의 집으로 자러 가서 어젯밤 내가 자러 갈 때까지도 집에 안 들어오더니 오늘 아침에는 내가 일어나기 전에 출근해 버렸다. 피터가 아무런 말을 하지 않는 걸 보니 아직도 메간과 헤어지지 않은 모양인데 나로서는 도무지 이해할 수가 없었다. 나와 피터와의 관계를 떠나서 도무지 피터답지 않은 행동이었다. 피터는 지금껏 여자친구를 두고 바람을 피우거나 양다리를 걸친 적이 한 번도 없었다. 솔직하고 정직한 남자였고, 피터의 그런 면이 좋았다. 그런데 지금 이런 행동은… 전혀 피터답지 않았다. 너무나도 이상했다.

고개를 이리저리 흔들며 일에 집중하려 노력해 봤지만 잘되지 않았다. 더군다나 사티시가 원하는 게 뭔지 알아보러 가야 할 시간이었다. 사티시와는 정말 아무 이야기도 나누고 싶지 않았지만, 마지못해 몸을 일으켜 그의 책상을 향해 터덜터덜 걸어갔다. 저 멀리 사티시가 맨 꼭대기 서랍장을 뒤적거리는 모습이 보였다. 그는 갈색 봉투를 꺼내려다가 내가 다가가자 다시 서랍 안으로 쑥 쑤셔 넣었다. 두 뺨을 붉게 물들이며 말했다.

"메리! 아, 고마워요. 음… 그게, 뭐냐면…. 어…."

뜬금없이 얼굴은 왜 붉히는지 의아해하며 빨리 용건을 말하기를 초조하게 기다렸다.

"아, 예전에 3월 31일에 뭐 할 건지 물어봤던 거 기억나요? 혹시 이달 말에 여행 가기로 결정했나요? 전에 물었을 땐 잘 모르겠다고 했었잖아요. 이제 2주 정도밖에 안 남았으니 궁금해서…."

"도대체 그딴 게 왜 궁금한 건데요?"

사티시의 질문에 결국 폭발하고 말았다. 버럭 내지른 내 목소리에 사티시는 몸을 크게 움찔했고, 주변 책상에 앉은 사람들이 우리 쪽을 쳐다보는 모습이 곁눈으로 들어왔다. 하지만 더는 참을 수가 없었다. 이달 말에 뭐 할 건지는 왜 자꾸 물어보는 거야? 제기랄….

가슴 속에서 주먹을 꽉 쥐기라도 한 듯 분노가 솟구쳐 올랐다.

"내가 어딜 가든 말든 그쪽이 상관할 바 아니잖아요."

내 목소리는 여전히 너무 컸지만 떨리고 있었다. 갑자기 울고 싶어졌다. 쾅쾅, 벽을 내려치고 사티시를 의자 밖으로 확 밀쳐버리고 싶었다. 그 무엇도 좋은 생각이 아니었다. 사티시는 사각형 안경 너머로 휘둥그레진 두 눈을 깜빡이며 입을 살짝 벌린 채 나를 멀뚱히 쳐다보았다.

"미안해요. 저는 단지…."

"아, 앞으로 제 곁에는 얼씬도 하지 마세요. 사티시랑 에드워드 둘 다 저한테 신경 끄라고요. 알겠어요?"

최대한 경멸스러운 눈빛으로 사티시를 쏘아본 다음 자리를 떴다. 몇몇 사람들의 호기심 어린 시선을 무시한 채 성큼성큼 발걸음을 내디뎠지만, 심장이 두근거리고 다리가 휘청거렸다. 겨우 몇 미터 떨어진 내 자리로 돌아와 가슴을 쓸어내리며 의자에 털썩 주저앉자 약간 어지러웠다.

뭐야 진짜? 사티시가 3월 31일에 내가 뭐 하는지 알아내려고 한 건 이번이 두 번째였다. 경찰이 뭐라고 생각하든 어떤 의미가 있는 게 분명해. 사티시와 에드워드가 직접적으로 연루되지는 않았어도 살인자에게 정보를 제공하고 있을 수도 있어. 살인 당일에 피해자들이 어디에 있을지 알아내서 범인에게 알려주고 있을지도 몰라. 새해 전날 옥스퍼드에 갔었던 이유도 그

때문일 거야. 그리고, 아, 젠장….

순간, 머릿속에 불쑥 떠오르는 것이 있었다. 조금 전 사티시가 서랍에서 꺼내다가 내가 다가가자 황급히 숨겼었던 봉투, 그 봉투 색깔이 갈색이었다.

다이어리 킬러가 보낸 편지가 들어 있던 봉투랑 똑같잖아? 괜한 억측인 걸까? 하지만 갈색 봉투는 사무실에서 흔히 쓰는 물건은 아니지 않은가?

덜덜 떨리는 두 손으로 핸드폰을 집어 들고 자리에서 일어났다. 다행히 사티시는 책상에 머리를 처박고 내 쪽으로 쳐다보고 있지 않았다. 이윽고 주방에 도착하자 감사하게도 텅텅 비어있었다. 문을 닫고 고든에게 전화를 걸었다. 곧바로 수화기 너머에서 그녀의 목소리가 들려왔다.

"메리 씨, 안녕하세요. 무슨 일 있어요?"

"아니요, 경장님. 별일은 아니고 방금 좀 이상한 일을 겪었는데, 스트레스가 너무 심해서요. 혹시 통화 괜찮으세요?"

"물론이죠, 무슨 일인데요?"

고든은 공감 어린 반응을 보이며 내 이야기에 귀를 기울였다. 다 듣고 난 뒤 살짝 뜸을 들이다가 이내 입을 열었다.

"메리 씨 심정은 충분히 이해합니다. 왜 아직도 걱정하시는지 잘 알겠으니 수사팀에 전달하도록 하겠습니다. 그런데요, 메리 씨. 두 사람은 이미 용의선상에서 제외되었어요. 아무런 혐의점도 발견되지 않…."

"고든 경장님! 사티시가 마지막 주 주말에 뭐 하냐고 물은 게 벌써 두 번째라니까요. 제가 어디에 있을 건지 알아내려는 거예요. 수상하지 않아요?"

내 목소리에 짜증이 고스란히 배어났다. 고든은 또다시 잠시 뜸을 들이다 입을 열었다.

"수상해 보이지는 않습니다, 메리 씨. 지금 지나치게 예민하고 긴장해서 그러신 듯해요. 메리 씨 입장이라면 누군들 안 그러겠습니까. 하지만 4월 1일에 나쁜 일이 일어나기란 거의 불가능하다는 거 메리 씨도 이미 잘 알고 계시잖아요. 그 사실에 집중하면서 평정심을 유지하려고 노력해 보세요. 일단 심호흡부터 몇 번 하시고 커피 한 잔 마시면서 다른 일에 집중하세요. 괜찮아지실 겁니다. 제 말대로 한번 해보세요."

"저는… 알겠어요, 경장님. 정말 죄송합니다."

정확하게 5분 동안 주방 조리대에 몸을 기대서서 마음을 가라앉히려 노력했다. 고든의 말이 맞았다. 앞으로 무슨 일이 벌어질지 모르니 정신을 똑바로 차려야 했다. 앞으로 2주만 더 버티면 되었다. 내가 폭발한 모습을 봤으니 적어도 사티시는 날 가만히 내버려 둘 것이다. 그래서 고든이 시키는 대로 했다. 깊게 심호흡을 한 뒤, 커피를 진하게 타서 무거운 발걸음으로 내 자리에 돌아갔다.

하지만 극도로 불안한 마음은 여전했다. 어깨 너머로 사티시 자리 쪽을 힐끗 쳐다보았다. 역시나 에드워드가 사티시 옆자리에 구부정하게 앉아 또 열심히 쑥덕대고 있었다. 두 사람 모두 내 쪽을 보고 있지 않았는데도 온몸이 으스스 떨려왔다. 뭔가 있다니까….

고개를 설레설레 흔들며 불길한 느낌을 억누르려 노력했다. 계속 이러다간 정말 미쳐버릴 것만 같았다. 단호히 고개를 돌려 컴퓨터 화면에 시선을 고정한 채 타이핑을 하기 시작했다.

38

3월 29일 월요일

첼트넘 중앙 경찰서

"3일입니다. 딱 3일 남았어요. 아주 세세한 부분까지 확실히 해 둬야 해요. 알겠습니까? 어떤 실수도 있어서는 안 됩니다. 자, 마지막으로 계획을 한 번 더 검토해 봅시다. 스탠리 경위가 설명할 테니, 다 함께 빠지거나 허술한 부분이 없는지 잘 살펴봅시다. 시작하죠."

스테프 워든 경감이 회의실 안을 이리저리 서성이며 말했다. 제스 고든 경장과 마이크 스탠리 경위가 앉아서 그녀를 바라보고 있었고 앞에 놓인 테이블 위에는 메모와 도표가 가득한 종이들이 반듯하게 올려져 있었다. 막 회의를 시작했는데도 이미 방 안에는 팽팽한 긴장감이 감돌았다. 스탠리는 머릿속으로 생각을 정리하며 동료들을 슬쩍 쳐다보았다. 고든은 주름 하나 없이 말끔한 이마를 잔뜩 찌푸린 채 불안 가득한 표정으로 찻잔을 두 손에 꽉 움켜쥐고 있었다. 워든은 며칠 동안 잠을 제대로 자지 못한 듯 피곤해 보였다. 최근 살이 빠졌는지 홀쭉해진 두 뺨이 창백했고 검은색 맞춤 바지의 앞자락에는 얼룩이 묻어 있었다. 그럴 만도 하지. 제일 중대한 사건이잖아. 다른 지역에서는 살인이 예고된 날짜만 알았을 뿐 피해자가 누군지는 전혀 알지 못했지만, 우리는 날짜와 피해자의 신원까지 정확하게 알고 있어. 살인마가 범행을 시도했는데 설령 우리가 망치기라도 한다면….

정말 생각조차 하고 싶지 않았다. 문득 워든이 딱하다는 생각이 들었다. 만에 하나 일이 잘못되면 잔뜩 성이 난 상관들에게 불려 가 온갖 모진 말을 들어야 할 것이다. 워든은 좋은 사람일 뿐 아니라 강인하고 결단력 있으며 똑똑했다. 과연 다이어리 킬러를 잡을 만큼 똑똑할까?

우리 중에 범인을 잡을 만큼 똑똑한 사람이 있기나 할까?라고 생각하며 스탠리는 자리에서 일어나 창가 쪽에 세워둔 화이트보드 앞으로 걸어갔다. 지난 2주간 시어워터 팀 전체가 마음을 다잡고 각고의 노력을 기울였지만, 범인의 정체는 수사를 시작했던 1월과 마찬가지로 여전히 미궁에 빠져 있었다. 이번 주 목요일이야말로 범인을 잡을 수 있는 마지막이자 어쩌면 유일한 기회일지도 몰랐다. 스탠리는 범인이 절대 나타날 리가 없다고 생각했지만, 또 모르는 일 아닌가. 범인은 분명 제정신이 아니었으니 만일을 대비해 만반의 준비를 해둬야 했다. 만에 하나 범인이 나타나서 검거에 성공한다면…. 우와. 감탄사가 절로 나오네.

스탠리는 목청을 가다듬었다.

"자, 그럼 내부부터 시작하겠습니다."

메리의 집 도면과 주변 거리가 그려진 화이트보드를 두드리며 설명을 시작했다.

"여기는 몽펠리에 거리에 위치한 더 그로브 21번지입니다. 메리 엘리스가 사는 곳이죠. 내일 직접 가서 모든 문과 창문의 잠금장치를 마지막으로 점검하고, 거주지 내 주요 방 안의 눈에 띄지 않는 곳에 비상 버튼을 설치할 예정입니다. 물론 비상 버튼을 눌러도 집안에서는 아무런 소리도 울리지 않지만, 저희 쪽에선 무언가 잘못되었다는 걸 즉각적으로 알 수 있을 테니 곧바로 집 안으로 출동할 수 있습니다. 또한 집 전체에 방탄유리 패널을 설치할 계획입니다. 창문 안쪽 유리에 덧대는 방식이며, 총알뿐 아니라 폭탄에도 깨지지 않습니다. 범인이 멀리서 총을 쏘거나 창문으로 무언가를 던질 경우를 대비한 조치입니다. 이전 살인 사건들을 볼 때 총이나 폭탄은 범인의 스타일은 아니지만 모든 가능성을 염두에 둬야 하니까요. 건물 앞뒤로 성능이 뛰어난 모션 센서 조명은 이미 설치를 마친 상태입니다. 반면, 몰래카메라나 도청 장치는 설치하지 않기로 결정됐습니다. 무엇보다 메리 씨가 집 안에 그런 장비를 두는 걸 불편해했고, 수사팀 역시 침입자에 대한 시야가 충분히 확보된 상태라고 판단하여 불필요하다는 데 모두가 동의했습니다. 아무리 어두운 밤이라 해도 눈에 띄지 않고 집 안으로 들어갈 방법은 없습니다. 범인이 투명망토를 쓴다면 몰라도요."

잠시 숨을 고른 뒤 깔끔하게 그려진 집의 지붕을 가리키며 말을 이었다.

"모든 가능성을 차단하기 위해 굴뚝과 다락방 출입구를 모두 봉쇄할 계획입니다. 지붕 쪽 공간으로 침입을 시도할 경우를 대비한 조치입니다. 또한 메리 씨의 집이 테라스하우스라는 점을 고려하면 인접한 집의 다락방을 통해서도 침입할 가능성 역시 있습니다. 이쪽으로도 소리 없이 눈에 띄지 않고 들어갈 방법은 없을 테지만 확실하게 해 두는 편이 좋으니까요. 기본적으로 메리 씨 집은 상자를 봉인하듯 모든 출입구가 봉쇄될 예정이니 집 안에서 문을 열어주지 않는 한 집 내부로는 접근이 불가능합니다."

회의실을 이리저리 서성이던 워든은 방 뒤쪽 벽에 서서 고개를 끄떡였다.

"좋습니다. 그럼, 비행기를 타고 와서 지붕 위로 폭탄을 떨어트리는 수밖에 없겠군요. 스탠리 경위 말대로 범인의 범행 수법과는 거리가 멀죠…."

"맞습니다. 그와 관련해서도 해당 지역에서 의심스러운 비행체가 목격되면 사전에 저희 쪽으로 연락이 오도록 이미 조치해 두었습니다."

스탠리의 말이 끝나자 고든 경장이 덧붙였다.

"불을 지를 가능성 역시 희박합니다. 범인이 발각되지 않은 채 불을 지를 만큼 가까이 접근하기란 불가능해요. 만반의 준비를 마친 듯합니다."

"저도 같은 생각입니다."

워든이 동의를 표했다. 스탠리가 설명을 계속 이어갔다.

"좋습니다. 음… 집 안에는 당연히 메리 엘리스가 있을 예정이고요."

잠시 말을 멈추고 물로 목을 축였다. 문득 겨드랑이가 축축한 느낌이 들었다. 셔츠에 땀자국이 번지지 않았기를 간절히 바랐다. 그런 다음 주택 도면에서 2층 거실 공간을 두드렸다.

"동거인인 피터 정 씨도 함께 머물기로 했습니다. 아시다시피 메리 씨의 가장 친한 친구인 피터 씨는 이미 철저한 조사를 마친 상황입니다. 메리 씨 곁을 지키며 보호해 주기 위해 집에 머물겠다는 의사를 확고하게 밝혔고, 메리 씨 역시 피터 씨가 함께 있어 주기를 원했습니다. 피터 씨는 저희에게 또 다른 눈과 귀가 되어 줄 것이며, 최악의 상황이 발생할 시 저희가 침투하기까지 1분 남짓 동안 메리 씨의 1차 방어선이 되어 줄 것입니다."

"멍청한 짓이나 영웅 행세 같은 건 하지 말라고 일러두었죠? 피해자가 두 명이 되는 일이 생겨서는 안 돼요. 물론 한 명도 없기를 바라지만…."

워든이 스탠리에게 물었다.

"네. 무슨 일이 생기면 곧바로 저희에게 알리라고 당부해 뒀습니다. 두 사람은 수요일 저녁 6시부터 모든 문을 잠근 채 집 안에만 머물 예정입니다. 가능한 한 2층 거실에서 벗어나지 말라고 권고했습니다. 저희의 시야에서 벗어나 잠깐 화장실이나 1층 주방에 음식 혹은 음료를 가지러 가는 것 정도는 괜찮지만, 잠은 물론이고 되도록 모든 걸 거실에서 해결하라고 일러두었습니다. 각자의 방으로 흩어지지 말고 한 공간에 있으라고 말이죠."

세 사람은 몇 초간 말없이 화이트보드를 응시했다. 잠시간의 정적을 깨고 스탠리가 21번가 앞 도로를 가리키며 보고를 계속했다.

"다음은 외부로 넘어가겠습니다. 18번가에 있는 집 꼭대기 층에 현재 공실인 방 하나를 빌려 감시 용도로 사용하기로 했습니다. 메리 씨의 집 바로 맞은편에 있어서 창문을 통해 메리 씨 집 전면은 물론 거리 전체를 감시할 수 있습니다. 모든 장비는 24시간 전부터 차근차근 최대한 신중하게 설치할 예정입니다. 감시 장비를 옮기는 경찰관들은 가구 배달원 복장을 한 채 작전에 투입되며, 주변에 배치되는 대원들 역시도 모두 사복을 착용하기로 했습니다. 범인이 근처에서 메리 씨 집을 지켜보고 있다가 지레 겁을 먹고 도망쳐 버리면 안 되니까요."

도면 위 거리를 따라 손가락을 움직이며 말을 이었다.

"이 거리와 주변 도로 곳곳에 잠복 경찰관이 배치될 예정입니다. 도로 공사 차량으로 위장한 밴 두어 대를 교차로에 배치해 몽펠리에 거리로 들어가는 사람 중 용의자로 의심되는 자가 있는지 감시할 겁니다."

그런 다음, 스탠리는 21번가 뒤쪽 편을 가리켰다. 메리의 집 뒤뜰 앞으로 아파트 단지의 내부 정원이 널따랗게 이어져 있었다.

"그로브 코트 아파트 단지 내 1층 공실에서도 잠복해 감시할 예정입니다. 메리 씨 집의 뒷문과 정확하게 맞은편은 아니고 약간 왼쪽입니다. 여기요…. 하지만 메리 씨 집이 굉장히 잘 보이는 곳입니다. 이쪽으로도 눈에 띄지 않고 뒤뜰이나 울타리 쪽으로 들어올 수 있는 방법은 없습니다. 아파트 정원으로 들어오려면 먼저 보안 검색대를 통과해야 하는 데다 메리 씨 집 뒷문 역시 잠겨있을 테니까요. 결국 앞쪽 도로변보다 집 뒤편으로 침입하기가 훨씬 더 어려운 셈입니다."

스탠리는 뒤로 물러나 화이트보드를 눈으로 훑었다. 빠트린 부분이 없다고 판단하고 기대감에 찬 얼굴로 워든 경장을 바라보았지만, 그녀는 여전히 방 뒤쪽에 무표정한 얼굴로 서 있기만 할 뿐 아무 말이 없었다.

"제 생각엔 이게 전부인 듯합니다, 경감님. 범인이 모습을 드러내기만 한다면 놓칠 일은 없습니다."

고든도 고개를 돌려 워든을 바라보았다.

"어떻게 생각하세요, 경장님?"

워든은 몇 초간 말없이 화이트보드를 빤히 쳐다보다가 이윽고 숨을 내몰아 쉬었다.

"준비는 완벽하게 된 듯하군요."

39

3월 30일 화요일

속이 메스꺼워 왔다. 화요일 오후인 지금부터 4월 1일이 공식적으로 시작되기까지 이제 약 서른세 시간 남짓 남아 있었다. 비로소 모든 게 실감 나기 시작했다. 온종일 사람들이 분주하게 움직이며 창문에 방탄유리 패널을 달고, 다락방 출입구를 못으로 박고, 곳곳에 비상 버튼을 설치했다. 불안감을 덜어주려는 조치라는 걸 잘 알고 있었지만 어째선지 시간이 갈수록 점점 더 불안해졌다.

"이제 마음이 좀 놓이시죠?"

머리를 박박 민 포동포동한 모습의 남자 하나가 계단을 느릿느릿 내려오다가 눈을 찡긋거리며 내게 말했다. 그는 파란색 작업복 차림으로 손에는 공구함을 들고 있었다. 작업 중인 사람들이 실제로 벌어지고 있는 일에 대해 얼마나 아는지는 몰랐지만, 분명 경찰은 자세히 설명해 주지 않았을 것이다. 그러니 나를 보안에 집착하는 강박증 환자쯤으로 생각하겠지. 그러거나 말거나 나는 아무런 질문도 하지 않았고, 인부들 역시 묵묵히 자기 일에만 집중하며 경찰이 지시한 대로 나를 귀찮게 하지 않았다. 이웃 사람들이 이 난리를 어떻게 생각할지 모르겠지만, 옆집에 사는 디나 말고는 딱히 아는 사람이 없었기에 크게 신경 쓰지 않았다. 디나에게는 미뤄왔던 집수리를 하느라 소음이 조금 발생할 거라고 미리 양해를 구했다.

일전에 몰래카메라와 도청 장치를 설치하자는 의견이 나왔을 때는 단호하게 반대했다. 사실 집에 어떤 장비를 설치하든 별로 신경 쓰지 않았다. 모든 게 설치되고 나면 범인이 내 근처에 접근하기란 거의 불가능해질 테니 외려 반기기까지 했다. 하지만 만에 하나 살인자가 집 안까지 들어온다면 경찰이 우리 대화를 엿듣게 될 위험을 감수할 수는 없었다. 피터 문제는 아무래도 그때 가서 즉흥적으로 대처해야 할 것 같았다. 살인자와 잠시나마 단둘이 있을 수 있도록 피터에게 도움을 요청하러 가라고 소리치면 되지 않을까? 침입자가 있다는 소식을 전하면 금세 경찰이 들이닥칠 것이다. 길어야 일이 분 정도면 도착할 테니 살인마에게 전해야 할 이야기를 하면서 잠깐만 붙잡아 두면 되겠지….

그래서 집 안에 카메라와 도청 장치는 설치하지 않기로 결심했다. 고든 경장에게는 살인 협박에 더불어 누군가가 우리 집 안을 훔쳐보고 엿듣는 것까지 감당하기가 너무 벅찰뿐더러 그 생각만으로도 두려워 견딜 수 없다고 둘러댔다. 이후 고든은 워든 경감과 다른 고위 경찰관들에게 내 의중을 전했고 결국 비상 버튼만 설치하기로 결정되었다. 피터 역시 내 의견에 힘을 보탰다.

내가 고든 경장과 이 문제로 이야기를 나눌 때 피터도 같이 있었는데 '스파이웨어' 따위를 집 안에 설치할 필요성을 전혀 못 느낀다고 주장했다. 하지만 피터는 지금 집에 없었다. 조금 전 오늘은 기필코 메간과 헤어지겠다는 말을 되풀이하며 집을 나섰다. 그렇다. 놀랍게도 두 사람은 여태 사귀고 있었다. 왜 자꾸 질질 끄는지 물어볼 때마다 애매한 답변만 둘러대는 통에 이제는 묻는 것조차 지겨워 포기해 버렸다. 피시 앤 칩스를 먹었던 그날 밤 이후로 피터와 다시 잠자리를 한 적은 없었다. 사실 지난 2주간 피터의 얼굴을 그리 자주 보지 못했다. 피터는 일 때문에 눈코 뜰 새 없이 바빴고 회계사 협회 회의 참석차 며칠간 런던까지 다녀와야 했다. 나 역시 바쁘게 지내려 노력했다. 더 허브에서 같이 일하는 사람들과 퇴근 후 몇 번 같이 놀기도 했고, 다이어리 킬러 기사를 마무리 지으려 심혈을 기울이는 한편 이 모든 일이 끝난 뒤 쓸만한 다음 기삿거리를 물색했다.

내가 그때까지 살아있다면 말이지. 이런 생각이 지금까지도 문득문득 머릿속에 떠오르고는 했지만, 과감하게 떨쳐 버리고 순간에 집중하려 노력했다. 어느덧 피터가 메간의 집에 간 지도 30분이 지났다. 헤어지자는 말만 하고 곧장 돌아오겠다고 했었지만, 금방 돌아올 거라는 기대는 추호도 하지 않았다. 그동안 나는 줄곧 주방에만 박혀 있었다. 집 안을 이리저리 휘젓고 다니는 사람들이 이미 작업을 다 마친 곳이었다. 2층에서는 여전히 작업이 한창이었다. 주방 바로 위에 있는 거실에서는 쿵쿵 망치질 소리가 울려 퍼졌다. 층계참에 있는 메인 욕실에서는 전동 드릴이 윙윙 돌아가는 중이었다. 수돗물을 틀어 유리컵에 물을 채운 뒤, 창가에 서서 한 모금 들이켜며 조용한 거리를 내다보았다. 경찰들이 잠복 기지로 사용하는 맞은편 꼭대기 층 창문을 가만히 바라보았지만, 방 안에서는 아무런 움직임도 없었다. 열린 커튼 틈 사이로 어두컴컴하고 텅 빈 공간만 시야에 들어왔다.

유리창 위에 방탄유리 패널을 덧대면 창문 밖이 뿌옇게 보일 줄 알았는데, 그러지 않아서 다행이었다. 아크릴이나 폴리카보네이트 재질로 만들어진 듯했는데 수정같이 투명했다.

"사실상 무적이에요."

조금 전 젊은 여자 하나가 방탄유리 설치를 마친 후 한걸음 뒤로 물러나 자신의 작품을 꼼꼼히 살펴보며 자랑스럽게 말했다.

"총알, 폭풍우, 반복적인 고강도 충격에도 절대 깨지지 않아요."

그런 다음 작업복에 손을 쓱 문질러 닦고 나를 향해 고개를 까딱하고는 방을 나갔다. 그녀는 작은 체구에 나이가 서른도 채 안 되어 보였다. 금발 머리칼을 양 갈래로 종종 땋아 내렸는데, 특이한 일을 하며 만족스러워하는 모습에 나도 덩달아 기분이 좋아졌다. 그녀의 작품은 이 일이 끝난 후에도 그대로 둘 모양이었는데, 이 일에 대한 작은 보상처럼 느껴졌다. 한편으로는 집값에 얼마나 보탬이 될까 싶었다. 집을 사려는 사람들이 방탄 · 방폭 유리를 희망 사항으로 꼽지는 않을 테니 말이다.

창문 밖을 멍하니 바라보다가 나도 모르게 미소가 새어 나왔다. 밝은 파란색 코트를 걸친 할머니가 느릿느릿 걸어가고 있었는데, 그 뒤를 토실토실한 푸들 한 마리가 손뜨개 강아지 옷을 할머니와 똑같은 색으로 맞춰 입고 졸졸 쫓아가고 있었다. 그런데 그 순간… 숨이 턱 막혀와 유리창에서 천천히 뒤로 물러났다. 혹시…? 맞네! 길을 따라 걸어오고 있는 저 남자, 빌어먹을 에드워드 쿠퍼잖아. 대낮에 우리 동네엔 웬일이지? 재빨리 한 걸음 더 뒤로 물러났다. 숨이 가빠져 왔다.

창문 밖의 에드워드는 우리 집에서 삼사 미터 떨어진 곳에 우뚝 멈춰 섰다. 조깅을 나온 사람처럼 운동복에 검은 레깅스, 몸에 꼭 맞는 검은색 후드티를 입고 있었다. 주머니에서 종이 한 장을 꺼내 쳐다보다가 우리 집으로 힐끗 눈을 흘기더니 다시 주머니 안으로 쿡 찔러 넣었다. 그런 다음 발걸음을 옮겨 우리 집 쪽으로 점점 가까이 다가왔다. 인도에서 집 현관으로 이어지는 진입로의 끝에 다다른 찰나, 다시 한번 발걸음을 멈췄다. 눈을 가늘게 뜨고 제대로 찾아온 게 맞는지 확인하는가 싶더니 이내 우리 집으로 한 발짝, 또 한 발짝을 내디뎠다. 순간, 현관문이 열리는 소리가 들렸다. 그러더니 인부 하나가 전화기를 귀에 댄 채 진입로에 불쑥 나타났다. 망치질과 전동 드릴 소리를 피해 밖으로 나왔는지, 집에서 몇 발짝 떨어져 인상을 쓴 채 2층 거실 창문 쪽을 올려다 보면서 통화를 이어갔다. 에드워드는 인도에 얼어붙은 듯 우두커니 서서 그 남자를 빤히 쳐다보았다. 당혹스러운 표정으로 어깨너머의 우리 집을 거듭 쳐다본 다음, 밖에 서 있는 남자를 응시했다. 다음 순간, 무언가 결심한 듯 몸을 홱 돌리더니 뒤도 돌아보지 않고 빠른 속도로 길을 따라 달리기 시작했고, 몇 초 후에는 시야에서 완전히 사라져 버렸다.

방금 무슨 일이 일어난 거지?

꾹 참고 있던 숨을 한 번에 내몰아 쉬자 안도감이 밀려들었다. 우리 집에 오려던 거 맞지? 그 남자가 불쑥 나타나는 바람에 마음을 바꾼 거야. 원했던 게 뭐였을까? 내가 집에 혼자 있길 바랐던 걸까? 대체 우리 집 주소는 어떻게 알아낸 거지?

기분이 좋지 않았다. 정말 끔찍한 기분이 들었다. 피터가 빨리 돌아오기를 간절히 바라며 고든에게 전화를 걸었다. 통화연결음을 들으며 생각했다. 경장님은 아마도 내가 완전히 미쳤다고 생각하겠지. 에드워드랑 사티시에게 집착한다고 생각할 거야.

하지만 이상하지 않은가? 뜬금없이 우리 집 앞에 나타나서 문을 두드리려는 찰나 마음을 바꿔 먹고 황급히 도망을 간다고? 정상적인 행동은 아니었다. 할 말이 있으면 전화를 하면 되지, 굳이 나 몰래 우리 집 주소를 알아내 불쑥 찾아온 이유가 뭘까?

"메리 씨, 안녕하세요. 거기 상황은 좀 어때요?"

"경장님! 잘 진행되고 있는 것 같아요. 다들 친절하시고 유능한 분들이세요. 경장님, 제가 전화를 드린 건 그 때문이 아니라…."

이런 일로 전화할 때마다 늘 그랬듯 고든은 내 말을 끝까지 듣고 잠시 침묵한 채 생각에 잠긴 듯했다.

"음, 그럼 아무 일도 없었던 거죠? 그냥 갔다니 조금 이상하기는 하지만, 보안 조치들이 오늘 중으로 마무리될 예정이니 전혀 걱정하실 필요 없습니다. 조깅하러 왔다가 우연히 메리 씨네 동네로 온 거 아닐까요? 집에 들러서 인사를 하려다가 마음을 바꿨을 수도 있잖아요. 지금은 메리 씨도 당연히 초긴장 상태일 테니 엉뚱한 추측을 하는 걸지도 몰라요. 마음을 편히 가지세요, 메리 씨. 이제 비상 버튼이 있으니 위험한 상황이 닥치면 언제든지 누르시면 됩니다. 아셨죠?"

"네, 그럴게요. 죄송합니다, 경장님. 그리고 고마워요. 그럼 나중에 봬요."

전화를 끊고 나니 기분이 조금 나아졌다. 비상 버튼 생각에 마음이 한결 편해졌지만, 에드워드에 대해서는 여전히 내 판단이 옳다고 생각했다. 고든의 생각이 어떠하든 에드워드가 조깅을 하다가 우연히 더 그로브까지 왔을 리가 없었다. 틀림없이 우리 집으로 오던 길이었다. 어쨌든 지금은 가고 없었으니 오늘 하루를 잘 버텨내려면 다른 데에 정신을 집중해야 했다. 주방 한구석에 놓인 소파에 자리를 잡고 앉아 영화 채널을 훑어보다가 미국 영화 하나를 골랐다. 홀어머니 밑에서 자란 뉴욕 출신의 젊은 여자 주인공이 나오는 영화였는데, 오랫동안 만나지 못했던 아버지가 영국 귀족이라는 사실을 알게 된다는 유치한 내용이었다. 영화가 끝날 무렵, 집 안의 작업도 모두 끝이 났다. 인부들은 웃는 얼굴로 손을 흔들며 작별 인사를 고하고 집을 떠났다. 바닥은 먼지 한 톨 없이 깨끗했고 모든 가구는 제 자리에 완벽하게 옮겨 놓은 모습을 보자 감동이 몰려왔다. 하지만 시간을 확인하자 눈살이 절로 찌푸려졌다. 6시가 넘었는데 피터는 아직도 집에 오지 않았다. 바쁠 게 분명하니 전화를 하거나 문자를 보내고 싶지는 않았지만…. 왜 이렇게 오래 걸려? 대체 뭘 하길래?

모든 상황이 절망스러워 한숨을 푹 내쉬자 배속에서 꼬르륵 소리가 났다. 갑작스레 허기가 져서 냉장고에서 바비큐 치킨 피자를 꺼낸 다음 오븐을 켰다. 2층 거실 텔레비전 앞에서 저녁을 먹으며 메를로 와인을 한 잔 마시고, 〈첫눈에 결혼했어요〉라는 리얼리티쇼의 최신 에피소드 세 편을 연달아 보면서 조금 더 마셨다. 밤 10시가 되자 술과 스트레스로 머리가 어지러웠다. 결국 피터를 기다리는 걸 포기하고 방으로 올라갔다. 침대에 눕자마자 까무룩 잠이 들었다가 얼마 후 깜짝 놀라 벌떡 깨고 말았다. 쾅, 아래층에서 현관문이 닫히는 소리가 울려 퍼졌다. 심장이 쿵쿵 뛰어댔다. 눈을 커다랗게 뜨고 깜깜한 방을 샅샅이 훑어보았다. 어둠 속에서 누군가 기다리고 있다가 확 달려들 것만 같아서 무서웠다. 자정이 다 된 시각이었고, 순간 엄습해 오는 두려움에 온몸이 굳어 버렸다. 침대 옆 탁자 끝에 눈에 띄지 않게 설치해 둔 비상 버튼을 찾아 힘겹게 팔을 뻗어 보았으나 내 손은 버튼 주변을 맴돌기만 했다. 바로 그때, 계단을 올라오는 발소리가 들렸다. 뒤이어 익숙한 소리가 울려 퍼졌다. 딸깍, 피터의 방문이 열렸다가 부드럽게 닫혔다.

피터네. 그냥 피터였어. 인제 집에 들어왔나 보네. 베개 위에 다시 얼굴을 파묻자 빠르게 뛰던 심장이 진정되기 시작했다. 피터의 발걸음 소리와 피터의 방에 딸린 화장실에서 변기 물소리가 들리더니 이내 정적이 찾아들었다. 이불을 끌어당겨 단단히 덮은 채 어수선한 잠에 다시 빠져들었다. 꿈속에서는 그림자 같은 형체들이 우리 집 앞을 미끄러지듯 유영했다. 시끄러운 사이렌 소리가 들려왔다. 그렇게 조금 지난 뒤 사이렌 소리가 멀어지며 그림자들도 함께 사라져갔다. 곧이어 사방이 다시 조용하고 평온해졌다.

40

3월 31일 수요일

사형수의 마음을 조금이나마 이해할 수 있을 것 같았다. 죽을 날까지 남은 시간을 거꾸로 세는 그 심정이 나와 똑같으리라. 아침 11시가 막 지나고 있었다. 4월 1일이 공식적으로 시작되기까지 열세 시간도 채 남지 않았다. 느닷없이 소망 목록을 작성하고 싶어졌다. 마지막이 될지도 모르니 남은 열세 시간 동안 내가 하고 싶었던 일들을 전부 해보고 싶었다.

"진즉에 다 써놨어야 했어! 작성할 시간이 몇 주나 있었는데도 왜 여태 안 했을까? 나란 인간은 대체 왜 이런 걸까?"

피터가 눈동자를 굴리며 대꾸했다.

"쓸데없는 소리 하지 마. 네가 소망 목록 같은 게 왜 필요해? 너 내일 안 죽어. 알겠어? 뭐, 그래서 네 기분이 나아진다면 오늘 오후에는 네가 하고 싶은 거 하자. 어차피 내일은 온종일 집 안에 갇혀 있어야 하잖아. 자, 말해봐. 그 멍청한 목록에 있는 게 뭐야?"

"어, 근데 사실 소망 목록 같은 거 없어. 오래전에 미리 적어뒀더라면 좋았겠다, 뭐 그런 얘기지…."

말을 하면서도 나 자신이 약간 바보 같다는 생각이 들었다. 피터는 답답하다는 얼굴로 나를 쳐다보았다.

"그렇구나. 참, 너 팜 파크 가는 거 좋아하잖아. 자, 나갈 준비해. 점심때 가서 신선한 공기도 쐬고 카페에 가서 차랑 케이크도 먹고 오자. 격리 시작 전에 말이야. 어때?"

고개를 끄덕이며 대답했다.

"좋아. 아주 완벽한 계획이야. 고마워, 피터. 후딱 올라가서 재킷만 좀 가져올게."

한 번에 계단을 두 칸씩 성큼성큼 올라가는데, 갑자기 간절하게 집 밖으로 나가고 싶어졌다. 앞으로 닥칠 일을 생각하면 여전히 두려움이 물밀듯이 밀려왔지만, 오늘만큼은 자정이 시작되기 전까지 매시간, 매분, 매 순간을 즐기려고 애쓰고 있었다.

오늘은 봄답게 맑고 화창했지만, 4월이 코앞인데도 여전히 겨울의 기운이 남아 공기는 쌀쌀했다. 옷걸이에서 짙은 남색 얇은 패딩 재킷을 꺼냈다. 그런 다음 내가 가장 좋아하는 황갈색 가죽 가방에 핸드폰과 현금, 립밤을 챙겨 넣으며 생각했다. 오늘 하루 신데렐라가 된 기분이네.

자정이 되면 신데렐라의 마차는 호박으로, 야회복은 누더기로 변한다. 나 역시 자정이 되는 순간 잠재적인 살인 피해자의 신분이 되어 내 거짓 정체와 거짓 인생 모두가 탄로 날 위기에 처하게 될 것이다.

몸을 부르르 떨며 재킷을 챙겨 입은 뒤 옷깃을 세우고 단추를 잠갔다. 오후 내내 피터와 오붓하게 보낼 생각에만 집중하려 했다. 사실 피터에게 어제 메간과 무슨 일이 있었는지 지금까지도 자세한 이야기는 듣지 못했다.

"어젯밤에 늦게 들어왔더라."

오늘 아침에 피터와 주방에서 함께 커피를 마시며 무심하게 툭 내뱉었다. 나는 부스스한 머리를 틀어 올린 채 여전히 잠옷 차림이었고, 피터는 달리기 복장을 차려입고 나와 10킬로미터를 뛰려면 카페인부터 충전해야 한다고 말했다.

"어떻게 됐어? 메간이 잘 받아들였어?"

피터가 한숨을 푹 내쉬며 조리대 윗면에 난 조그만 자국을 집게손가락으로 벅벅 문대며 말했다.

"아니. 생각보다… 훨씬 더 오래 걸리더라. 아주 많은 대화가 오갔어. 그래도 완전히 끝났어. 이제 새로운 시작을 할 시간이지."

피터는 고개를 들어 사랑스러운 눈으로 내 눈을 마주 보았다. 서로를 지긋이 바라보며 한동안 가만히 앉아 있었다. 그러다 피터가 입을 열었다.

"근데 우리 둘 이야기는 다음에 하면 안 될까? 일단 다음 24시간 먼저 잘 버티고 나서 하자. 그럼 난 조깅하러 갔다 올게. 이따 봐."

남은 커피를 꿀떡꿀떡 마시더니 자리를 박차고 일어나 나가 버렸다. 메간이 헤어지자는 피터를 붙잡고 대화를 대체… 몇 시간이나 한 거지? 여덟아홉 시간?

밖으로 나갈 채비를 마치고 아래층으로 내려는 길에 문득 메간이 걱정됐다. 그래도 괜찮았으면 좋겠다. 세상에 결코 좋은 이별이란 없다. 더욱이 메간은 피터를 많이 좋아하는 듯했다. 하지만 피터의 말대로 오늘 밤과 내일을 잘 버텨내는 일이 급선무였다. 나머지 일은 그 이후에 걱정해도 충분할 터였다. 무엇보다 지금은 아래층 복도에서 피터가 기다리고 있었다. 자동차 열쇠를 손가락에 대롱대롱 매달고 피터가 말했다.

"운전은 내가 할게."

우리 둘 다 매우 복잡한 심경이었는데도 불구하고 오늘 오후를 굉장히 즐겁게 보냈다. 팜 파크는 첼트넘에서 25킬로미터 정도 밖에 떨어져 있지 않아 차로 쉽게 갈 수 있는 거리였고, 수요일 오후에다가 방학도 아니라서 사람이 별로 없었다. 주차장에 차를 대고 표를 사서 입장하자 몇몇 사람만이 방목장 사잇길을 돌아다니고 있었다. 우리는 희귀 동물들을 볼 수 있는 코스를 한 바퀴 돌았다. 골든 건지 염소들의 장난스러운 행동에 웃음을 터뜨렸고, 댕기 오리 머리의 깃털이 동그란 모자를 쓴 것처럼 자라난 모습을 감탄하며 바라보았다. 기념품 가게에서 소 모양으로 만든 수제 초콜릿을 산 다음, 카페 창가에 앉아 얼그레이 차와 함께 레몬 드리즐 케이크를 먹으며 허드윅 품종의 양들을 구경했다. 어미 양이 지켜보는 가운데 아기 양들이 뛰어놀고 있었는데, 얼굴이 검은 곰돌이처럼 생겨서 마치 웃고 있는 것처럼 보였다. 우리는 오후 4시가 되어서야 농장에서 나와 집으로 향했다.

돌아오는 차 안에서 각자 생각에 잠긴 채 아무런 이야기도 나누지 않았다.

몇 분 뒤 도착한 집 앞에 고든 경장이 기다리고 있었다. 나를 보자마자 커다란 종이 상자를 쑥 내밀었다.

"오늘은 긴긴밤이 될 테니까요. 어쩌면 내일 밤까지요. 도움이 될 만한 것들을 좀 담아왔어요. 저희 팀에서 드리는 작은 감사의 표시라고 생각해 주세요, 메리 씨."

"세상에. 고마워요. 이게 다 뭐예요?"

상자를 복도 바닥에 내려놓고 쭈그리고 앉아 뚜껑을 열어보았다. 피터가 궁금한 듯 내 어깨 너머로 들여다보더니 큰소리로 외쳤다.

"우와! 저거 스팅킹 비숍이에요? 냄새가 여기까지 솔솔 나는걸! 제가 세상에서 제일 좋아하는 치즈예요. 어떻게 아셨어요?"

나는 꼬릿한 냄새에 코를 찡그렸다. 상자 안에는 맛있어 보이는 온갖 음식들이 가득했다. 소금을 뿌려 짭짤한 크래커 한 봉지, 절인 고기가 담긴 작은 쟁반 하나, 블랙베리와 사과 처트니 소스 한 병, 아몬드가 박힌 올리브 한 병, 생강 비스킷 한 상자, 동그란 아일 오브 멀 체더 치즈 한 덩이, 마지막으로 당연히 스팅킹 비숍이 들어 있었다. 스팅킹 비숍은 지역 특산 치즈 중 하나다. 이 치즈를 제조할 때는 술을 사용하는데, 그 술의 원재료인 배 품종 이름을 따 스팅킹 비숍이라 부른다고 했다. 맛이 크림처럼 아주 부드럽고 은은하다고 알려졌지만, 나로서는 고약한 냄새 때문에 맛은커녕 근처에 가본 적도 없었다. 반면 피터는 집착에 가까울 정도로 좋아해서 농산물 직판장이나 레스토랑에서 파는 걸 볼 때마다 흥분을 주체하지 못했다.

"네가 이 치즈 엄청 좋아한다고 몇 주 전에 경장님께 내가 말했어."

몸을 일으켜 세우며 내가 말했다.

"전에 소풍 얘기를 하다가 경장님이 저한테 좋아하는 간식이 뭐냐고 물어봤었죠? 그때 스팅킹 비숍 얘길 꺼내면서 제가 제일 싫어하는 음식이지만 피터는 냄새나고 오래 묵힌 그 치즈에 환장한다고 했잖아요. 앙큼하시기는. 정말 감사합니다. 이렇게나 많이 챙겨 주시다니."

고든은 광대뼈 언저리를 붉히며 생긋 웃었다.

"이 정도는 받으셔야죠. 지금껏 굉장히 잘 버텨내셨잖아요. 힘드시다는 거 잘 알아요. 하지만 고생도 이제 곧 끝이에요. 다음 24시간 동안 무슨 일이 일어날지 잘 지켜보자고요. 살인범이 모습을 드러내기만 한다면 잡을 수 있어요…."

"그럼, 저희를 위한 최후의 만찬이라고 생각하겠습니다."

그의 팔을 주먹으로 퍽 치자 피터가 움찔했다.

"피터! 제발 그런 농담은 하지도 마."

피터가 얼굴을 일그러뜨려 미안한 표정을 지으며 대꾸했다.

"최악의 농담이었네. 미안. 경장님, 그럼 준비는 끝난 건가요? 자정을 대비해 다들 제자리에서 대기 중인가요?"

"아직 준비 중인 대원들도 곧 준비를 다 마칠 겁니다."

고든이 어깨 너머로 맞은편 집을 쳐다보며 대답했다.

"저는 워든 경감님, 그리고 다른 대원들과 함께 바로 맞은편 집에 있을 거예요. 두 분 다 기분은 괜찮으시죠? 무슨 일이 생기면, 정말 어떤 일이라도 생기면 어떻게 해야 하는지 다 알고 계시죠?"

"네. 설명 잘 들었습니다. 워든 경감님이 세 번이나 찾아오셔서 저한테 거듭 설명해 주셨고, 피터도 두 번 들었으니 문제없을 거예요."

내 말이 끝난 뒤, 잠시 그 자리에 서서 서로를 바라보았다. 순간, 고든이 한 발자국 앞으로 다가오더니 두 팔을 벌려 나를 꼭 감싸 안아주었다. 내가 알아챌 새도 없이 순식간에 벌어진 일이었다.

"행운을 빌어요, 메리 씨."

속삭이듯 말한 다음 안고 있던 두 팔을 놓아주었다. 고든의 두 뺨이 아까보다 훨씬 더 발그레해져 있었다.

갑작스러운 신체 접촉에 다분히 놀랐지만, 나도 고마운 마음에 손을 내밀어 고든의 팔을 꼭 쥐며 말했다.

"그동안 정말 감사했습니다, 경장님. 경찰분들께도 행운을 빌게요. 긴긴밤이 될 테니까요."

"두고 봐야죠. 그럼 몸조심하세요. 아셨죠? 두 분 모두요. 이 일이 다 끝나고 다시 만나요."

그녀는 피터에게 고개를 까딱했다. 그런 다음 몸을 돌려 잰걸음으로 조금 떨어진 곳에 주차된 차로 향했다. 피터와 나는 멀어져가는 그녀의 뒷모습을 빤히 바라보았다.

"정말… 감동이다. 그치? 너 괜찮아? 상자 안에 있는 음식들 꺼내 놔야겠네. 자, 그럼 문 잘 잠겼는지 다시 한번 확인하고 파티를 시작해 보자고."

피터가 허리를 숙여 상자를 집어 들며 말했다. 나는 고개를 끄덕였다.

"응. 괜찮아. 가서 목욕 먼저 하고 올게. 조금 이따 봐."

"좋은 생각이네. 거실에서 기다리고 있을게. 이따 봐."

피터는 복도를 따라 주방을 향해 걸어갔다. 나는 다시 현관문으로 다가가 문이 잘 잠겨있고 빗장도 잘 채워져 있는지 꼼꼼히 확인한 다음, 3층으로 올라가 내 방에 딸린 욕실로 들어갔다. 물을 틀고 창가 선반에 줄지어 놓인 목욕용 오일을 훑어보다가 라벤더와 재스민을 골랐다. 평소 이 향을 맡으면 긴장이 풀리고는 했었는데 오늘도 같은 효과를 발휘할지는 확실치 않았다. 순간, 기이한 느낌이 온몸을 감쌌다. 고든이 돌아서서 걸어가던 뒷모습을 바라볼 때부터 시작되었던 감정이 점점 격해지고 있었다. 옷을 벗고 따뜻한 욕조 안으로 들어가 몸을 담갔다. 어깨에 닿은 물이 찰랑거렸다. 숨을 깊게 들이마시고 침착함을 유지하려 힘겹게 애썼다. 진정해, 메리. 피터가 옆에 있잖아. 게다가 경찰들이 우리 주변을 그물처럼 에워싸고 있으니 안전해. 나쁜 일이 일어나려야 일어날 수가 없지. 아무 일도 일어나지 않을 거야.

왜인지 기분은 더 나빠지기만 했다. 목구멍이 따가웠고 따뜻한 물에 몸을 담그고 있는데도 가슴 속 깊이 한기가 느껴졌다. 나를 도와주려는 사람들에게 둘러싸여 있는데도 철저히 홀로 남겨졌다는 생각이 엄습해 왔다.

왜 이러지? 갑자기 왜 이런 기분이 드는 걸까? 진정으로 도와주려는 사람이 하나도 없는 것 같았다. 무슨 일이 벌어지든 오롯이 나 혼자서 감당해 내야 할 것만 같았다. 눈물이 두 빰을 타고 턱까지 흘러내려 라벤더 향이 나는 물 위로 뚝뚝 떨어졌다. 흐르는 눈물을 닦지도 않은 채 욕조에 누워 흐느꼈다. 차갑게 식은 물에 오들오들 몸이 떨려오기 시작할 때가 돼서야 밖으로 나와 옷을 챙겨 입고 거실로 내려갔다.

41

4월 1일 목요일

틱. 틱. 틱.

더 그로브 18번지의 거실 벽난로 위에는 커다란 디지털시계가 놓여 있었다. 제스 고든 경장이 시계의 초침이 움직이는 모습을 멍하니 바라보고 있었다.

23시 57분.

23시 58분.

23시 59분.

00시 00분.

"자정이에요."

고든이 속삭이듯 말했다. 그런 다음 왜 그랬는지 어리둥절해하며 소리를 높여 다시 한번 반복해서 말했다.

"자정입니다. 지금부터 시작이에요."

모두가 서로의 얼굴을 바라보았다. 어두컴컴한 방안에는 가로등 조명이 희미하게 새어 들어와 얼굴만 간신히 식별할 수 있는 정도였다. 총 다섯 명이 2층 거실에 앉아 있었다. 이 주택은 일부 가구만 갖춰놓고 세를 놓는 집이었으나 지금은 공실이었다. 집주인은 경찰이 이틀을 빌리는 대가로 돈을 두둑이 내겠다고 하자 흔쾌히 집을 내어주었다. 거실은 길 건너 메리 엘리스의 2층 거실을 정면으로 마주하고 있었지만 그 분위기는 사뭇 달랐다. 밝고 널찍한 메리의 방과는 달리, 낡아서 다 헤지고 얼룩덜룩한 회색 카펫만이 바닥에 덩그러니 깔려 있었다. 가구라고 해 봤자 작은 식탁 하나와 삐걱대는 나무 의자 두 개, 푹 꺼진 갈색 소파 하나가 전부였다. 장비를 올려둘 접이식 테이블과 의자는 물론 비행기 조리실처럼 협소한 주방에서 사용할 주전자와 토스터, 전자레인지까지 수사팀이 직접 가져와야 했다. 중앙난방시설은 설치되어 있지 않았고, 입구가 막힌 벽난로 옆에 오래된 4단 전기히터 하나만 달랑 놓여 있었다. 한 시간 전쯤 텁텁한 방 안 공기를 참지 못다 못한 워든은 괴로운 듯한 소리를 내며 몸을 일으켜 시원한 밤바람이 불어 들어올 수 있을 정도로만 창문을 살짝 열었다.

"이제 진짜 시작이군요."

워든이 말했다. 그녀는 마이크 스탠리 경위와 창가에 앉아 거리를 내려다보고 있었다. 두 사람 뒤에는 고든이 앉아 있었다. 유능하고 능숙해 보이는 경찰관 두 명과 함께였는데, 이름은 제임스와 미리엄이라고 했다. 이들은 인근 도로와 메리의 집 뒤편 '더 그로브 코트 아파트' 내부에 잠복한 경찰관들로부터 주기적으로 상황을 보고받는 중이었다. 지금까지는 아무런 움직임도 없었다. 밤늦게 개를 산책시키는 사람과 느긋하게 지나가는 커플 몇 명이 포착됐지만, 모두 다 더 그로브 21번가로 접근하기는커녕 눈길조차 주지 않았다. 어차피 자정 전에 어떤 움직임이 있으리라 기대하는 사람은 없을 거라고 고든은 생각했다. 하지만 이제… 4월 1일이었다. 갑작스레 공기에 긴장감이 감돌았다. 스탠리가 의자를 움직이는 소리가 들렸고, 워든이 손등으로 이마를 훔치는 모습이 고든의 눈에 들어왔다. 경감님 긴장하셨나 보네. 하긴 지금 긴장하지 않은 사람이 있겠어? 메리 씨 기분이 어떨지 상상도 안 가….

"커피 드실 분?"

고든이 물었다. 당장 뭐라도 해야 할 것 같은 마음에 자리에서 벌떡 일어났다. 잠깐이라도 어두컴컴한 방을 벗어나 밝은 주방으로 가 분주하게 움직이고 싶었다.

"한잔 부탁해요. 고마워요."

워든이 어깨너머로 대답했다. 뒤이어 여기저기에서 다른 사람들도 "저도요. 고마워요."라고 중얼대듯 말했다. 기쁜 마음으로 몸을 일으킨 다음 거실을 빠져나왔다. 짧은 복도를 따라 비좁은 침실과 작은 욕실을 지나쳐 방문을 열자, 금이 간 조리대와 70년대 스타일 타일로 장식된 주방이 나타났다.

"주방 타일에 바닷가재가 그려져 있네요. 저런 걸 좋아하는 사람도 있어요?"

아파트를 처음 방문했을 때 고든이 속삭이듯 말했다. 그러자 스탠리가 씩 웃으며 농담을 던졌다.

"김을 불에 구우면 안 되는 이유가 뭐게요?"

"뭐라고요?"

고든이 인상을 찌푸리며 되물었다.

"기미주근깨."

스탠리는 낄낄 웃다가 고든이 목을 조르는 시늉을 하자 재빨리 몸을 수그려 피했다. 고든은 주전자에 물이 충분한지 확인한 뒤 불 위에 올리면서 스탠리의 썰렁한 농담을 다시 떠올렸다. 피식, 웃음이 새어 나왔다.

"이런! 젠장! 저기 좀 보세요!"

거실에서 다급하게 외치는 낮은 목소리가 들려왔다. 고든이 곧장 몸을 돌려 거실로 돌아가자 모두가 창문에 달라붙어 거리를 내려다보고 있었다.

"왜요? 무슨 일이에요?"

스탠리가 쌍안경을 눈에 댄 채 몸을 앞으로 숙였다. 그런 다음 조용한 목소리로 말했다.

"현관문 앞에 누가 있습니다. 북쪽 끝에서 길을 따라 빠르게 걸어 내려왔어요. 검은 옷차림에 후드를 머리끝까지 뒤집어쓰고 있어 남자인지 여자인지 구분하기가 어렵습니다. 방금 초인종을 누른 것 같은데…."

"손님이 찾아오기엔 많이 늦은 시간인데요. 수요일 밤 자정이 넘었잖아요. 근데 범인이 진짜 초인종을 누를 거라고 보세요?"

제임스가 말했다.

"버밍엄에서 그랬잖아요. 기억 안 나요? 제인 홀랜드 집에서요. 범인일 줄이야 꿈에도 몰랐겠죠. 하지만 우리는 범인이 찾아올 걸 미리 알고 있는 상태인데…. 어떻게 할까요, 경감님?"

스탠리가 물었다.

"일단 조금만 지켜봅시다."

워든이 쌍안경 안을 뚫어져라 쳐다보며 대답했다. 그녀의 턱 근육이 잔뜩 긴장되어 있었다.

"현관문에 있는 작은 구멍으로 밖을 내다볼 수 있어요. 모르는 사람이면 안 열어 줄… 이런, 잠깐만요…."

고든이 쌍안경을 집어 들고 초점을 맞추었다. 순간, 스탠리의 '헉' 하는 소리가 들려왔다. 메리의 집 현관문이 서서히 열리더니 복도를 비추는 불빛 사이로 피터 정이 나타났다. 현관 밖에 서 있는 사람이 열심히 손짓을 써가며 무어라 말을 하고 있었고, 피터는 잠자코 서서 경청했다. 그런 다음 고개를 돌려 어깨 너머를 힐끗 쳐다보더니 다시 방문객을 바라보며 말을 건넸다.

"제기랄! 설마…?"

스탠리가 말했다. 제임스가 뒤에서 낮게 휘파람을 부는 소리가 고든의 귓가에 와닿았다.

"맞습니다. 집 안으로 들어가는데요."

길 건너편에서 방문객이 집 안으로 들어갔다. 뒤이어 현관문이 굳게 닫혔다.

42

4월 1일 목요일

"괜찮아! 메간이야! 같이 올라갈게."

피터가 아래층에서 외쳤다. 그제야 떨리는 숨을 길게 몰아쉬었다.

안도감이 밀려오는 동시에 머릿속이 복잡해졌다. 메간? 저 여자가 여긴 웬일이지? 대체 피터는 왜 메간을 집 안으로 들인 거야? 피터와 나는 깨어 있었고 경찰이 시키는 대로 거실에 같이 앉아 있었다. 텔레비전에 심야 코미디 프로그램을 틀어놓기는 했지만 집중해서 보고 있지는 않았다. 저녁 식사 후, 우리는 고든 경장이 가져온 체더와 스팅킹 비숍 등 각종 치즈를 접시에 보기 좋게 담고 치즈와 같이 곁들일 시라즈 와인 한 병을 땄다. 하지만 둘 다 술을 마실 기분이 아니어서 몇 모금만 홀짝대다 잔을 한쪽으로 치워버렸다.

"오늘 술이 별로 안 당기네. 너는?"

피터가 작게 중얼거리듯 물었고 나는 고개를 끄덕였다. 그러면서도 피터가 냄새나는 치즈를 꽤 많이 먹어 치우는 모습이 조금 웃기기도 했다.

자정이 막 지났을 무렵, 현관문에서 울리는 초인종 소리에 깜짝 놀라 심장이 목구멍으로 튀어나올 뻔했다. 나도 모르게 온몸을 공처럼 말고 천을 뚫고 들어갈 기세로 소파 안으로 깊숙이 파고들었다. 피터는 내 눈을 빤히 쳐다보며 잠시 머뭇거리다 이내 벌떡 일어나 현관문으로 향했다.

"피터! 안돼!"

크게 소리쳤지만 이미 피터는 계단을 반쯤 내려간 후였다.

"그냥 누군지만 보고 올게. 문은 안 열 거야!"

그래 놓고 피터는 겸연쩍은 얼굴로 2층에 다시 올라왔고, 몇 발자국 뒤에 메간이 서 있었다.

꼴이 말이 아니네. 메간은 검은색 스키니진에 아무런 무늬가 없는 남색 후드티를 입고 있었다. 거실로 걸어 들어오면서 머리에 쓰고 있던 후드를 벗었는데, 머리는 빗질도 하지 않은 듯 헝클어져 있었고 눈언저리가 퉁퉁 부어 시뻘겠다.

"미안해, 메리. 근데…."

지금은 전 여자친구가 된 메간을 가리키며 피터가 말했다. 나는 하는 수 없이 고개를 끄덕였다. 꼴이 저런데 화를 낼 수는 없지 않은가.

"메간, 들어와서 앉아요. 괜찮아요? 마실 거라도 좀 줄까요?"

부드러운 목소리로 물었다. 메간은 고개를 저으며 피터를 바라보았다.

"저는 단지… 피터랑 이야기를 좀 하고 싶었어요. 너무 속상해서요. 산책하러 나왔다가 정신을 차려보니 여기까지…."

걸어왔다고? 프레스트버리에서 여기까지? 못해도 몇 킬로미터는 될 텐데. 혀가 살짝 꼬인 듯한 목소리에 술 냄새까지 희미하게 풍기는 걸 보니 술을 마신 게 분명했다. 코를 훌쩍거리는 메간의 두 뺨 위로 눈물이 주룩 흘러내렸지만, 정작 그녀는 눈치채지 못한 듯했다.

"헤어지고 싶지 않았어요. 그래서 혹시나…."

메간은 말을 잇지 못한 채 소파의 반대편 끝에 천천히 몸을 파묻고 소리 없이 울기 시작했다. 세상에.

피터는 여전히 우두커니 서 있기만 했다. 한쪽 발에서 다른 발로 체중을 옮겨 실으며 어떻게 해야 할지 전혀 모르겠다는 듯 메간과 내 얼굴만 번갈아 쳐다보고 있었다. 그의 얼굴이 충격을 받은 사람처럼 창백했다. 제발 무슨 말이라도 하라고 말하려는 찰나, 핸드폰이 요란하게 울려댔다. 피터와 나는 소스라치게 놀랐지만, 두 손에 얼굴을 푹 파묻은 채 울고 있는 메간은 고개도 들지 않았다. 방을 두리번거리자 소파 옆 탁자 위에서 피터의 핸드폰 화면이 번쩍거리고 있었다. 피터는 핸드폰을 집어 들었다.

"여보세요? 아, 죄송합니다. 제가 생각이 짧았…. 네, 괜찮습니다. 메간이에요. 제 여자친구…. 아, 전 여자친구인데 헤어진 지 얼마 안 돼서…. 네, 알아요. 근데 많이 힘들어하는 듯해서 잠깐 들어왔다가 가라고…. 네, 네, 알겠습니다. 이해합니다. 감사합니다. 그럼, 나중에 또 통화해요."

전화를 끊고 나더러 따라오라고 손짓하며 거실 밖으로 나갔다. 조심스럽게 문을 닫은 다음 피터가 속삭이듯 말했다.

"경찰이야. 메간을 들여보냈다고 화가 많이 났네. 근데 문밖에 그냥 내버려 둘 수가 없었어. 딱 봐도 많이 취했고…. 너무 슬퍼 보였거든. 경찰은 탐탁지 않은 모양이야. 아는 사람이 찾아와도 절대 문 열어 주지 말래. 있잖아, 메간한테는 내가 잘 얘기해 볼게. 조금 진정되고 술도 좀 깨면 택시 태워서 보낼게. 그래도 괜찮겠어? 몇 분만 좀 기다려 주면 안 될까?"

한숨을 길게 내쉬고 나 역시 속삭이듯 대답했다.

"알겠어. 그럼 내 핸드폰만 챙기고 아래층에 내려가서 커피 내리고 있을게. 메간 보니까 진하게 한 잔 마셔야겠더라."

"네가 최고야."

피터가 조용한 목소리로 말했다. 그런 다음, 오른손으로 내 오른손을 덥석 잡더니 자신의 입술로 가져갔다. 몇 초 후 잡았던 손을 놓아 주었다.

"에이, 뭘 그런 걸 가지고."

그의 입술이 내 피부에 부드럽게 닿았던 감촉이 아직도 느껴지는 듯해서 마음이 살짝 설렜다.

피터는 나를 보고 싱긋 웃었고 우리는 함께 거실로 돌아갔다. 인기척을 느낀 메간은 고개를 돌려 우리를 쳐다보았다. 신기하게도 더는 울고 있지 않았다. 눈을 가느다랗게 뜨고 천천히 자리에서 일어나는 그녀의 얼굴에 이상한 기운이 번뜩였다.

"두 사람 참 다정해 보이네."

메간이 차가운 목소리로 말했다.

"뭐라고요? 바보 같은 소리 하지 마요. 저희 둘 다 메간을 걱정하고 있다고요."

최대한 부드럽게 말하려고 애썼다. 메간은 나를 향해 한 발짝 성큼 다가오더니 또 한 발짝 다가왔다. 당황한 나는 멀뚱히 메간을 바라보았다. 순간, 얼굴이 분노로 잔뜩 일그러지더니 나를 향해 달려들었다. 손가락을 동그랗게 오므린 채 내 목을 향해 쭉 뻗으며 외쳤다.

"나쁜 년!"

메간이 포효하는 소리에 갑작스레 두려움이 솟구쳤다. 뭐 하자는 거지?

그녀의 기다란 손톱이 내 피부를 스쳐 지나갔다. 재빨리 뒤로 물러나며 물었다.

"메간! 대체 왜 이래?"

애타는 눈빛으로 피터를 쳐다보았지만, 전 여자친구에게 시선을 고정한 채 꼼짝하지 않고 서 있기만 했다. 불현듯 끔찍한 의심이 뇌리를 스쳤다. 그럴 리가 없어. 설마?

갑자기 모든 행동이 마치 슬로 모션을 걸기라도 한 것처럼 눈앞에 느릿느릿 펼쳐졌다. 예쁜 얼굴이 추하게 뒤틀린 채 메간이 나를 잡아먹을 듯 달려들고 있는 와중에도 머릿속에는 수많은 생각들이 맴돌았다. 가능한 얘기일까? 집중해, 메리. 잘 생각해 봐. 메간이 다이어리 킬러일 수도 있을까? 요즘 들어 나에게 이상하게 굴었었잖아…. 다른 살인이 일어났던 날들엔 어디에 있었더라? 새해 전날엔 뭘 했는지 모르겠고….

공포에 질린 채 숨을 헐떡이며 메간을 요리조리 피하는 내내 여러 생각들이 머릿속을 휘젓고 다녔다. 제인 홀랜드가 살해되던 날엔 피터가 밤늦게 메간에게서 걸려 온 전화를 받고 메간네 집으로 갔었다. 데이비드 하우얼스가 살해되던 날 밤에도 두 사람은 같이 있었다. 피터는 다음 날 아침 예정된 시각이 한참 지난 후에야 나에게 전화를 해서 급하게 업무가 변경되었다고 말했었다. 나도 모르게 작은 탄성이 흘러나왔다. 그렇다면 피터도 한 패인 걸까?

문득 내가 안전 가옥으로 가게 되면 피터가 따라오겠다고 말했던 기억이 났다. 오늘 밤에도 집에 같이 있겠다고 완강하게 고집했었고, 집 안에 카메라와 도청 장치를 설치하면 안 된다고 목소리를 보태기도 했다. 다 날 죽이려고 그랬던 걸까? 갑자기 속이 메슥거려 왔다. 두려움에 온몸이 마비되듯 굳어졌다. 아니야, 제발. 안돼. 정말 저 둘이 한통속인 걸까? 피터가 계속 메간과 헤어지겠다고 말만 하고 질질 끈 이유도 그 때문일까? 아니, 진짜 헤어지긴 한 걸까? 아니면 그것마저도 계획의 일부인 걸까? 메간이 속상한 척 불쑥 찾아오면 내가 집 안으로 데리고 들어와도 괜찮다고 말할 걸 예상하고? 이런, 젠장. 내가 미친 걸까? 다 상상일 뿐이겠지? 상상이 아니라면 왜 지금 피터는 아무것도 하지 않는 거지? 왜 메간을 막지 않는 걸까?

"피터! 살려줘!"

피터는 몇 분 전보다 더 창백해진 얼굴로 눈을 커다랗게 뜬 채로 여전히 그 자리에 얼어붙은 듯 서 있었다. 마침내 내 비명 소리에 정신을 번뜩 차리고 드디어 행동을 취했다.

"메간!"

몸을 앞으로 날려 메간의 허리를 움켜잡고는 뒤로 잡아당겨 나로부터 멀찍이 떨어뜨렸다.

"메간! 대체 뭐 하는 짓이야?"

피터가 소리쳤다. 메간은 손톱을 허공을 향해 휘두르고 격렬하게 몸부림치며 나에게 다가오려고 안간힘을 썼다. 잠시 후 일순간에 온몸을 축 늘어뜨리고 숨을 헐떡이며 말했다.

"미안해요…. 정말 미안해요. 술을 너무 많이 마셨나 봐요. 저는 두 사람이…. 그럴 의도는 아니었는데…."

또다시 울음을 터뜨렸다. 가녀린 어깨가 들썩거리고 눈물이 뺨을 타고 흘러내렸다. 메간은 몸을 돌려 피터의 품에 얼굴을 파묻고 안겼다. 그러자 피터가 난감한 표정으로 나를 바라보며 소리죽여 물었다.

"어떡해?"

머리부터 발끝까지 사시나무처럼 떨려왔다. 피터를 빤히 쳐다보았지만 무슨 말을 해야 할지 생각이 나지 않았다. 지금 무슨 일이 벌어지고 있는지 이해할 수가 없었다. 피터를 믿어도 될까? 방금 날 구해줬잖아. 내 편인 게 분명해. 메간은… 술에 취해서 그랬을 거야. 두 사람이 살인자일 리가 없잖아. 다 내가 착각한 거야….

꿀꺽, 침을 삼켰다. 진정하자. 평상시처럼 행동하는 거야.

"네가. 알아서. 해."

소리 없이 입 모양으로 대답한 뒤, 소파 팔걸이에서 내 핸드폰을 집어 들고 거실을 나왔다. 여전히 몸이 부들부들 떨려와 비틀거리며 아래층으로 내려와 간신히 주방까지 걸어갔다. 조리대에 한참을 기대서서 천천히 심호흡하며 날뛰는 심장을 진정시키려 애썼다. 정신 차려. 피터랑 메간이 연루되었을 리가 없잖아. 편집증 환자처럼 굴지 마. 지금은 안돼. 정신 똑바로 차려, 메리.

다시 숨을 들이마시고 천천히 내뱉으며 전자레인지에 붙어 있는 시계를 쳐다보았다. 겨우 12시 25분밖에 되지 않았는데 이미 지칠 대로 지쳐 있었다. 방금 온몸에 아드레날린이 솟구친 탓인지 온몸이 떨려왔다. 물 한 잔을 마시고 의자에 앉을 때까지도 쓸데없는 생각들이 머릿속에 떠올랐다. 제인과 데이비드가 살해되던 날 밤에 피터가 집에 없었던 건 확실해. 메간이랑 같이 있었다고 말했었지. 그렇담 새해 전날은? 피터는 어머니 뵈러 더블린에 갔었으니까 리사 터너가 살해되던 날에 옥스퍼드에 있지 않았어. 그런데 더블린에 있었던 게 확실해? 사진을 보여준 적도 없고 아무런 증거도 없잖아?

기억이 나지 않았다. 또다시 가슴 깊은 곳에서 두려움이 피어올랐다.

제인이 죽기 몇 주 전에 제인이 운영하는 카지노에 갔었다고 했어. 게다가 피터와 메간 둘 다 조깅이 취미인데….

"아니야! 제발, 그만해!"

소리 내어 크게 외친 뒤 의자에서 벌떡 일어났다. 현관문 쪽으로 몇 발자국 걸어가다가 멈춰 서서 가쁜 숨을 몰아쉬었다. 정말 바보처럼 왜 이래. 전부 다 우연일 뿐이라고. 피터와 메간이 사귀는 중이었으니 함께 밤을 보내는 게 이상한 일도 아니잖아. 다른 사람들을 죽일 이유도 없을뿐더러 나는 또 왜 죽이려 하겠어? 메간이 날 공격할 때 피터가 끼어들어서 구해줬잖아. 제발 작작 좀 해….

"그만. 진짜 그만 좀 해. 저 두 사람은 범인이 아니야. 아니라고. 피터는 내 친구야. 지금은 그 이상일지도 모르지. 그러니 쓸데없는 생각 그만하고 정신 차려."

갑자기 마음이 조금 진정되었다.

스트레스 때문에 정신이 흐트러져서 그래. 이 일로 인한 스트레스가 엄청나니까 생각에도 영향을 미칠 수밖에 없지. 스트레스가 날 망치도록 내버려 두지 않을 거야. 자, 일단 커피부터 내리자….

바로 그때, 위층에서 거실문이 열리는 소리가 나더니 뒤이어 피터의 침실문이 열렸다가 닫히는 소리가 들렸다.

단둘이 피터의 방엔 왜 간 거지?

또다시 두려움이 파도처럼 일었다. 몇 초 동안 잠자코 서서 귀를 쫑긋 세웠지만, 작게 웅얼대는 목소리만 들릴 뿐 무슨 얘기를 나누는지 당최 알아들을 수가 없었다. 두려움이 가시길 바라며 숨을 깊게 들이마셨다. 괜찮아. 다 괜찮아. 단둘이 조용하게 얘기할 곳이 필요한 것뿐이야. 제발 과민하게 반응하지 좀 마. 피터가 메간을 잘 달래서 택시를 태워 보내면 다시 우리 둘만 남게 될 거야. 다 괜찮아. 계속 이러다간 심장마비가 올지도 모른다고.

몇 초간 더 귀 기울여 듣다가 몸을 돌려 커피머신을 향해 발걸음을 옮겼다.

43

4월 1일 목요일

마이크 스탠리 경위가 작게 앓는 소리를 터트리며 다시 의자에 몸을 기대고 앉았다. 벽난로 위를 힐끔 확인했다. 시계가 새벽 1시 45분을 가리키고 있었다. 창밖에선 택시 한 대가 피터 정의 전 여자친구로 확인된 여자를 태우고 맞은편 21번가를 막 떠난 참이었다. 한 시간 반 전쯤 메리가 워든 경감에게 전화를 걸었다. 방문객의 이름이 메간 워커이며 피터가 헤어지자고 한 뒤 너무 속이 상해서 대화로 잘 풀어보고자 술에 취해 찾아왔다고 전했다.

"상심이 큰가 봐요. 저한테 막 달려들길래 잠깐이나마 메간이 저를…. 어쨌든 피터가 말려서 지금은 괜찮아요. 방금 1층에 내려와서 커피 한 잔 줬더니 조금 진정된 것 같아요."

메간이 주방에서 커피를 마저 마시는 동안, 1층 화장실로 가서 전화를 걸었다고 했다.

"피터는 침대에서 뻗었나 봐요. 아까부터 피곤해 보였었는데,

메간이 집에 불쑥 찾아오는 바람에 녹초가 된 것 같아요. 네, 자기 방에 있어요. 오늘 밤새도록 거실에 같이 있으라고 하셨지만 몇 분만 쉬게 내버려 뒀다가 제가 가서 깨울 테니 걱정하지 마세요. 메간이 타고 갈 택시를 불러 놨으니 집 앞에 차가 서더라도 놀라지 마시고요. 아셨죠?"

택시가 떠나고 난 지금 거리는 다시 쥐 죽은 듯 조용해졌고, 부슬부슬 내리기 시작한 가랑비가 창문에 부딪히는 소리만이 방 안 가득 울려 퍼졌다. 근처에서 수상한 움직임이 포착되었다는 보고는 여전히 들어오지 않았다. 오늘이 시작된 지 두 시간도 채 지나지 않았지만, 스탠리는 이 모든 게 시간 낭비가 아닌지 또다시 의구심이 들었다. 물론 마땅히 해야 하는 조치이긴 했다. 살인을 예고했던 날짜들에 모두 나타나서 다른 피해자들을 살해한 걸 보면 범인은 분명 약속을 철저히 지키는 놈이었다. 하지만 메리에게는 석 달 전에 미리 경고 메시지를 보냈지 않은가. 그러고도 과연 메리를 죽이러 나타날까? 그럴 리가 없다고 생각하자 스탠리는 벌써 지루해지기 시작했다.

"이야기 하나 해주세요, 경감님."

워든은 왼쪽으로 고개를 돌려 스탠리를 바라보았다. 놀라움 가득한 그녀의 표정이 칠흑 같은 어둠 속에서도 그의 눈에 또렷이 들어왔다.

"뭐라고요? 스탠리 경위, 몇 살이에요? 다섯 살?"

워든의 말에 선선히 웃으며 스탠리가 말했다.

"잠잘 때 애들한테 들려주는 동화 같은 이야기 말고요. 글로스터셔로 전근 오시기 전에 대형 사건들 몇 개 맡으셨었잖아요. 시간도 때울 겸 그 이야기 좀 주세요. 연쇄 살인범도 두 명이나 검거하지 않으셨어요? 맨체스터 사건에 대해 말씀해 주세요. 애시퍼드 몰 살인범?"

"오, 그래요. 얘기해 주세요."

제임스가 말했다. 방 뒤편에 뚝 떨어져 앉아 있던 미리엄이 의자를 끌어당겨 다른 사람들 가까이 다가왔다.

"다들 기대하고 있는데요, 경감님."

웃음기 섞인 고든의 목소리가 스탠리의 귀에 와 닿았다.

워든은 숨을 길게 내쉬었다.

"좋아요. 대신 눈은 도로에, 귀는 무전기에, 모두 알아들었죠? 비록 지금 당장은 밖이 쥐 죽은 듯 조용하지만, 우리의 본분을 잊어서는 안 돼요."

그런 다음, 목청을 가다듬었다.

"제가 두 번째로 맡았던 연쇄 살인 사건이었어요. 다섯 명을 죽였는데, 당시 뉴스에서 하도 떠들어대서 기본적인 내용은 다들 알 거예요. 건축업자들이 애시퍼드 몰이라는 대형 쇼핑센터를 지으려고 교외에 있는 땅을 팠는데 난데없이 시체가 나온 거예요. 세 구가 먼저 발견됐고, 그중 두 명은 2년 전에 실종된 성노동자로 밝혀졌어요. 세 번째 시신은 60대에서 70대로 보이는 남자였는데 정확한 신원을 밝히지 못해서 사실 지금까지도 마음이 편치 않습니다."

워든은 잠시 말을 멈추고 몸을 앞으로 기울였다. 창밖 길가에 갑작스레 나타난 무언가가 움직이고 있었다.

"여우예요."

스탠리가 조용하게 말하자 워든은 옅은 웃음을 지었다. 창밖에서 여우 한 마리가 촐랑대며 도로를 건너 메리의 옆집 잔디밭에 잠시 멈춰 킁킁거리다 아래쪽으로 날쌔게 뛰어갔다.

"어쨌든 법의학적 증거는 별로 없었어요. 공사 현장이 두 번의 겨울을 지나면서 여러 차례 침수됐었거든요. 그런데 희생자들에게서 공격당한 흔적이 공통적으로 발견됐어요. 이 부분은 한 번도 공개되지 않은 내용인데, 모두 왼쪽 손가락 하나가 부러져 있었어요. 네 번째 손가락이요."

"헐. 이상한데요."

제임스가 속삭이듯 말했다.

"부러진 손가락을 보자 불현듯 사건 하나가 떠올랐죠."

워든이 말을 계속했다. 어두컴컴한 방안에는 그녀의 목소리와 틱, 틱, 틱, 주기적으로 울리는 시계 소리만이 울려 퍼졌고, 네 쌍의 눈동자가 창문에 비친 그녀의 실루엣을 응시했다.

"그보다 1년 전쯤 리즈에서 강간 사건이 하나 발생했어요. 피해자는 심하게 구타를 당해서 목숨만 겨우 건진 정도였죠. 왼쪽 네 번째 손가락이 부러져 있었고 코뼈와 갈비뼈 역시 골절된 상태였어요. 다행히 진술을 확보했는데, 가해자가 네 번째 손가락만 고의로 부러뜨렸다고 했어요. 무릎 사이로 손을 끼워 넣은 다음 네 번째 손가락만 조심스레 들어 올려서 확 꺾어 버렸다고요."

"세상에. 불쌍해라."

미리엄이 말했다.

"네, 굉장히 끔찍하죠. 그런데 문제는 그 강간범이 이미 체포되어 감옥에 갇힌 상태라는 거였어요…."

"콜 카터. 기억나요. 사악하게 생긴 새끼요."

제임스가 말했다.

"맞아요. 그래서 그 남자를 직접 찾아갔습니다. 물론 처음엔 강하게 부인했어요. 손가락 얘기까지 꺼내도 꿈쩍도 안 하길래 감방 동료를 불러 물어봤죠. 그랬더니 카터가 맨체스터에 살 때 집에 커다란 뒷마당이 있었는데 거기에 시체를 여럿 묻었다는 이야기를 한 적이 있다고 하더군요. 처음엔 헛소리라고 생각했었다가 경찰이 카터를 신문한다는 얘길 듣고 털어놓은 거였어요. 애시퍼드 몰이 들어설 부지가 쓰레기 매립지였던 곳인데, 알고 보니 몇 년 전에 카터가 그 매립지 바로 옆 쪽방에 살았었더라고요. 결국 카터가 말했던 커다란 뒷마당이 매립지였던 거죠."

"맙소사."

제임스는 낮게 휘파람 소리를 냈다.

"그러니까요. 매립지를 파봤더니 시신 두 구가 더 발견됐습니다. 둘 다 실종된 성 노동자였고 네 번째 손가락이 똑같이 부러져 있었죠. 그중 한 구는 카터가 강간죄로 체포되기 직전에 살해했는지 죽은 지 그리 오래되지 않아 보였어요. 덕분에 DNA를 채취할 수 있었고 카터와 일치하는 걸로 밝혀졌죠. 카터에게

DNA 증거를 들이밀자 결국 모든 범죄를 자백했습니다. 그러면서 자기가 왜 잡혔는지 도무지 이해가 안 된다고 말했는데 그게 참 이상하더군요. 감방 동료에게 떠벌린 것도 모자라 피해자 모두에게 명함처럼 표식을 만들어 놓았잖아요. 게다가 현장에 DNA까지 떡하니 남겨놓고 잡힐 줄 몰랐다니요. 어찌나 멍청하던지. 연쇄 살인마면 똑똑할 거라고들 생각하지 않나요?"

잠시 방 안에 정적이 내려앉았다. 바깥에서 천천히 도로를 지나가는 자동차 소리만이 간간이 들려왔다. 이윽고 미리엄이 입을 열었다.

"저희 범인도 멍청했더라면 참 좋았을 텐데. 이미 세 지역에 있는 경찰관들을 쩔쩔매게 만든 놈이잖아요. 아, 저희까지 더하면 네 군데네요."

"글쎄요. 아직 게임이 끝난 건 아니니까요. 오늘이 끝나기 전까지 아직 시간이 많이 남았잖아요. 경감님, 범인이 손가락을 부러뜨린 이유는 밝혀냈나요?"

마이크의 질문에 워든은 고개를 설레설레 저었다.

"아뇨. 끝까지 함구했어요. 자, 이야기는 이 정도로 하죠. 스탠리 경위, 메리와 피터에게 연락해서 메간이 떠난 뒤로 무슨 일이 없었는지 확인해 보세요."

"알겠습니다."

스탠리는 옆에 놓인 탁자 위에서 수화기를 집어 들어 메리의 번호를 눌렀다. 신호음이 한참 울리다가 음성사서함으로 넘어갔다.

"안녕하세요. 메리 엘리스의 핸드폰입니다. 지금은 제가 바쁘니 메시지를 남겨주시면…."

이상하네. 미간을 찌푸리며 피터에게 전화를 걸었다. 이번에는 더 길게 신호음이 울렸는데, 30초 정도 후에 똑같은 일이 벌어졌다.

"안녕하세요. 피터 정은 지금 전화를 받을 수가 없으니…."

"이런."

수화기를 내려놓고 짧게 자른 검은 머리카락을 손으로 벅벅 긁으며 스탠리가 말했다.

"여러분, 두 사람 모두 전화를 받지 않습니다. 신호음은 가는데 음성사서함으로 넘어갑니다."

"뭐라고요? 다시 해보세요."

워든이 시키는 대로 스탠리가 전화를 다시 걸어보았지만 똑같은 일이 반복될 뿐이었다. 수화기를 내려놓는데 두피가 따끔거려 왔다. 목청을 가다듬고 다시 말했다.

"경감님, 역시나 응답이 없습니다. 이 많은 사람이 지켜보고 있는데 어떻게 이런 일이 가능한지는 잘 모르겠지만, 무언가 잘못된 것 같습니다."

44

4월 1일 목요일

메간이 떠나자마자 주방을 잽싸게 치운 뒤, 피터가 있는 위층으로 올라갔다. 새벽 2시가 다 된 시각이라 단잠을 깨우고 싶지 않았지만, 피터가 자기 방에서 자도록 내버려 둘 수가 없었다. 혼자 깨어 있기도 불안했고, 메간과 있었던 일과 그 이후에 꼬리를 물고 떠오른 터무니없는 생각들로 인해 여전히 마음이 어수선했다. 똑똑, 피터의 방문을 조심스레 두드렸다. 방안에서 아무런 기척이 없길래 더 큰 소리로 두드렸다. 피터, 얼른 일어나.

몇 초 더 기다려 보아도 방안에서는 아무런 소리도 들려오지 않았다. 한숨을 푹 내쉬고 방문을 슬며시 열었다. 피터는 옷도 갈아입지 않은 채 두 눈을 감고 침대 위에 똑바로 누워 있었다.

"피터. 피터, 일어나."

작은 목소리로 피터를 깨웠다. 아무런 미동조차 없길래 이번엔 조금 더 큰 소리로 다시 깨웠다. 그래도 일어나지 않았다. 좀 더 가까이 다가가 팔을 부드럽게 흔들어 댔다.

"피터! 빨리, 일어나!"

몸이 움직이기는커녕 눈꺼풀조차 떨리지 않았다. 살짝 불안한 마음이 들어 얼굴을 빤히 들여다보았다. 피터답지 않았다. 지난 수년간 피터를 깨운 적이 여러 번 있었는데, 그때마다 이름을 부르자마자 벌떡 일어나고는 했었다.

무슨 문제가 있는 걸까?

"피터. 피터, 제발. 무섭게 왜 이래. 얼른 일어나. 피터!"

또다시 아무런 반응이 없자 겁이 덜컥 났다. 몸을 숙여 피터의 두 손을 꼭 잡고 연신 이름을 불러댔다. 그러다 잠시 멈춰 그의 숨소리에 귀를 기울였다. 호흡이 예사롭지 않았다. 너무 느린 데다 숨을 들이쉬고 내뱉는 간격이 너무 길었다.

"피터! 대체 왜 이래?"

방안을 급히 살펴보았지만, 평소와 다름없는 모습이었다. 왜 이러는 걸까? 메간이 무슨 짓을 했나? 그냥 잠든 것 같지는 않은데?

메간이 약을 먹인 것 같았다. 안색이 아까보다 창백하고, 손은 축축했다.

"무슨 짓을 한 거야, 메간? 피터에게 해코지라도 했다면 가만두지 않을 거야…."

분연히 소리치며 피터의 몸을 더 세게 흔들어 들깨우려 했다. 하지만 뜨라는 눈은 뜨지 않고 고개가 옆으로 툭 떨어지더니 입술이 벌어졌다.

"피터. 피터, 제발. 정신 좀 차려봐!"

숨이 가빠왔다. 순간 어디선가 많이 들어본 음악 소리가 아득하게 들려왔다. 잠시 환청인 듯한 착각에 빠졌다가 금세 주방에서 내 핸드폰이 울려대는 소리라는 사실을 깨달았다. 핸드폰, 내 핸드폰이 필요했다. 구급차를 불러야 했다. 하지만 피터를 혼자 내버려 둘 수 없었다. 숨이 멎어버리면 어쩌지? 숨을 못 쉬면 어떡해? 피터의 핸드폰을 사용하면 되었다. 허둥지둥 주위를 둘러보며 핸드폰을 찾아보았지만 어디에도 보이지 않았다. 침대 옆 탁자에도, 이불 위에도, 창틀에도 없었다. 어디에 둔 거지?

피터는 10대 아이들처럼 어딜 가든 핸드폰을 가지고 다녔다. 항상 지니고 다녔으니 틀림없이 여기에 있을 것이다. 주머니에 있나? 피터의 몸을 더듬거리며 청바지 주머니 쪽을 만져보고 심지어 끙끙대며 몸을 돌려 뒷주머니도 살펴보았지만, 그 어디에도 없었다.

"젠장! 피터, 어디에 둔 거야? 빌어먹을 핸드폰 어디 있냐고?"

물론, 피터에게선 아무런 대답이 없었다. 거실에 두고 왔나?

황급히 몸을 숙여 피터의 입술에 귀를 대고 숨을 쉬는지 확인했다. 그런 다음, 계단참을 가로질러 거실로 뛰어 내려가 커피 테이블과 소파, 벽난로를 살펴보았다. 역시나 어디에도 없었다. 1층에 가서 내 핸드폰을 가져와야겠어. 위험하겠지만 피터 혼자 두고 빨리 내려갔다 오자. 다시 위층으로 올라가는데 두려움에 머리가 어지러웠다. 피터가 숨을 쉬는지만 재빨리 확인하고 부리나케 아래층으로 내달렸다. 너무 서두른 나머지 1층 마지막 계단 세 개를 거의 넘어지다시피 내려갔다.

주방 조리대에서 핸드폰을 집어 들고 119를 누르려는 찰나, 초인종이 울렸다. 화들짝 놀라 몸을 뒤로 홱 돌리는 바람에 핸드폰이 손에서 미끄러져 바닥에 떨어지고 말았다. 안돼! 지금은 안돼, 제발!

머리가 어지러웠다. 눈앞이 핑핑 돌아서 금방이라도 쓰러질 것만 같았다. 넘어지지 않으려 조리대에 몸을 기댔다. 초인종이 다시 한번 끈질기게 울렸다. 저리 가. 제발. 꺼지라고.

어느새 나도 모르게 흐느끼고 있었다. 심장이 마구 뛰고 눈앞에서 번쩍번쩍 섬광이 일렁였다. 그 순간, 현관문 밖에서 내 이름을 부르는 목소리가 들려왔다. 희미했지만 익숙한 목소리였다. 안도감이 물밀듯이 밀려왔다. 경장님이야. 고든 경장님이잖아.

한숨을 깊게 몰아쉬고 또 한 번 길게 내쉬었다. 어지럼증이 서서히 사라졌다. 몇 초 후, 복도 끝에 다다라 잠금장치를 더듬거리며 현관문을 힘껏 열어젖혔다. 고든의 손을 덥석 움켜쥐고 안으로 끌어당겼다.

"경장님! 세상에. 잘 오셨어요. 피터가 이상해요. 메간인 것 같아요. 구급차 좀 불러주세요. 제발…."

"메리! 메리 씨, 천천히 말씀하세요. 그게 무슨 말이에요? 메간이 뭘 어쨌다고요? 피터 씨는 지금 어디 있어요?"

고든이 내 두 손을 붙들어 가만히 멈춰 세웠다. 그녀의 얼굴에 당황한 기색이 역력했다. 또다시 눈앞이 핑 돌아 숨을 크게 들이마셨다. 문득 내가 두서없이 떠들어 댔다는 생각이 들었다.

"피터가요. 피터가…."

고든이 내 말을 끊고 들어왔다.

"메리 씨. 저희가 피터 씨 그리고 메리 씨에게 계속 전화했었어요. 두 분 모두 응답이 없어서 워든 경감님께서 괜찮은지 확인해 보고 오라고 하셔서요. 전화는 왜 안 받으신 거예요? 일단 숨부터 고르시고 천천히 말씀하세요."

"네. 알겠어요. 죄송합니다."

몇 초간 말없이 생각을 정리해 보려 했지만, 또다시 두려움이 밀려왔다. 피터를 위층에 너무 오래 혼자 남겨두었다. 내가 아래층에 있는 동안 상태가 더 나빠졌으면 어쩌지? 끔찍한 일이라도 생겼으면 어떡하지?

"피터가 이상해요. 방에 잠깐 몸을 뉘러 갔다가 잠들었는데 깨워도 일어나질 않아요. 숨소리도 이상하고요. 누가 약을 먹인 것 같아요. 아무래도 메간이 들렀을 때 피터한테 무슨 짓을 했나 봐요…. 어떡하죠, 경장님…."

"약을 먹였다고요?"

고든의 표정이 아직도 어리둥절했다.

"제 핸드폰이 울리는 소리를 들었는데 위층에서 피터를 깨우고 있었어요. 제 핸드폰을 1층에 두고 와서 대신 피터의 핸드폰을 찾아 헤맸어요. 구급차를 부르려고 했는데 핸드폰이 온데간데없더라고요. 피터의 핸드폰이 울리는 소리도 못 들었어요…. 경장님, 제발요. 구급차 좀 불러주세요…."

내 입에서 나온 말들은 뒤죽박죽이었고, 두려움에 목소리가 가느다랗게 떨렸다. 이윽고 무슨 말인지 이해했다는 듯 고든은 고개를 끄덕였다.

"비상 버튼을 누르지 그랬어요? 아니에요. 신경 쓰지 마세요. 그럼, 피터 씨가 있는 방으로 가죠. 응급처치 교육을 받았으니 제가 먼저 확인해보 고 구급차가 필요하면 무전을 칠게요…."

"까먹었어요. 너무 당황해서…. 고마워요! 정말 고마워요!"

비상 버튼이 설치되어 있다는 사실을 깜빡했다니 바보가 된 기분이었다. 꼭 붙잡고 있던 고든의 손을 놓고 따라오라고 소리치며 계단을 겅중겅중 뛰어 올라갔다. 금세 피터의 방에 도착했다. 피터는 아까와 똑같은 자세로 누워있었다. 쿵쿵 뛰는 심장을 부여잡고 그에게 잽싸게 달려갔다. 호흡이 나빠지지 않은 걸 확인한 다음에야 마음이 조금 놓였다. 고개를 돌려 고든을 향해 말했다.

"무슨 말인지 아시겠죠? 의식이 없다고요. 무서워 죽겠어요, 경장님."

"네. 일단 괜찮은지 확인부터 하고 바로 구급차를 보내달라고 무전 칠게요. 겁먹지 마세요. 아셨죠? 괜찮을 거예요."

고든은 침대 반대편으로 걸어가 피터 옆에 조심스레 걸터앉았다. 눈꺼풀을 들어 올려 본 다음 그의 창백한 뺨 위에 손등을 대더니 인상을 찌푸렸다. 맥박을 확인하기 시작했을 때 고든의 벨트 버클에 끼워져 있던 무전기에서 치지직, 소리가 울렸다.

"오스카 시에라 원. 여기는 오스카 시에라 원, 오스카 시에라 파이브 응답하라, 오버."

워든 경감의 목소리였다. 심장이 덜컥 내려앉았다. 무슨 일이 또 생긴 걸까?

고든은 피터의 손목을 잡고 있지 않은 다른 손으로 무전기 옆에 있는 버튼을 더듬거렸다.

"여기는 오스카 시에라 파이브. 말씀하십시오, 오버."

"모두 무사한지 확인 바란다, 오버."

고든은 나를 쳐다보며 머뭇거렸다.

"아니라고 해야겠죠?"

내가 고개를 끄덕이자 고든이 피터의 손을 내려놓고 말했다.

"의료 지원 바람, 오버."

잠시간의 정적을 깨고 워든의 다급한 목소리가 다시 울려 퍼졌다.

"들어가겠다. 현관문 열어달라, 오버. 이상 통신 종료."

고든의 시선이 나에게 꽂혔다.

"메리 씨, 내려가서 문 좀 열어 주세요. 피터 씨의 맥박이 매우 약해서 구급차를 빨리 불러야 해요. 제가 무전으로 도움을 요청할 테니 메리 씨는 워든 경감님 좀 들여보내 주세요. 가세요!"

고든은 몸을 숙여 피터의 목덜미에 손가락을 가져다 댔다. 맥박을 다시 확인하나 보다, 생각하는 데 불현듯 마음 한 귀퉁이에서 두려움이 솟구쳤다.

죽으면 안 돼. 제발 죽지 마. 머릿속으로 죽지 말라는 말을 반복하며 비틀비틀 계단을 내려가는데 눈물이 핑 돌았다. 현관문을 열자마자 워든이 잔뜩 긴장한 얼굴로 나를 밀치고 들어왔다.

"고든 경장은 어디 있죠, 메리 씨?"

"경장님이요?"

당황해하며 되물었다.

"고든 경장님이 어디 있냐고요?"

막연하게 복도 쪽을 가리켰다. 워든은 주위를 휘 둘러본 다음 나를 다시 쳐다보았다.

"아니요. 경장님은 괜찮아요. 구급차가 필요한 사람은 피터예요, 경감님. 너무 무서워요. 메간이 약을 먹였는지 정신을 잃고 깨어나질 않아요. 지금 경장님이 구급차를 부르고…."

"젠장!"

워든이 손으로 머리카락을 쓸어 넘기며 주방 쪽으로 걸어가다가 뒤돌아보며 물었다.

"피터 씨는 아직 살아있죠?"

평소 굉장히 침착하고 결연했던 그녀의 목소리에 당황한 기색이 묻어났다. 갑자기 온몸이 오싹해졌다. 나한테 숨기고 있는 게 뭐지?

"네. 위층에 있어요. 경감님, 무슨 일이에요?"

그녀는 입술을 깨물며 시선을 계단 쪽으로 옮겼다가 다시 나에게로 떨궜다.

"메리 씨, 음, 어떻게 말해야 할지 모르겠는데, 아무래도 저희가 큰 실수를 한 것 같습니다. 제 생각에는… 고든 경장 같아요. 피터 씨가 그 치즈를 먹었나요?"

미간에 잔뜩 주름을 잡으며 두 뺨 위로 흐르는 눈물을 손등으로 쓱 닦아냈다. 대체 무슨 소리를 하는 거야?

"피터가 그 치즈를 먹었냐고요? 고든 경장님이 가져온 치즈 말씀이세요? 네, 아까 조금 먹었어요. 무슨 말씀인지 모르겠어요. 치즈가 무슨 상관이죠? 고든 경장님 같다는 건 또 무슨 말이에요? 뭐가 경장님 같다는 말씀이시죠?"

워든은 또다시 두 손을 머리로 가져가더니 손톱으로 두피를 긁적였다.

"세상에, 메리 씨. 제 생각엔 고든 경장이 이 모든 일을 꾸민 것 같습니다. 고든이 범인이에요…."

"뭐, 뭐라고요?"

대체 뭔 소리를 하는 거야? 아, 말도 안 돼….

그녀는 나를 향해 성큼 다가와 손가락 하나를 내 입술 위에 가져다 댔다.

"쉿. 조용해요."

어깨 너머 계단을 힐끔 쳐다본 다음 다시 나를 바라보며 말을 이었다.

"음, 터무니없는 소리처럼 들리겠지만, 일단 제 말을 들어보세요."

워든이 낮은 목소리로 다급하게 말했다.

"잘 생각해 보세요. 어제부터 살짝 의심은 하고 있었어요. 그런데 조금 전에 고든 경장이 두 사람이 괜찮은지 직접 확인해 보고 오겠다고 자진해서 나서더군요. 글쎄요…. 그때서야 모든 게 이해가 되기 시작했어요, 메리 씨. 처음부터 고든 경장이 범인이었던 거예요. 시어워터 작전 회의 때마다 항상 조용히 앉아서 열심히 듣기만 했어요. 조깅이 취미인 데다 밤 근무는 서지 않으니 밤새 살인 현장에 갔다가 다음 날 아침 멀쩡하게 출근할 수 있었겠죠. 메리 씨 집도 구석구석 잘 알고 있고, 보안 장치들이 어디에 설치되었는지도 훤히 알고 있잖아요. 심지어 일전에 메리 씨와 함께 안전 가옥에도 따라가겠다고 했던 말, 기억나세요?"

고개를 끄덕였다. 속이 메스꺼워 왔다. 고든 경장님이? 말이 돼? 처음엔 이상한 사람이라고 생각했었지만, 지금은…. 내가 사람 보는 눈이 그렇게 형편없나?

순간, 데이비드가 살해된 다음 날 아침 일이 번뜩 떠올랐다. 고든에게 전화를 여러 번 했지만 받지 않았었고, 나중에 전화가 걸려 왔을 때는 알람을 못 듣고 자는 바람에 지각했다고 말했었다. 그날 지각한 진짜 이유가 카디프에 갔다 돌아오다가 출근 시간과 맞물려서 차가 막혀서라면?

또다시 머리가 핑 돌고 현기증이 일더니 눈앞에 검은 점이 둥둥 떠다녔다. 얼른 한 손으로 벽을 잡고 몸을 가누려고 노력했다. 그러면서 억지로라도 그녀의 말에 집중하려 애썼다.

"메리 씨의 컴퓨터에 설치된 스파이웨어 말이에요. 그때 기술자가 이메일을 통해 설치되었다고 하지 않았나요? 고든 경장과 매일 이메일을 주고받았잖아요. 우편으로 도착한 편지도 고든 경장이 보냈을 거예요. 메리 씨가 해외로 갈 생각 중인 걸 알고 붙잡아 둘 속셈이었던 거죠. 여기에 있어야 접근할 수 있을 테니까요. 게다가 피터 씨를 위해 스팅킹 비숍을 구해야 한다고 완강하게 주장한 사람도 고든 경장이었어요. 피터 씨는 먹을 테지만 메리 씨는 먹지 않을 거라는 걸 미리 알고 그 안에 약을 넣은 게 분명해요. 그래야 피터 씨가 정신을 잃은 사이 아무런 방해 없이 메리 씨를 죽일 수 있을 테니까요. 집 안으로 순순히 들여보내 줄 거라는 것도 알고 있었을 거예요. 말이 딱딱 들어맞잖아요, 메리 씨. 미안해요. 정말 미안하지만, 거의 확실…."

다리가 휘청거렸다. 도대체 왜? 왜? 그리고…. 세상에, 이럴 수가….

"피터요. 지금 위층에 고든 경장님이랑 단둘이 있어요."

힘겹게 말했다.

"뭐라고요? 위층에 있다고요? 왜 진즉에 말하지 않았어요? 전 고든 경장이 주방에 있는 줄 알았어요!"

워든이 커다랗게 뜬 두 눈 속에 공포가 서렸다. 그 모습을 보자 심장이 덜컥 내려앉았다.

"아니요. 위층에 있어요. 방을 나올 때 피터의 목에 손을 대고 있었는데, 맥박을 체크하려는 줄 알았어요. 그렇지만 만약에…. 설마…?"

"맙소사. 피터 씨도 죽일 셈인가 본데요?"

워든은 또다시 괴로운 표정을 짓더니 뒤로 돌아 계단을 향해 내달리기 시작했다.

45

4월 1일 목요일

팔다리가 후들거리고 두 손에 감각이 없었다. 심장이 흉벽을 거세게 두드리며 쿵쿵 뛰어댔다. 그런데도 어디서 힘이 났는지 몸이 다시 움직이고 있었다. 워든 경감의 뒤를 바짝 쫓아 열심히 계단을 뛰어 올라갔다. 제발. 아무 일 없길. 제발.

"어느 쪽이죠?"

계단참에 다다른 워든이 소리쳤다.

"왼쪽 첫 번째 방이요."

악을 쓰듯 외치자마자 워든은 방문을 향해 돌진했다. 고든 경장이 침대 위에 걸터앉아 피터를 내려다보고 있었다. 우리 둘이 방으로 뛰쳐 들어가자 화들짝 놀란 표정으로 뒤돌아보았다. 공포에 질린 나는 이불 속에서 아무런 미동도 없이 누워있는 피터를 바라보았다. 창백했던 안색이 죽은 사람처럼 납빛으로 변해 있었고, 입술은 새파랗게 물들어 있었다. 죽은 거지? 피터가 죽었어. 아니야. 안돼….

"피터한테 무슨 짓을 한 거야?"

버럭 고함을 치자 고든의 눈이 커다래졌다.

"네? 아무것도 안 했어요. 저는 단지…."

갑자기 말소리가 뚝, 멈추더니 고든의 얼굴에 서서히 공포심이 드리워졌다.

"경감님? 지금 뭐 하시는…."

고개를 돌리자 워든이 입술을 굳게 다문 채 방을 가로질러 침대 쪽으로 걸어오고 있었다. 하늘 높이 쳐든 오른손에는 피터의 테니스 트로피가 움켜쥐어 있었다. 피터가 런던에서 살 때 활동했던 테니스 클럽에서 쟁쟁한 경쟁자와 치열하게 싸워 승리를 거두고 받았던 트로피였다. 그때의 기억을 기리고자 방문 옆 선반에 자랑스럽게 진열해 뒀었는데, 인장이 새겨진 두꺼운 유리판이 대리석 위에 올려져 있어 크기가 큼직할 뿐 아니라 무게도 묵직했다. 침대에 다다른 워든은 팔을 더 높이 치켜들더니….

"헉. 맙소사!"

순간, 숨이 멎는 듯했다. 워든이 트로피로 고든의 머리 옆쪽을 팍, 세게 내리쳤다. 일순간 고든의 몸이 휘청대며 뺨 옆으로 피가 흘러내리더니 피터의 가슴 위로 고꾸라졌다. 한 번, 두 번, 움찔거리던 몸이 그대로 멈춰버렸다. 무슨 말을 하려는 듯 입술을 살짝 벌린 채 두 눈은 꼭 감고 있었다. 깜짝 놀라 한 걸음 다가서자 피범벅이 된 금발 머리칼 아래 하얀 물체가 시야에 들어왔다.

"워든… 경감님? 혹시 저거 뼈인가요? 두개골이 부서졌어요! 세상에…. 왜 이런 짓을?"

워든은 짧은 숨을 내몰아 쉬며 죽은 고든의 몸을 응시했다. 느릿느릿 몸을 숙여 손에 쥐고 있던 트로피를 바닥에 내려놓고는 곧바로 몸을 다시 일으켜 세웠다.

"막아야 했어요. 피터 씨를 이미 죽였을 테니 메리 씨가 다음 차례였을 겁니다."

갑자기 욕지기가 나고 또다시 다리에 힘이 빠졌다. 하지만 방 안을 두루 살펴보아도 앉을 데라고는 이미 끔찍한 몰골의 침대뿐이었다. 울렁대는 속을 진정시키려고 침을 꿀꺽 삼켰다.

"하지만 저희는 두 명이었잖아요…. 둘이서 고든 경장님 한 명쯤은 손쉽게 제압할 수 있었을 텐데요? 죽일 필요까진 없었잖아요. 이제 영영 모르게 됐어요. 이런 짓을 벌인 이유를 영영 알아낼 수가 없게 돼버렸다고요."

워든은 아무 말 없이 내 눈을 멀거니 바라보았다. 몇 초 동안 숨 막히는 정적만이 감돌았다. 그 순간, 사이렌 소리가 아득히 들려왔다. 두 가지 음이 번갈아 울리는 규칙적인 소리가 점차 크고 가깝게 들려왔다. 구급차인가? 구급차 소리 맞지?

커튼이 걷힌 창문으로 파란 불빛이 와락 쏟아져 들어와 번쩍거렸다. 구급차가 맞았다. 바로 우리 집 앞에 서 있었다. 그 말인즉슨….

"고든 경장님이 부른 구급차예요. 피터를 위해 구급차를 불렀어요. 피터를 해치려던 게 아니었던 거예요. 앞뒤가 안 맞잖아요. 경장님이 아닐지도 몰라요, 경감님. 고든 경장님은 범인이 아니에요. 경감님이 잘못 짚으신 거예요. 지금…."

워든은 무표정한 얼굴로 나를 물끄러미 바라보았다. 그러다 고개를 뒤로 젖히며 낮고 걸걸한 소리로 웃어대기 시작했다. 왜 저래? 왜 웃는 거지?

"대체 왜…?"

당황한 내가 더듬거리며 말했다.

"아, 메리. 메리, 메리, 메리."

갑자기 웃음을 뚝 멈추더니 고개를 한쪽으로 기울인 채 나를 뚫어지게 쳐다보았다. 워든의 행동에 너무 당황한 나머지 나도 약을 먹은 건 아닌지 의심이 들 정도였다. 머리가 잘 돌아가지 않았다. 이 모든 일을 이해해 보려 애쓸수록 머리는 무겁고 멍해지기만 했다. 지금 당장 피터와 고든의 상태를 살펴보고 싶었다. 내가 잘 이해할 수 있도록 설명해 주기를 바랐지만, 워든은 여전히 나만 빤히 응시하고 있을 뿐이었다. 순간, 침대에서 무언가가 움직이는 모습이 곁눈으로 보였다. 쿵쾅대는 심장을 부여잡고 힐끗 쳐다보았지만, 고든과 피터 모두 몸이 축 처진 채 미동도 없이 가만히 누워 있었다. 고개를 돌려 워든을 바라보았다. 제발, 제발 무슨 일인지 말해달라고 물으려는 찰나, 워든이 손을 들어 올렸다.

"내가 틀렸을 수도 있다고, 메리? 아, 아니지. 나는 틀리지 않았어. 다른 사람들 모두가 잘못 짚은 거라고."

기이하고 차가운 미소를 희미하게 머금은 채 나에게 한 발짝 다가왔다. 두려움에 온몸이 떨려왔다. 작은 목소리로 그녀에게 물었다.

"그게… 무슨 말이에요?"

워든은 한 발짝 더 가까이 다가와 내 얼굴 바로 앞에 얼굴을 들이밀었다. 너무 가까운 나머지 워든의 따뜻한 숨결이 두 뺨 위로 온전히 느껴졌다.

"그게 무슨 말이냐면, 메리 엘리스. 고든이 범인이 아니라는 뜻이야. 제스 고든이 연쇄 살인마라고? 그러기엔 너무 멍청하지. 이제 걸리적대는 두 사람 모두 해치워 버렸으니 드디어 단둘이서 재미있는 이야기를 나눌 수 있겠군. 메리, 이렇게 멍청할 줄은 몰랐네. 아직도 이해 못 했어?"

심장이 조여오고 숨이 가빠왔다. 워든에게서 멀어지려고 뒤로 한 걸음 물러났지만 그녀가 내 팔뚝을 콱 움켜쥐었다. 내 입에서 고통에 찬 신음이 흘러나왔다.

"뭘… 알아차려요, 뭘요?"

숨을 헐떡이는 나를 보며 워든은 기분 나쁘게 히죽거렸다.

"나야, 이 멍청아. 나라고. 내가 다이어리 킬러야."

46

4월 1일 목요일

"경감님이… 그럴 리가 없어요. 책임 수사관이잖아요. 수사를 지휘하는 사람인데…."

농담일 것이다. 농담임이 분명했다. 하지만 농담하는 것 같지가 않았다. 내 팔뚝을 놓아주기는 했지만, 워든의 얼굴에는 웃음기가 싹 가셔 있었다. 대체 왜 나를 저런 눈빛으로 바라보는 걸까….

"경감님, 제발…."

워든이 머리를 천천히 가로저었다. 혐오감에 한쪽 입술이 치켜 올라갔고 눈빛은 싸늘했다. 나를 쳐다보는 것만으로도 불쾌한 모양이었다.

"맞아. 내가 지휘했지. 처음부터 내가 다 지휘한 거야. 다만 네가 생각하는 것과는 조금 다른 방식으로 말이지."

바로 그때, 초인종이 울렸다. 구급대원들이 집 안으로 들어오려고 시도하고 있었다. 고개를 돌려 피터를 쳐다보았지만, 여전히 침대에 죽은 듯이 누워 있었고 고든도 마찬가지였다. 응급처치가 절실히 필요한 사람이 두 명이나 있었다. 어쩌면 이미 너무 늦어 버렸을지도 몰랐다. 이런 생각을 하면서도 이 악몽 같은 상황을 나 혼자서 어떻게 모면할 수 있을지 궁리했다. 어째서인지 워든의 말이 진짜라고 생각되었다. 스테프 워든 경감이 범인이었다. 그녀의 두 눈에 서린 적의와 증오, 광기가 고스란히 느껴졌다. 그녀에게서 땀 냄새가 훅 끼쳐왔다. 출입구 쪽을 향해 몸을 뒤로 물리자 워든은 몸을 숙여 트로피를 다시 집어 들었다. 저 트로피를 휘둘러 나를 쓰러뜨리는 데 단 2초면 충분할 것이다. 어떡해야 할지 몰랐다. 머릿속이 새하얬다. 이런 상황을 대화로 모면할 수 있다고 생각했었던 거야? 미친 살인마와 마주한 상태에서 말이야? 대체 무슨 생각이었던 거지? 엄청난 망상이었어.

두려움에 심장이 조여와 숨을 쉴 때마다 고통스러웠고 손바닥은 땀으로 미끄러웠다. 워든에게 말을 걸어서 시간을 벌어야 해. 지금 이 순간에도 다른 경찰관들이 바로 맞은편에서 지켜보고 있을 거야. 구급대원들이 집 안으로 들어오지 못하면 확인하러 오지 않을까? 일이 분 정도만 시간을 끌면 경찰들이 들이닥칠 거야.

“왜죠? 이유라도 말해줘요. 어차피 난 죽을 목숨이니 말해줘도 아무 문제 없잖아요. 왜 저를 선택한 거죠? 리사, 제인, 데이비드는요? 대체 이유가 뭐예요?”

더듬더듬 말을 마치자 워든은 또다시 이죽거렸다. 트로피를 앞뒤로 유유히 흔들어 대는 그녀의 팔뚝에 근육이 불룩 튀어나와 있었다. 워든과 싸워서 내가 이길 확률은 전혀 없었다. 나보다 힘도 훨씬 세고 건강했다. 시간이야. 시간을 끌어야 해.

"일이 분 후면 경찰들이 들이닥칠 거야. 다들 고든 경장이 범인이라고 생각할 테지. 고든이 공격하는 찰나, 때마침 도착한 내가 널 구하려고 고든의 머리를 후려쳤다고 말할 거거든. 그런데 불행히도 내가 너무 늦어버려서 너는 이미 죽어버린 거야. 고든도 죽어버렸고 말이야. 좀 이따가 확인해 봐야겠지만, 아마 죽었을 거야. 살아있다면 완전히 숨통을 끊어버리면 그만이지. 네 친구 피터도 마찬가지고. 참, 너에게 보낸 멋진 음식들은 우리 모두가 함께 고른 선물이었는데, 최후의 만찬은 잘 즐겼나 몰라?"

워든이 히죽거렸고, 내 머릿속은 바삐 돌아갔다.

"고든이 그러더군. 피터가 고약한 냄새를 풍기는 그 치즈를 굉장히 좋아한다고. 그래서 그 안에 강력한 진정제를 왕창 넣어뒀지. 그런데 이걸 어쩌나. 너에게 음식 상자를 전달한 건 내가 아니라 고든이잖아. 그러니 다들 고든이 피터에게 약을 먹였다고 생각할 거야. 의식을 잃은 피터를 고든이 목을 졸라 죽인 줄로만 알 거라고…."

깔깔 웃다가 돌연 사뭇 진지한 표정을 지었다.

"피터 일은 정말 유감이야. 불가피하게 죽여야만 했거든. 영웅놀이라도 하듯 여기서 네 곁을 지키겠다고 우겨대는 바람에…."

워든이 어깨를 으쓱대며 말했다. 치지직, 침대에서 소리가 나더니 작은 목소리가 흘러나왔다. 고든의 무전기에서 나오는 소리였다. 집 안 상황이 궁금한 누군가가 연락을 취해오고 있었다. 워든은 고개를 돌려 무전기를 쳐다보다가 어깨를 으쓱대더니 다시 나를 바라보았다. 이 모든 상황을 한 번에 받아들이려니 머릿속이 복잡했다. 방금 들은 말을 이해하려 노력하는데, 불현듯 워든이 이 모든 살인을 저지르고도 유유히 빠져나갈 거라는 끔찍한 생각이 뇌리를 스쳤다. 빠져나갈 것이 분명했다. 피터와 내가 핸드폰을 받지 않았을 때 계획이 먹혔다고 확신했을 것이다. 피터가 약을 탄 치즈를 먹었다는 걸 알고 고든을 보내 마지막 살인의 대단원을 시작한 셈이다. 2분 후 다른 경찰관들이 여기에 도착하면 시신 세 구와 워든을 마주하게 될 것이다. 워든은 자기가 도착했을 때 피터는 이미 죽어 있었고 고든이 날 죽이려 하고 있었다고 말하겠지. 연쇄 살인 사건 수사를 훌륭하게 이끄는 사람의 말이니 모두가 당연히 곧이곧대로 믿지 않을까? 이런. 젠장. 젠장….

"왜냐니까요? 아직 이유를 말해주지 않았잖아요. 이유가 뭐죠?"

큰소리로 외쳤다. 그때 초인종이 다시 울렸다. 언제 들어오는 거야? 도대체 언제? 제발, 제발….

"연쇄 살인마 중 단 11퍼센트만 여성이라는 거 알아? 가장 최근에 발표된 자료에 의하면 그렇다더군."

워든은 흥미로운 사실을 전달하는 대학 강사처럼 얼굴에 새삼 생기를 띠며 말했다. 그 와중에도 트로피를 계속 휘두르는 탓에 내 시선은 트로피와 워든의 얼굴을 위아래, 위아래로 번갈아 바삐 움직였다.

"어렸을 때부터 살인, 특히 연쇄 살인마에 흥미를 느꼈어. 경찰이 된 이유도 그 때문이지. 그런데 내가 연쇄 살인마 사건 두 개를 수사하면서 느낀 게 뭔 줄 알아? 너무 멍청하다는 거야. 연쇄 살인을 저지른 남자 둘 다 너무 멍청해서 잡혀버린 거지. 나라면 더 잘할 수 있을 것 같았어. 말 그대로 경찰의 코앞에서 사람을 죽이고도 안 잡힐 자신 있었지. 더 나아가 경찰한테 피해자가 누군지도 미리 말해줘 버렸어. 물론, 이전에 죽인 세 명은 찾기 힘들게 만들어 놨으니 그렇다고 쳐. 하지만 너는 아니었어. 이름과 날짜, 장소까지 모두 까발렸는데도 경찰은 여전히 헤매고 있잖아. 안 그래? 참, 집에 카메라나 도청 장치를 달지 않겠다고 해줘서 고마웠어. 작동이 안 되도록 손을 쓸 수야 있겠지만, 그러려면 일이 꽤 까다로워졌을 테니 말이야. 나에겐 아주 큰 도움이 된 셈이지."

또다시 큰소리로 웃어댔다. 워든의 눈은 흥분으로 반짝이고 있었다. 그녀가 눈치채지 못하도록 뒤로 살짝 물러났다.

"물론 첫 번째 다이어리에 적힌 네 명을 죽인 영광은 고든에게 돌아가겠지. 아, 곧 다섯 명이 되겠군. 그런데 말이야. 이건 시작에 불과해. 오늘이 지나면 다이어리를 또 보낼 생각이거든. 다음번엔 다른 걸 시도해 볼지도 모르지. 끝나려면 아직 멀었어. 이제 겨우 시작일 뿐이라고. 나에게 살인은 그냥 게임 같은 거야. 내가 아주 잘할 줄 아는 게임."

워든의 허리춤에 달린 무전기에서 목소리가 흘러나왔지만, 그녀는 듣지 못한 듯했다. 내가 몸을 뒤로 조금 더 움직이는 동안에도 워든은 계속 이야기를 늘어놓았다. 두 눈이 불꽃처럼 이글거렸고, 트로피는 점점 더 커다란 원을 그리며 흔들렸다. 내 머리를 언제쯤 가격할까, 하고 생각하자 뱃속에서 경련이 일었다. 더는 초인종 소리가 울리지 않았다. 구급대원들이 경찰에게 도움을 요청하러 간 걸까. 그럼 경찰은 왜 집 안에서 아무런 응답이 없는지 의아해할 테고 누군가 확인하러 올 것이다. 아, 현관문이 잠겨 있었다. 문을 부수고 들어오려면 시간이 더 걸릴 텐데 나에겐 시간이 없었다. 가뜩이나 없는 시간이 너무나도 빨리 흘러가고 있었다….

"아, 이유가 뭐냐고 물었었지? 미안. 대답한다는 게 깜빡했군. 자, 이유를 말해주지."

순간, 워든이 흔들던 팔을 멈추고는 트로피를 옆구리에 가져다 댔다. 갑작스레 주위가 고요해진 찰나, 침대에 죽은 듯이 누워있던 시체가 또 살짝 움직인 것 같았다. 가까이 가서 확인해 보고 싶은 충동을 억누른 채 워든의 눈을 똑바로 바라보며 대답을 기다렸다. 워든이 계속 말을 하도록 유도해야 했다. 말을 하는 동안은 날 죽이지 않을 테니까. 문득 이 모든 상황이 어처구니없다는 생각이 들었다. 실제로 일어나기엔 너무나도 불가능한 일이었다. 하지만… 실제로 일어나고 있지 않은가?

"말해줘요."

속삭이듯 말했다. 제정신이 아니야. 완전히 미쳤어.

"아, 사실 조금 진부한 이야기야. 난 어릴 적 참 거지 같은 환경에서 자랐지. 말 그대로 진짜 거지 같았어. 학대와 방임, 모든 걸 다 겪었지. 아빠는… 내가 열두 살 때 죽었어. 엄마가 아주 못됐었지. 악랄했어. 엄마가 될 자격이라곤 눈곱만치도 없는 여자였는데, 대체 왜 날 낳은 건지 정말 이해할 수 없었지. 날 사랑하지도, 원하지도 않았거든. 나조차도 다 눈치챌 수 있을 정도였지. 다정한 말 한마디는커녕 따뜻하게 안아준 적도 없었으니까. 늘 공짜로 부리는 가정부 취급을 당했어. 심지어 휴가를 갈 때도 나 혼자만 집에 두고 갔어. 대단하지 않아? 아홉 살 때가 처음이었지. 일주일 동안 혼자 집에 남겨졌는데, 찬장에는 먹을 음식도 거의 없었어. 혼자 학교에 가고, 벌벌 떨며 밤을 지새웠지…. 하지만 부모님이 집에 있을 땐 그보다 더 끔찍했어."

잠시 말을 멈추고 천장을 바라보는 워든의 턱 근육이 잔뜩 긴장되어 있었다. 목구멍이 건조하고 따끔거려서 침을 꼴깍 삼켰다.

"참 안됐네요."

내가 속삭이듯 말했다. 워든이 무표정한 얼굴로 다시 나를 쳐다보며 이야기를 계속했다.

"내 엄마라는 작자 말이야. 지금 요양원에 있어. 나에게 단 한 번도 미안하다고 말하지 않았지. 그런데도 나는 완전히 끊어내지 못했어. 어쩜 이리도 멍청할까? 심지어 효심 있는 딸인 것처럼 가끔 요양원으로 찾아가기도 해. 하지만 내 심정이 어떤 줄 알아? 하루빨리 지옥에나 떨어져서 죽어버렸으면 좋겠어. 어쨌든, 내 앞가림은 오롯이 내 몫이었어. 대학을 다니기 위해 투잡을 뛰어야 했어. 평생 누구에게 도움을 받은 적이 단 한 번도 없었어. 모든 걸 나 혼자서 이루어 냈지. 나 혼자서 말이야. 그런데 아무런 노력을 하지 않아도 손쉽게 얻어내는 사람들이 있더군. 가족으로부터 돈과 지원을 받으며 최고의 것만 누리는 인간들 말이야. 반짝이는 금수저를 물고 태어나 잘 먹고 잘사는 꼴이라니. 그건 본인이 직접 이루어 낸 성취가 아니잖아. 게으른 거지. 그래서 그런 인간들이 싫어지기 시작했어. 혐오했지. 너무 혐오한 나머지 죽여버리고 싶었어. 왜 가끔 이런 말들 하잖아. 아, 저 새끼 확 죽여버리겠다라고 말이야. 이런 날 미쳤다느니, 정신이 나갔다느니, 뭐라고 불러도 좋아. 내가 끔찍하다는 것쯤은 나도 잘 알고 있거든. 아무에게도 들키지 않았을 뿐이지…."

워든은 호탕하게 웃어댔다. 나는 잔뜩 겁에 질린 채 꼼짝도 하지 않고 그녀를 마주 보고 서 있었다. 다행히 그녀는 이야기를 계속 이어갔다. 계속 말해, 워든. 제발, 멈추지 마.

"한 걸음 더 나아가 영국에서 가장 악명 높은 정체불명의 연쇄 살인마가 되기로 결심했어. 그리고 곧 그렇게 되고 말 거야. 내 희생양은 게으른 금수저들로 정했어. 찾는 것도 어렵지 않았지. 도처에 널려있으니 그냥 아무나 고르면 됐거든. 하지만 꼭 미혼에 자녀가 없는 사람이어야만 했어. 아이들이 고통받는 건 원치 않았거든. 나는 그 정도로 짐승 같은 인간은 아니라고. 지역 신문을 훑으며 가족 덕택에 유명세를 탄 사람을 물색했어. 그리고 자기가 게으른 금수저라고 자랑하듯 떠벌리는 인간들을 찾아냈지. 리사 터너, 옥스퍼드의 대형 로펌에서 일하는 변호사 주제에《더 타임스》와의 인터뷰에서 영국에 여성 판사가 부족하다고 지껄여 댔지. 아이고, 슬퍼라. 제인 홀랜드, 자신의 노력으로 일군 게 아니라 아빠가 물려준 대규모 카지노를 운영해서 번 돈으로 자선 사업을 해대는 주제에 착한 사람인 척 신문을 도배해 대더군. 데이비드 하우얼스, 복권에 당첨된 부모님이 사업하라고 후하게 돈을 쾌척하셨지. 마지막으로 메리 엘리스, 역시 두말할 것 없이 완벽하게 조건에 부합했지. 부유하고 유명한 아빠가 막대한 유산을 남긴 덕에 기자 행세나 해대며 빤질거리고 있잖아. 기사에 실린 네 소개를 읽어보니 연쇄 살인마를 인터뷰한 적은 없더라고? 그래서 네가 혹하겠다 싶었어. 범인의 정체를 밝혀내려고 온 힘을 쏟을 테니 나로서는 조그마한 위험을 감수한 셈이었는데, 웬걸 넌 정말 아무것도 모르더라? 아빠가 없었더라면 넌 아무것도 아니야. 아무것도. 그저 보잘것없는 인간일 뿐이지. 좀 있으면 보잘것없이 죽어버린 인간이 되는 거야. 메리 엘리스."

워든은 점차 목소리를 높이더니 우레와 같은 소리로 마지막 말들을 토해냈다. 꾸준히 슬금슬금 뒷걸음질 치던 나는 방 입구에 거의 다다랐다. 그다음엔 계단참을 천천히 향해 나아가기만 하면 되었다. 안타깝게도, 워든 역시 나를 따라오고 있었기에 당장 무슨 말이라도 뱉어야 했다. 기회는 딱 한 번뿐이었다. 결국 시어워터 작전팀이 하나는 제대로 짚은 셈이었다. 피해자들을 죽인 이유는 부모님 때문이었다. 그러니 지금 당장 말해야 했다. 그레고르 엘리스는 내 아버지가 아니라고, 사실은 나 역시 학대받으며 혹독하고 외로운 어린 시절을 보냈노라고 모두 다 털어

놓아야 했다. 그녀의 심정을 십분 이해한다고 말해야 했다.

정말 그랬다. 학대하는 부모 아래에서 지내는 기분이 어떤지 누구보다도 잘 알았다. 또한 그 기억이 평생 지워지지 않는다는 사실도….

숨을 깊게 들이마시고 말문을 열었다.

"제가 아니에요. 경감님."

워든은 인상을 썼다.

"뭐라고?"

"경감님이 죽이고 싶은 사람은 그레고르 엘리스의 딸, 메리 엘리스잖아요. 유복한 가정환경에서 자랐고… 뭐 그런 것들 때문에요. 하지만 경감님이 놓친 게 하나 있어요. 저는 메리 엘리스가 아니에요. 메리 엘리스는 이미 죽었어요."

47

4월 1일 목요일

워든이 그 자리에 얼어붙은 채 나를 빤히 쳐다보았다. 피터의 방에 들어선 이후 줄곧 확신에 차 있던 그녀의 얼굴이 처음으로 흔들리기 시작했다.

"무슨… 무슨 말을 하는 거야?"

"메리는 제 친구였어요."

한 걸음 더 뒤로 물러나자 방 문간에 도달했다. 워든은 미간을 찌푸린 채 꼼짝도 하지 않고 서 있었다. 무전기에서 또 신호음이 울려댔고 아래층에서 쾅쾅, 현관문을 치며 누군가 외쳐대는 소리가 들려왔지만, 전혀 자각하지 못하는 듯했다. 그녀의 얼굴에는 혼란스러운 기색이 역력했다.

"저는 경감님과 꽤 비슷한 환경에서 자랐어요."

심장이 터질 듯이 뛰어대서 머리가 어지러웠지만, 처음으로 가느다란 희망의 빛이 보이는 기분이 들었다.

워든이 내 말을 듣고 있었다. 조금만 더 내 이야기에 귀를 기울이도록 하면….

"아버지가 누군지는 애초부터 몰랐고, 어머니는 마약 중독자였어요. 제 어린 시절은… 정말 끔찍했어요, 경감님. 아홉 살 때 처음 위탁 가정에 맡겨진 이후로 이 집 저 집을 떠돌며 지냈는데, 정말 힘들었어요. 경감님만큼은 아닐지 몰라도… 끔찍하긴 매한가지였어요. 그러다 메리와 그레고르를 만나면서 다른 삶을 맛봤어요. 부유한 삶, 특권을 누리는 삶이 어떤 건지 알게 됐죠. 제가 의도한 건 아니었지만 메리네 집에 놀러 갔던 주말에 화재가 발생하고 말았죠. 눈을 뜨니 병원이었는데, 모든 사람이 제가 메리인 줄 알더군요. 메리와 외모가 비슷한데다 메리의 이름이 새겨진 팔찌를 차고 있었고, 얼굴에 화상에 입어서 붕대까지 감고 있었으니…. 다들 제가 메리라고 생각했던 거죠. 고심 끝에 그냥 이대로 메리로 살아도 아무도 모를 거라는 생각이 들었어요…."

"네가 메리 엘리스가 아니란 말이구나."

워든이 눈을 가느다랗게 뜨며 천천히 말했다.

"네."

"그럼, 대체 넌 누구지?"

꿀꺽, 침을 삼켰다. 내 이름을 입 밖으로 소리 내어 말한 지가 얼마 만이던가.

"제 이름은 어맨다 아처입니다. 불이 났던 밤 그레고르와 메리 둘 다 죽었어요. 하지만 사람들은 메리가 아니라 제가 죽었다고 생각했죠. 그레고르의 묘비 옆에도 제 이름이 적혀 있어요,

경감님. 전 훔친 인생을 살고 있어요. 유산도 훔친 거고요. 다 거짓이에요."

잠시 정적이 흘렀고 우리 둘은 서로를 멀뚱히 바라보았다. 문득 참 기묘한 한 쌍이라는 생각이 들었다. 경찰의 탈을 쓴 연쇄살인마와 유명 작가의 가짜 딸이라니. 순간, 워든이 어깨를 으쓱대며 입을 열었다.

"그렇군. 참 기이한 우연의 일치네. 그 사실을 미리 알았더라면 아주 유용하게 쓸 수 있었을 텐데 아쉽군. 그런 대단한 비밀을 숨기고 있었다니 생각보다 똑똑한걸. 하지만 달라지는 건 없어. 그래, 네 어린 시절은 불행했겠지. 그래도 여전히 이득을 본 것 아냐? 이 집이며 통장에 쌓인 돈이며, 아무런 노력 없이 거저 얻어낸 거잖아."

"아니에요!"

큰소리로 외쳐 대자 워든의 눈이 커다래졌다.

"아무런 노력 없이요? 매일매일을 다른 사람 행세를 하면서 사는 기분이 어떤지 알기나 해요? 누군가 눈치채서 모든 게 무너질까 봐 노심초사하며 매일매일 거짓말을 하며 사는데요? 노력을 안 한다고요?"

워든이 눈을 부릅뜨며 비웃어 댔다.

"아이고, 우리 가엾은 부잣집 딸내미. 농담이 과하시네."

그녀는 비아냥대며 경멸스러운 눈빛으로 나를 쳐다보았다. 순간적으로 '네, 경감님 말이 맞아요'라는 말이 튀어나올 뻔했다.

그녀의 말이 옳았다. 시작은 불우했지만 지난 14년 동안 편안한 인생을 살아왔다. 나도 인정하는 바였고, 반박할 이유도 없었다. 죗값을 치러야 할 때가 온 건지도 몰랐다. 내가 한 짓을 생각하면 죽어 마땅할지도 몰랐다. 하지만 여기에서 이렇게 죽고 싶지는 않았다….

"실내에서 하고 싶지 않아. 너무 갑갑하고 덥거든. 지금 좀 덥지 않아? 실내에 있으면 밀실에 갇힌 기분이 들어. 공기가 텁텁해지면 더욱 심해지지. 그래서 야외에서 죽이는 게 좋아. 훨씬 더 재미있고 즐겁거든."

침을 꿀꺽 삼켰다. 워든의 이마에는 어느새 땀이 송골송골 맺혀 있었고 어디가 불편한 사람처럼 눈이 흐리멍덩했다.

"그런데 뭐, 하기 싫어도 어쩔 수 없지. 메리든 어맨다든 모두 안녕."

워든이 한 걸음, 또 한 걸음 나를 향해 다가왔고, 트로피를 머리 위로 번쩍 들어 올렸다. 그녀의 표정이 순식간에 확 바뀌어 있었고, 눈에는 분노와 광기가 다시 일렁였다. 순간, 끔찍하게도 모든 게 끝났다는 깊은 확신이 들었다. 내 노력이 수포로 돌아갔고, 시간은 다 되고 말았다.

꽉 쥔 손으로 눈두덩이를 가린 채 두 눈을 질끈 감았다. 강한 타격과 고통, 필연적인 어둠이 내려앉을 그 순간을 기다렸다. 별안간 끙끙대는 소리와 바스락거리는 소리, 신음 소리가 연이어 들리더니 쿵, 무거운 물체가 떨어지는 소리가 뒤따랐다. 얼굴에서 손을 슬며시 뗐다. 순간, 충격에 입이 저절로 떡 벌어졌다.

눈앞에 피터가 서 있었다. 안색은 여전히 창백했고, 셔츠 여기저기에 핏자국이 얼룩진 채로 몸을 휘청거리며 두 발로 서 있었다. 한쪽 손은 문틀을 움켜쥐고, 다른 한 손은 유리로 된 반원 모양의 장식품을 들고 있었다. 눈을 빠르게 깜빡여 초점을 맞추었다. 스노 글로브였다. 피터는 스노 글로브들을 모아 방 서랍에 넣어두었다가 크리스마스 때마다 꺼내 보고는 했었다. 우리가 사랑하는 도시, 뉴욕의 센트럴 파크 바로 앞 작은 가게에서 산 스노 글로브가 그의 손에 들려 있었다. 뚝뚝, 떨어지는 붉은 액체를 따라 시선을 아래로 옮기자 워든이 계단참 카펫 위에 누워 작게 신음하고 있었다. 그녀의 이마 위로 피가 흘러내렸다.

"피터. 피터."

목소리가 갈라졌다.

"사랑해."

피터가 속삭이듯 말했다. 스노 글로브를 바닥에 떨군 다음 나를 향해 두 팔을 뻗었다. 그에게로 달려가 품 안에 안긴 순간, 아래층에서 누군가 고함치는 소리가 들리더니 엄청난 굉음과 함께 나무가 부서지는 소리가 들려왔다.

48

4월 2일 금요일

"우유 조금 넣은 커피 한 잔이요."

마이크 스탠리 경위 앞에 머그잔을 내려놓자 그가 고개를 까딱하며 감사를 표했다. 그의 맞은편에 놓인 의자에 앉아 바 테이블에 위에 놓인 내 커피를 홀짝였다. 진한 블랙커피가 절실했다. 몸도 마음도 지쳐있었다. 온몸이 쑤셨고, 지난 이틀간 거의 잠을 자지 못해 머리가 멍했다.

아직도 꿈을 꾸고 있는 듯했다. 악몽에서 완전히 깨어나지 못한 느낌이었다. 내가 정말 운이 좋다면 미래까지 함께할지도 모르는 나의 영웅, 내 사랑 피터가 워든을 뒤쪽에서 공격해 내 목숨을 구해준 순간 이후의 기억이 흐릿했다. 쾅, 현관문이 열리고 고함 소리와 함께 쿵쾅거리며 계단을 올라오는 발걸음 소리가 들렸었다. 계단참 카펫 위에서 워든이 신음하는 소리가 들렸고, 나는 다리가 풀려 쓰러진 피터를 흐느끼며 부축하다가 그의 무게를 이겨내지 못하고 바닥에 미끄러지듯 쓰러져 버렸다. 가엽게도 고든 경장은 그때까지도 미동 없이 침대 위에 누워 있었다.

고든은 사망한 채로 발견되었다. 충격이 가해지자마자 즉사했기 때문에 고통은 느끼지 못했을 거라 했다. 타격의 정도는 매우 강했고, 리사와 제인, 데이비드가 입었던 타격과 유사한 걸로 밝혀졌다. 나는 고든의 죽음을 받아들이려 애쓰는 중이었다. 첫인상은 비호감이었지만 몇 달 사이 내 삶의 큰 부분을 차지할 정도로 든든한 존재가 되어 버린 고든. 그녀의 삶이 그런 식으로 끝나버렸다는 사실이 가슴 아리게 깊은 슬픔과 크나큰 상실감으로 다가와 나 자신마저도 깜짝 놀랐다.

피터는 괜찮았다. 아니, 괜찮아질 것이다. 워든이 치즈에 넣은 바르비투르라는 신경안정제를 과다복용해서 병원에서 치료를 받고 있었다. 의사는 피터가 운이 좋았다고 했다. 치즈와 함께 마시려고 와인을 따서 조금만 마시고 치웠으니 망정이지, 알코올과 약물을 함께 복용했더라면 치명적이었을 거라고 했다. 현 상태로 봐서는 완전히 회복할 수 있을 거라는 말도 덧붙였다.

집에는 오늘 아침에 돌아왔다. 어젯밤에는 살인 현장이 되어 버린 피터의 방에서 감식이 이루어지는 동안 호텔에서 잤다. 무슨 일이 벌어졌는지 명확했기 때문에 감식은 그리 오래 걸리지 않았다. 잠시 후에는 청소 전문 업체가 방문할 것이다. 아직은 피터의 방 안을 쳐다볼 엄두가 나지 않았지만, 오늘 아침 집에 가고 싶으면 가도 괜찮다는 말을 듣고 일단 집으로 돌아왔다. 적어도 당분간은 집에 머무를 생각이었다.

여전히 풀리지 않은 의문점들이 많이 남아 있었다. 워든은 피터에게 맞아 머리를 다치긴 했지만, 빗맞았기 때문에 잠깐 기절했을 뿐 부상이 심각하진 않아서 경찰이 심문을 시작했다고 했다. 놀랍게도 본인이 저지른 짓을 솔직하게 털어놓고 있다고 스탠리 경위가 전했다.

"모든 범행을 시인했어요. 잡히지 않을 줄 알았다네요."

그가 오늘 아침 일찍 전화를 걸어와 잠깐 이야기를 나누러 집으로 들러도 괜찮은지 물어보면서 말해주었다.

"그런데 이제 잡히고 말았으니, 어떻게 죽였는지 낱낱이 털어놓겠대요. 오히려 이 상황을 즐기고 있는 듯합니다. 오랫동안 모든 사람을 속이면서 병적인 즐거움 같은 걸 느꼈나 봅니다. 저희가 아무런 갈피도 잡지 못한 채 잘못된 단서에 매달리며 수사가 엉뚱한 방향으로 흘러가는 걸 보며 즐거웠대요. 예를 들면 피해자 부모님들 사이에서 범죄 연관성 따위를 찾는 것처럼 말이죠. 저희가 잘못 짚었다는 걸 알고 있었지만, 존재하지도 않는 연관성을 찾느라 시간을 허비하는 꼴이 아주 보기 좋았대요."

지금은 피터를 죽이려고 먹였던 약물 이야기를 하는 중이었다.

"어머니의 약이었습니다. 어머니가 시런세스터의 요양원에 있는데, 불면증이 있어서 상당히 독한 수면제를 처방해 줬대요. 와, 그런데 워든 경감님이 어머니를 진짜 싫어하더라고요? 사실 그럴 만도 하죠. 어쨌든, 저녁 약을 나눠주는 시간에 맞춰서 면회를 가서 자기가 직접 어머니 약을 먹이겠다고 요양원 직원들을 설득했어요. 뭐, 고위 경찰관이니 그리 어렵지도 않았겠죠? 직원들 모두 워든 경감님 직업을 알고 있어서 철석같이 믿었을 테니까요. 하지만 약을 어머니에게 주지 않고 가방에다 쑤셔 넣었어요. 그런 다음 약이 어느 정도 모이자 빻아서 가루로 만든 다음 피터 씨가 먹을 치즈 안에다 섞어 넣은 거죠. 스팅킹 비숍 치즈가 맛과 향이 원체 강하니까 약 맛을 가려줄 거라고 예상했는데, 진짜 그랬던 거죠."

피터를 잃을 뻔했던 생각이 떠올라 심장이 뒤틀리는 기분이 들었다. 고개를 절레절레 흔들며 작은 목소리로 말했다.

"정말 사악하고 미친 여자예요."

"사악한데다 영리하기도 해요. 네 군데 경찰서에 미리 경고를 한 건 자신을 위한 작은 시험대 같은 거였나 봐요. 경찰의 삼엄한 감시를 뚫고 메리 씨를 죽이며 영광의 순간을 만끽하고자 했던 겁니다. 그러고도 절대 잡히지 않을 줄 알았다네요. 피터 씨가 아니었다면 아마 성공했겠죠. 다들 고든 경장이 범인이고 워든 경감님은 메리 씨의 목숨을 구한 영웅이라고 믿었을 거예요."

하던 말을 멈추고 한 손으로 두 눈을 비비다가 중얼거리듯 말했다.

"고든만 안됐죠."

"그리울 거예요."

내가 조용하게 말했다.

"저도요."

스탠리는 경찰이 지금까지 알아낸 내용을 속속들이 말해주었다. 나에게 다이어리를 보내며 워든은 모험을 한 셈이었다. 다이어리를 받자마자 협박 메시지를 읽고 경찰에 바로 신고하길 바랐는데 시간이 지체되자 초조했었다고 했다. 두 달 전에 글로스터셔로 전근을 온 이유도 역내에서 연쇄 살인마 사건이 발생하면 수사 이력이 있는 자신에게 배정될 거라고 확신했기 때문이라고 했다.

"메리 씨가 다이어리를 확인하지 않았더라도 어떻게든 다른 방법을 찾았을 테지만, 읽어줘서 날아갈 듯 기뻤대요. 메리 씨를 죽일 날로 만우절을 고른 게 굉장히 만족스러운지 그 얘길 하면서 신나게 웃더라고요. 사실 심문 내내 곧잘 웃었는데, 소름이 쫙 돋더라고요. 참, 메리 씨 동료 중에 새해에 옥스퍼드로 놀러 갔던 남자 두 명을 인터뷰하러 경감님이랑 제가 직접 사무실까지 찾아갔던 적 기억나시죠? 그때도 시간을 많이 낭비해서 너무 기뻤대요. 결국 다 삽질만 한 꼴이죠."

더불어 살인 계획을 세우고 정보를 얻기 위해 국립 경찰 컴퓨터 시스템을 이용했다고 했다.

"그런 용도로 사용하는 건 당연히 불법입니다. 국립 경찰 컴퓨터 시스템 사용 이력은 전부 기록에 남고 매일 감사도 이루어지죠. 하지만 시스템 내 데이터베이스 중에는 감사 대상이 아닌 것들도 있습니다. 시스템을 다른 용도로 사용하는 행위는 심각한 징계 사유에 해당해요. 경감님이 진작에 적발되었더라면 좀 더 일찍 잡을 수 있었을 텐데, 요즈음 여러 부서에서 경찰 인력이 부족했던지라 운 좋게 걸리지 않았어요."

스탠리는 한숨을 쉬며 고개를 내저었다.

"차량과 운전자 정보 등 모든 파일에 접속할 수 있었으니 집 주소와 감시 카메라의 위치를 쉽게 확인할 수 있었을 거예요. 살인 대상은 근무 시간에 방해받지 않는 선에서 물색했어요. 여기서 차로 90분 정도 떨어진 거리에 사는 사람을 골라야 다음 날 아무 일 없었다는 듯 출근하기가 쉬웠을 테니까요."

"저한테 야외에서 죽이는 걸 선호한다고 했어요. 좀 이상하더라고요."

목이 건조하고 칼칼해서 커피를 한 모금 들이켰다. 스탠리가 고개를 끄떡이며 대답했다.

"네. 생각해 보니 늘 신선한 공기 타령을 했었어요. 경찰서 내부가 너무 덥다고 불평했는데, 솔직히 저희 모두가 투덜대긴 했죠. 항상 더웠거든요. 하지만 경감님은 유독 못 견뎌 했어요. 어렸을 때 조금만 잘못해도 찬장에 자주 갇혔대요. 그때부터 밀실 공포증이 생겨서 답답한 방에 있으면 공황 상태가 돼서 제대로 생각할 수가 없다네요. 그래서 실수를 범하지 않으려고 다른 피해자들 모두 야외에서 살해했답니다. 제인에게는 경찰 배지를 보여주며 뒤뜰에 있는 물건을 확인해야 하니 집 안으로 들여보내달라고 했고, 나머지 두 명은 어두운 데 숨어있다가 몰래 덮쳤어요. 감시 카메라가 없는 곳에 차를 대놓고 재킷 안에 묵직한 망치를 숨긴 채 살인 장소까지 뛰어갔다가 살인 후에 다시 차로 돌아왔어요. 엄청 간단하죠. 법의학에 빠삭한지라 쓸만한 증거는 하나도 남기지 않았지만, 매번 보고서를 기다리는 동안엔 살짝 긴장했었대요. 메리 씨의 집에 올 땐 살해 도구를 따로 챙겨

오지 않았었는데, 4월 1일 이전에 브리핑하러 메리 씨의 집에 방문했을 때 사용할 만한 물건들을 미리 점찍어 뒀었다고 하더군요."

워든이 자백한 내용 모두가 사건 당일 나에게 고든이 한 짓이라고 말했던 것들이었다. 이 메일로 내 컴퓨터에 스파이웨어를 보내봤자 금세 발각되어 삭제될 줄 알았지만, 날 겁줄 생각에 기쁜 마음으로 보냈다고 했다. 해외로 도피할 생각을 못 하게 하려고 우편으로 편지를 보낸 사람 역시 워든이었다.

"만약 워든 경감님이 계획했던 대로 일이 잘 풀렸더라면, 고든 경장에게 다 덮어씌웠을 거예요. 늘 과묵하고 내성적인 사람이었다는 점이 도움이 됐을 거라고 하더군요. 고든 경장이 좀 이상하다고, 아니 이상했다고 생각하는 사람이 많긴 했거든요. 저랑은 친하게 지냈었는데, 사실 수줍음을 정말 많이 타는 친구였어요. 평생 자신감이 부족해서 새로운 사람을 만나기를 극도로 어려워했어요. 가족 연락 담당관이 된 이유도 그 때문이에요. 다양한 사람들을 대해야 하는 직업이니 도움이 될 거라 생각했거든요. 실제로도 진척이 있었죠. 메리 씨를 처음 만났을 땐 무서워했었는데 나중에는 진심으로 좋아했었거든요."

그 말에 눈물이 핑 돌았다. 고든이 선물 상자를 주러 들렀던 수요일 저녁, 현관문 앞에서 날 덥석 안아주던 모습이 떠올랐다.

"불쌍한 고든 경장님. 경장님은 그저 도움을 주려고 했을 뿐이었는데, 너무 슬프고 너무 불공평해요…."

"맞아요."

스탠리의 눈에서 진정한 슬픔과 쓸쓸함이 묻어났다. 문득 고든을 조금이라도 사랑했던 게 아닐까, 하는 생각이 들어 가슴이 뭉클했다. 스탠리가 불쑥 입을 열었다.

"그럼, 당분간은 편히 쉬세요. 공식적으로 메리 씨의 진술을 받아야 해서 아마 월요일쯤 연락이 갈 겁니다. 주말 동안 마음 좀 추스르세요. 지난 몇 달간 스트레스가 얼마나 심하셨을지 저로선 정말 상상조차 안 가네요. 참, 피터 씨에게도 안부 전해주시겠어요? 나중에 기운 차리신 후에 다시 이야기를 나눠야 할 테지만, 일단은 워든 경감님을 공격한 일과 관련해서는 아무런 법적 조치를 받지 않으실 테니 안심하시라고 말씀드려 놨습니다."

"네. 감사합니다, 경위님. 그럼, 조심히 가세요."

스탠리가 떠난 후, 위층 거실로 천천히 올라갔다. 소파 구석에 몸을 잔뜩 웅크리고 앉아 옆에 놓아둔 회색 담요를 다리 위로 끌어당겼다. 오늘 오후엔 피터를 면회하러 갈 예정이었다. 한편으론 보고 싶다는 생각이 들면서도, 다른 한편으로는 불안감이 내 마음을 갉아먹는 기분이었다. 피터가 침실에서 비틀거리며 걸어 나와 내 목숨을 구해준 그 순간부터 불안감은 점점 심해져 갔다.

피터는 그날 일에 대해 지금까지 아무 말도 꺼내지 않았다. 그날 내가 워든에게 한 말을 피터가 들었을까? 내가 메리 엘리스가 아니라는 사실과 내 진짜 정체, 내가 저지른 일 전부 다 들었을까?

피터가 계단참으로 나왔을 때는 내가 워든에게 모든 걸 털어놓은 직후였다. 그때 워든이 나에게 마지막으로 한 말이 뭐였더라?

"메리든 어맨다든 모두 안녕…."

분명 피터도 들었겠지? 그가 워든을 공격하기 바로 몇 초 전에 한 말이지 않은가. 하지만 어젯밤 병원으로 찾아갔을 때 피터는 날 친구로서가 아니라 정말로 사랑한다는 말만 다시 했다. 혹시라도 내가 같은 감정이라면 연인으로서 만나보고 싶다고 했다. 나는 그를 꼭 안아주며 나 역시 그러길 간절히 바란다고 대답했다. 너무나 놀랍게도 지금 내 감정이 그러했다. 이 감정이 어디에서 나타난 건지, 서로의 감정이 왜 이렇게 확 바뀌었는지, 왜 이제야 이런 감정을 느끼게 된 건지는 아직도 알지 못했다. 하지만 그런 걸 궁금해하기엔 지금 너무 행복했다. 누가 한 말인지도 몰라도 친구에서 연인으로 발전한 관계가 최고라고들 하지 않던가.

담요 안으로 파고들어 생각을 떨쳐내려 애썼다. 어쨌거나 피터는 약에 취한 상태였고 그날 밤에 대한 기억이 흐릿하다고 했다. 그날, 정신을 차렸을 때 무거운 물체가 몸을 짓누르고 있는 느낌이 들었다고 했다. 불쌍한 고든을 밀쳐내고 나자 계단참에서 실랑이가 벌어지고 있는 모습이 눈에 들어왔고, 순간 정확하게 뭔지는 몰라도 그날 내가 위협을 받고 있었다는 사실이 어렴풋이 기억났다고 했다. 무기가 필요하다는 생각에 서랍에서 스노 글로브를 꺼내 들고 비틀거리며 문까지 걸어 나왔을 때 워든이 테니스 트로피로 내 머리를 내려치려 하는 걸 보았다고 했다.

그날 나와 워든의 대화를 피터가 들었더라면 분명 지금쯤이면 얘기를 꺼냈을 것이다. 그 말인즉 진실을 아는 사람은 워든 혼자였고, 아직 아무에게도 말하지 않은 게 분명했다. 말했다면 스탠리가 진작에 나에게 물어보지 않았을까? 지금으로선 잠자코 기다렸다가 워든이 발설하면 아니라고 잡아뗄 수밖에 없었다. 어차피 미친 여자 아닌가. 그러니 내 계획대로 지어낸 이야기라고 둘러대면 될 터였다. 날 죽이려는 사람 앞에서 살려면 무슨 말이든 못 하겠는가? 워든에게 한 말 모두 새빨간 거짓말이었을 뿐이다…. 거짓말이라면 둘째가라면 서럽지. 수년간 모두를 속여왔던 장본인이 나니까. 지금 이 순간조차도 말이지.

사실은 워든에게 한 말도 거짓말이었다.

물론 모든 이야기가 거짓은 아니었다. 이야기를 조금 각색했을 뿐이었다. 그럴 수밖에 없었다. 그러니까 메리와 화재, 그 이후에 내가 한 일 모두 온전히 사실이 아니라는 얘기다.

숨은 이야기가 더 있다.

49

4월 5일 월요일

피터가 어젯밤에 퇴원해 집으로 왔다. 병원에서 집까지는 걸어서 10분이면 올 수 있는 가까운 거리였지만 차를 몰고 데리러 갔다. 더 그로브로 돌아오는 내내 피터는 내 무릎 위에 손을 얹고 있었다. 여전히 안색이 창백하고 몸을 잘 가누지 못했지만, 피터 특유의 반짝이는 눈빛을 되찾아서 기뻤다. 우리 사이가 이렇게 바뀌다니 조금 신기했다. 어젯밤에는 내 침대에서 함께 잤다. 둘 다 피터의 방에는 두 번 다시 들어가고 싶지 않았고, 가능한 한 빨리 이 집을 떠나고 싶었다. 이미 이 집과 피터가 세를 놓은 첼트넘의 아파트를 팔고 같이 살 집을 구할 계획을 세우기 시작했다. 너무 빠르긴 했지만, 이미 9년 가까이 알고 지낸 사이였기에 우리의 결정이 옳다는 걸 잘 알고 있었다.

어젯밤 우리는 어스레한 불빛만 켜진 내 방에서 서로를 감싸 안은 채 많은 이야기를 나누었다. 그러다 메간 이야기도 나왔는데, 메간은 지난 주말에 피터와 나에게 따로 전화해 자신이 저지른 '끔찍한 행동'에 대해 진심으로 사과했다. 어여쁜 외모에도 불구하고 남자 친구를 사귀면 한없이 불안해져서 피터와 내가 자기 몰래 바람을 피우고 있을지도 모른다고 계속 걱정했었다고 했다.

"과거에 정말 나쁜 남자들을 많이 만났거든요. 제가 피터한테 지나치게 들이댔다는 거 잘 알아요. 너무 심하게 밀어붙였죠. '드디어 좋은 남자를 만났구나'라고 생각해서 그랬던 거예요. 결국 피터가 절 떠나게 만들어 버렸으니 저 혼자 이겨내야죠. 피터가 괜찮다니 참 다행이에요. 둘 다 무사해서 다행이에요."

메간이 울먹이며 말했다. 그녀는 지난주에 우리 집에서 며칠간 머물며 피터와 오붓하게 둘이서 로맨틱한 시간을 보낼 생각이었다고 했다. 그를 놀라게 해주려고 이것저것 계획을 세우고 있었는데 내가 대뜸 아무 데도 가지 않는다고 하자 너무 화가 났었다고 했다. 또 피터의 핸드폰이 귀신같이 사라졌던 미스터리도 풀렸는데, 우리 집에서 택시를 타고 떠날 때 슬쩍 가져갔다고 메간이 털어놨다.

"피터의 핸드폰 비밀번호를 알거든요. 메리가 보낸 문자 메시지를 확인해 보고 싶었어요. 진짜 나 몰래 바람피우는지 확인하려고요. 죄송해요. 핸드폰은 우편함에 넣어 둘게요. 그리고 다시는 두 사람 귀찮게 하지 않을게요. 피터 잘 부탁해요. 아셨죠?"

알겠다고 대답했다. 또다시 심한 죄책감이 몰려왔다. 그리 오래는 아니었어도 '몰래 바람을 피웠었던' 건 사실이었으니 말이다. 하지만 적어도 지금 당장은 메간에게 비밀로 하는 편이 최선이라는 생각이 들었다. 어젯밤 다이어리 킬러가 뉴스의 충격적인 머리기사로 보도되었지만, 피터와 내가 사귄다는 소소한 세부 사항은 여전히 비밀에 부쳐져 있었다. 전직 경찰 출신인 연쇄살인마가 네 명을 죽인 가운데 두 명이 탈출에 성공했다는 소식과 함께 피터와 내 이름만 언급되었다. 이후 기자들은 물론 과거와 현재의 친구, 동료들이 끊임없이 전화해 대는 탓에 유선 전화를 끊고 핸드폰 전원을 꺼둬야 했다. 기자들은 집 앞 길거리에 진을 치고 우리가 밖으로 나오기만을 기다리고 있었다. 옆집에 사는 디나가 쫓아내려 애쓰고 있긴 했지만 별 소득은 없었다. 곧 집 밖으로 나가서 기자들을 돌려보낼 만한 이야기를 조금 던져 주기로 마음은 먹었지만 아직은 아니었다. 지금은 단둘이서만 있고 싶었다. 커튼을 꽁꽁 닫아 둔 채 이대로 단둘이서만 집 안에 머물고 싶었다.

아주 잠깐이었지만 피터와 메간을 범인으로 의심했었다는 사실도 피터에게 솔직하게 털어놓았다. 결국 내 걱정거리들 모두 우연에 불과했던 셈이었다. 피터와 메간은 어쩌다 보니 살인이 일어난 밤마다 함께 있었고, 피터는 정말 우연히 제인 홀랜드가 운영하는 카지노에 방문했을 뿐이었다. 티끌 하나 없이 결백한 사람한테 카지노 여행을 다녀온 걸 계속 걸고 넘어졌으니 피터 입장에서는 당연히 살짝 짜증이 났을 터였다.

"네가 왜 자꾸 그 얘기를 꺼내는지 도무지 이해가 안 갔었다니까."

"근데 메간이랑 헤어지기까지 왜 그렇게 오래 걸렸어?"

피터가 이별 얘기를 꺼낼 때마다 메간은 히스테리를 부렸다고 했다. 어렸을 때 아버지가 어머니를 떠난 일이 마음의 상처로 남았고 그간 수많은 남자에게 함부로 취급당했다고 말하며 또 다른 이별을 견뎌낼 수 있을지 모르겠다고 말했다고 했다.

"자해라도 할까 봐 너무 걱정됐어. 자기가 상처투성이에 연약한 여자라는 걸 아무에게도 말하지 말라고 메간이 부탁하기도 했고 어차피 너한테 말해봤자 그저 변명이라고 생각하고 안 믿을 것 같아서 말하지 않았던 거야. 머리로는 끝내야 한다고 생각하면서도 메간이 나 때문에 자해라도 할까 봐 내심 두려웠어. 그래서 계속 미루게 됐던 거야. 미안해. 난 정말 바보인가 봐."

"아냐, 네가 왜 바보야. 피터 정, 넌 정말 사랑스러운 사람이야. 메간 말대로 정말 좋은 남자야."

기자들이 벌 떼 같이 모여들어 현관문을 두드려 대기 전인 이른 아침, 뒷문으로 몰래 집을 빠져나왔다. 그런 다음 경찰서로 가 살인 당일 집에서 벌어졌던 일에 대한 공식적인 진술을 남겼다. 한 시간쯤 후 집으로 돌아오는 길에 리사와 데이비드, 제인의 비극적인 죽음에 대해 생각했다. 선량한 사람들이 바보 같고 무의미한 이유로 죽었다. 피해자들 사이에 존재하지도 않는 연관성을 찾느라 경찰과 나는 얼마나 많은 시간을 낭비했던가. 어느새 더 허브에 도착한 나는 건물 안으로 들어서며 마음의 준비를 단단히 했다. 지금쯤이면 여기서 일하는 모두가 뉴스를 봤을 테고, 바람직한 행동은 아니었지만 동료들이 보낸 메시지를 전부 무시해 버렸으니 질문 세례가 쏟아질 것이다. 하지만 빨리 일을 다시 시작해 기사를 마무리 지어야 했다. 이미 열 명도 넘는 에디터들이 내 기사를 원한다며 이메일을 보내왔다. 기사를 내보내도 좋다는 경찰의 허락을 받은 뒤 그중 한 명을 고르기만 하면 될 일이었다.

"메리! 아, 메리. 얼굴 보니까 정말 반갑다!"

엘리가 긴 머리카락을 휘날리며 사무실을 가로질러 나를 향해 달려왔다. 휠체어의 브레이크를 밟으며 두 팔을 활짝 벌려 내밀었다. 몸을 숙여 엘리를 끌어안자 그녀가 나를 세게 껴안았다. 마침내 나를 놓아주며 엘리가 말했다.

"그런 일을 당하다니 믿을 수가 없네. 여태껏 혼자서만 알고 있었다는 것도 대단해. 네가 넌지시 알려줘서 무슨 일이 있는 줄은 알았지만 이렇게 엄청난 일일 줄이야 꿈에도 몰랐어. 왜 비밀에 부칠 수밖에 없었는지 충분히 이해하지만 정말 힘들었을 것 같아. 커피 한잔 할 시간 있어?"

우리는 커피를 들고 사무실 맨 끝 쪽에 마련된 작은 휴식 공간으로 갔다. 커다란 진분홍색 소파에 앉자 바로 옆에 엘리가 휠체어를 세웠다.

"자, 다 말해줘."

엘리에게 처음부터 끝까지 다 말해주었다. 물론 워든에게 했던 이야기는 교묘하게 바꿨다. 계단참에서 벌어진 최후의 순간을 듣는 내내 엘리는 공포에 질린 채 눈을 동그랗게 뜨고 입을 떡 벌리고 있었다.

"어머. 세상에."

엘리가 숨을 헉 들이쉬며 말했다.

"있잖아. 사실 난 에드워드랑 사티시가 이 일과 관련이 있다고 생각했었어."

내가 그 이유를 설명하자 엘리는 손으로 자기 입을 틀어막았다.

"아, 메리! 무슨 일인지는 나도 지난주에야 정확하게 들었지 뭐야. 그동안 두 사람이 쑥덕거렸던 이유 말이야. 사티시가 너한테 데이트 신청하려고 그랬던 거래. 너한테 푹 빠졌다나 봐, 바보야."

"사티시가… 사티시가 뭐?"

엘리가 킥킥 웃으며 지난주에 사티시가 우물쭈물하며 불러내서 조언을 구했었던 얘기를 해주었다.

"너한테 첫눈에 반했대. 근데 사티시가 여자 쪽엔 젬병인 데다가 자기가 넘볼 수 없는 여자라고 생각한 거지. 그래서 에드워드에게 도움을 요청한 거야. 에드워드 역시 그쪽으론 피차일반인 것 같은데 왜 그랬는지 모르겠지만. 어쨌든, 에드워드가 네 주변을 서성거린 것도 너에 대한 정보를 얻어내려고 그랬던 거래. 둘이 주말에 재미있게 놀러 갔다 온 얘기나 달리기를 즐겨한다는 얘기들을 하면 네가 사티시를 좋게 볼 줄 알았대. 사티시를 매력적인 남자처럼 보이게 하고 싶었다나 봐. 그런데 경찰이 사무실로 찾아오고 난 뒤에 일이 틀어져 버린 거지. 사티시네 부모님이 굉장히 엄격해서 지금껏 문제를 일으킨 적이 한 번도 없었던지라 되게 겁먹었었나 보더라고. 그런데 에드워드가 두 사람을 경찰한테 찌른 게 너라고 말했는데도 널 좋아하는 마음이 변치 않았던 거야. 너랑 같이 가려고 브리스틀에서 열리는 두아 리파 콘서트 표를 두 장 구했는데, 하필이면 지난주 수요일 저녁 쇼였던 거지. 네가 그날 외국 여행을 갈지도 모른다는 얘길 에드워드한테 듣고는 사티시가 너한테 그날 영국에 있을 거냐고 두어 번 정도 물어봤었는데 네가 이상하게 굴었다더라고. 그러다 콘서트 하루 전날이 됐는데 네가 사무실에 안 나와서 절박한 마음에 에드워드한테 너네 집에 찾아가서 콘서트 갈 생각이 있는지 대신 물어봐 달라고 부탁했대. 집 주소는 내가 알려줬어. 미안해. 근데 며칠 휴가를 낸 사람한테 괜히 전화해서 방해하고 싶지 않았어. 더군다나 너한테 해코지하려고 물어보는 것 같지는 않았거든. 솔직히 에드워드도 본성은 괜찮은 사람이잖아. 여하튼 집 앞에 도착해서는 정작 용기가 없어서 문을 두드리지도 못했다니까 계획이 다 엎어져 버린 거지 뭐."

이제야 이해가 되는 듯해서 웃음이 터져버리고 말았다. 지금 보니 다 말이 되네. 에드워드가 약간 소름 끼친다는 생각에는 변함이 없지만, 친구를 도와주고 싶었던 것뿐이었어.

"아, 이제야 이해가 되네. 그런데 사티시한테 미안해서 어떡하지. 난 이미 남자 친구가 생겼는걸."

눈을 찡긋하며 말하자 엘리는 깜짝 놀란 나머지 커피잔을 떨어뜨릴 뻔했다.

"너한테 뭐가 생겼다고? 언제?"

이후로 한 시간 더 이야기를 나누었다. 그런 다음, 가볍고 기쁜 마음으로 내 책상으로 향했다. 아주 오랜만에 긍정적인 눈으로 미래를 바라보게 되었다. 모든 일이 공공연하게 알려졌으니 이제 의심하거나 긴장하지 않고 일을 할 수 있게 되어 좋았다. 혼란스러운 상황도, 거짓말을 할 일도 없을 것이다. 물론 단 하나만 빼고.

나와 메리 엘리스에 대한 진짜 이야기를 아는 사람은 아무도 없었다. 피터조차도 몰랐다. 끔찍했던 그날 밤 약에 취한 피터가 워든과 내가 그의 방 밖에서 한 말을 엿들었다고 한들, 설령 언젠가 피터의 기억이 되돌아온다 한들, 진실의 절반밖에 모르는 셈이다.

피터는 세상에서 가장 절친한 내 친구이다. 하지만 내가 그 누구에게도, 심지어 피터에게마저 14년 전에 벌어졌던 진실을 토로하지 못하는 이유는 또 다른 내 친구를 지켜야 하기 때문이다.

또 다른 내 절친한 단짝 친구, 메리 엘리스를 지키기 위해서.

10년도 더 전에 발생한 화재로 이미 죽은 사람을 왜 지켜야 하는지 궁금하지 않은가. 그녀가 그날 정말 죽었더라면 내가 보호할 필요도 없었을 것이다.

진실을 말하자면, 메리 엘리스는 죽지 않았다.

50

4월 5일 월요일

메리와 나는 처음 만난 순간부터 서로에게 유대감을 느꼈다. 그저 외모와 옷차림이 닮아서만은 아니었다. 메리는 겉으로 유명한 아버지와 함께 호화롭고 흥미진진한 삶을 사는 것처럼 보였지만 속으로는 몹시 불행해했다. 그레고르 엘리스가 자기만의 방식으로 딸을 매우 사랑한 건 분명했지만, 그는 지금껏 내가 만난 사람 중 제일 강압적인 사람이었다. 친구도 별로 없었을뿐더러 친척들은 물론 어머니와도 연락을 거의 끊고 살다시피 했고, 메리 역시 자기와 똑같은 삶을 살기를 바랐다. 가족에게 의지하는 행위는 약해빠진 사람들이나 하는 짓이니 인생을 스스로 개척해 나가야 하며 성공의 척도는 얼마나 많은 돈을 버느냐에 달려있다고 말했다.

그레고르의 어머니인 셀레스트의 말로는 메리의 어머니가 돌아가신 다음 완전히 다른 사람이 되어 버렸다고 했다. 뉴욕에서 할머니와 함께 살던 시절 할머니에게 '내' 어린 시절 이야기를 들려달라고 한 적이 있었다. 당시에도 그레고르는 야심 있고 사교성이 살짝 떨어지긴 했지만 말년에 그랬던 것처럼 심하지는 않았다고 했다. 하지만 아내와 사별한 뒤 완전 다른 사람이 되어버렸고, 모든 연락을 끊은 채 메리를 데리고 바깥세상과 동떨어진 자신만의 무정한 세계로 빠져들었다고 했다. 친척들 대부분은 메리를 한 번도 본 적이 없었고, 본 사람들마저도 아기 때 사진으로만 본 게 전부였다. 덕분에 훗날 내 신분을 속이기가 훨씬 쉬웠던 셈이다.

메리의 삶은 결코 쉽지 않았다. 비싼 집에 살며 전세기를 타고 다녔지만, 대학에 진학해 진로를 계획할 나이가 되자 그레고르는 메리의 의견을 처참히 무시했다. 대학 진학에는 찬성했지만 학교에 다니는 동안 집에서 그와 함께 살아야 했다. 또 졸업 후에는 혼자 세상 밖으로 나가 일할 생각일랑 꿈도 꾸지 말고, 자기처럼 작가가 되든지 집 안에서 할 수 있는 일을 하라고 했다. 지금 생각해 보면 방식은 잘못됐었어도 그레고르는 메리를 안전하게 지키고 싶었던 것 같다. 아내가 그를 두고 세상을 떠나는 것은 막지 못했어도 메리가 다치거나 죽지 않게 힘을 쓸 수는 있다고 생각했을 테니까. 하지만 그 당시 메리와 나의 눈에는 그레고르의 행동이 부당하고 불공평해 보이기만 했다. 메리는 자신이 열여덟 살이 되면 법적으로 아버지에게서 자유의 몸이 되기 때문에 더는 집 안에만 가둬 둘 수 없다는 사실을 잘 알고 있었다. 하지만 아버지가 어떤 사람인지도 잘 알았다. 제 뜻을 따르지 않는다면 메리의 삶을 매우 힘들게 만들 수 있는 사람이었다.

"예전에 우리 집에서 일하던 직원 하나가 아빠한테 대들었던 적이 있었거든. 그 직원이 물건을 훔쳤다는 거짓말을 꾸며내서 경찰한테 신고했다니까. 아빠만큼 돈이 넘쳐나면 무슨 짓이든 할 수 있어."

메리네 집에서 머물렀던 그날 밤, 그레고르가 글을 쓰러 서재로 가고 난 뒤 메리가 나에게 속삭이듯 말했다.

"자길 떠나면 내 인생을 망쳐버리겠다고 이미 엄포를 놓았어. 어디에서도 일하지 못하게 만들겠대. 아빠라면 정말 진절머리가 나, 어맨다. 싫어 죽겠어. 내가 그 사람의 딸이라는 것도 너무 싫어. 내가 누군지, 우리 아빠가 누군지 아무도 모르는 곳으로 멀리멀리 떠나버리고 싶어. 아니면 정말 죽어버릴 거야."

그 말 한마디가 시발점이 되었다.

아니면 정말 죽어버릴 거야.

우리는 계획을 꼼꼼하게 세웠다. 메리로서는 그레고르에게서 벗어나 하고 싶은 일을 하는 것만으로는 부족하다고 했다. 아버지로부터 완전히 자유로워지길 바랐다. 위대하고 고귀하신 그레고르의 딸, 메리 엘리스로 살기를 원하지 않았다. 그렇다고 홀연히 사라져 버린다면 잘 알지도 못하는 가족들까지 나서서 평생 자신을 찾아다닐 테니 죽을 때까지 불안에 떨며 살아야 할 게 분명했다.

"아버지 때문에 다른 가족들이 내 인생에 참견하지 못할 뿐이야. 그러니 아버지가 죽으면 다시 가족의 품으로 돌아오길 바랄 거야. 홀연히 사라져 버려봤자 아무 소용없을 거라고. 메리 엘리스는 무슨 수가 있어도 여기에 남아 있어야 해."

우리가 세운 계획이 성공하기 위해서는 여자아이가 한 명 더 필요했고, 레이니가 적임자였다. 나이가 우리 또래쯤 되는 노숙자였는데, 대학 입구 근처에서 자주 잠을 잤고 애잔한 마음에 샌드위치와 초콜릿을 가끔 챙겨주곤 했었다. 메리와 나는 오랫동안 고심했다. 과연 우리가 잘 해낼 수 있을까. 우리의 목적을 이루기 위해 레이니를 희생해도 괜찮은 걸까. 하지만 열여덟 청춘의 허세와 이기심으로 가득했던 우리는 상처받고 불행하지 않은 더 나은 삶을 간절히 원했다. 그러기 위해선 오직 그 방법 하나밖에 없다고 생각했었다. 과거로 돌아가 우리가 저지른 짓을 되돌리고 싶냐고? 물론이다. 두말할 나위가 있겠는가. 그 일은 지금까지도 나를 괴롭혔고 끝없이 악몽에 시달리며 한밤중에 벌떡벌떡 깨기가 일쑤였다. 다이어리 킬러 사건이 전개될수록 마침내 죗값을 치를 때가 왔다고, 레이니가 그랬듯 끔찍하게 죽어 마땅하다고 생각했던 적이 여러 번이었다. 가끔은 우리가 정말 그런 짓을 저질렀다는 사실이 믿기지 않았다. 하지만 이제 와서 후회하기에도, 무언가를 바꾸기에도 너무 늦어 버렸다. 무엇보다 레이니에게 너무 늦어 버렸다.

가족도, 관심을 주는 사람도 없었던 레이니는 주말에 메리의 집에 와서 하룻밤 자고 가라고 하자 굉장한 행운이라도 만난 듯 기뻐했다. 그날 밤 그레고르를 처리하기란 식은 죽 먹기였다. 저녁 식사에 수면제를 조금 타 넣어서 평소보다 이른 시간에 잠자리에 든 다음 우리가 계획을 실행에 옮기는 내내 깊이 잠들기를 바랐다. 운 좋게도, 그날 감기에 걸려 컨디션이 좋지 않았던 그레고르는 저녁을 먹자마자 쏟아진 졸음에 비틀거리며 방으로 자러 가버렸다. 바이러스 때문에 기력이 없다는 말을 구시렁대며 그가 떠나자마자 우리는 신이 난 얼굴로 서로를 마주 보았다.

그때까지 레이니는 그레고르가 집에 사람을 들이는 걸 싫어하니 자러 들어가면 몰래 들여보내 주겠다던 우리 말을 철석같이 믿고 별채에 숨어 있었다. 마침내 집 안으로 들어와 따뜻한 불을 쬐며 로스트 치킨과 레드 와인을 내어주자 매우 기뻐했다. 우리는 술과 열기에 레이니가 쏟아지는 졸음을 못 이겨 자러 갈 때까지 기다렸다. 그런 다음, 집에 불을 질렀다. 서로를 부둥켜안고 작별 인사를 나눈 후 메리는 자신의 이름이 새겨진 팔찌를 나에게 건네주었고 미리 싸둔 작은 가방을 챙겨 집 밖으로 빠져나갔다. 혹시나 신분을 증명하는 서류를 요청할 때를 대비해 예전 여권과 출생신고서를 봉투에 담아 밖에 세워둔 그레고르의 자동차에 넣어두었다고 했다. 혹여나 누가 물어보거든 그레고르가 메리의 이름으로 저축 계좌 개설하려고 필요한 서류들을 자동차 보조석의 수납함에 미리 넣어둔 거라고 둘러대라고 덧붙였다.

덕분에 나로선 일이 한결 수월해진 셈이었다. 하지만 메리의 도피에 대해선 자세히 물어보지 않았다. 계획은 어떻게 했는지, 도와준 사람이 누구인지, 행선지가 어디인지 아무것도 묻지 않았다. 우리 둘 다 내가 모르는 편이 더 나을 거라고 판단했다. 어차피 밝힐 수 없는 정보였으니 모르는 편이 더 나았고, 계획이 성공한다면 다들 내가 메리라고 생각할 테니 그녀의 행방은 몰라도 괜찮았다. 위조 여권을 만들어야 했기에 많은 돈이 필요했고, 그 돈을 몽땅 아버지의 통장에서 훔쳐냈다는 사실이 내가 아는 전부였다. 다시 말하건대, 나는 아무것도 묻지 않았다. 그저 엉엉 울면서 잘 가라고 손을 흔들며 배웅한 뒤 내 방으로 가서 불길이 거세지기만을 기다렸다.

시간은 그리 오래 걸리지 않았다. 메리와 나는 도서관에서 화재를 촉진하는 물질들에 대한 정보를 몇 시간 동안 찾아보았고, 불길이 거세게 일어 화재 원인을 찾을 수 없기만을 바랐다. 만약 누가 물어본다면 불이 나기 직전에 아래층에서 누군가 들어오는 소리를 들었으니 불을 지른 범인은 그 침입자가 틀림없다고 말할 작정이었다.

시간이 오래 걸리지 않았다고 말했지만, 나는 불길이 거세질 때까지 최대한 오래 버티다가 소방서에 직접 전화를 걸어 신고해야 했다. 가정부와 요리사는 이미 퇴근한 지 오래였으니 전화할 사람은 나 하나뿐이었고, 외딴곳에 자리한 집이었기에 지나가던 차량이나 사람이 목격한 뒤에 신고할 때쯤이면 이미 너무 늦어버릴 터였다. 그레고르와 레이니가 자던 방에서 비명 소리가 들릴 때까지, 끔찍하게도 내가 화상을 입을 때까지 기다려야만 했다. 그 또한 계획의 일부였다. 영원히 끝나지 않을 것 같았던 그 순간에 대한 기억은 악몽이라는 이름으로 지금까지도 끈질기게 날 괴롭혔다. 메리의 이름이 새겨진 팔찌가 내 피부를 파고들었고, 거센 불길이 커튼을 타고 올라갔다. 가슴이 타들어 가는 듯하고 매캐한 연기에 눈이 시려왔다. 그레고르와 레이니가 공포에 질린 채 울부짖는 소리가 들려왔다. 두 사람은 내가 일찍이 방문에서 슬쩍한 열쇠로 밖에서 방안에 가두어 두었다. 그제야 침대 옆 탁자 위에 있는 내선 전화로 119에 전화를 걸었다. 하지만 이미 내 방은 화염에 휩싸였다. 공포가 날 서서히 조여오고, 유리가 깨지는 소리가 들려왔다. 내 머리카락에 불이 붙었다는 사실을 깨달았을 때의 끔찍한 느낌은 지금까지도 생생했다.

그렇게 그레고르와 레이니가 죽었다. 그것만이 유일한 방법이라 생각했다. 당연히 다른 사람을 끌어들이지 않고 서로의 신분을 바꿔치기하는 방법도 고려해 보았었다. 그레고르 외에 다른 사람은 해치지 않은 채 메리가 해외로 도망쳐서 이름을 바꾸고 새 삶을 시작하면 어떨까? 가정부들이 퇴근한 사이 내가 밤늦게 몰래 숨어 들어가서 메리인 척 산다면? 하지만 이 방법에는 너무 많은 의문이 뒤따를 터였다. 자주 와서 자고 가던 단짝 친구 어맨다가 왜 화재 이후에 돌연 발길을 뚝 끊었는지, 그레고르의 장례식에는 왜 참석하지 않았는지 궁금해할 것이 분명했다. 그러다 불을 지른 범인이 어맨다라고 의심해서 찾아다니다가 진실을 밝혀내기라도 한다면 큰일 아닌가. 어맨다가 죽고 메리가 살아남았다고 생각하게 만드는 편이 더 깔끔하고 쉬웠다. 그래서 두 번째 시체가 필요했다. 그레고르는 문제없었지만 레이니의 시체는 문제가 될 소지가 있었기에 우리는 도서관에서 불에 타 죽은 시신에 대해서도 조사했다. 그 당시 DNA 분석 기술은 당연히 지금보다 훨씬 뒤처져 있었다. 또한 불에 심하게 손상된 사람의 유해에서는 쓸만한 DNA를 추출하기가 어려울 뿐 아니라 치아나 의료 기록으로 신원을 확인하기도 불가능하다는 사실을 알아냈다. 불쌍한 레이니에게는 가족이 없었고 노숙자 몇 명 이외에는 친구도 없었으니 아무도 그녀를 찾지 않을 것이었다. 홀연히 떠나버린 채 다시는 볼 수 없는 노숙자 여자애 하나에 불과했으니 아무도 의심하지 않을 것이었다.

우리는 여러모로 운이 좋았다. 오래된 집에는 화재경보기가 설치되어 있지 않았고, 불에 녹아 흘러내린 연기 탐지기만 몇 개 발견되었다. 알람 소리를 들었을 때는 이미 너무 늦어버렸다는 내 말을 경찰은 곧이곧대로 믿었다. 게다가 방문을 잠가 놓았던 사실도 들키지 않았다. 한동안 들킬까 봐 애가 탔었지만, 경찰이 문 얘기를 꺼내지 않길래 거센 화염이 우릴 위해 감춰줬으리라 짐작했다. 얼굴에 붕대를 칭칭 감은 채 장례식에 참석했지만, 나나 메리를 알아볼지도 모르는 사람이 가까이 다가올 위험이 도사리고 있었다. 그래서 상심이 너무 큰 나머지 누구와도 대화를 나눌 수 없다고 말하며 셀레스트 옆에 바짝 달라붙어 있었다. 그녀는 조의를 표하고자 나에게 다가오는 사람들을 사나운 어미 호랑이처럼 몰아냈고, 펀베리 홀에서 일하는 가정부와 요리사마저도 가까이 오지 못하게 막았다. 이윽고 관이 땅속으로 들어가자마자 나를 데리고 황급히 공동묘지를 빠져나왔다.

결국 모든 계획이 멋지게 성공한 셈이었다. 메리는 그레고르에게서 도망쳐 새로운 삶을 시작했고, 모두가 나를 메리라고 생각했기에 나는 진짜 메리 엘리스가 되어 '내' 할머니와 함께 살기 위해 뉴욕으로 떠났다. 모두들 레이니가 나라고 생각했다. 그러니까 그레고르의 무덤 옆에 나란히 묻힌 사람은 어맨다 아처가 아니라 레이니였다. 아주 가끔 손턴에 있는 묘지를 찾아가 눈물을 훔치는 이유 역시 레이니 때문이었다. 그레고르를 기리러 갈 이유가 없지 않은가? 나에겐 아무것도 아닌 사람이었다. 내가 형용하지 못할 만큼 후회하는 건 레이니의 죽음이었다.

화상 흉터는 그날 밤과 레이니에게 한 짓을 죽을 때까지 상기시켜 줄 것이다. 내 몸에 흉하게 남은 흉터는 자업자득이라고 생각했다. 그레고르에게 미안한 마음은 전혀 없었다. 살 만큼 산 사람이었으니까. 하지만 레이니는 아니었다. 울퉁불퉁한 손가락으로 움푹 팬 뺨을 만지거나 거울에 비친 내 쭈글쭈글한 왼쪽 귀를 볼 때마다 레이니가 떠올랐다. 그녀의 얼굴이 꿈속을 떠돌며 계속 따라다녔다. 그녀가 살아있다면 과연 어떤 삶을 살았을까? 너무나도 괴로웠지만, 어떤 보상을 하기엔 이미 너무나도 많이 늦어버렸다. 그러려고 시도라도 하는 날엔 내 삶은 물론 메리의 삶까지 무너지고 말 것이다.

메리와 나는 지금까지도 연락하고 지냈다. 여전히 상상 이상으로 절친한 친구로 지냈다. 자유의 몸으로 어딘가에 정착하자마자 곧바로 나에게 연락해 왔다. 당연히 메리라는 이름은 저버린 채 자신이 바라던 바를 이루어냈다. 그레고르 엘리스와는 무관한 자신만의 삶을 살며 좋아하는 일을 하고 있다. 그레고르와 관련된 삶을 살아내는 일은 오롯이 내 몫이었다. 어렸을 땐 상상조차 할 수 없었던 안정적이고 편안한 삶을 사는 대가였다. 상속

받은 돈은 당연히 전부 그녀의 몫이었지만, 메리는 혼자서 자신만의 길을 개척하고 싶다며 받기를 거절했다. 하지만 나는 모든 유산을 내가 가질 수는 없으며, 태어날 때부터 가진 네 권리이니 절반이라도 가져가라고 우겨댔고, 결국 그녀는 마지못해 내 뜻을 받아들였다. 할머니와 다른 친척들에게 받은 생일 축하 수표와 아직 판매 중인 그레고르의 책 인세 등 내가 받는 모든 돈을 반으로 나눠 메리의 계좌로 송금했다. 결국 우리 둘 다 원하는 것을 얻은 셈이었다.

지난 목요일 아침, 메리에게 무사하니 안심하라는 문자 메시지를 보냈다. 이후 사건의 전모를 이야기해 줄 기회가 없었다가 지금에야 전화를 걸 여유가 생겼다. 사실 사건이 진행되는 동안에도 모든 상황을 알려줬었고, 마지막 순간에 살인마에게 내가 메리 엘리스가 아니라는 걸 밝히는 방안도 메리가 생각해 낸 것이었다. 할 얘기가 너무나도 많았다. 무엇보다도 적어도 지금까지는 우리의 비밀이 밝혀지지 않았다는 얘기를 꼭 해주고 싶었다. 전화기를 집어 들고 그녀의 전화번호를 눌렀다.

에필로그

1년 후

"저기… 있다! 코끼리야! 진짜 코끼리라고!"

피터가 나를 쿡 찌르고는 흥분한 듯 눈을 반짝이며 열정적으로 손짓해 댔다. 그 모습에 그만 웃음이 터져 나왔다.

"봤어. 봤다고! 못 보고 지나치기엔 너무 크지 않니? 이 바보야."

"알아. 아는데… 우와!"

다시 피식 웃음이 새어 나왔다. 피터의 열정은 전염성이 있었다. 나는 몸을 숙여 그의 볼에 입을 맞추었다. 앞 좌석에 앉은 루신다가 미소를 머금은 채 눈알을 굴리며 말했다.

"야, 닭살 커플. 너희 둘 때문에 토할 것 같아."

"아, 조용히 해. 질투하기는."

내 말에 루신다는 싱긋 웃더니 혀를 날름 내밀었다. 빈정거리듯 내뱉은 말과는 달리 그녀는 피터를 퍽 마음에 들어 했다. 이곳에 도착한 첫날 밤, 피터가 샤워하러 간 사이 베란다에서 차가운 맥주를 함께 마시며 루신다가 말했다.

"너네 둘이 잘될 줄 진작 알고 있었지. 네가 피터 얘길 할 때마다 느낌이 왔거든. 매번 그런 사이가 아니라고 펄쩍 뛰었지만, 직감으로 딱 알아챘다니까."

"야, 내가 언제. 그래도 네 직감이 맞았다니 다행이네."

짠, 하고 맥주병을 부딪쳤다.

피터와 나는 결혼했다. 정식으로 사귄 지 아홉 달도 채 되지 않아 작년 크리스마스에 피터가 청혼했고, 오래 기다릴 필요가 없다는 데 동의한 우리는 지난주에 결혼식을 올렸다. 피터의 방에서 고든이 죽고 피터 역시 죽을뻔했던 끔찍한 밤이 지난 지 1년 뒤인 4월 첫째 주에 말이다.

"4월 초의 악몽 같은 기억이 행복한 기억으로 바뀔지도 모르잖아. 그럼, 신혼여행은 어디로 가고 싶어? 4월엔 어디가 좋지?"

당연히 보츠와나로 가야 했다. 오래전부터 와보고 싶었던 곳이었고, 지금까지는 만족스럽다. 오카방고 델타에서 프로젝트를 진행하던 루신다는 이제 아름다운 보츠와나의 북부 지역인 모레미 게임 보호구역에서 일하고 있었다. 다른 팀원들과 함께 작년에 코끼리 수백 마리가 의문사한 사건을 조사하고 있었다. 수인성 박테리아나 미세 조류가 만들어 내는 독소 때문으로 추정하고 있었지만, 아직 아무도 정확하게 밝혀내지 못했다고 했다. 힘들 때도 있었지만, 루신다는 자기 일에 만족했고 현재 진행 중인 연구에 자금을 보태기도 했다. 자기 자신을 위해서 보다 남을 위해 돈을 쓰기를 선호했다. 지금부터는 나도 그래야겠다고 결심했다. 다이어리 킬러 기사가 나간 뒤 내 일 또한 성장 가도를 탔고, 책을 출판하자는 제안도 받았다. 아이러니하게도, '내 아빠'의 발자취를 따르게 된 것이다. 이미 돈이라면 필요 이상으로 많았기에 자선 단체를 세워 노숙자 여자아이들을 도와주며 레이니를 기리고자 했다. 루신다도 훌륭한 생각이라고 반겼고 멀리서도 도울 수 있는 일이라며 기뻐했다. 그녀는 영국으로 돌아올 계획은 없다고 말했다. 나 역시 그런 그녀의 결정을 충분히 이해할 수 있었다.

루신다를 지긋이 쳐다보았다. 창문도, 지붕도 없는 지프차가 덜컹대며 달리는 내내 나와 비슷한 색깔인 그녀의 검은 머리가 따듯한 바람에 흩날렸다. 메리 엘리스. 우리가 그런 짓을 저지르지 않았더라면 이런 삶은 꿈도 꾸지 못했겠지? 나 역시 매한가지였을 거야. 모든 게 참 많이 달랐을 거야.

메리 엘리스는 이제 자유였다. 루신다 그레이엄이라는 이름으로 행복한 삶을 살고 있었다. 지금은 나와 하나도 닮아 보이지 않았다. 루신다는 피부가 수년간 햇볕에 그을려 시커멓게 탔고, 머리도 편하게 단발로 잘라버렸다. 우리가 얼마나 끔찍한 짓을 저질렀는지는 익히 알고 있었다. 언젠가 모든 게 한순간에 무너져 버릴 수도 있다는 사실 역시 잘 알고 있었다. 약에 취해 지워져 버린 피터의 기억이야 영영 돌아오지 않는다고 해도 무기징역으로 수감 중인 워든이 누군가에게 확 털어놓을지도 몰랐다. 자신에게서 도망친 메리 엘리스가 진짜 메리 엘리스가 아니라는 사실을 왜 아직도 말하지 않았는지 이해가 되지 않아서 자꾸 신경이 쓰였다. 어쩌면 나 역시 워든과 똑같이 암울한 어린 시절을 보냈다는 이야기가 결국 통한 게 아니었을까? 뭐, 될 대로 되라지. 응당 벌을 받아 마땅한 짓을 했으니 감내해야 할 것이다. 적어도 우리에겐 지금이 있었다. 지금으로선 인생이 즐겁기만 했다. 어차피 미래가 어떻게 될지는 아무도 모르는 것 아닌가. 한순간에 통째로 바뀔 수 있는 게 인생이리라.

남편의 손을 끌어당겨 꼭 쥐었다. '내 남편!' 피터가 코끼리에서 시선을 떼 내 귀에 코를 대고 조용히 속삭였다.

"사랑해. 메리 엘리스."

루신다에게도 들렸는지 그녀가 뒤로 돌아 나를 쳐다보며 다 안다는 듯 희미하게 미소를 지었다. 피터가 조끼 주머니에서 핸드폰을 꺼내 또 사진을 찍으려고 고개를 돌리길 기다렸다가 나는 루신다에게 소리죽여 입 모양으로 말했다.

"나도 널 사랑해, 메리 엘리스."

루신다가 생긋 웃더니 눈을 찡끗하며 속삭였다.

"나도, 메리 엘리스"

작가의 말

이 책은 저의 네 번째 심리 스릴러입니다. 언제나 그렇듯 많은 분이 도움을 주셨습니다. 먼저 퍼블릭 데이터 센터의 설립자이자 디렉터인 애나 파웰 스미스에게 감사를 표하고 싶습니다. 영국 내 특정 도시에 거주하는 제인과 데이비드가 대략 몇 명인지 계산할 방법에 대한 기이한 질문 목록에 대답해달라고 연락한 저에게 엄청난 도움을 주셨습니다. 애나 씨, 소중한 시간을 내어 저를 올바른 방향으로 이끌어 주시고 심지어 손수 계산까지 해 주셔서 감사합니다. 당신의 인내심과 친절에 깊은 감사를 표합니다. 또한, BBC 뉴스와 국립 통계청 웹사이트에서 좀 더 유용한 데이터를 얻었으며, 전직 고위 경찰관이었던 스튜어트 기번 형사님께도 다시 한번 귀중한 조언을 받았습니다. 이 책에 등장한 경찰 관계자 모두는 제가 창조한 가상의 인물입니다. 경찰 수사와 관련하여 틀리거나 잘못된 부분이 있다면 모두 저의 책임이며 예술적 자유로 이해해 주시길 부탁드립니다. 기번 형사님은 범죄 역사학자 스티븐 웨이드와 함께 범죄와 치안의 모든 측면을 포괄적으로 다루는 안내서 시리즈를 집필하였는데 저에게 매우 유용했습니다. 범죄 작가나 범죄 소설 팬을 위한 필독서예요!

특별히 언급해야 할 다른 분들도 있습니다.

제 '본업' 매니저인 션 페이에게: 내 책에서 멋진 경찰이 되었으니 26장을 확인해 봐. 감사 인사는 하지 않아도 괜찮아.

이 책의 엘리너 캐릭터에 영감을 준 메이크업 정키스 인터내셔널의 CEO이자 내 친구인 준 켈리에게: 넌 내가 아는 사람 중 가장 활기차고 에너지 넘치며 긍정적인 사람이야. 아이라이너 멋지게 그려줘서 고마워. 늘 너 때문에 웃느라 아이라이너를 망치고는 하지만, 날 웃게 해 줘서 고마워. 앞으로도 신나게 즐겨보자고!

제 멋진 에이전트 클레어 헐튼 씨, 저를 위해 해주신 모든 일에 얼마나 감사해하는지 이미 알고 계시겠지만, 앞으로도 계속 말씀드릴 겁니다! 제 책이 성공하는 데에는 제 놀라운 편집자 캐서린 체서 씨의 역할이 컸습니다. 하퍼콜린스 원 모어 챕터의 열심히 일하는 멋진 팀원들 모두 항상 기대 이상으로 멋진 성과를 내주셔서 감사하다는 말씀드립니다(드디어 올해 영국 아마존 킨들 1위를 달성했습니다! 만세!). 편집자 리디아 메이슨에게도 감사합니다(내가 쓴 예상치 못한 반전을 읽고 당신이 써준 "두구 두구 두구!"라는 코멘트가 무척 마음에 들어요!). 제 책의 해외 판권을 담당하는 ILA의 닉키 케네디, 제니 롭슨, 캐서린 웨스트, 엘리자베스 게스, 알릭스 쇼, 잭 비니를 비롯한 훌륭한 팀원들 모두 너무 고맙습니다. 제 책이 현재 전 세계 일곱 개 언어로 출판되고 있다는 사실에 아직도 깜짝깜짝 놀라고는 한답니다.

변함없이 크나큰 지지를 보내주는 제 남편 JJ와 환상적인 제 가족들과 친구들에게도 대단히 고맙고 사랑한다는 말 전합니다. 작가들을 지지하는 데 아낌없이 많은 시간을 할애해 주시는 블로거와 책 리뷰어 여러분! 모두 대단하신 분들입니다. 여러분이 하시는 모든 일에 정말 감사합니다. 조깅 모임 및 말도 안되는 제 장거리 도전을 통해 만난 친구 여러분! 여러분과 함께 달리기는 제가 세상에서 제일 좋아하는 일 중 하나입니다. 달리기 코스 관련해 줄거리 상 까다로운 부분들이 많았는데 여러분들 덕분에 해결되었어요. 제가 달리기를 하지 않았더라면 쓰지 못했을 거예요. 제 책의 구매자와 독자, 청취자 여러분 모두 감사합니다. 여러분들이 계시지 않았더라면 아무것도 이룰 수 없었을 거예요. 마지막으로 제가 매달 진행하는 인스타그램 북클럽에 참가하는 사랑스러운 회원분들과(벌써 2년째 계속되고 있습니다!) 소중한 시간을 내어 제 책에 대한 메시지를 소셜 미디어를 통해 보내주시는 모든 분들께 감사하다는 말씀드립니다. 여러분들 덕분에 행복합니다.

모두 정말 감사합니다.

THE MURDER LIST

Copyright © Jackie Kabler 2022
Korean translation copyright © 2024 by Korean Studies Information Co., Ltd.
All rights reserved.
This Korean edition published by arrangement with Intercontinental Literary Agency through Shinwon Agency Co., Seoul.

이 책의 한국어판 저작권은 저작권자와의 독점계약으로 한국학술정보(주)에 있습니다.
저작권법에 의하여 한국 내에서 보호를 받는 저작물이므로 무단전재 및 복제를 금합니다.

살인 리스트

초판인쇄 2024년 4월 30일
초판발행 2024년 4월 30일

글쓴이 재키 캐블러
옮긴이 정미정
발행인 채종준

출판총괄 박능원
국제업무 채보라
책임편집 조지원
디자인 김예리
마케팅 안영은
전자책 정담자리

브랜드 그늘
주소 경기도 파주시 회동길 230 (문발동)
투고문의 ksibook13@kstudy.com

발행처 한국학술정보(주)
출판신고 2003년 9월 25일 제406-2003-000012호
인쇄 북도리

ISBN 979-11-7217-201-5 03840

그늘은 한국학술정보(주)의 SF/판타지/스릴러 큐레이션 출판 전문브랜드입니다.
더운 여름날 그늘 밑에서 편하게 읽을 수 있는 책,
사건의 내막을 들여다보며 느끼는 음습한 그늘이라는 의미를 중의적으로 담았습니다.
나무 아래에서 혼자 편히 쉬고 싶을 때, 넓은 그늘이 되어 주는 책을 만들고자 합니다.

@geuneul_book